빨간 코트를 입은 남자

빨간 코트를 입은 남자

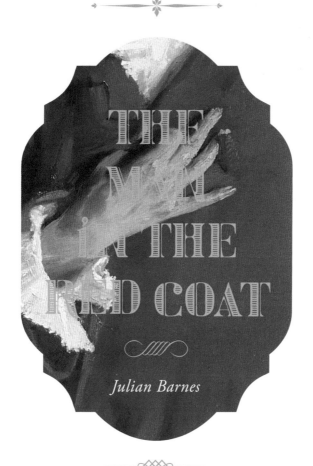

THE
MAN
IN THE
RED COAT

Julian Barnes

줄리언 반스 지음
정영목 옮김

다산
책방

일러두기

1. 주석은 모두 옮긴이주다.
2. 외국의 인명, 지명 표기는 국립국어원 외래어표기법에 따랐다.
3. 본문에서 장편소설과 소설집은 『 』, 시, 희곡, 단편소설 등 문학 작품은 「 」, 뮤지컬, 음악, 그림은 〈 〉, 신문과 잡지는 《 》로 구분해 표시했다.
4. 본문 중 상단에 'COLLECTION FÉLIX POTIN'이라고 적혀 있는 사진들은 모두 프랑스의 식료품 업체 펠릭스 포탱이 1898년부터 1922년까지 세 차례 발행한 '우리 시대의 유명 인사' 시리즈 카드다. 펠릭스 포탱은 유명 인사들의 사진을 초콜릿 바 포장지 속에 끼워 팔았는데, 이 책의 주인공 포치는 두 번째 시리즈에 포함되었다.
5. 주요 등장인물에 대한 정보를 간략히 정리하여 책 뒷부분에 실었다.

레이철에게

차 례

1885년 6월 프랑스인 세 명이 런던에 도착했다. 한 명은 왕자, 한 명은 백작, 세 번째는 이탈리아계 성을 가진 평민이었다. 백작은 나중에 자신들의 목적이 "지적이고 장식적인 쇼핑"이었다고 말했다.

아니면 그 전해 여름, 오스카와 콘스턴스 와일드 부부가 신혼여행으로 찾아갔던 파리에서 시작할 수도 있겠다. 오스카는 그 무렵 출간된 프랑스 소설을 읽는 중이고, 신혼여행을 왔음에도 언론과 기꺼이 인터뷰를 하고 있다.

아니면 총알 한 방, 그리고 그것을 쏜 총에서 시작할 수도 있을 것이다. 이것은 대개 효과가 있다. 1막에서 총을 보여주면 마지막 막에서는 확실히 발사된다는 것이 연극의 단단한 규칙이니까. 하지만 어느 총, 어느 총알에서? 이 시기에는 그게 아주 많았기 때문에.

심지어 대서양 건너 켄터키에서, 시간도 거슬러 올라가 1809년, 스코틀랜드와 아일랜드 이민자들의 아들인 에프라임 맥다월이 제인 크로퍼드를 상대로 액체 15리터가 든 난소 물혹 제거 수술을 한 시점에서 시작할 수도 있을 것이다. 이 가닥의 이야기는 적어도 행복하게 결말이 난다.

그다음에는 불로뉴쉬르메르에서 침대에 누워―어쩌면 옆에 아내가 있고, 어쩌면 혼자다―무엇을 할지 궁리하는 남자가 있다. 아니, 그건 정확하지가 않다. 그는 무엇을 할지 알고 있었다. 다만 자신이 하고 싶은 일을 언제 할 수 있을지, 과연 할 수는 있는지 알지 못할 뿐이었다.

또는 산문적으로 코트에서 시작할 수도 있겠다. 다만 코트보다는 실내 가운이라고 묘사하는 게 낫다. 빨간색―아니, 더 정확하게는 주홍색―에 목부터 발까지 내려오는 표준형이고, 손목과 목에 주름 장식이 있는 하얀 리넨이 약간 드러나 있다. 아래쪽의 양단 슬리퍼 한 짝이 이 구성에 노란색과 파란색을 살짝 보태준다.

코트 안의 남자가 아니라 코트에서 시작하는 것은 부당할까? 하지만 코트, 아니, 코트의 묘사가 오늘날 우리가 그를 기억하는 방식이다, 기억을 하기는 한다면. 그가 이 사실을 알았다면 어떤 기분이었을까? 안도했을까, 재미있어했을까, 약간 모욕을 느꼈을까? 그것은 이제 이렇게 떨어진 거리에서 우리가 그라는 인물을 어떻게 읽느냐에 달려 있다.

하지만 그의 코트를 보면 같은 화가가 그린 다른 코트가 떠오른다. 그 코트는 좋은—적어도 저명한—집안의 잘생긴 젊은 남자를 감싸고 있다. 그러나 당대 가장 유명한 화가 앞에 서 있는데도 젊은이는 행복하지 않다. 날씨는 온화하지만, 그에게 입으라고 한 코트는 묵직한 트위드 재질로, 완전히 다른 철에 입으려고 만든 것이다. 그는 화가에게 이런 선택에 관해 불평한다. 화가는 답한다—우리에게는 그의 말밖에 남은 게 없으므로 그 어조가 부드럽게 놀리는 것, 전문가로서 명령하는 것, 거만하게 경멸하는 것 가운데 어느 쪽인지 알 수 없다. 그의 답은, "이건 당신 그림이 아니라 코트 그림이오"이다. 빨간 실내 가운의 경우와 마찬가지로, 지금 코트를 입은 젊은 남자보다 코트가 더 자주 기억되고 있는 것은 사실이다. 예술은 개인의 변덕, 가문의 자부심, 사회의 정통적 관행보다 오래간다. 예술은 늘 시간을 자기편에 거느린다.

따라서 손에 잡히는 것, 특정한 것, 일상적인 것에서부터 이어나

가자. 빨간 코트에서부터. 그것이 내가 그 그림과 그 사람을 처음 조우한 방식이기 때문이다. 2015년, 미국에서 임대하여 런던 국립 초상화 미술관에 걸린 모습으로. 조금 전 나는 그것을 실내 가운이라고 불렀다. 하지만 그것도 정확하지는 않다. 그는 안에 파자마를 입지 않았다고 봐야 한다―그 레이스 달린 소매와 칼라가 잠옷 셔츠에 속한 것이라면 이야기가 다르지만, 그럴 가능성은 없는 것으로 보인다. 그럼 데이 코트라고 불러야 하나, 혹시? 그 소유자가 막 침대에서 나왔다고 보기는 힘들다. 우리는 그 그림을 늦은 아침마다 그렸다는 것을 알고 있는데, 그 뒤에 화가와 화제(畵題)는 함께 점심을 먹었다. 우리는 또 화제의 부인이 화가의 엄청난 식욕에 깜짝 놀랐다는 것도 알고 있다. 우리는 화제가 자기 집에 있다는 것도 아는데, 그림의 제목이 그렇다고 말해주기 때문이다. 그 '집'은 더 짙은 빨간 색조로 표현되어 있다. 중앙의 주홍색 인물을 돋보이게 하는 진홍색 배경이다. 묵직한 커튼은 고리로 묶여 있다. 추가로 다른 직물이 넓게 펼쳐져 있는데, 이 모든 것이 분명한 구분선 없이 똑같이 진홍색인 바닥에 녹아들고 있다. 모두 매우 연극적이다. 포즈만이 아니라 그림 스타일에도 으쓱거리는 데가 있다.

이것은 런던 여행 4년 전에 그린 것이다. 화제―이탈리아 성을 가진 평민―는 서른다섯 살이고, 잘생겼고, 턱수염을 길렀고, 자신 있는 표정으로 우리의 오른쪽 어깨 너머를 응시하고 있다. 그는 사내답지만 늘씬하고, 처음 강하게 부딪혔을 때는 "이건 코트가 핵심이다" 하고 생각하는 것이 당연하지만, 그 뒤에 점차 그렇지 않다는 것을 깨닫게 된다. 두 손이 더 핵심에 가깝다. 왼손은 골반 위에 있고, 오른손은 가슴에 얹혀 있다. 손가락들은 이 초상화에서 가장 표현이 풍부하며, 관절까지 각각 다른 방식으로 그려져 있다. 완전히 뻗기도 하고, 반쯤 구부리기도 하고, 완전히 구부리기도 했다. 모르는 상태에서 이 남자의 직업을 맞혀보라고 하면, 대가급의 피아니스트라고 생각할지도 모르겠다.

오른손은 가슴에, 왼손은 골반에. 아니 어쩌면 이보다 더 암시적으로, 오른손은 심장에, 왼손은 엉덩이에. 이것이 화가의 의도였을까? 3년 뒤 화가는 한 사교계 여성의 초상화를 그리고, 이것이 살롱전에서 명예롭지 못한 결과를 낳는다('벨 에포크'*의 파리가 충격이란 걸 받을 수 있었을까? 물론이다. 당시 파리는 런던만큼이나 위선적일 수 있었으니까). 오른손은 막대 단추처럼 보이는 것을 만지작거린다. 왼손은 코트의 두 가닥 허리끈 중 하나에 걸고 있는데, 이 끈은 배경의 커튼 고리의 메아리다. 눈은 끈을 따라 복잡한 매듭에 이르는데, 매듭에는 깃털 같고 모피 같은 술 한 쌍이, 술 하나가 다른 술 위에 놓인 채 대롱거리고 있다. 이 술들은 사타구니 높이에서 바로 아래로 늘어져, 황소의 선홍색 음경 같다. 화가의 의도일까? 누가 알겠는가? 그는 그림에 대한 설명을 남기지 않았다. 하지만 그는 장엄할 뿐 아니라 교활한 화가였다. 또 장엄을 그린 화가였지만, 논쟁을 두려워하지 않았고, 오히려 논쟁에 끌리는 쪽이었다.

포즈는 고상하고 영웅적이지만, 두 손 때문에 더 미묘하고 복잡해진다. 사실 이것은 콘서트 피아니스트의 손이 아니라 의사, 외과의사, 부인과 의사의 손이다.

그럼 선홍색 음경은? 다 때가 되면.

---

* Belle Epoque, 아름다운 시절이라는 뜻으로 1871년부터 제1차 세계대전 전까지 서유럽이 평화와 번영을 누리던 시기.

따라서 그래, 1885년 여름의 그 런던 방문에서 시작하자.

왕자는 에드몽 드 폴리냐크.

백작은 로베르 드 몽테스키우-페젠사크.

이탈리아계 성을 가진 평민은 닥터 사뮈엘 장 포치.

그들의 지적 쇼핑의 첫 품목은 수정궁에서 열린 헨델 축제로, 그
들은 여기서 이 작곡가의 탄생 200주년을 기념하는 〈이집트의 이스
라엘인 Israel in Egypt〉을 들었다. 폴리냐크는 메모를 남겼다. "연주는 거
대한 효과를 낳았다. 연주자 4000명이 위대한 le grand 헨델을 당당하
게 기념했다."

세 쇼핑객은 또 〈집에 있는 닥터 포치 Dr Pozzi at Home〉를 그린 존 싱
어 사전트가 쓴 소개장을 들고 왔다. 수신자는 헨리 제임스였는데,
그는 1882년 영국 왕립 미술원에서 그 그림을 보았고, 사전트는 오
랜 세월이 흐른 뒤인 1913년, 제임스가 일흔이 되었을 때 완숙한 거
장의 솜씨로 그를 그리게 된다.

제임스 선생님,

이따금씩 만나는 프랑스인이 런던에서 선생님께 불쾌하지 않은
기분 전환이라고 말씀하셨던 것이 기억나 큰 용기를 내어 제 친구
두 사람의 소개장을 선생님께 보냅니다. 한 사람은 닥터 S. 포치,
예의 빨간 가운을 입은 남자(늘 입지는 않지만)로, 아주 비상한 인
간입니다. 또 한 사람은 인간 이상의 유일무이한 존재 몽테스키우
입니다.

◇ 존 싱어 사전트, 〈집에 있는 닥터 포치〉(1881) ◇

이상한 일이지만, 이것이 사전트가 제임스에게 보낸 편지 가운데 유일하게 남아 있는 것이다. 화가는 폴리냐크도 일행이 되리라는 것을 몰랐던 듯한데, 이 추가된 인물은 틀림없이 헨리 제임스의 마음에 들고 흥미를 돋우었을 것이다. 아니, 아닐 수도 있다. 프루스트는 이 왕자가 "도서관으로 개조한 버려진 지하 동굴" 같다고 말하곤 했다.

당시 포치는 서른여덟, 몽테스키우는 서른, 제임스는 마흔둘, 폴리냐크는 쉰하나였다.

제임스는 그 전 두 달 동안 햄스테드 히스에 오두막을 빌려 살다가 이제 곧 본머스로 돌아갈 참이었지만, 출발을 늦추었다. 그는 1885년 7월 2일과 3일 이틀을 이 세 프랑스인을 접대하는 데 바쳤으며, 이 소설가가 나중에 쓴 바에 따르면, 그들 세 사람은 "런던 유미주의를 구경하기를 갈망"하고 있었다.

제임스의 전기 작가 리언 에덜은 포치를 "사교계 의사, 책 수집가, 전반적인 교양을 갖추었고 대화에 능한 사람"이라고 묘사한다. 그러나 대화는 기록에 남지 않았고, 책 수집품은 오래전에 흩어져, 지금은 사교계 의사로만 남았다. 그 빨간 가운을 입은 채(늘 입지는 않지만).

백작과 왕자는 오랜 귀족 혈통 출신이었다. 백작은 자신이 머스킷 총병 다르타냥*의 후손이라고 주장했으며, 그의 할아버지는 나폴레옹의 전속부관이었다. 왕자의 할머니는 마리 앙투아네트의 가까

* 소설 『삼총사』의 검객.

운 친구였고, 아버지는 샤를 10세 정부에서 국무 장관을 지냈으며, 절대주의적인 내용으로 1830년 혁명을 촉발한 '7월 칙령'을 썼다. 새로운 정부가 들어서자 왕자의 아버지는 '시민권 상실'을 선고받았으며, 그 결과 법적으로는 존재하지 않게 되었다. 그러나 프랑스답게, 존재하지 않는 이 남자에게도 수감 기간에 배우자 방문은 허용되었는데, 그런 방문 가운데 한 번의 결과가 에드몽이었다. 그의 출생증명서의 '부(父)' 난에는 시민권이라는 면에서는 사망한 이 귀족이 "샬랑송 후작이라는 이름의 왕자, 현재 여행 중"이라고 등재되어 있었다.

포치Pozzi 집안은 롬바르디아 북부 발텔리나 출신의 이탈리아 프로테스탄트였다. 17세기 초 종교전쟁 때에는 이 집안 사람 한 명이 1620년 테글리오의 프로테스탄트 성전에서 신앙을 이유로 여러 신도와 함께 화형당했고, 그 직후 가족은 스위스로 이주했다. 사뮈엘 포치의 할아버지 도미니크는 집안사람들 가운데 처음으로 프랑스에 발을 디뎠으며, 여러 단계에 걸쳐 느릿느릿 이 나라를 가로지르다 마침내 아쟁에서 제과사로 자리를 잡았다. 그는 가족의 성을 프랑스식인 포지Pozzy로 바꾸었다. 그의 열한 자녀 가운데 막내—불가피하게 뱅자맹*이라는 이름이었다—는 베르주라크에서 프로테스탄트 목사가 되었다. 목사 가족은 경건했고, 공화주의적이었으며, 신에게 헌신했고, 사회적이고 도덕적인 의무를 의식했다. 사뮈엘의 어머니 이네스 에스코-메슬롱은 페리고르의 신사 계급 출신으로, 결혼하면서 베르주라크에서 외곽으로 몇 킬로미터 떨어진 라 그롤레의 매력

* 성경에서 야곱의 막내아들 베냐민의 프랑스식 발음.

적인 18세기 장원 주택을 가져왔는데, 포치는 이 집을 평생 소중하게 여기고 확장하게 된다. 늘 병약했던 데다 출산으로 몹시 지친 그녀는 포치가 열 살 되던 해에 죽었다. 목사는 신속히 "젊고 튼튼한" 잉글랜드 여자 마리-앤 켐프와 재혼했다. 사뮈엘은 프랑스어와 영어를 둘 다 구사하며 성장했다. 그는 또 1873년에 가족의 성을 포치 Pozzi로 되돌려놓았다.

"얼마나 이상한 3인조인가." 포치의 전기 작가 클로드 방데르푸텐은 그 런던 여행을 두고 그렇게 읊조린다. 이 말은 부분적으로는 계급의 불일치를 뜻하기도 하지만, 동시에 아마도 '그리스적 경향'*의 두 귀족과 이성애자로 유명한 평민이 함께했다는 의미이기도 할 것이다(만일 이들이 프루스트의 소설 속 등장인물들처럼 느껴진다면, 그것은 그들이 모두―부분적으로, 또 굴절되어―프루스트의 등장인물들과 관계가 있기 때문이다). 이때 런던을 방문한 파리의 유미주의자들에게는 두 군데 시급한 목적지가 있었다. 1875년 리전트 스트리트에 문을 연 리버티, 그리고 그로브너 갤러리였다. 몽테스키우는 1875년 파리 살롱전에서 번존스의 〈속임수에 넘어간 멀린The Beguiling of Merlin〉에 감탄한 터였다. 이제 그들은 화가를 직접 만났고, 화가는 그들을 윌리엄 모리스의 '애비 공동체'에 데려갔으며, 그곳에서 백작은 직물을 몇 가지 골랐다. 화가는 그들을 윌리엄 드모르간의 스튜디오에도 데려갔다. 그들은 또 로런스 알마타데마도 만났다. 트위

* 동성애를 가리킨다.

드와 양복지, 모자와 코트와 셔츠와 타이와 향수를 구하러 본드 스트리트에도 갔다. 칼라일의 집을 찾으려고 첼시에도 갔다. 서점에도 갔다.

제임스는 열심히 주인 노릇을 했다. 그는 몽테스키우가 "호기심이 많지만 자그마했다", 또 포치가 "매력적이었다"고 전했다(이번에도 폴리냐크는 주목을 받지 못하고 지나간 듯하다). 제임스는 그들이 리폼 클럽에서 저녁을 먹게 해주고, 그곳에서 휘슬러를 소개했는데, 몽테스키우는 휘슬러에게 강력하게 빠져들게 되었다. 제임스는 또 그들이 선박왕 F. R. 레일런드의 집에 있는 휘슬러의 피코크 룸도 방문하도록 주선해주었다. 그러나 그때 포치는 그의 유명인 환자들 가운데 한 명인 알렉상드르 뒤마 2세의 부인으로부터 전보를 받아 파리에 가고 없었다.

7월 5일 포치는 파리에서 백작에게 편지를 보내 리버티에 다시 가서 자신이 이미 주문한 내역에 추가를 해달라고 부탁했다. 그는 "내가 샘플을 동봉한 해초 색깔의 커튼감 서른 롤"을 원했다. "나 대신 지불해주십시오. 30실링과 큰 감사를 빚지게 되겠군요." 그는 "백작님의 라파엘전파에 속하는 헌신적인 친구"라고 서명했다.

이 "이상한 3인조"가 런던에 도착했을 때, 그들 가운데 누구도 그들을 둘러싼 서클들 외부에는 별로 알려지지 않은 상태였다. 에드몽 드 폴리냐크 왕자는 음악적 야망을 실현하지 못한 처지였으며, 가족의 강요에 따라 온화하게, 미지근하게, 명목상으로만 아내를 찾아 유럽 여행을 하며 오랜 세월을 보내고 있었다. 그러나 어떻게 된 일인지 그—그녀보다는 그라고 하는 게 맞을 것이다—는 늘 손에 확실하게 잡히지 않았다. 포치는 의사, 외과 의사, 사교계의 명사 노릇을 한 지 10년이 되어, 공공 종합병원에서 일하는 한편 사교계의 개인 고객들을 늘려가고 있었다. 이 두 사람 각각은 미래에 어떤 수준의 명성과 만족을 얻게 된다. 그리고 이러한 명성은, 대단하지는 않다 해도, 대체로 그들의 실제 모습에 대한 공적 지식에 기초를 두고 있다는—명성이 그런 것에 기초를 둘 수 있는 한에서는—장점이 있었다.

몽테스키우의 경우는 이보다 복잡했다. 그는 그들이 대체로 공유하고 있는 세상에서 셋 가운데 가장 널리 알려져 있었다. 사교계 인사에, 댄디에, 유미주의자에, 감식가에, 재사에, 유행의 결정자였다. 또 문학적 야심이 있어 엄격한 운율을 갖춘 고답파 시와 풍자적인 사교시를 쓰기도 했다. 그는 젊은 사교계 인사로서 호텔 뫼리스에서 플로베르를 소개받은 적이 있었다. 완전히 압도당하는 바람에 한 마디도 하지 못했지만(그로서는 아주 드문 경우였다), "적어도 그의 손은 만져보았고, 그래서 그로부터 횃불은 아니더라도 불꽃 하나는 받았다"고 자신을 위로했다. 그러나 이미 드물고 전혀 부러울 것 없는 운명이 이 백작에게 다가오고 있었다. 공중의 마음속에서—아니면 적어도 독자의 마음속에서—다른 자아와 혼동되는 운명이었다. 그의 생, 그리고 내세는 자기 자신의 그림자들에 쫓기게 된다.

1885년 6월 런던에 도착했을 때 몽테스키우는 서른 살이었다. 정확히 1년 전인 1884년 6월 조리스-카를 위스망스는 스물아홉 살의 귀족 장 플로레사 데제생트 공작을 주인공으로 삼은 여섯 번째 소설 『거꾸로À Rebours』—영어로는 『결을 거슬러Against the Grain』 또는 『본성을 거슬러Against Nature』로 번역되었다―를 발표했다. 위스망스의 이전 다섯 소설은 졸라류(流)의 사실주의를 구사했으나, 이번에는 그것을 모두 내던졌다. 『거꾸로』는 데카당스의 성서로, 꿈을 꾸듯 명상적이었다. 데제생트는 댄디에 유미주의자였으며, 지나친 근친교배로 병약했고, 집안 혈통의 맨 마지막 인물이었으며, 이상하고 타락한 취향의 소유자로 의복, 장신구, 향수, 진귀한 책, 훌륭한 장정(裝幀)을 사랑했다. 하위직 공무원인 위스망스는 몽테스키우를 소문으로만 알았으며, 친구인 시인 말라르메로부터 백작의 집에 관한 배경 설명을 들었다. 백작은 집 안 장식에 관하여 새롭고 특이한 이론을 갖고 있다. 그래서 북극곰 가죽 위에 놓인 썰매, 교회 가구, 유리진열장에 담긴 다양한 실크 양말, 금박을 입힌 살아 있는 거북이를 전시해놓고 있다. 그런 디테일이 모두 사실이라는 점이 몽테스키우에게는 곤혹스러운 일이었다. 어떤 독자들은 이런 점들이 모델 소설roman à clef에 딱 들어맞는다고 생각하여, 소설의 다른 모든 내용 또한 진실이라고 가정할 것이기 때문이었다. 이야기에 따르면 몽테스키우는 위스망스의 친구이기도 한 서적상으로부터 진귀한 책 몇 권을 주문한 적이 있었다. 그가 책을 찾으러 갔을 때 서적상은 백작을 알아보지 못하고 짜증스럽게 내뱉었다. "참 나, 이보쇼, 이 책들은 데제생트에게나 어울리는 거란 말이오"(어쩌면 사실은 백작을 알아본 것이었는지도 모른다).

또 하나 비슷한 점이 있다. 몽테스키우가 첫 런던 여행에 나서기 전해에 그의 그림자인 픽션 속의 짝도 정확히 똑같은 의도를 갖고 출발했는데, 이 '여행'이 소설의 가장 유명한 장들 가운데 하나를 이룬다. 데제생트는 퐁트네에서 교외이기는 하지만 영적인 고립 속에 살고 있다. 어느 날 아침 그는 하인에게 런던에서 주문한 양복을 내놓으라고 명령하는데, 런던은 제대로 입을 줄 아는 파리 사람이면 누구나 옷을 구하는 곳이었다. 그는 파리행 기차를 타고, 소^{Sceaux}역에 도착한다. 날씨는 험하다. 그는 마차를 불러 시간 단위로 세를 낸다. 마차는 먼저 그를 리볼리 거리에 있는 갈리냐니 서점에 데려다주고, 그는 그곳에서 런던 안내서들을 살핀다. 베데커 여행 안내서 속에서 런던 화랑 목록을 본 그는 근대

2ᵉ COLLECTION FELIX POTIN

HUYSMANS
HOMME DE LETTRES

◇ 위스망스 ◇

영국 미술에 관해 꿈을 꾸기 시작하는데, 특히 밀레이와 G. F. 와츠를 생각한다. 그가 보기에 와츠의 그림들은 "병든 귀스타브 모로가 스케치한" 듯하다. 바깥의 날씨는 계속 지독하다—"이곳 파리에서 얻게 되는 잉글랜드 생활의 할부금"이다. 마부는 그를 보데가*로 데려가는데, 이름은 그래도 잉글랜드인이 즐겨 찾는 곳이다. 여기에서 잉글랜드인 이주자와 관광객들은 자기들이 선호하는 강화 와인을 구한다. 그는 "한 줄로 늘어선 탁자에 놓인 파머 비스킷 바구니, 오래 묵은 짠 케이크, 맛없는 겉껍질 속에 매운 겨자 반죽이 들어간 민스파이와 샌드위치가 잔뜩 쌓인 접시"를 본다. 그는 포트와인을 한 잔 마시고, 이어 아몬티야도 셰리**도 한 잔 마신다. 그는 잉글랜드

* '와인 파는 가게'라는 뜻의 스페인어.
** 스페인산 셰리주.

사람들에게 둘러싸여 있으며, 그들이 디킨스 소설 속의 인물들로 변하는 것을 본다. "그는 이 상상 속의 런던 안에 편안히 자리를 잡았다."

허기가 신호를 보낸다. 그는 마차에 실려 임항(臨港) 열차가 출발하는 생라자르역 맞은편 암스테르담 거리에 있는 태번*으로 간다. 오스틴스 바로 짐작되는 곳이다. 아니면 잉글리시 태번일 텐데, 이곳은 나중에 바 브리타니아로 바뀐다(호텔 브리타니아로 지금도 남아 있다). 저녁은 기름 많은 소꼬리 수프, 훈제 대구, 구운 소고기와 감자, 스틸턴 치즈와 대황 파이다. 그는 에일 두 파인트, 흑맥주 한 잔, 진을 뿌린 커피 한 잔, 이어 브랜디를 마신다. 흑맥주와 커피 사이에 담배를 피운다.

보데가에서 그랬던 것처럼 태번에서도 그는 "눈은 밝은 녹청색, 얼굴은 주홍색에 진지하거나 오만한 표정으로 외국 신문을 훑어보는 섬사람들 무리"에 둘러싸여 있다. "그러나 여기에는 남성 동반자 없이 짝을 지어 식사를 하는 여자도 몇 명 있는데, 이 튼튼한 잉글랜드 여자들은 소년 같은 얼굴에 이는 팔레트 나이프처럼 크고, 뺨은 사과처럼 붉으며, 손과 발이 길다. 이들은 우둔살 스테이크 파이 그릇을 의욕적으로 공략하고 있다."

(잉글랜드 여자에 관한 이런 식의 이야기. 이 여자들은 당시 프랑스에서 크고, 불그레하고, 어줍은 야외의 여자들로 여겨져 일반적으로 조롱의 대상이었고, 프랑스 여자들, 특히 이 부류의 완벽한 예인 파리 여자들보다 분명하게 열등한 존재로 간주되었다. 잉글랜드 여자들은 종

* 영국식 선술집.

종 성적 존재로서 묘하게 자각이 없다고 묘사되었는데, 이는 결국 아내에게—또는 심지어 정부에게도—불을 붙여 성적 존재로 만들지 못하는 잉글랜드 남자들의 잘못일 수밖에 없었다. 영국인과 섹스는 우려스러운 동정의 대상이라는 이런 신념은 끈질기게 교조로 남아 있다. 찰스 왕세자가 프랑스인의 발음대로 "라디 디"*와의 결혼 생활 내내 커밀라 파커-볼스와 바람을 피웠다는 소식이 전해진 직후 파리에 있었던 때가 기억난다. 여러 파리 사람이 즐거워하는 표정으로 중얼거리는 소리가 들렸다. "자기 마누라보다 못생긴 정부를 고르다니 특이하기도 하지!" 정말이지 이 앵글로-색슨, 이들은 구제불능이다(ils sont incorrigibles.)

데제생트는 아직 기차를 탈 시간 여유가 있지만, 자기도 모르게 전에 해외—네덜란드로—여행 중 네덜란드 삶이 네덜란드 예술과 비슷할 것이라는 기대가 무참하게 짓밟혔던 것에 생각이 미쳤다. 혹시 런던의 삶이 마찬가지로 그의 디킨스적인 선입관에 미치지 못한다면 어쩌나. 그는 자문한다. "그냥 의자에 앉은 채로 훌륭한 여행을 할 수 있는데 굳이 움직일 필요가 있을까? 그는 이미 런던에 있는 것이 아닐까?" 상상이 더는 아니라 해도 똑같이 매혹적일 수 있는데 왜 현실이라는 모험을 할까? 그래서 충실하지만 비싼 마부는 승객을 소역으로 다시 데려가고, 그는 그곳에서 집으로 돌아간다.

몽테스키우는 기차를 타고, 데제생트는 기차를 놓쳤다. 몽테스키우는 사교적이고, 데제생트는 은둔자다. 몽테스키우는 종교 생각을 거의 하지 않고(종교의 유물을 제외하면), 데제생트는 그의 창조자와 마찬가지로 고뇌에 차 다시 로마로 향하고 있었다 등등. 그럼에

* Lady D, 다이애나 왕세자비를 가리킨다.

◇　조반니 볼디니, 〈로베르 드 몽테스키우 백작〉(1897)　◇

도 데제생트는 몽테스키우'였다'. 세상은 그렇게 알았다. 그리고 나도 그렇게 알았다. 내가 1967년에 펭귄판 『본성을 거슬러』를 샀을 때, 표지가 볼디니의 초상화 〈로베르 드 몽테스키우 백작Le comte Robert de Montesquiou〉의 얼굴이었기 때문이다.

　데제생트는 런던에 간 적이 없고, 위스망스도 마찬가지였다. 『거꾸로』는 1922년, 저자 사후 15년 뒤, 로베르 드 몽테스키우 사후 1년 뒤에 영어로 번역되었다. 하지만 이 책은 이미 다른 방식으로 해협을 건너, 정확히 1895년 4월 3일 오후에 런던에 도착했다. 이 책은—어쨌든 그 제목과 내용은—오스카 와일드의 세 번의 재판 가운데 2차 재판 때 올드 베일리*에서 칙선 변호사**이자·하원 의원인 에드워드 카슨이 증거로 제출했다. 퀸스베리 경을 대리하는 변호사는 와일드의 소설 『도리언 그레이의 초상』에 나오는 한 장면에 관해 묻고 있다. 이 장면은 헨리 워턴 경이 그레이에게 선물한 프랑스 소설—이 자체로 불길한 것이다, 여느 애국적인 영국 배심은 그렇게 결론 내리고 싶은 유혹을 느꼈을지 모른다—과 관련된 것이다. 와일드는 문제의 책이 사실 『거꾸로』임을 처음에는 반쯤 부인하다가, 나중에는 인정한다. 동시에 와일드는 "나 자신은 그것을 그다지 훌륭하게 보지 않는다"라든가 "나는 그 책이 못 쓴 것이라고 생각한다"라는 말로 위스망스의 소설과 거리를 두려고 한다.
　와일드는 틀림없이 상대편이 신문 스크랩 서비스를 받아보지 않

* 중앙 형사법원.
** 영국에서 최고 등급의 법정 변호사.

기를 바랐을 것이다. 10년 전 신혼여행 기간 《모닝 뉴스Morning News》
(1884년 6월 20일)와 인터뷰를 하면서 이렇게 말한 일이 있기 때문
이다. "위스망스의 최근 저서는 내가 지금까지 본 책 중 최고로 꼽
을 만하다." 하긴, 와일드는 재판 과정에서 거짓말을 많이 했다. 그
는 요즘에는 게이의 성자, 잉글랜드 청교도주의와 이성애 규범성 때
문에 순교당한 사람으로 간주되고 있다. 물론 그는 그런 사람이었
지만, 단지 그것만은 아니었다. 사실 애초에 퀸스베리 경에 맞서 먼
저 형사소송을 제기한 사람이 와일드였다. 그는 용감했는지 몰라도
동시에 어리석기도 했으며, 위험할 정도로 허영심이 강했다. 두 번
째 심리의 속기록을 읽어보면 웨스트엔드*를 즐겁게 했던 재치와 순
발력 있는 답변이 고등법원에서도 똑같이 잘 먹혀들 거라는 괴상한
자신감을 가진 사람이 보인다. 그는 자신의 재치를 과시한다. 카슨
에게 으스대며 예술과 도덕성이 무엇인지 설명한다. 핵심 쟁점—자
신이 동성애 행위를 했다는 것—에 관해 아무런 가책 없이 거짓말
을 한다. 그는 세 번째 심리 끝에 당시 영국의 법에 따라 정확하게
유죄판결을 받았다.

그는 또—역사적으로 법률가와 극작가가 겹치는 경우가 있기
는 하지만—법정이 어떤 부분에서만 극장이라는 사실을 뒤늦게 깨
닫는다. 그래서 그는 농담을 하고 세련된 교양으로 카슨을 괴롭히
려 할 때 두 가지를 잊는다. 첫째, 배심이 옷을 차려입은 극장 관객
이 아니라는 사실이다—열두 명 가운데 여섯 명은 이스트런던의 클
랩턴 출신이며, 그들 가운데는 장화 만드는 사람, 정육점 주인, 은행

* 런던의 극장가.

문서 배달부가 있었다. 둘째로, 칙선 변호사에게는 자신이 스타라고 생각하여 그 결과 무리를 하고 마는 자신감 과잉의 증인보다 더 반가운 상대가 없다는 것이다.

『도리언 그레이의 초상』에서 와일드는 『거꾸로』를 서정적으로 요약하는데, 카슨은 이것을 배심에게 낭독한다.

그것은 그[그레이]가 읽어본 가장 이상한 책이었다. 그가 보기에는 세상의 죄들이 절묘한 옷을 입고 플루트의 섬세한 소리에 맞추어 그의 눈앞에서 무언극을 하며 지나가는 것 같았다. 그가 희미하게 꿈꾸었던 것들이 갑자기 그에게 현실이 되었다. 그가 꿈 꾼 적이 없는 것들이 점차 눈앞에 드러났다. (…) 감각의 삶이 신비주의 철학의 맥락에서 묘사되어 있다. 가끔 어떤 중세 성자의 영적 황홀경을 읽고 있는 것인지, 아니면 현대 죄인의 병적인 고백을 읽고 있는 것인지 헷갈리기도 했다. 유독한 책이었다. 페이지마다 묵직한 향내가 묻어나 뇌를 괴롭히는 것 같았다.

카슨은 『거꾸로』가 부도덕한 책인지 묻는다. 그는 와일드가 어떻게 대답할지 알고 있다. 이미 짚어본 지점이기 때문이다. 와일드는 답한다. "아주 잘 쓰지는 않았죠. 하지만 나는 그것을 부도덕한 책이라고 부르지는 않겠습니다. 잘 쓴 책은 아닙니다." 카슨은 이미 와일드의 관점에서 도덕적이거나 부도덕한 책은 없고, 잘 썼거나 못 쓴 책만 있다는 점을 입증했다. 그는 차근차근 끈질기게 나아간다. "그 말을, 아무리 부도덕한 책이라 해도 잘 썼으면 좋은 책이라는 뜻으로 받아들여도 되겠습니까?" 와일드는 잘 쓴 책은 아름다움이라는 감각을 만들어내지만, 못 쓴 책은 혐오라는 감각을 만들어낸다고 설명한다.

> 카슨: 남색적 관점을 제시하는 잘 쓴 책은 좋은 책이 될 수도 있나
> 요?
> 와일드: 예술 작품은 결코 어떤 종류의 관점을 내세우지 않지요.
> 카슨: 뭐라고요?

카슨은 여느 능력 있는 변호사와 마찬가지로 배심이 기억하기를 바라는 구절을 반복한다. "『거꾸로』는 남색적인 책인가요?" "그게, 선생님, 대놓고 남색을 다루는 책이었습니까?" 어느 시점에서 와일드는 "[도리언 그레이가] 읽어본 가장 이상한 책"에 대한 자신의 묘사가 『거꾸로』와 놀랄 만큼 가깝지만, 나중에 실제로 이 프랑스 소설을 인용할 때, 그 구절들은 『거꾸로』 자체에서 가져온 것이 아니라 자신이 만들어낸 것이라고 문학적인 (그리고 복잡하게 얽힌) 방어를 한다. 카슨은 동요하지 않는다. "재판장님, 내가 증인에게 한 질문은, 『거꾸로』라는 책이 남색을 묘사하는 책이냐 아니냐 하는 것이었습니다" 등등. 배심은 틀림없이 요점을 포착했을 것이다.

이것은 프랑스 책에 대한 가장 이상한 잉글랜드 재판이다. 수입된 포르노그래피에 관한 것이 아니라, 번역되지도 않은 프랑스 소설이 잉글랜드 소설에 끼친 영향, 그리고 결과적으로 그 잉글랜드 소설의 저자가 퀸스베리의 유명한 철자 실수에 따르면 "somdomite*

---

* '남색자'의 옳은 철자는 sodomite다.

라고 으스대는 자"라고 가정하는 것이 옳은가 아닌가에 대한 재판이었다. 안타깝게도 당시에 또는 나중에라도 위스망스가 자신의 소설이 런던 올드 베일리의 그런 유사 재판에서 다루어졌다는 것을 알았다는 증거는 없다.

와일드가 재판을 받을 무렵에는 프랑스가 일반적으로 '추잡스러운 것'의 원천이라는 사실이 잉글랜드의 일반지식이었다. 불과 7년 전, 국민경계연합*의 캠페인 이후 졸라 소설의 (이미 약간 삭제된) 번역판을 출판하던 헨리 비즈텔리가 그의 출판사에서 낸 『대지La Terre』 때문에 기소당했다. 중앙 형사법원에서 대검찰청 차장검사 폴런드 씨는 이 소설이 "처음부터 끝까지 추잡하며", 일반적으로 추잡한 책에는 추잡한 구절이 하나, 둘, 심지어 셋이 들어갈 수도 있는데,『대지』에는 무려 스물한 개가 들어가 있고, 그 각각을 배심에게 읽어줄 작정이라고 말했다. 지방법원 판사는 그것들이 "모두 대단히 역겹지만 (…) 소장에서 고발되었으므로 입증이 되어야 한다"는 데 동의했다. 한 배심원은 자신의 의무가 주는 부담에 기가 질려 초조한 표정으로 물었다. "하지만 그것을 꼭 다 읽어야 합니까?" 폴런드 씨는 배심에게 그것을 낭독해야 하는 자신도 발췌문을 들어야 하는 그들만큼이나 불쾌하다는 점을 상기시키며 이런 해결책을 제시했다. "피고석에 있는 학식 있는 친구가 무슨 말을 하느냐에 따라 달라지겠지만, 여러분이 이 구절들이 외설적이라고 생각한다면 나는 즉시 그것을 읽는 일을 중단하겠습니다."

그 지점에서 비즈텔리의 변호사 윌리엄스 씨가 지혜롭게도 자신

* National Vigilance Association, 1885년 범죄와 부도덕을 근절하는 법률 시행을 위해 설립된 영국의 단체.

30

의 의뢰인에게 유죄를 인정하게 하여, 배심이 공공장소에서 당황하는 일을 면하게 해주었다. 그런 다음 여느 외설 재판을 장식하는 그 희극적 대화들 가운데 하나가 뒤따랐다.

> 윌리엄스 씨: 재판장님께 이 작품들은 위대한 프랑스 작가가 쓴 것
> 이라는 점을 상기시키고 싶습니다.
> 차장검사: 다작의 프랑스 작가지요.
> 지방법원 판사: 대중적인 프랑스 작가지요.
> 윌리엄스 씨: 프랑스의 문인 가운데 높은 위치에 있는 작가입니다.

졸라가 어떤 작가든, 비즈텔리는 벌금 100파운드를 물고 열두 달 동안 치안을 어지럽히지 말라는 명령을 받았다.

영국 언론은 비즈텔리 사건에 환호, 도덕적 분노, 애국주의, 어떤 의심이 뒤섞인 반응을 보였다. 추잡함에 관한 것이 아니라, '추잡한 것'을 찾아내는 자의 정체성에 관한 의심이었다. '국민 경계'는 사실 검열관을 자청하는 다른 어떤 집단의 기능이라기보다는 언론이 소중히 여기는 기능의 하나였기 때문이다. 좀 더 사려 깊은 주장을 제시한 것은 《리버풀 머큐리Liverpool Mercury》였다.

> 우리가 모순을 발견하는 지점은, 똑같은 작품이 프랑스어라는 원래의 옷을 입고 있을 때는 그것을 소매하는 사람들이 무사하다는 것이다. 영어판이 법에 음란해 보인다면, 더 역겨운 프랑스판의 유통이 허락되는 이유를 이해하기 힘들다. 그 영향은 덜 교육받은 사람들만큼이나 더 교육받은 사람들에게도 심각할 것이 틀림없다.

누군가가 프랑스어를 읽을 수 있다고 해서 우월한 것은 아니며, 그런 사람이 이 언어를 안다는 이유로 영어만 읽는 사람에게는 지혜롭게도 금지된 썩은 과일을 만지고 보는 특권을 누릴 논리적 이유가 없다.

통찰력 있는 주장이다. 4년 전 오스카 와일드는 신혼여행 중이었음에도 부패한 소설을 원어인 프랑스어로 읽고 싶어 했고, 읽을 수 있었으며, 그것은 너무나 예측 가능하고도 공적인 결과를 낳았다.

몽테스키우와 폴리냐크는 1875년 칸에서 만났다. 장소는 폴리냐크의 조카딸인 뤼느 공작 부인의 별장이었다. 몽테스키우는 아직 스물이 되지 않았지만, 취향과 허영심은 완전히 형성되어 있었다. 두 사람은 함께 칸과 망통 사이를 걸었다. 그들은 셰리를 마시며 서로에게 문학 작품에서 좋아하는 구절을 읽어주었다. 폴리냐크는 몽테스키우에게 그가 익숙하지 않은 음악을 소개했고, 백작은 그 호의에 산문과 시로 보답했다. 그들 사이에는 스무 살의 나이 차이가 있었지만, 두 사람은 백작의 자신감과 왕자의 의심이 맞서는 가운데 예술적 이해의 평등을 공유했다. 폴리냐크는 벽장 속 동성애자*로서 그런 문제를 둘러싼 몽테스키우의 자신감에 틀림없이 반응했을 것이다. 물론 백작도 벽장에서 나왔다기보다는 마치 그러는 것이 정상인 양 꽃과 시와 놀라운 색깔로 벽장의 문을 장식하는 정도에 가까

---

* closet homosexual은 흔히 커밍아웃하지 않은 성소수자를 가리키는 말로 쓰인다.

웠지만. 백작이 런던 소풍을 떠난 것은 포치를 안 지 1~2년밖에 되지 않은 시점이었다. 포치의 존재가 추가된 것을 무엇으로 설명할 수 있을까? 물론 포치는 탁월한 영어를 구사했지만, 그것은 3개 국어(프랑스어, 영어, 독일어)를 사용하며 성장한 에드몽 드 폴리냐크도 마찬가지였다. 더 그럴듯한 설명은 쇼핑의 성격에 있을지도 모른다. 쇼핑을 즐기는 사람이라면 누구나—번화가의 쇼핑객에서부터 스펙트럼의 "지적이고 장식적인" 끝에 있는 사람들에 이르기까지— 다른 쇼핑하는 사람들을 사랑하고 필요로 한다. 특히 포치처럼 열정적이고, 함께 어울리기 쉽고, 취향을 갖추고 (자금 또한 풍부한) 돌아다니는 사람들을.

그러나 또 하나의 설명이 가능하다. 보은. 1884년 6월 말, 런던 여행 1년 전, 포치는 몽테스키우로부터 선물을 받았다. 메이페어*의 애스프리 상점에서 파는 호화로운 모로코가죽 여행 가방으로, 맨 위쪽에 금박의 작은 관(冠)과 함께 R**이라는 글자가 찍혀 있었다. 가방을 열자 봉투가 들어 있었는데, 첫 번째 봉투 안에 작은 두 번째 봉투가 들어 있었으며, 이런 식으로 계속 봉투가 이어졌다. 맨 안쪽의 가장 작은 봉투에는 백작이 주홍색과 보라색 잉크로 쓴 시가 들어 있었는데, 포치가 "나의 낙엽 같은 활력"이라고 일컬어지는 것을 치료하려고 노력해준 데 감사하는 내용이었다. 외과 의사이자 포치의 전기 작가인 클로드 방데르푸텐은 그 구절과 시를 성적 기능 부전—발기 불능, 또는 아마도 조루—을 묘사하는 것으로 해석한다. 나아가 포치가 그 질환을 "경험적이고, 우애 넘치고, 친근한 심리 치

* 런던의 고급 주택 지구로 런던 사교계를 가리키는 말로 쓰이기도 한다.
** 몽테스키우의 이름인 Robert의 앞 글자.

료"를 통해 고치려 했지만, 이 "질환"은 "결정적인" 것이 되었다고 추측한다. 사실들이 존재하고 나서 100년이 지난 뒤에 이루어진, 반드시 허구라고 할 수는 없지만 시적인 진단. 그것이 무엇이었든, 포치를 초대한 것은 그의 치료 노력에 대한 보은일 수도 있었다―동시에 그가 여행 가방을 사용할 수 있는 기회이기도 했고.

그러나 이 전기 작가가 옳다면 또 하나의 묘한 유사점이 나타난다. 『거꾸로』의 서문에서 우리는 데제생트가 파리를 속속들이 아는 젊은 남자로서 그간 자신의 성적 욕구를 크게 충족시켰다는 이야기를 듣게 된다. 처음에는 가수와 여배우들과, 그다음에는 "이미 비행(非行)으로 유명한" 애인들과, 그리고 마지막에는 매춘부들과. 그러다 마침내 물리기도 하고 자기혐오도 생기고 매독에 대한 의사의 경고도 있어서 섹스를 포기하게 된다. 그러나 잠시뿐이다. 이 휴지기 이후 이번에는 자신의 동류에 의해, "부자연스러운 연애와 변태적인 쾌락"에 의해 상상력에 다시 불이 붙는다. 그러나 다시 물리고 신경에 긴장이 생겨 무기력으로 무너져 내리고 만다. 나아가 "발기부전도 먼 일이 아니었다"(위스망스 자신은 자신의 창조물보다 덜 화려한 방탕 생활을 했는지 몰라도, 그와 마찬가지로 발기부전을 겪었다).

그러나 데제생트는 댄디인 동시에 거꾸로 가는 사람이기 때문에 이런 전개에 절망하지 않는다. 오히려 그것을 기뻐한다. 결국 발기부전은 세상을 떠나는 하나의 방식이고, 더 대단한 방식으로 세상에서 물러나는 것이야말로 그가 계획하고 있는 일이기 때문이다. 만일 그가 성공적인 현대의 은자가 되고자 한다면 성적 욕구의 상실은 분명히 도움이 될 것이다. 그래서 소설의 첫 장(章)에서 데제생트는 이런 국면을 "검은" 만찬으로 기념한다. 초청장은 장례 고지 양식으로 보낸다. 장식, 꽃, 탁자보는 모두 검은색이다. 음식과 와인도 마찬가지다. 웨이트리스도 마찬가지다. 배경에서 모습을 드러내지 않는 오케스트라는 장송행진곡을 연주한다. 짜증 나는 정력의 압박에 대한 과장스럽고도 명랑한 작별 인사다.

이 네 문단을 몽테스키우가 정확히 어떻게 생각했는지는 알려져 있지 않다. 그에게는 폭로라기보다는 우연의 일치로 다가왔을 것이다. 어쨌든 댄디-유미주의자는 일반적으로 규범을 쩔쩔매게 만드는 것을 아주 좋아하는데, 섹스는 심지어 더 변종적인 표현의 경우에도 규범적이 될 수 있고, 따라서 부르주아적이 될 수 있다. 섹스는 또 결혼과 가족, 그리고 책임, 그리고 출세, 그리고 이사회의 자리, 지역 주교와의 우정 등으로 통한다. 발기부전은 경멸하는 부르주아지에 대한 항거의 진술, 나아가 유미주의자의 우월성의 증거로 장난스럽게 이용될 수도 있다.

이 이야기에서 첫 번째 총알은 역사적이고 매우 문학적이다. 로베르 드 몽테스키우 백작에게는 진기한 물건을 보관하는 장이 있었다—사실 그의 집 전체가 그런 장이라고 할 만했는데, 이것은 내적인 유미주의와 감식안의 외적 전시인 셈이었다. 소설가 알퐁스 도데의 큰아들 레옹 도데는 그의 여러 권짜리 회고록 가운데 한 권에서 백작의 특별 귀중품을 안내받아 구경한 일을 회상한다. 그 가운데 하나가 "푸시킨을 죽인 총알"이었다. 이 시인은 1837년 러시아 슈발리에 근위대의 프랑스 장교 조르주-샤를 드 헥케른 당테스와 결투를 하여 죽임을 당했다. 그 죽음의 방식에 포치는 너무나도 익숙해지게 되고, 평생에 걸쳐 이것을 완화시키거나 피하려고 노력하게 된다. 총알은 푸시킨의 골반을 뚫고 복부까지 들어갔다. 당시에는 어떤 외과 수술도 불가능하여, 시인은 이틀 동안 괴로워하다가 죽었다. 18년 뒤, 몽테스키우가 태어났다. 그 총알이 어떻게 백작의 수집품에 들어가게 되었는지는 기록에 남아 있지 않다.

  포치는 지방 부르주아지 출신으로, 몽테스키우는 이 계급을 본능적으로 멸시했다. 백작은 "남을 불쾌하게 만드는 데서 귀족이 맛보는 쾌락"(보들레르의 표현)을 과시하는 데 즐거움을 느끼곤 했다. 그러나 포치는 그의 질책, 그리고 많은 경우 그의 속물근성도 피했다. 포치에게는 "남을 유쾌하게 만드는 데서 부르주아지가 맛보는 쾌락"이라고 부를 만한 것이 있었으며, 처음부터 빈틈없는 사교적 책략가였다.

  1864년 의학을 공부하러 파리에 왔을 때 그에게 전혀 연줄이 없는 것은 아니었다. 급우들 가운데는 프로테스탄트인 남서부 출신의 친구들이 있었다. 또 이미 자리를 잡은 사촌 알렉상드르 라불벤이 있었는데, 그는 스무 살 연상으로 잘 알려진 상류사회 의사였으며, 그의 환자 중에는 나폴레옹 3세가 속한 통치 가문도 있었다. 포치는 매력적이고 야심이 있었다. 그러나 무엇보다도 우수한 학생이었다. 1872년에는 그해 최우수 인턴으로 금메달을 땄다. 그는 복부를 전공했다. 1873년에는 직장 상부의 누공(瘻孔) 연구로 박사 학위를 받았다. 그의 학위 논문 제목은 「자궁 섬유종 치료에서 자궁절제의 가치」였다. 루르신-파스칼 종합병원의 유명한 외과의 폴 브로카(그 또한 남서부 출신의 프로테스탄트였다)가 그의 주요 후원자가 되었다. 브로카는 인류학회의 설립자이기도 했는데, 포치는 여기에도 가입했다. 브로카는 프랑스에서 1874년에 출간된 다윈의 『인간과 동물의 감정 표현』을 포치와 공역하면서 포치의 이름을 앞에 놓았다. 1880년 브로카가 쉰여섯의 나이로 급사했을 때 동료 네 명이 그의 부검을 나누어 맡았는데, 포치는 두개골과 뇌를 맡았다. 세월이 흐른 뒤 루르신-파스칼은 브로카 종합병원으로 개명했고, 30년 동안 포치는 그 병원의 두개골이자 뇌 역할을 했다.

그 시절 포치의 또 한 사람의 후원자는 고답파 시인 르콩트 드릴이었다. 그들은 1870년경 만난 것으로 보이는데, 그때부터 시인 부부는 포치를 보살폈다. 군의관의 아들인 르콩트는 오랫동안 이혼 상태였던 과학과 시가 통일되어야 한다고 굳게 믿는 사람이었다. 또

◇ 브로카 ◇

◇ 르콩트 드릴 ◇

자유사상가이기도 하여, 포치가 베르주라크에서 가져왔을지도 모르는 종교적인 믿음을 완전히 소멸시키는 데 도움을 주었다. 그는 포치를 문단으로 이끌었으며 빅토르 위고를 소개해주었다. 또 포치의 별로 훌륭하지 않은 운문에 귀를 기울여주었고, 독일어를 배우라고 권했다. 르콩트는 1894년에 죽으면서 포치를 자신의 유저 관리자로 지명하여 장서와 문서를 남겼다.

르콩트는 포치가 일찌감치—사실은 조숙하게—사라 베르나르와 연애를 하는 데, 의도하지는 않았지만 핵심적인 연결 고리 역할을 했다. 포치는 당시 20대 중반의 의대생이고, 베르나르는 두 살 연상의 이미 떠오르는 스타, 새로운 종류의 자연스러움(물론 자연히, 완전히 통제된 자연스러움이지만)과 일반적인 주연 여배우와 다른 체형—더 늘씬하고 아담했다—을 보여주는 여배우였다. 포치와 함께 의대에 다녔던 학생은 나중에 자신과 포치가 함께 시인을 만나 저녁을 먹자며 베르나르를 초대했다고 회고했다. 시인이 오자 그녀는 그의 작품 가운데 반은 될 법한 분량을 외워서 암송했고, 시인은 울면서 그녀의 손에 키스했다. 그날 저녁 행사는 대성공이었다. 곧 포치는 베르나르의 집에서 식사를 하게 되었다—그녀와 그녀의 작은 아들, 아들의 개인 교사, 그녀가 돌보는 조카딸과 함께. 온 가족이 함께en famille 식사를 하고, 그 뒤에 아이들은 잠을 자러 가고, 그러면 젊은 성인 둘만 남곤 했다. 정확히 무슨 일이 언제 시작되었는지, 우리는 알 수 없다. 그 일이 얼마나 오래 지속되었는지도. 그러나 이 연애는 숙성되어 반세기 넘는 기간 지속되는 우정이 되었다. 그들 둘 다 신에 가까운 별명을 얻었으니, 그는 늘 그녀에게 '의사신Docteur Dieu'이었으며, 그녀는 (거의) 모두에게 '신성한 사라'였다. 그에게는 더 지상에 가까운 별명도 있었는데, 사교계의 인사 오베르농 부인이 하사한 '사랑이라는 의사L'Amour medecin'였다. 이것은 몰리에르 희곡의 제목—영어로는 「사랑이 최고의 명약」—으로, 포치의 경우에는 '사랑 의사Dr Love'라고 옮기는 게 일반적이다.

그들은 기질이 아주 잘 맞았다. 정열적이지만 소유욕은 약했다—달리 말하면 가만히 안착하지 못하는 면이 강했다. 베르나르는 남성의 수사슴 같은 경쟁심을 완화시키면서 에고를 부추겨주는 법을 알았고, 필요할 때는 가볍게 넘어가주는 요령도 있었다. 그들은 각각 애인에는 탐욕스러웠다. 포치의 전기 작가는 포치가 끌리는 체형을 레포렐로*처럼 나열하고서(결국 모든 유형에 끌린다) 묘하게 점잔을 빼며(또는 순진하게) 덧붙인다. "그는 진지하다, 매번." 또 "한 가지는 확실한데, 이 모든 여자가 친구로 남는다". 사실 진실이라기에는 너무 좋게 들리기는 한다.

사실 세부적인 내용은, 심지어 다수의 이름까지도, 어림짐작이다. 포치는 매우 신중하고, 뒷공론도 없었던 것으로 보인다. 또는 있었는지 몰라도, 그것을 기록해두지는 않았다. 그가 베르나르에게 보낸 편지는 남아 있지 않은 반면 그녀가 보낸 편지는 몇 통 남아 있다. 그 편지들에는 진심에서 우러나오는 표현, 그리고 직접적인 요구가 담겨 있지만, 이 초창기 두 사람 간 관계의 특질, 또는 그 빈도를 감지하기는 어렵다. 한 편지에서 그녀는 그에게 이렇게 쓰고 있다. "나는 당신한테 거짓말을 했어요, 그건 사실이에요. 하지만 나는 한 번도 당신을 속이지는 않았어요." 매우 프랑스적인 궤변으로 들

---

* 모차르트의 오페라 〈돈 조반니〉의 등장인물. 주인공 돈 조반니가 만난 여자들을 나열한다.

◇ 나다르가 찍은 사라 베르나르(1864년경) ◇

리지만, 어느 정도 말이 되기는 한다. 나는 늘 당신에게 다른 사람들과 자겠다고 말했고, 만일 그렇게 하기 위해 거짓말을 할 필요가 있었다면 작은 진실은 깨지지만 큰 진실은 유지되는 셈이다.

포치의 전기 작가에 따르면 그들 관계의 한 열쇠는 "프로테스탄트와 유대인 사이의 잘 알려진 친화성"이었다. (이것이 가톨릭 프랑스 내부에서 역사적으로 배제되어온 두 소수파 사이의 필연적인 연대 이상이었을까?) 그러나 방데르푸텐에 따르면 그게 다는 아니다. 그의 관점에서 볼 때 포치에게는 "유대인 감수성"이 있었다. 그는 또 "유대인 친구가 많았다". 사실 "그는 유대인 여자와 결혼했어야 했다".

그러나 사라 베르나르는 아니었다. 그녀는 자신이 결혼에 맞는 여자가 아니라는 것을 알았다. 한 번의 시도─이 결혼식은 1882년 런던에서 거행되었다─는 참사였다. 대신 포치는 무대에 있는 그녀를 보러 갔고, 자신의 살롱에서 그녀를 환영했으며, 요청이 있을 때마다 그녀의 내과와 외과 의사가 되었고─필요하면 심지어 대서양 횡단 전보를 통해서라도─그녀에게 돈을 빌려주었다. 사라 베르나르가 영위했던 성적 자유의 삶은 많은 사람들에게 추문이었지만 프랑스 사회가 수백 년에 걸쳐 여배우에게서 기대하던 정확히 그런 종류의 추문이었다. 실제로 그런 추문의 반복은 사회의 도덕성이 올바름을 재확인해주는 역할을 할 뿐이었다.

브로카와 르콩트를 후원자로 두고, 사라 베르나르를 가끔 자신의 (또는 그녀의) 침대에서 만나고 있었으니, 파리의 어떤 젊은 의대생의 출발이 이보다 좋았겠는가?

'즐거운 영국', '황금시대', '벨 에포크'. 이런 빛나는 상표명은 늘 회고적으로 만들어진다. 1895년이나 1900년에 파리에 살던 누구도 서로 "우리는 '벨 에포크'를 살고 있으니 한껏 즐기는 게 좋아" 하고 말한 적이 없다. 1870~1871년 프랑스의 파국적 패배와 1914~1918년 프랑스의 파국적 승리 사이 평화의 시기를 묘사하는 이 말은 1940~1941년, 프랑스가 다시 한번 패배하고 나서야 언어에 등장했다. 이것은 생방송 뮤지컬 쇼로 바뀌어 나간 어느 라디오 프로그램의 제목이었다. 기분 좋은 조어이자 기분 좋은 오락물이었으며, 동시에 오-라-라,* 캉-캉 프랑스라는 독일의 어떤 선입관에 부응하는 것이기도 했다. '벨 에포크'—평화와 쾌락의 고전적 표현, 퇴폐미가 상당히 섞인 매력, 예술의 마지막 개화, 정착된 상류사회의 마지막 개화. 이 부드러운 환상은 뒤늦게 금속적이고 속임수가 통하지 않는 20세기에 의해 날아가버렸다. 20세기는 그 우아하고 재치 있는 툴루즈-로트레크 포스터를 나병에 걸린 듯한 벽과 악취가 나는 남자용 공동변소vespasienne에서 뜯어내버렸다. 글쎄, 일부에게, 대부분의 사람들보다도 특히 파리인에게는 그랬을지도 모른다. 하지만 지혜로운 프랑스 역사 전문가 더글러스 존슨이 말한 적이 있듯이, "파리는 프랑스의 변두리에 불과하다".

실제로 당시 그 '아름다운 시절'은 정치적 불안정과 위기와 추문으로 가득한 신경증적인, 심지어 히스테리에 사로잡힌 국가적 불안의 시기였다—그리고 그렇게 느껴졌다. 이런 과호흡 시대에 편견은 금세 편집증으로 전이될 수 있었다. 그래서 역사적으로 박해받아온

* 프랑스의 감탄사.

42

프로테스탄트와 유대인 사이의 "잘 알려진 친화성"은 어떤 정신들에 의해 생생한 위협으로 바뀌어버릴 수 있었다. 1899년 에르네스트 르노라는 사람이 『프로테스탄트의 위험Le Péril protestant』이라는 책을 냈는데, 그 목적이 "유대인, 프리메이슨과 동맹을 맺고 가톨릭과 맞서는 적 프로테스탄트의 가면을 벗기는 것"이라고 설명했다.

아무도 무슨 일이 벌어질지 알지 못했다. 마땅히 일어났어야 할 일들이 좀처럼 일어나지 않았기 때문이다. 1871년 프로이센의 배상 요구는 마땅히 수십 년 동안 프랑스를 불구로 만들었어야 했지만 금세 배상금을 지불할 수 있었고, 1863년 이후 프랑스 포도밭을 황폐하게 만들었던 포도나무뿌리진디보다 훨씬 적은 피해를 주었다. 마땅히 일어났어야 할 헌법상의 엄청난 변화는 마지막 순간에 사소해 보이는 이유들로 면할 수 있었다. 프로이센에 패배한 뒤 군주제가 완전히 복귀할 채비를 했지만 왕위 요구자인 샹보르 백작이 삼색기tricolore를 국기로 삼기를 주저했다. 그는 흰 백합꽃fleur-de-lys을 국기로 삼거나 아니면 아무것도 국기로 삼지 않겠다고 고집했고, 그 결과 아무것도 얻지 못했다. 1880년대 말에는 불랑제 장군—가톨릭, 왕당파, 포퓰리스트, '대독 복수파'—이 1889년 선거에서 권력을 잡을 것으로 예상되었다(그가 내세운 매우 어울리지 않은 후보들 가운데 한 명이 에드몽 드 폴리냐크 왕자였는데, 그는 낭시에서 공천을 받았지만 선거 유세가 너무 피곤하다는 것을 알고 사퇴했다). 그러나 불랑제의 이런 민주적 시도는 실패했고, 그렇게 되자 쿠데타가 확실해 보였지만, 불랑제가 마지막 순간에 지나치게 망설였는데 이는 절묘한 이름의 정부 드 본맹* 부인의 조언 때문이었던 것 같다. 실제로 일어난 한 가지 주요한 헌정상의 변화는 교회와 국가의 분리였다. 1905년 법은 오늘날까지도 프랑스 세속 국가의 기초로 남아 있다.

국내의 정치적 혼란에 대한 치료책—또는 적어도 기분 전환책—은 대개 어디에서나 똑같다. 외적인 모험. 이 시기에 프랑스인은 영국인이 그랬던 것처럼 자신들에게 세상에서 유일무이한 문명화 사명mission civilisatrice이 있다고 믿었다. 예측 가능한 일이지만, 두 나라는 각자 자신의 문명화 사명이 상대의 사명보다 문명화되어 있다고 생각했다. 물론 실제로 문명화의 대상이 되는 곳에서는 다르게 느꼈다—그것은 정복에 가까웠다. 예를 들어, 1881년 봄 프랑스는 튀니지를 침공했고, 그해 가을에는 반란을 진압했다. 그사이에 그들은 이 나라의 이전 통치자들과 '보호조약'을 체결했다. 이 명칭이 속을 드러낸다. 보호를 제공하는 자들이 보호비를 받으려고 손을 내민다. 이때는 깡패 제국주의 시기였다. 한편 1870년부터 1900년 사이에 대영제국은 약 1040만 제곱킬로미터로 크기가 늘었다.

프랑스의 정치 부패는 풍토병이었다. "은행가마다 개인 전용 상원 의원과 하원 의원을 갖고 있다"는 말이 나돌았다. 언론은 폭력적인 언어를 썼다. 명예훼손 관련 법은 느슨했다. 가짜 뉴스가 만연했다. 살인도 결코 멀지 않았다. 1881년 '국제 무정부주의자 대회'는 "행동에 의한 선전"(이 표현의 원조가 프랑스어였다)을 승인했으며, '벨 에포크'가 자랑하는 상류사회 생활—오페라하우스와 화려한 레스토랑으로 이루어진 세계—이 표적이 되었다. 1892년 무정부주의

* Bonnemains, 직역하면 '좋은 손'이라는 뜻이 된다.

자 라바숄이 재판을 받고 단두대에서 처형되자 그 응답으로 하원에 수제 폭탄이 던져졌고, 그 결과 쉰 명이 부상을 당했다. 고위층 암살도 있었다—1894년에는 공화국 대통령 사디 카르노, 1914년에는 사회주의 반전 지도자 장 조레스.

혈연과 지연을 바탕으로 한 토착주의도 발흥하여, 옛 갈리아를 "다시 깨울 것"을 촉구했다. 불랑제가 명확하게 내건, 프로이센에 대한 복수를 원하는 거친 욕망도 있었다. 반유대주의가 전국적으로 급격하게 분출하기도 했다. 이 세 가지 흐름이 엮여서 이 시기의 가장 큰 정치적 사변인 드레퓌스 사건으로 들어갔는데, 이것은 정의라는 '단순한' 문제를 넘어서서 과거를 응집하고 미래를 규정했다. 모두가 이런저런 방식으로 관여했다. 1895년 드레퓌스의 '강등식' 때 사라 베르나르는 앞줄에 앉아 있었다. 1899년 렌에서 열린 재심에는 포치가 있었다(포치는 모든 곳에 있었다).

그러나—이 시기의 역사적 불합리성에 발맞추어—드레퓌스 사건은 그 내용을 고려하면 전혀 균형이 맞지 않는 엄청난 영향력을 행사했다. 이 사건의 피해자는 순교자가 종종 그 자신의 순교가 주는 신비한 매력에 부응하지 못한다는 규칙을 확인해주었다. "우리는 드레퓌스를 위해 죽을 각오가 되어 있었지만 드레퓌스는 그렇지 않았다." 시인 샤를 페기는 그렇게 논평했다. 실제 간첩 활동의 심각성에 관해서는, "거기에는 아무것도 없었다"고 더글러스 존슨은 결론을 내렸다. 이 사건은 그 자체에 포함되어 있는 것보다 다른 사람들이 이 사건에 관해 생각하는 것 때문에 훨씬 중요해졌다. 실제로 반유대주의 감정을 부추긴 책임을 져야 할 고위층 부패의 예를 찾는다면, 1892~1893년의 '파나마 추문'—유대인 금융업자 세 명이 각료 몇 명과 하원 의원 150명, 그리고 거의 모든 주요 신문사에 뇌물을 주었다―이 훨씬 더 중요한 의미가 있어야 마땅하다. 하지만 역사에는 종종 "마땅"이 들어설 자리가 없다.

프랑스에서는 정치적 기억이 오래간다. 1965년 당시 여든 살이던 소설가 프랑수아 모리아크는 말했다. "나는 드레퓌스 사건 때 어린아이였지만 그것이 내 삶을 꽉 채웠다." 같은 해에 나는 프랑스에서 가르치고 있었는데, 프랑스의(그리고 프랑스어를 사용하는) 가수 겸 작곡가들을 발견하는 재미를 맛보고 있었다. 내가 가장 좋아하는 가수는 자크 브렐이었는데, 그는 12년 뒤―그러니까 실제 사건이 벌어지고 나서 63년이 지나―"왜 그들은 조레스를 죽였나Pourquoi ont-ils tué Jaurès?"라는 후렴이 들어가는 서정적인 애가 〈조레스Jaurès〉를 녹음하게 된다.

수천 마일 떨어진 곳에서는 기발하고, 사소하고, 재미있는 일이 벌어지는데, 이것은 의도하지 않은 결과라는 역사의 법칙을 멋지게 보여준다. 1896년 '아프리카 쟁탈전' 동안 프랑스 군인 여덟 명과 세네갈 군인 120명으로 이루어진 원정대가 서에서 동으로 대륙을 가로질렀다. 그들의 목표물은 수단 영토에 속하는 나일강 북부의 허물어진 요새였다. 프랑스군답게 그들은 보르도산 적포도주 1300리터와 페르노 50병, 자동피아노 한 대를 들고 출발했다. 여행은 2년이 걸렸다. 그들은 졸라가 「나는 고발한다J'Accuse」를 발표하고 나서 두 달 뒤인 1898년 7월에 목적지에 도착했다. 그들은 파쇼다의 무너진 요새에 삼색기를 게양했는데, 아무런 지정학적 목표 없이, 영국인을 괴롭히는 것만이 목적인 듯했다. 그들은 이 일마저 아주 조금만 했으며, 그러다가 당시 이집트군을 맡고 있던 키치너가 나타나

◇ 조레스 ◇   ◇ 키치너 경 ◇

후딱 자리를 뜨라고 충고했다. 키치너는 또 그 무렵에 나온 프랑스 신문들도 주었는데, 프랑스군은 드레퓌스 사건에 관해서 읽고 울었다. 양편의 우애는 돈독해졌으며, 영국 군악대는 프랑스군이 물러날 때 〈라 마르세예즈〉를 연주해주었다. 아무도 죽기는커녕, 다치거나 학대를 당하지도 않았다.

어떻게 이것이 더 넓은 범위에서 벌어지는 제국주의적 경쟁 속에서 사소한 희극적 여흥이 아닐 수 있었겠는가? 영국은 지금까지 파쇼다를 오랫동안 잊고 있었다(하긴 그들은 이 미미한 철수를 강요한 쪽이었으니까). 그러나 프랑스의 눈에는 이것이 국가적 수모와 불명예의 핵심적 순간, 어느 여덟 살짜리 소년에게 심대한 영향을 준 순간이었으며, 이 소년은 훗날 이것을 "유년의 비극"으로 기억하게 된다. 그 외딴 요새에서 프랑스인 여덟 명과 미지근한 샴페인을 마시

면서, 또 이 단기 거주자들이 심지어 정원도 가꾸었다는 사실에 주
목하면서—"파쇼다에 꽃이라니! 오 이 프랑스인들이란!"—이 사건
들이 수십 년 뒤 전시 런던 망명기의 샤를 드골에게 분을 못 이긴
난폭한(이라고 쓰고 프랑스어로는 "애국적이고 단호한"이라고 읽는다)
행동을 유발하고, 더 시간이 흐른 뒤에는 영국의 유럽경제공동체 가
입("파괴")을 복수심에 가득 차 고집스럽게("정치적 수완을 발휘하며
원칙적으로") 세 번이나 거부하는 행동을 유발할 것임을 키치너가
어떻게 알았겠는가?

　이제는 '벨 에포크'가 프랑스 미술에서 위대한 승리의 시기라는
것이 분명해—사실이기 때문에 분명하다—보일 수도 있다. 모네는
1870~1871년의 트라우마 1년 뒤에 〈인상, 해돋이Impression, Sunrise〉를
그렸다. 이 시기가 끝나는 1914년에 이르면 브라크와 피카소는 입
체파의 기초를 다지고 가장 순수한 형태를 그리게 된다. 그사이에
마네, 피사로, 세잔, 르누아르, 르동, 로트레크, 쇠라, 마티스, 뷔야르,
보나르 그리고 그들 모두 가운데 가장 위대한 드가가 있었다. 다시
말하면 인상파, 신인상파, 상징파, 야수파, 입체파가 있었다. 영국은
이에 맞서 무엇을 내세워야 했을까? 라파엘전파의 계속 이어지는
영웅 전설, 빅토리아 여왕 전성기 예술에 남아 있던 병적인 면, 와츠
의 당당한 이질성, 프랑스화된 시커트, 스코틀랜드 인상파. 영국 미
술의 많은 부분에는 역겨운 훈계의 분위기가 감돌고 있었다. 와일드
가 『도리언 그레이의 초상』에서 화가 배질 홀워드에 관하여 말하면
서 그 점을 지적했다. "그의 작품은 어떤 화가에게 늘 대표적인 영

국 화가라는 칭호를 얻을 자격을 주는, 나쁜 그림과 좋은 의도의 묘
한 혼합물이었다."(와일드는 플로베르를 반쯤 흉내 내고 있었다. "좋
은 의도로 예술을 만들어낼 수는 없다.") 신선한 색채와 신선한 태도
에도 불구하고 라파엘전파의 예술은 뒤를 돌아보는, 역사적인, 이야
기를 하는 미술이었으며, 영국인은 이것에 대해 그 뒤 150년 동안
자랑과 경계를 반복했다. 반면 새로운 프랑스 미술은 제재에서나 기
법에서 굴하지 않고 현대적이었다. 물론 이 때문에 프랑스 미술은
프랑스의 많은 사람들에게 불쾌감을 주었다.

그래서 파리의 유미주의자는 종종 잉글랜드로 고개를 돌렸다. 단
지 회화만이 아니라, 장식미술과 응용미술 때문이기도 했다. 또 이
론 때문이기도 했는데, 이 면에서 영국인이 앞서는 것은 드문 일이
었다. 우선 몽테스키우가 읽고 프루스트가 번역한 러스킨이 있었다.
또 모든 사람에게 "단단한 보석 같은 불길로 타오르라"고 촉구하고
"낯선 사상과 환상적인 백일몽과 강렬한 열정의" 예술을 찬양했던
소심한 옥스퍼드 교수 월터 페이터가 있었다. 아르누보 가구의 첫
작품은 1876년 런던 만국박람회에서 전시되었다. 데제생트는 런던
에 대한 꿈에서 밀레이의 〈성 아그네스 전야The Eve of St Agnes〉라는 제목
을 언급한다. 리볼리 거리의 갈리냐니에서는 케이트 그리너웨이와
월터 크레인의 화집을 팔았다.

낯선 사상과 강렬한 열정. 잉글랜드인은 그것의 적용에서도 더
위험했다. 1868년 스윈번은 친구 조지 파월과 노르망디의 집을 함
께 썼다. 입구 위쪽에는 사드의 『규방 철학』에 타락을 부르는 동성
애자로 등장하는 인물의 이름을 따 "돌망세의 오두막La Chaumiere de
Dolmancé"이라고 새겨놓았다. 모파상은 이곳을 두 번 찾아갔고, 싱그

◇ 그리스인으로 분장한 오스카 와일드 ◇

러운 얼굴의 젊은 청년들이 관리하지만 껍질을 벗긴 존속살인자의 손 같은 괴상하고 자질구레한 장식품이 가득한 데카당스의 집에 관한 이야기를 남겼다. 풀어놓은 원숭이가 있었고, 점심때는 독주가 나왔으며, 그 뒤에 두 잉글랜드인은 포르노그래피 사진들이 담긴 거대한 2절판 책을 꺼냈는데, 독일에서 찍은 이 사진들의 피사체는 모두 남성이었다. "유리판 위에서 자위를 하는 잉글랜드 군인의 사진이 기억난다." 모파상은 그렇게 회고했는데, 그는 그쪽에는 관심이 없었다.

그리고 오스카 와일드가 있었다―프랑스인은 그가 잉글랜드 사람이라고 가정했다.* 그 또한 극단적으로 나아갔지만, 어떤 사람들은 그의 행동의 진정성을 확신하지 못했다. 스물여덟 살의 오스카가 파리에 있는 드가의 스튜디오를 찾아갔을 때, 그를 만난 화가는 "그는 마치 어떤 지방 극장에서 바이런 경을 연기하듯이 행동한다"는 말을 남겼다. 일기 작가이자 소설가 에드몽 드 공쿠르는 그를 "허풍쟁이 협잡꾼un puffiste"이라고 불렀으며, 와일드의 동성애는 그 자신에게 고유한 것이 아니라, 표절까지는 아니더라도 흉내 낸 것은 분명하다는―베를렌에게서, 또 스윈번에게서 베낀 것이라는―설을 제기했다. 유미주의자들은 차려입는 것을 무척 좋아했다. 와일드는 사진을 찍을 때 가장무도회를 위해 루퍼트 왕자로 분장했다. 또 1877년 그리스를 여행할 때는 그곳의 민족의상을 입었다. 이 점에서 로베르드 몽테스키우는 그를 능가했다. 그는 루이 14세로 분장해 르네상스 의상을 입는가 하면, 터키 복장으로, 일본 의상 차림으로 눈에 띄

* 와일드는 아일랜드 사람이다.

곤 했다. 한번은 의식용 큰 쟁반 위, 세례요한의 머리가 들어갈 자리에 자기 머리를 올려놓은 장면을 연출하여 사진을 찍기도 했다. 그러나 이 두 유미주의자는 또한 그들이 가장 좋아하는 역할로 분장하는 일상적인 즐거움을 공유했다—자기 자신이라는 역할이었다.

"파쇼다에 꽃이라니!" 빅토리아 여왕은 프랑스인이 "개인으로서는 아주 매력이 있지만 하나의 민족으로서는 대책이 없다"고 생각했다. 잉글랜드인의 눈에 그들의 대책 없음의 한 부분은 정치적 불안정성에 있었다. 100여 년마다 망명자들의 새로운 물결이 해협의 여러 항구에 이르렀다. 위그노, 혁명의 도망자, 코뮌 지지자, 무정부주의자. 또 국가수반 네 명이 잇따라(루이 18세, 샤를 5세, 루이 필리프, 나폴레옹 3세) 안전을 찾아 영국으로 왔다. 볼테르, 프레보, 샤토브리앙, 기조, 빅토르 위고도 마찬가지였다. 모네, 피사로, 랭보, 베를렌, 졸라도 의심(다양한 종류였다)을 받을 때는 모두 잉글랜드로 향했다. 반대 방향으로 움직이는 정치적 교통량은 이에 비하면 미미했다. 스튜어트왕조 이후 프랑스로 떠난 중요한 망명객은 존 윌크스와 톰 페인뿐이었다. 그런 불균형을 보면서 영국인은 당연히 자신의 역사적·정치적 자유에 자족감을 느꼈다. 브리튼 사람이 프랑스에 망명하려 하는 주된 이유는 추문을 피하려는(그래서 계속 추문이 날 만한 방식으로 살아가려는) 것이었다. 이곳은 상층계급 파산자, 중혼자, 카드놀이 사기꾼, 동성애자가 가는 곳이었다. 프랑스인이 영국인에게 추방당한 지도자와 위험한 혁명가를 보냈다면, 영국인은 프랑스인에게 멋이나 부리는 인간쓰레기를 보냈다. 대륙 망명의 또 다른

◇ 세례요한의 머리로 등장한 몽테스키우 ◇

이유는 화가 월터 시커트가 1900년 디에프에서 보낸 편지에 나와 있다. "여기는 염병할 건강에 좋고 씨발 것 싸다(싸게 씹을 한다가 아니라 아주 싸다는 뜻이다)."

키플링은 시 「프랑스France」에서 프랑스인이 "진실과 마주하는 데는 첫 번째, 낡은 진실을 버리는 데는 맨 마지막"이라고 말했다. 낡은 환상도 마찬가지였다. 18세기 중반 영국이 처음으로 지정학적으로 프랑스보다 우위에 섰을 때 프랑스 총리 슈아쾰 공작은 "완전히 놀랐다"고 말했다. 그는 말을 이어갔다(때는 1767년이었다). "이 상황이 사실이라고 대꾸할지도 모르겠다. 나도 동의할 수밖에 없다. 그러나 이것은 불가능하기 때문에, 나는

2ᵉ COLLECTION FELIX POTIN

KIPLING
HOMME DE LETTRES

◇ 키플링 ◇

이해 불가능한 일이 영원하지는 않으리라고 계속 희망을 가질 것이다." 이런 종류의 사고—마법적이며 마음대로 떠다니는 논리, 그러면서도 태평스럽게 자신의 모순을 의식하는 논리—는 영국 정치가의 머릿속에는 결코 떠오르지 않을 것이다. 거의 200년을 이동하여, 또다시 그런 논리가 등장한다. 드골은 "프랑스는 이제 열강에 속하지 않는다는 바로 그 이유 때문에 열강에 속하는 것처럼 계속 행동해야 한다". 자신의 나라가 실제보다 강하다고—"영어권 국가들의 지도자"일 뿐 아니라, "자신의 체급보다 센 주먹을 휘두르고" 있다고—오인하는 것은 영국 정치가들의 흔한 미망이기도 하다. 하지만

그런 미망이 프랑스의 경우처럼 그렇게 명료한, 거의 미학적인 화려함에 싸여 표현되는 일은 결코 없을 것이다.

　책은 시간이 가면서 변한다. 적어도 우리가 읽는 방식은 변한다. 초판 수집가들은 가끔 자신이 손에 쥔 책이 막 인쇄되어 잉크와 장정 접착제 냄새가 나던 날, 아무도 그 책에 관해 어떤 의견도 내놓기 전, 무구한 독자가 그 내용을 보고 전혀 오염되지 않은 반응을 일으키는 것을 방해할 통념idées recues이 아직 생기지 않았을 때로 돌아가 있다고 상상하기를 좋아한다.

　1884년 『거꾸로』가 나왔을 때 말라르메는 5월 18일에 위스망스에게 "이 훌륭한 책(선생의 정신의 내적 공간)"을 찬양하는 편지를 쓰면서, 이 책을 "특별한 매뉴얼"이라고 불렀다. "단순한 소설가들에게는 얼마나 놀라운 일인가요! 그들은 눈을 크게 뜰 수밖에 없게 될 것입니다!" 그는 데제생트를 "이 통렬하고 꾸밈이 많은 사람"이라고 부르면서, 사람들이 그의 "불행"에 "동정심을 충분히 느끼지 못할 것"을 걱정한다. 그가 이 소설에 감탄하는 것—공교롭게도 이 책에는 다름 아닌 말라르메의 시에 대한, 그늘이라고는 찾아볼 수 없는 칭찬이 세 페이지에 걸쳐 담겨 있으며, 이런 칭찬은 시인을 더 넓은 세계로 나아가게 하는 데 도움을 주었다—은 놀랄 일이 아니다. 하지만 이 소설을 프랑스 데카당스의 성서, 낯설고 어두운 환상, 귀스타브 모로나 오딜롱 르동이 보여주는 폭주하는 상상력의 문학적 등가물로 보는 우리 같은 훗날의 독자들에게, 최초의 독자 말라르메의 관점은 우리를 돌아보게 하는 역할을 한다.

이 책은 야만적이든 현대적이든 쾌락 앞에 놓였을 때 한 개인에게
드러나는 순수한 감각의 낙원에 대한 절대적 비전입니다. 이 모든
것에서 감탄할 만한 것, 선생의 책에 힘을 주는 것(이것은 미친 상
상 따위로 선포될 텐데)은 여기에 환상이라고는 조금도 없다는 점
입니다. 모든 정수를 이렇게 세련되게 맛본다는 점에서 선생은 선
생 자신이 다른 누구보다 엄격하게 기록적임을 보여주었습니다.

『거꾸로』의 한 가지 독창성은 그렇지 않아도 빈약한 서사로부터
종종 벗어나 에세이적인 양식으로 접어든다는 점이다. 여기에는 당
대의 문학, 미술과 음악에 대한 사유가 있다. 또 후기 또는 '쇠퇴기'
라틴문학에 대한 긴 논고가 있는데, 이것은 큰 찬사를 받았지만 훗
날 위스망스는 그 많은 부분을 아돌프 에베르트의 세 권짜리 중세
문학사에서 훔쳐 왔다고 인정했다. 또 가톨릭 변증자들을 다룬 긴
부분도 있는데, 그 가운데 레옹 블루아는 위스망스와 거의 비슷한
연배다. 위스망스(1848~1907)는 블루아를 "정확하면서도 격렬하고,
순진하면서도 무시무시한 문체로 글을 쓴 흉포한 팸플릿 저자"라고
묘사한다. 찬사에 대한 보답으로 블루아(1846~1917)는 이 책의 번
역이 얼마나 어려운지 우리에게 깨닫게 해주는 방식으로 위스망스
의 문체를 묘사한다. "[그의 문체는] '어머니 이미지'를 그 머리채나
발을 붙잡고, 겁에 질린 구문(構文)의 벌레 먹은 층계를 따라 계속
끌고 내려간다."
　소설 자체에 대해서 블루아는 말라르메와 다른 식으로 접근했다.

현대 정신의 관심을 끌 가능성이 있는 모든 것에 대한 이 만화경

적 검토에는 우리 시대의 천한 피조물들을 인간 운명의 성취로 간주하기를 거부하고 미친 듯이 신을 찾아 아우성치는 이 염세주의자가 비웃거나, 낙인찍거나, 비방하지 않는 것이 없다. 파스칼을 제외하면 그 누구도 이런 통찰력 있는 탄식을 뱉어낸 적이 없다.

로베르 드 몽테스키우 백작이 껍질에 금을 칠하고 보석을 박은 애완 거북이를 소유했다는 것은 모두가 안다―아니, 모두가 안다고들 한다. 우리가 이것을 아는 것은 위스망스가 『거꾸로』의 네 페이지를 할애하여 데제생트가 이 짐승을 얻고―실로 "장식적인 쇼핑"이었다―그것을 변형시킨 것을 묘사하기 때문이다. 그 디자인은 오래 숙고하고, 그런 다음 보석 세공인과 논의한 결과다. 보석은 꽃이 묵직하게 달린 작은 가지를 그린 일본화의 윤곽을 따라간다. 금박을 입히고 보석을 박는 일이 끝나자 이 걸어 다니는 보물 상자는 고급 터키 양탄자에 놓여, 그 색조와 직물과 교묘하게 상호작용을 한다. 이 모든 것이 의기양양한 성취를 이루지만, 몇 페이지 뒤에 이 가엾은 거북이는―여기에서 교훈이 나오는데―"그 위에 얹힌 눈부신 사치" 때문에 뒤집혀 죽고 만다. 이 고딕 문학적 죽음의 영국식 등가물은 상상력이라는 면에서는 그보다 겸손하다. 그것은 오릭 골드핑거 수하의 폭력배들이 치명적인 황금 페인트로 덮어 해치우는, 이언 플레밍의 『골드핑거Goldfinger』 속 질 매스터슨의 죽음이다.

현란하게 장식한 거북이는 북극곰 바닥 깔개 위의 썰매, 교회 가구, 유리 진열장 안의 실크 양말과 더불어 말라르메가 위스망스에게 전한 몽테스키우에 관한 정보 꾸러미의 일부였다고 한다. 뒤의 세

품목은 변형 없이 『거꾸로』에 나타나지만, 거북이는 다르다. 이 소설을 영어로 번역하고 위스망스의 전기를 쓰기도 한 로버트 볼딕은, 말라르메가 "알리 바바의 동굴" 저녁 방문 때 본 것이 "껍질에 황금색 페인트를 칠한 불행한 거북이의 잔해"뿐이었다고 말한다. 즉, 보석도 없고, 진짜 살아 있는 거북이도 없었다. 이렇게 되면 질문이 남는다. 백작은 이 미적인 골동품을 가게에서 이미 완성된 상태로 집어 온 것인가, 아니면 빈 껍질을 사다가 즉흥적으로, 댄디 방식으로 금박을 입혔는가.

다른 한편으로, 몽테스키우의 전기 작가 필리프 쥘리앵에 따르면, 거북이라는 것 자체―죽었건 살았건, 장식되었건 맨몸이었건―가 "[시인] 쥐디트 고티에의 발명품"이었다. 그럼에도, 어떤 면에서는 이것은 실망스러운 일이 아니다. 소설가의 일 가운데 하나가 빈약하고, 심지어 허위인 소문을 반짝거리는 확실한 현실로 만드는 것이기 때문이다. 또 가진 것이 적을수록 그것으로 뭔가 만드는 일이 더 쉬운 경우가 흔하기 때문이다.

그 무렵 형성된 우정만이 아니라 감사까지 보탠 마음으로 초대를 했다 해도, 아무리 성공한 의사라지만 파리의 한 외과 의사가 어떻게 왕자나 백작과 동행하고, 여행과 관련된 모든 쇼핑까지 할 여유가 있었을까? 그녀의 이름은 테레즈 로트-카잘리로 리옹 출신에, "젊고, 아주 부유하고, 아름다웠다"(이 세 번째 형용사가 어떻게 늘 앞의 두 개에 따라붙는지 논리적으로 이상한 일이지만). 집안은 가톨릭에 군주제를 지지했으며, 그 무렵 철도 호황에 투자하여 돈을 꽤 벌어들였다. 그러나 이 가족은 또 예술과도 관련이 있었다. 결혼의 중매자이자 테레즈의 사촌 가운데 한 사람인 앙리 카잘리는 말라르메의 친구였고, 또 다른 사촌 프레데리크 바질은 1870년 전쟁에서 죽기 전까지 인상파의 큰 희망으로 꼽혔다.

포치는 서른세 살에 그녀에게 홀딱 반한다. 테레즈는 스물세 살이며 세속적이지 않다. 구애는 신속하다. 그는 "아이의 방종, 청년의 열정, 성인의 부드러움, 한꺼번에 이 모든 것으로" 그녀를 사랑한다고 쓴다. 지참금은 법에 따라 결정된다. 그녀가 결혼하며 가져올 것도 있고, 자신의 것으로 관리할 것도 있다. 포치는 자녀들을 가톨릭으로 키우는 것에 동의한다. 그들은 법적으로 1879년 11월 9일 제8구 구청에서 결혼하고, 종교적으로는 1879년 11월 17일 도미니크 수도회의 파리 예배당에서 결혼한다. 포치의 증인 가운데 한 사람은 사촌 알렉상드르 라불벤으로, 이제 파리 의대 교수가 되었고 레지옹 도뇌르 훈장을 받은 장교다. 포치의 목사 아버지는 참석을 거부한다. 신혼여행은 스페인으로 간다. 1880년 여름 이 부부는 방돔 광장의 호화로운 구역으로 이사하는데, 포치는 이곳에 개인 진료실을 열게 된다. 파리에 도착하고 나서 15년이 지나, 포치는 다시 한번 도약을 한다.

몽테스키우에게는 여성 친구가 여럿이었다. 아마도 가장 가까운 사람은 엘리자베트 카라망-시메였을 것이다. 그녀는 그보다 다섯 살 연하였으며, 몽테스키우가 사실은 그녀 어머니의 사촌이었음에도 그를 "삼촌"이라고 불렀다. 그는 그녀의 옷을 골라주고, 콘서트

◇ 앙리 백작과 엘리자베트 드 그레퓔 백작 부인 ◇

에 동행했다. 그녀는 "미모 외에는 지참금이 없었음"에도 그레퓔 백
작과 결혼했는데, 이 백작은 붉은 턱수염을 기른 야수 같은 벨기에
인으로, 카드의 킹을 닮은 남자였다. 그는 또 어마어마한 부자였다.
몽테스키우의 (프랑스인) 전기 작가는 그레퓔이 "최고의 파티"를 개
최했는데, 이것은 "남편들이 아주 자랑스러워하면서도 아주 공공연
히 기만하는 부인을 위해 열어주는 파티"였다고 전한다.

　이 전기 작가의 문장은 고려해볼 가치가 있다. 편한 대응―중간
계급, 잉글랜드, 청교도에서 나올 만한 반응―은 백작의 행동이 완

전히 프랑스적인(또 벨기에적인) 위선이라고 무시해버리는 것이다. 하지만 당시 사회의 수준에서 그것은 드문 일이 아니었다. 이것은 이디스 워튼이 자주 묘사하는 세계로, 여기에서는 돈, 계급, 가문, 섹스에 대한 요구가 충돌한다. 이때 자주 물러서는 것이 바로 섹스다—보통 남편의 요구에 따라서. 1950년대 파리 사교계의 상층 인사와 결혼했던 한 미국인 친구가 기억난다. 그녀의 남편은 집안과 전통이 요구하는 자녀들을 낳을 때까지만 그녀와 자더니, 그다음에는 쾌락을 찾아 다른 곳으로 갔다. 그녀는 프랑스 부르주아지 상층의 결혼 규칙을 뒤늦게 들었을 때 그것이 얼마나 큰 충격으로 다가왔는지 이야기했다. 그녀 자신도 애인을 여럿 두었지만, 이것이 이상적인, 심지어 평등한 해법도 아니라고 암시했다.

영국인은 실용적이고, 프랑스인은 감정적이라고 여겨진다. 하지만 마음의 문제에서는 이 순서가 종종 뒤집히곤 한다. 영국인은 사랑과 결혼을 믿었다—사랑은 결혼에 이르고 결혼보다 오래가며, 감상이 진정한 감정의 표현이고, 빅토리아 여왕이 보여준, 애정이 담긴 결혼과 의리를 지킨 미망인의 삶이 국가적 모범이라고 믿었다. 프랑스인은 이보다 실용적인 접근법을 택했다. 사회적 지위, 돈이나 재산, 가문의 지속을 위해 결혼했지만, 사랑을 위해 결혼하지는 않았다. 사랑이 결혼보다 오래가는 일은 드물었고, 그럴 수 있는 척하는 것은 어리석은 위선이었다. 결혼은 외도 상대를 찾아나서는 마음이 힘차게 출발하는 베이스캠프에 불과했다.

물론 이런 규칙은 남자들이 정했으며, 결혼 계약에는 표현되지 않았다.

에드몽 드 공쿠르에게는 페도라라는 이름의 여자 사촌이 있었는데, 그녀는 1888년 자기 집안의 한 지파가 너무나 불쌍하다고 탄식했다. 그녀는 그에게 말했다. "상상을 해봐. 그들은 다섯 세대 동안 사랑 때문에 결혼한 사람들이야!"

그레퓔 백작은 파리에 있을 때 매일 엄격하게 순번을 지켜 정부들과 잠자리를 했는데, 그가 워낙 확고하게 이 규칙을 고수했기 때문에 그의 마차를 끄는 말들은 마부가 방향을 유도할 필요도 없이 매일 다른 주소를 찾아가 멈추었다고 전한다.

몽테스키우의 (지금은 죽은) 전기 작가에게 던지는 질문 하나. 그레퓔 백작이 "[아내를] 그렇게 공공연하게 기만"했다면, 그게 어떻게 기만일 수 있을까?

1881년 12월 8일 기 드 모파상은 문학 정기간행물 《질 블라스^{Gil} ^{Blas}》에 다음과 같이 썼는데, 이는 그가 스윈번의 사드적인 오두막을 방문한 일로 인해 판단력이 오염되지 않았음을 분명히 보여준다.

잉글랜드인은 위대한 민족, 진실한 민족으로, 삶에 관해 균형을 잡고 있으며, 현실에 확고하게 뿌리를 내리고 있다. 이들은 신사의 민족, 상업적으로 결점이 없는 상인들의 민족, 건강하고, 튼튼하고, 명예로운 민족이다. 게다가 요즘에는 철학자들의 민족이기도 하다. 금세기의 가장 위대한 사상가들은 그 민족 가운데 살고 있다. 그들은 진보와 근면에 헌신하는 민족이다.

그러나 잉글랜드 신사는 싸우지 않는다. 즉 결투를 하지 않고, 그런 행위를 가장 경멸한다. 그는 생명이 존중할 가치가 있다고 판단한다. 또 자신의 나라에도 가치가 있다고 판단한다. (…) 그는 용기를 우리와 다르게 이해한다. 그는 쓸모 있는 용기만 허용한다―자신의 나라에, 그리고 동포에 쓸모가 있는 용기만. 그는 탁월하게 실용적인 정신적 경향을 소유하고 있다.

아직 본래의 환경에 있는 잉글랜드인을 조사한 적이 없는 사람에게서 나온 이 찬사는 결투의 부조리와 무용성, 결투 참가자들이 주장하는 명예에 대한 그릇된 감각을 논하는 에세이에 나온다. "명예! 오, 너 다른 시대에 나오는 가엾은 낡은 말이여, 사람들이 너를 어떤 어릿광대로 만들었는지!" 모파상은 말을 이어나간다, 결투는 "의심에 대한 안전장치다. 에누리 가격으로 새로운 처녀성을 사려는 수상쩍고, 의심스럽고, 오염된 시도다". 프랑스에는 "미친 정신적 상태―다투기 좋아하고, 경박하고, 어지럽고, 공허하게 시끄럽기만 한―가 존재하는데, 이것은 마들렌에서부터 바스티유까지 유행하며, '대로(大路)의 정신 상태'라고 부를 만하다. 이것은 거기에서 프랑스 전체로 퍼졌다. 이것이 이성이나 진정한 사고와 맺는 관계는 포도나무뿌리진디가 포도와 맺는 관계와 같다".
모파상은 조롱하듯이 말을 이어나간다.

내가 받아들일 수 있는 결투는 한 가지 종류인데, 그것은 산업적 결투, 홍보를 위한 결투, 저널리스트들 사이의 결투다. 신문 판매 부수가 줄기 시작하면, 편집자 한 명이 출근하여 타사 동료 가운데 이 사람이나 저 사람을 모욕하는 냉혹한 기사를 쓴다. 상대는 응수한다. 대중이 관심을 갖는다. 마치 장터의 씨름판을 구경하듯이 구경한다. 결국 결투가 벌어지고, 이것이 사교계에서 이야깃거리가 된다.

이런 절차에는 한 가지 탁월한 이점이 있다. 편집자가 프랑스어를 쓰는 방법을 알아야 한다는 조건이 필요 없다는 것이다. 그들에게 필요한 것은 오직 결투 능력뿐이다……

모파상은 이 글에서 느껴지는 것만큼 초연하지는 않았다. 그는 바로 그 전달에 저널리스트 르네 메즈루아가 경쟁 신문 편집자 부아 뒤 베지네와 벌인 결투에서 입회인 역할을 맡았다.

5년 뒤 모파상은 처음으로 잉글랜드를 방문했다. 당연히 헨리 제임스에게 보내는 소개장을 들고 갔고, 제임스는 연례행사처럼 찾아오는 파리인 방문객의 동행자 노릇을 했던 것 같다. 1884년에 사전트는 그에게 소설가 폴

COLLECTION FELIX POTIN

GUY DE MAUPASSANT

◦ 모파상 ◦

부르제를 보냈는데, 이것은 탁월한 선택이었다. 잉글랜드인에 대한 이 프랑스인의 속물적 동경이 프랑스인에 대한 제임스의 속물적 동경에 맞먹었기 때문이다. 1885년에 사전트는 '이상한 3인조'를 보냈다. 그리고 이제, 1886년에는 부르제가 모파상을 파견하면서, 아니나 다를까, 제임스에게 그를 번존스와 만나게 해주면 어떻겠냐고 제안했다. 제임스는 그에 더하여 얼스 코트 전시장도 보여주었고, 저녁 식사 자리에서 조지 듀 모리에와 에드먼드 고스도 소개해주

었다. 그다음에 모파상은 와데스던에서 페르디난트 드 로스차일드의 손님으로 묵다가 옥스퍼드를 방문하고 런던으로 돌아왔으며, 여기에서는 안내를 받아 마담 튀소 박물관과 사보이 극장에서 열리는 길버트와 설리번 오페레타에도 갔다.

이 지점에서 그는 달아났다. 그는 자신이 매력을 느꼈고 감사하다고 공언했지만, 다음 날 핑계를 대고 떠났다. "너무 춥습니다. 도시가 너무 춥습니다. 파리로 떠납니다. 또 봅시다!" 당연히 그동안 비가 많이 왔다. 또 당연히, 그는 프랑스인이기에 "여기 여자들에게 우리 여자들의 매력—그러니까 프랑스 여자들의 매력—이 없다"는 것을 알게 되었다. "사람들은 그저 그들의 외모가 수수할 뿐이라고 하지만, 외모에 국한해서 말하자면—나로서는 이렇게 볼 수밖에 없는 상황이었는데—우리에게는 그들의 표정이 좀 덜 험악하기를 요구할 권리가 있다."

그는 다시는 돌아가지 않았다.

런던에 대한 모파상의 반응은 그 시기의 전형적인 것이다. 프랑스인은 이 도시에 매혹되고 경악하고 침울해진다. 그러면서 소설 속의 인물이든 현실의 인물이든, 이것이 자신들에게도 불가피한 미래가 아닌가 하는 의문을 품는다.

여기, 밖에는 비가 잉글랜드처럼 퍼붓는 동안 파리의 마차에 앉아 자신을 기다리고 있는 것을 예상하는 데제생트가 있다. 그는

거대하고, 제멋대로 뻗어나가고, 비에 흠뻑 젖은 메트로폴리스라

는 런던의 그림을 불러냈다. 검댕과 뜨거운 쇠의 냄새를 풍기고, 연기와 안개로 이루어진 영원한 망토를 둘러쓰고 (…) 현대 광고의 야한 파렴치 행위에 의해서만 밝아지는 영원한 어스름 속에 자리한 크고 작은 모든 거리를 따라, 진지하고 말 없는 런던 사람들이 두 줄을 이루어 끝도 없이 흘러갔다. 그들은 눈을 앞에 고정하고 팔꿈치를 옆구리에 딱 붙인 채 행진해 갔다.

데제생트는 자신이 "이 무시무시한 상업의 세계에서 길을 잃고 (…) 수백만의 가엾은 빈민을 가루로 갈아버리는 이 무자비한 기계에 붙들려 있다"고 상상한다.

목적을 가진 혼돈과 소음과 오염, 마몬* 숭배…… "이상한 3인조"보다 10여 년 앞서 런던에 왔던 랭보와 베를렌은 "사륜마차, 승합마차, 버스(더럽다), 전차, 빛나는 주철 다리, 웅장하면서도 둔중한 다리들 위로 끝없이 이어지는 철로, 그리고 거리의 믿을 수 없을 정도로 야만적이고 시끄러운 사람들"로 이루어진 복마전을 발견했다. 런던의 인종적 다양성도 충격으로 다가왔다. 그들은 레전트 스트리트를 따라 걸음을 옮기다가 흑인들이 아주 많은 것을 보고 깜짝 놀랐다. "니그로들의 눈이 내리고 있는 것 같다." 랭보는 그렇게 말했다. 하지만 날씨는 기분 좋았다. "회색 크레이프 사이로 보이는 석양을 상상해보라." 1870~1871년에 처음 방문한 모네가 매력을 느낀 것도 당연하다.

이런 반응을 보인 것은 프랑스인만이 아니었다. 바그너는 1877년

* 탐욕을 상징하는 악마.

◇ 모네 ◇　　　　　　　◇ 바그너 ◇

아내 코지마와 템스강을 따라 배를 타고 가다가 이렇게 말했다. "이건 알베리히*의 꿈이 실현된 거야—니벨하임, 세계 지배, 활동성, 일, 어디에나 깔린 수증기와 안개의 억압적 느낌."

　지옥이었을 수는 있지만 현대의 지옥이기도 했다. 랭보는 울위치의 선창들이 자신의 "점점 모더니즘적으로 바뀌어가는 시학"에 잘 들어맞는다고 감탄했다. 위스망스는 현대성에 무척 개탄했음에도 그 핵심 요인들 가운데 한 가지를 정확하게 짚었다. "자연의 전성기가 끝났다는 것." 인간 천재성의 분명한 표지는 늘 교묘한 솜씨였고, 이제 인위적인 것이 자연적인 것을 대체하고 있었다(이때는 상황주의자들이 똑같은 발견을 하기 100년 전이었다). 데제생트에게는 이제

---

* 『니벨룽겐의 반지』에 등장하는 난쟁이.

기계적 창조가 인간적 창조보다 우월했다. "간통의 기쁨에서 잉태되고 모성의 진통에서 태어난 존재 가운데 세상 어디에 '노던 레일웨이'에서 최근에 운행을 시작한 두 기관차보다 눈부시고 탁월하게 아름다운 것이 있는가?"

하지만 프랑스의 모든 방문객이 런던을 더럽고 영혼 없는 마몬으로 본 것은 아니다. 모두가 시적인 모더니스트는 아니었기 때문이다. 어떤 사람들은 더 자비롭고 낭만적인 눈으로 보았다.

우유 같고 연기 같은 수정 안에서 형태와 색깔은 해체된다. 지나가는 제복들이 잠깐 뿜어져 나오다 금방 꺼져버리는 붉은 비말 속에서 타오른다. 이륜마차는 고삐를 맨 곤돌라들처럼 미끄러지는데, 각각의 지붕에는 곤돌라 사공인 마부가 올라타고, 그의 노는 채찍이다. 좁은 창문을 통해 광경들이 서로 밀치고 들어온다. 커다란 공원의 나무들 속에는 공작 떼가 횃대에 앉아 있고, 그 밑으로 검댕 색깔의 양이 있다. 보이지 않는 손풍금에서 음악이 퍼져 나온다. 라파엘전파 점원들이 있는 진열장에는 해바라기를 죽도록 사랑하는 올리브색 옷차림의 여자들이 보인다.

이 전형적이지 않은 런던의 초상을 그린 사람은 드 몽테스키우 백작 로베르였다.

오스카 와일드가 결투를 한다는 것은 상상하기 힘들다. 그는 결투가 '천박하다'고 판단했을 것이 분명하다. 또는 스윈번도. 또는 토머스 하디도. 또는 심지어 전투적인 저널리스트 W. T. 스테드도. 잉글랜드에서는 1830년대에 결투가 유행에서 멀어지게 되었다. 프랑스에서는—모파상의 경멸에도 불구하고—그렇지 않았다. 온화한 이야기를 쓰는 작가이건 데카당스 시를 쓰는 시인이건, 말로 충분하다고, 말이 문제를 해결할 수 있다고, 아니 해결해야 한다고는 결코 믿지 않는 것 같았다. 만일—휘슬러가 선언한 대로—우정이 결투로 가는 하나의 단계에 불과하다면, 악의에 찬 신문 기사는 두 입회인과 임석 의사, 최악의 사태가 벌어질 경우에 대비해 다리 밑에 숨어 있는 사제라는 4인조와 함께 시외에서 만나는 길로 가는 하나의 단계일 수 있었다. 이 일에 어떤 의미가 있다면 아마도 이런 점이었을 것이다—결투가 명예훼손이나 중상에 대한 소송보다 빠르기도 하고 싸기도 하다는 것.

아주 보수적인 추정치에 따르면—그것도 단지 정치와 저널리즘과 문학의 영역에만 국한해서—1895년에서 1905년에 이르기까지 파리에서는 결투가 적어도 150건 벌어졌다. 어떤 경우에는 허공에 총을 쏘거나 피가 몇 방울 나자마자 중단하기도 했지만, 어떤 경우에는 더 폭력적이고 더 광기를 띠기도 했다. 결투자의 명단에 빈번하게 등장하는 이름들이 있다. 총 스물두 번 결투를 했던 전투적인 저널리스트이자 전쟁 지도자(동시에 의사이자 포치의 친구이기도 했다) 조르주 클레망소. 시인이자 언제나 성미가 급했던 카튈 망데스, 시인 장 모레아스, 정치 저널리스트 앙리 드 로슈포르와 에두아르 드뤼몽. 소설가이자 정치가 모리스 바레스. 우파에 속하는 사람들이 좌파에 속하는 사람보다 분노의 거품을 무는 경우가 많았다. 저널리스트이자 소설가(또 왕당파이자 반유대주의자) 장 로랭, 왕당파이자

◇ 클레망소 ◇   ◇ 레옹 도데 ◇

민족주의자이자 적의에 찬 반유대주의자이자 배독(排獨)주의자이자
민주주의 혐오자 레옹 도데 등이 그런 예다. 도데는 늘 뭔가를 놓고
부글부글 끓고 있었으며 공들여 모욕을 만들어내는 데 전문가였다.
하지만 말로는 모자라 피를 요구하게 된 것은 중년에 들어서부터였
다. 도데는 서른다섯이던 1902년에 사회주의 저널리스트와 처음 결
투를 했다. 그러다 1910년에는 두 번 더, 1911년에는 세 번, 그리고
마흔일곱이 되던 1914년에 마지막 결투를 했다.

결투 횟수의 통계 그래프가 치솟은 것은 당대의 정치 상황과 직
접 연결해볼 수 있다. 불랑제주의가 분출하는 동안에도 그렇게 치솟
은 일이 한 번 있었다. 드레퓌스 사건이 터지자 전투의 유명한 연출
자―그 자신도 스무 번 싸웠고 이후 결투를 192회 연출하게 된다―
인 작가이자 결투가 외젠 루지에-도르시에르는 새로운 사업 전망에

기쁨을 드러냈다. 인기 있는 결투 장소였던 레스토랑 투르 드 빌봉의 여성 지배인도 동조했다. "그렇고말고요, 선생님. 여기에서 하루 아침에 결투가 세 번 벌어지는 일도 흔했던 그리운 불랑제주의 시대로 돌아갈 거예요!"

1901년 늘 전투적이었던 카튈 망데스와 싸움에서 져본 적이 없는 조르주 바노르라는 사람의 결투는 모파상이 언급한 "대로의 정신 상태"를 보여주는 좋은 예다. 망데스는 이제 예순을 바라보고 있었고, 그의 상대는 훨씬 젊었다. 두 사람은 격렬하게 싸워 양쪽 모두 피를 흘렸고, 결국 망데스가 복부를 찔리면서 승부는 끝났다. 임석 의사는 재빨리 검진한 뒤 상처가 얕다며 시인 측 입회인들을 안심시킨 다음 현장을 떠났다. 그러나 사실 바노의 칼끝은 복막을 뚫고 7센티미터 깊이까지 들어가 망데스는 석 주 동안 사경을 헤매다가 겨우 살아남았다. 그렇다면 이 모든 일의 원인은? 사라 베르나르가 햄릿을 연기했을 때 얼마나 말랐느냐를 놓고 두 남자가 극장 무대 뒤에서 다투게 된 것이 발단이었다.

가장 가슴 저미는 사건들은 언어를 통해 이름을 날리기를 바랐지만 시대에 뒤떨어진 사회적 의식을 이행하느라 불필요한 죽음에 자신의 이름을 갖다 붙이게 된 젊은 작가들의 결투였다. 1886년 이미 에드몽 드 공쿠르의 후원을 받고 있던 소설가이자 저널리스트인 로베르 카즈는 저널리스트 샤를 비니에와 싸웠다. 원인은 뒤틀려 있었다. 역시 저널리스트인 펠리시앙 샹소르가 한 기사에서 어떤 젊은 작가가 정부와 함께 임시 열차 편으로 루르드에 갔다고 암시했다. 카즈는 이 암시가 자신을 겨냥한 것이라고 믿었다. 그는 카페에서 샹소르와 언쟁을 벌였지만, 그의 결투 제안은 거부했다. 현명하게,

또 현대적으로 법적 절차를 권했다. 그러자 비니에(이미 카즈에게 적의를 품고 있었다)가 끼어들어 《라 르뷔 모데르니스트La Revue Moderniste》의 지면에 카즈가 샹소르에게 흠씬 얻어맞을 일을 자초했다고 비난하는 글을 썼다.

이번에는 탈출구가 없었다(그렇게 보였다). 카즈와 비니에는 2월 15일에 뫼동 숲에서 싸웠고, 다섯 주 후 카즈는 미망인과 두 자식, 막 출간된 첫 소설에서 나온 빈약한 인세를 남기고 죽었다. 하지만 그는 죽으면서 진정한 작가의 말을 뱉어냈다. 위스망스와 공쿠르가 그의 마지막, 운명의 날에 그를 찾아갔다. 위스망스는 젊은 소설가와 함께할 시간을 잠깐 허락받았는데, 젊은 소설가는 간신히 힘을 내어 말했다. "내 책은 읽어보셨습니까?"

9년 뒤 하리 알리스라는 필명을 사용하던 저널리스트 쥘-이폴리트 페르셰는 작가가 가장 피하고 싶어 하는 직업적인 위험 앞에 무릎을 꿇었다. 자신의 독자 한 사람에게 죽임을 당한 것이다. 알리스는 당시 서른일곱 살이었고, 모파상의 친구였으며, 아프리카 전문가였다. 그는 1895년 2월 24일 《주르날 데 데바트Journal des Débats》를 통해 콩고에서 프랑스 식민지를 확장하자는 데 찬성하는 주장을 펼쳤다. 그러자 '프랑스 콩고 연구 협회Société des études du Congo français'를 운영하는 르 샤틀리에 대위라는 자가 정정을 요구하는 편지를 보냈다. 알리스는 신문에 실린 대위의 편지 밑에 자신의 해설을 덧붙이고, 르 샤틀리에에게도 개인적으로 편지를 썼다. 두 사람이 주고받는 편지의 어조는 점점 험악해졌고—르 샤틀리에는 알리스가 "벨기에인에게 펜을 팔아먹었다"며 비난했다—마침내 두 사람은 상대가 재정적 배임 행위를 저질렀다고 헐뜯기에 이르렀다. 그들의 눈으로 보면, 결투가 불가피했다.

알리스는 처자식을 놀라게 하고 싶지 않았기 때문에 그들을 데리고 라 그랑드 자트(10년 전 쇠라가 그린 곳)로 소풍을 나갔다. 그는 가족을 야외 카페에 앉혀놓은 뒤 친구를 만나야 한다는 핑계를 대고 자리를 떴다. 그는 근처에 있는 레스토랑 물랭 루주로 갔다. 결투는 이 레스토랑의 댄스홀에서 벌어졌다. 다음에 알리스의 가족이 그를 보았을 때, 그는 죽은 몸이었다.

그렇다면 포치는? 명예라는 그 어릿광대가 유도하는 이 모든 격렬한 드잡이 가운데 포치는 어디에 있었을까? 우리는 그가 의사의 자격으로, 고결한 피의 분출을 막을 준비를 하고 참석했으리라고 상상할 수도 있다. 실제로 그는 냉정하고 초연한 로베르 드 몽테스키우 백작마저 도발에 반응하여 싸우게 되었을 때 지지의 뜻으로 그 자리에 참석했던 적이 있다. 또 우리는 그가 이런 낭만적으로 여겨지는 총알과 칼끝 교환의 과학적 관찰자였을 것이라고 상상할 수도 있다. 그러나 포치는 어디에나 있었으며, 따라서 여기에도, 이 활극의 중심에도 있었다. 1899년 말이면 그가 도르도뉴를 대변하는 상원 의원으로 선출되었을 때였는데, 상원은 혈연과 지연을 내세우는 토착주의자들과 왕당파 한 무리의 선동 활동을 조사하는 고등법원 역할을 하고 있었다. 포치는 제비로 뽑혀 조사 담당 상원 의원들 가운데 한 사람이 되었으며, 이들은 표결을 통해 음모자들을 재판에 회부하기로 결정했다. 음모자들 가운데 하나인 폴 데룰레드는 장군 한 사람이 부대를 이끌고 대통령궁과 맞서도록 설득하려 했고, 또

반역죄로 자신을 체포할 것을 요구하기도 했다. 이런 행동에도 불구하고 그는 무죄로 석방되었다. 그 뒤 6월, 포치는 오페라 거리의 의학 클럽에서 데룰레드의 친구인 의사 폴 드비예를 만났다.

몇 마디 나눈 뒤 드비예는 포치의 얼굴에 장갑을 던졌다. 포치는 자신의 입회인들을 보내―합리적으로, 분별력 있게―자신은 당시에 아팠기 때문에 마지막 상원 표결에 참여하지도 않았다고 설명했다. 그러나 드비예는 비난을 철회하기는커녕, "상원에서 닥터 포치의 일반적 태도"에 비추어 자신의 결정을 고수하는 쪽을 택했다. 이로 인해 결투는 불가피해졌다. 드비예는 명사수로 알려져 있었기 때문에 포치―당시 쉰네 살이었다―는 검을 택했다. 두 의사는 루브시엔 근처에서 싸웠고, 포치 편에서는 브로카의 임상 교육 담당 의사가 참석했다. 포치는 금세 손에 상처를 입었다―그가 수술하는 손들 가운데 하나, 연인의 손, 사전트가 피아니스트처럼 그려놓은 손이었다. 그것으로 명예와 어리석음은 충족되었다.

두 번째 총알―우리의 이야기와 좀 더 가까운―은 1871년, 정부군이 코뮌을 진압할 때 발사되었다. 포치보다 열두 살 연상인 닥터 아드리앙 프루스트(곧 포치의 친구이자 동료가 된다)는 '자선병원 Hopital de la Charite'으로 일하러 가는 길에 유탄이 몸에 스치는 사고를 당했다. 임신한 아내가 그 소식에 너무 충격을 받은 나머지 이들 가족은 전투가 지속되는 동안 도시 외곽의 오퇴유로 이사했다. 두 달 뒤, 마르셀 프루스트가 태어났다.

만일 새로운 인용 사전을 만들 때 사뮈엘 포치를 고려하게 된다면, 그것은 부인과학에 대한 그의 논문 머리말에 나오는 다음과 같은 한 줄 때문일 것이다. "쇼비니즘은 무지의 한 형태다." 그는 애국자였고, 보불전쟁—말이 끄는 구급 마차가 그의 발목을 밟는 바람에 영웅적이지 못한 부상을 얻었다—과 제1차 세계대전 때는 군의관으로 복무했다. 그러나 그는 결코 쇼비니즘을 따르지 않았다. 만일 전문적인 진리가 해외에 놓여 있다면 그는 그곳에서 그것을 구할 사람이었다. 의사들이 프랑스인이기 때문에 어떤 일을 어떤 식으로 한다거나, 프랑스인은 늘 그런 식으로 해왔다는 주장은 그에게 설득력이 없었다. 외과학은 보수적인 일이었으며, 종종 자동적으로 쇼비니즘적인 태도를 보였다. 물론 국경을 넘는 정보의 흐름은 느렸다. 플로렌스 나이팅게일은 1853~1856년 크림전쟁 동안 기본적인 위생이 생존율에 미치는 영향을 보여주었다. 그러나 1861~1865년 미국 내전과 1870~1871년 보불전쟁 동안에도 과거의 비위생적 습관은 계속되었다. 포치는 부상당한 병사들이 최초의 상처보다도 감염과 패혈증으로 죽을 가능성이 훨씬 높다는 것을 알았다. 외과의들은 교차 감염이 빈발하는 비위생적인 환경에서 수술을 했고, 부상자들은 말이 뒹굴던, 마차의 똥 범벅 밀짚에 뉘여 전선에서 이송되는 경우가 많았다. 평화 시의 수술에서도 기본적 위생은 종종 무시되었다. 미국 외과의 찰스 메이그스(1792~1869)는 자신과 동료들이 수술 전에 손을 씻어야 한다는 제안을 받자 격분한 것으로 유명하다. "의사는 신사다. 신사의 손은 깨끗하다." 그는 그렇게 주장했다.

우선, 포치는 친영파였다—리버티에서 커튼감을 살 때만 그런 것이 아니었다. 그의 상처한 아버지는 영국 여자와 결혼했고, 배다른 동생 폴 또한 1876년 리버풀에서 영국 여자 미리엄 애슈크로프트와 결혼하게 된다. 이해는 포치가 처음으로 영국 여행을 하여, 에딘버러에서 열린 '영국의학협회' 대회에 참석한 해이기도 했다. 그곳에서 그는 바라던 대로 조지프 리스터를 만나, 계획한 대로 리스터 소독법의 원리를 배웠다.

그것은 철저하게 이행되어야 할 절차로, 어느 단계도 생략할 수 없다는 사실을 그는 발견했다. 상처가 감염되는 것을 막는 석탄산, 손을 씻기 위한 약한 페놀 용액, 수술 동안 수술실에 분사할 고운 페놀 분무가 필요했다. 봉합은 프랑스에서처럼 은사로 하는 것(극히 고통스럽고 감염의 원인이 되는 경우가 많았다)이 아니라, 며칠 뒤면 녹아 사라질 장선(腸線)으로 했다. 리스터는 대체로 상처를 덮는 대신 페놀에 적신 소독된 드레싱을 사용했고, 상처 밑에는 고무 배농관을 넣었다. 포치가 "스코틀랜드 의식"이라고 명명한 이것이 과연 효과가 있었을까? 답은 간단한 통계에 있다. 리스터는 절단의 경우 이 절차의 모든 단계를 준수하면 사망률이 50퍼센트에서 15퍼센트로 떨어진다는 것을 알아냈다.

포치는 파리로 돌아와 자신의 발견을 글로 썼고, 리스터 소독을 시행하기 시작했다. 프랑스에서는 장선이나 페놀 분사에 쓸 수 있는 장치를 찾을 수 없었기 때문에, 사비를 들여 잉글랜드에서 수입했다. 그와 리스터의 만남은 유럽이나 미국의 동료들을 대상으로 평생에 걸쳐 유지한 일련의 교류의 시발점이 되었다.

포치는 매우 지적이고, 결단이 빠르고, 과학적인 합리주의자였다―이 말은 삶이 이해 가능한 것이었고, 사랑과 결혼과 부모 노릇을 제외한 모든 영역에서 최선의 행동 방향이 그에게 분명했다는 뜻이다. 그 외에 포치는 우리가 지금 말하기 좋아하는 대로, "역사의 옳은 편에" 있었다. 그는 또 그 전 세대와 갈등을 일으킬 수밖에 없는 세대의 구성원이기도 했다. 옷이나 머리 길이나 게으름이나 성도덕이 아니라, 전체 역사와 세계의 기원에 관해서.

1874년 라인발트 출판사는 사뮈엘 포치와 르네 브누아가 번역한 찰스 다윈의 『인간과 동물의 감정 표현』을 출간했다. 거의 동시에 아셰트는 "파리 인류학회 회원(그의 아들과 마찬가지로)"인 뱅자맹 포지―여전히 Pozzi가 아니라 집안의 y를 간직한 Pozzy였다―의 『지구와 창조의 성경 이야기The Earth and the Biblical Story of its Creation』를 출간했다. 이 목사의 작업은 성경의 불변의 진리를 다윈주의적으로 변형하고 재진술하려는 시도에 대한 반박이었다. 아들의 책은 404페이지였고, 아버지의 책은 578페이지였다. 아버지가 아들에게 준 호화장정본에는 면지에 연필로 헌사가 적혀 있었다. "나의 사랑하는 아들 사뮈엘에게, B. 포지." 그의 작업은 프랑스, 독일, 스위스, 영국 자료에 대한 학문적 참조로 가득했다. 유일하게 참조하지 않은 이름은 찰스 다윈이었다.

아버지는 고정된 복음의 진리에 매달리고 아들은 유동적인 과학적 진리에 매달리면서, 지각판이 움직이고 불가피하며 돌이킬 수 없는 분열이 일어났다. 영국에서 이에 대응하는 존재는 필립과 에드먼드 고스로, 그들의 갈등은 사뮈엘 포치보다 3년 뒤에 태어난 에드먼드의 『아버지와 아들Father and Son』(1907)에 묘사되어 있다. 뱅자맹 포지와 마찬가지로 필립 고스는 "종(種)의 고정설에 흔들림 없이" 매

◇ 포치. 모나코 공주 알리스에 따르면 "역겹게 잘생겼다". ◇

달렸고, "세상은 단 한 순간에 오랫동안 삶이 존재해온 행성의 구조적 외양을 보여주었다"는, 신에 의한 "격변적 창조 행위"를 믿었다. 그는 『옴팔로스Omphalos』라는 제목의 책에서 성경을 그 무렵에 나온 지질학적 증거와 일치시키려 했는데, 이 책은 큰 조롱을 받았다. 뱅자맹 포지는 비웃음을 사지는 않았지만, 예의 바른 무시의 대상이 되었다.

아들 포치는 늘 옷을 잘 입었으며, 그가 입는 "잉글랜드 프록코트"는 논평의 대상이 되었다. 그는 "거의 댄디"로 묘사되었다. 그는 그 나라의 느슨한 의미에서는 댄디였지만, 그 말의 가장 완전한 의미에서 댄디는 결코 아니었다. 댄디는 잉글랜드-프랑스의 현상으로, 19세기 전체에 걸쳐 해협을 양방향으로 가로질렀다. 보 브뤼멜은 완벽한 옷차림에 재치 있고 손이 큰 상류사회 구성원의 좋은 예였다. 계급은 필수적이었다. 잉글랜드에서는 노동계급은 물론이고 중간계급 댄디도 존재하기 어려웠다. 프랑스의 경우 예술적인 보헤미안 서클에서는 댄디가 되는 것이 허용되었다. 브뤼멜의 프랑스어 전기는 바르베 도르비이가 썼는데, 그는 낭만주의 후기의 댄디화된 가톨릭 소설가였으며, 지방 부르주아지 출신이면서도 귀족적 혈통을 암시하고 다녔다. 프랑스 댄디는 잉글랜드 댄디보다 작가적 성향이 강했다. 보들레르는 시인—댄디 가운데도 시인—댄디였다. 허구의 댄디 데제생트는 벽로 선반의 중앙에 설치하고자 중세 타피스리를 모방한 "격조 있는 세 폭짜리 작품"을 의뢰한다. 거기 적히는, "절묘하게 아름다운 기도서 글자"로 기록된 말들은 격조 있는 채식으로 장식되는데, 신성한 세 텍스트는 모두 보들레르에서 가져온 것으로 왼쪽과 오른쪽에는 소네트가, 중앙에는 (영어) 제목이 붙은 산문시

「세상에서 벗어난 어디든Any where[원문 그대로임] out of the world」이 있다.

몽테스키우는 귀족-시인-댄디의 본보기였으며, 그럼으로써 자신에게 남들보다 우월하다고 느낄 세 가지 별개의 이유를 부여했다. 그의 할아버지에게는 개오동나무에 앉는 하얀 공작새들이 있었다. 손자는 회색 방을 회색 꽃으로 장식하려 했다. 그는 가장무도회에 갈 때 루이 14세로 가장하기도 하고 루이 15세로 가장하기도 했다. 그는 잉글랜드식으로à l'anglaise 차를 대접했다—즉, 직접 차를 따라 주었다. 그는 저녁이면 디너 재킷을 입는 최초의 프랑스인 가운데 하나였다—풍뎅잇빛 녹색 또는 부르고뉴빛 벨벳으로 만든 재킷이었다. 그의 전기 작가는 그를 "반짝거리며 붕붕거리는 유독한 풍뎅이"라고 묘사했다. 레옹 도데는 회고록에서 백작이 "영원히 바래지 않는 광택제를 발랐다"고 썼다. 댄디는 유미주의자며, 그런 사람에게 "생각은 눈에 보이는 것보다 가치가 적다". 멋진 장정은 그 안에 담긴 말만큼이나 그에게 기쁨을 준다.

20년 동안(1885~1905) 몽테스키우는 연하의 가브리엘 이투리와 삶을 함께했다. 이 아르헨티나인 비서는 그가 방탕한 도아장 남작의 코앞에서 훔쳐 온 남자였다. 이투리는 "그가 태어난 땅의 더운 기후에서 잘생긴 외모 때문에 닥칠 수도 있는 유혹들로부터 떨어져 있을 수 있도록 리스본에서 잉글랜드 사제들의 손에 자랐다". 그 계획이 완전히 성과를 거두지 못한 것은 분명하다. 이투리는 마들렌 거리에서 타이 영업 사원을 할 때 처음으로 서로 경쟁 관계였던 남작과 백작의 눈에 띄었다. 어떤 이들은 그를 바람둥이로 보았고, 어떤 이들은 몽테스키우와 영혼이 통하는 친구로 보았다(그 둘이 양립 불가능한 것은 아니다). 또 그의 잔심부름을 해주고 뒷수습을 해주는

◇ 동양식 옷을 차려입은 몽테스키우와 이투리 ◇

사람으로 보는 이들도 있었다. 그들은 서로 짝을 이루는 의상을 차려입곤 좋아했는데, 한번은 '잉글랜드인'으로 분장하기도 했다. 안타깝게도 이 통렬한 순간을 기록한 사진은 없다. "풀이 제작한 프록코트에, 단춧구멍에는 잉글랜드인이 일요일 교회에 갈 때 꽂곤 하는 향내제비꽃을 꽂았다." 이투리는 백작을 만난 직후 그에게 편지를 썼다. "백작님의 귀중하지만 지친 발이 움직이는 곳에 가시 없는 장미로 이루어진 양탄자를 깔아드리고 싶습니다." 이 말에는 동성애적 교태도 느껴지고 감동적인 면도 느껴진다. 어쩌면 동성애적 교태는 감상과 같은 것일 수 있으며, 이에 관해 알랭-푸르니에는 이렇게 말했다. "성공하지 못하면 감상이고, 성공하면 예술, 비애, 삶이다."

1880년대에 몽테스키우는 잉글랜드-아메리카-프랑스 댄디인 휘슬러와 노는 것─취향과 기질의 놀이─을 즐겼다. 휘슬러 자신은 스무 살 연하인 오스카 와일드와 삼촌과 조카 같으면서도 언쟁을 벌이는 관계를 형성했다. 이런 예들이 보여주듯이 댄디는 그 나름의 자기 창조와 자기 축하에 자극을 받는다. 그(늘 '그'인 것이, 여성 댄디는 존재하지 않는 것으로 여겨졌기 때문이다)는 자신이 인류 나머지보다 재치 있고 옷을 잘 입는 것에, 또 취향이 훌륭한 것에 자극을 받는다. 휘슬러는 『적을 만드는 부드러운 기술Gentle Art of Making Enemies』을 "살면서 일찌감치 다수와의 우정을 벗어던진 드문 소수"에게 헌정했다("드문 소수"라는 말은 프랑스의 영향을 받은 것으로, 스탕달이 "행복한 소수"에게 헌정한 것에 빗댄 표현이다). 와일드는 "선민"을 즐겨 언급했는데, 그들의 과제는 취향과 아름다움의 문제에서 비(非)-선민의 무리를 인도하는 것이었다. 물론 너무 많은 사람들이 따라 하면 댄디는 그다음으로 나아가 다시 자신을 특별하게 만들어야 하겠지만. 댄디는 장식가, 집과 숙소의 장식가, 언어의 장식가다. 댄디는 취향을 좌우하는 존재이자 본보기다. 예술이 아니라, 취향이다.

드가는 말했다. "예술이 취향에 죽임을 당했다."

보들레르는 댄디주의를 "잘못 규정된 제도로, 결투만큼이나 이상하다"고 묘사했다. 이것은 대량의 시간과 돈을 빨아들인다. 이것은 "특히 민주주의가 아직 완전한 힘을 발휘하지 못하고, 아직 완전히 흔들리거나 가치가 떨어지지 않은 이행기에 발생한다". (댄디는 대체로 정치에 관심이 없지만, 그의 소명이 많은 돈을 필요로 하는 반면 그는 일반적으로 일을 하지 않는다는 점에 비추어 불가피하게 좌보다는 우로 기운다.) 바르베 도르비이의 분석에서 잉글랜드의 청교도주의―댄디주의의 숙적―는 빅토리아 여왕 치세에 전력을 다해 해협을 건너 돌아갔다. "자기 역사의 피해자인 잉글랜드는 미래를 향해 한 걸음 내디뎠지만, 이제 돌아가 다시 과거 속에 쭈그리고 앉았다. (…) 파괴 불가능한 불멸의 위선적 언어가 다시 승리를 거두었다."

보들레르는 댄디주의를 "데카당스 시대 영웅주의의 마지막 분출"이라고 본다. 그것은 "지는 해, 저 별, 떨어질 때는 장엄하나, 열기가 없고, 슬픔으로 가득하다". 이런 내적인 차가움과 결합된 값비싼 과시라는 개념이 댄디주의에 대한 설명 대부분에서 중심을 이룬다. 보들레르의 말. "댄디의 아름다움의 본질은 감동을 받지 않겠다는 흔들림 없는 결심에서 나온 냉랭한 외면에 있다." 와일드는 『도리언 그레이의 초상』에서 댄디주의를 방어적인 심리적 전술로 제시한다. "자기 삶의 구경꾼이 되는 것은 (…) 삶의 고난을 피하는 것이다."

댄디는 누구를 사랑하는가? 물론 그 자신이다. 다른 사람들은 어떤가? 이 대목에서 좀 복잡해진다. 바르베 도르비이는 댄디들이 "이

중 또는 다중적인 본성을 갖고 있으며, 지성 문제에 이르면 성적으로 쉽게 규정하기 힘들다. (…) 그들은 '역사의 자웅동체'다"라고 결론을 내렸다. 몽테스키우는 이 이중, 또는 자웅동체적 본성이라는 관념을 지지했다. 그는 다음 구절을 즐겨 인용했다. "잡종은 자신들을 삼켜줄 자들을 갈망한다"─와일드와 앨프리드 더글러스 경을 떠올리지 않을 수 없는 말이다.

이것을 오늘날의 젠더 유동성이라고 하기는 힘들지만, 이성애 규범성에 대한 강력한 저항의 표지라고는 할 수 있다. (추문을 일으키지 않는) 동성애자는 파리 사교계에서 환영을 받았다. 레즈비언은 더 환영을 받았다. 사라 베르나르─유행에 어울리지 않는 늘씬한 체형이었다─는 종종 자웅동체로 간주되었다. 몽테스키우의 전기 작가는 그녀를 "세기말에 출몰하는 양성체"라고 부른다. 포치는 직업적으로 양성체에 관심이 있었다. 양성체의 주요 근거는 이제 고전적인 조각상이 아니었다. 1860년경 나다르는 오텔-디외 병원 출신인 의사 친구의 부추김에 따라 양성체의 첫 사진을 찍었다. 총 아홉 장이 있었는데, 그는 신중하게도 즉시 저작권을 확보해놓았다.

취향. 그것은 종종 기만적인 편견과 가까운 자리에 있다. 우리가 어떤 작가를 싫어하는 데는 많은 것이 필요하지 않다. 그것은 시간을 절약해주기도 한다. 19세기 프랑스를 보자면, 나는 늘 바르베 도르비이에게 혐오를 품고 있었다. 이유는 상당히 단순하다. 그는 플로베르에 관해 지독하게 굴었다. 그래서 나는 오래전에 그가 죽은 뒤라 해도 내가 그를 읽었다는 것을 알게 하여 그에게 사후의 기쁨을 누리지 못하게 하겠다고 맹세했다. 이따금씩 내가 주워듣는 디테일—왕당파, 전투적 가톨릭, 실제보다 멋진 척하는 태도—이 나의 혐오를 확인해주었다. 다른 사람들이 그의 책을 묘사한 것을 보면 그는 에드거 앨런 포 방식으로 후기 낭만주의를 따르는 여성 혐오적 환상소설을 쓴 듯했다. 또 이런 것도 이유가 되었는데—그는 플로베르보다 13년 먼저 태어났지만, 플로베르보다 9년을 더 살았다. 이것이 실존적으로 얼마나 불공정해 보이던지.

◇ 조르주 상드 ◇

그가 저지른 악행을 떠올려본다. 1869년 플로베르는 조르주 상드에게 편지를 보내 『감정 교육L'Education sentimentale』에 대한 한 서평을 두고 불평을 했다. "바르베 도르비이는 내가 어떤 냇물에서 몸을 씻어 그것을 오염시킨다고 주장합니다."(바르베가 실제로 한 말은 똑같이 불쾌하기는 하지만 더 흥미롭다. "플로베르에게는 우아함도 우울함도 없다. 그의 강건함은 쿠르베의 그림 〈목욕하는 여자들Baigneuses, ou Deux femmes nues〉—냇물에서 몸을 씻어 그것을 오염시키는 여자들—의 강건함과 같다.) 플로베르는 이런 비교 때문에 더 움찔했을 것이다. 그는 늘 쿠르베의 작품을 매우 멸시하는 쪽이었기 때문이다.

4년 반 뒤 바르베는 "아주 위대한 성자라는 뜨겁고 경건한 인물

（…）과 이 시대의 가장 냉담한 남자, 재능이라는 면에서 가장 물질주의적이고 삶의 정신적 측면에 가장 무관심한 남자"사이의 차이라는 맥락에서 『성 앙투안느의 유혹』을 평했다. 당연히 플로베르는 공적인 반응을 보이지 않았지만, 몇 달 뒤 바르베가 가장 유명한 책 『악마적인 사람들Les Diaboliques』을 발표했을 때 오랜 친구 조르주 상드에게 그것이 "옆구리가 찢어지게 웃긴다"고 말한다. "어쩌면 유해한 것들을 좋아하는 내 비뚤어진 본성 때문인지도 모르겠는데, 이 작품은 내 눈에는 대단히 우스워 보였다. 부지불식간에 그로테스크해지는 영역에서는 이보다 더 나아가는 것이 불가능하다." 맞는다, 이 말 덕분에 나는 그 책을 전부 다시 읽는 일을 면할 수 있다.

그럼에도 바르베는 보 브뤼멜의 짧은 전기를 실제로 썼는데, 나는 여전히 그 전기의 사실적 정확성을 의심하면서도 마음을 풀고 그것을 읽는 쪽을 택했다. 그다음에는, 어쩌면 "내 비뚤어진 본성 때문인지도 모르겠는데" 그의 『비망록Memoranda』을 우편으로 주문했다. 이 책에는 1836년부터 1838년까지 그가 매일 한 일이 아주 길게 또 거의 거르지 않고 기록되어 있으며, 1864년에 쓴 이보다 짧은 기록이 있다. 나는 그가 친영파이며, 워즈워스와 바이런을 원어로 읽었다는 사실에 주목했다. 그는 "위대한 시인들을 빼놓으면 나는 잉글랜드인이 좋은 책을 쓴다고 생각하지 않는다"고 결론을 내린다. "산문의 교묘한 천재성은 그들과 관계가 없다." 물론 나중에 베이컨과 버크에게 감탄하게 되지만. 그는 "ethereal"*이 프랑스어에 등가

---

* ether는 고대 그리스에서 올림포스산의 신들이 숨 쉬던 상층의 맑은 공기를 가리키는 말로 형용사형인 ehtereal은 원래의 의미와 연결되어 '천상의', '영묘한', '가벼운', '여린' 등의 뜻을 갖는다.

◇ 샤를 에밀 오귀스트 카롤뤼스-뒤랑, 〈쥘 바르베 도르비이〉(1860) ◇

어가 없는 훌륭한 영어 단어라고 생각한다. 그리고 "바보에게 절대 뾰족한 막대기를 주지 마라"라는 스코틀랜드 격언을 수긍하며 인용한다.

하지만 자신에게는 뾰족한 막대기를 부여해 잉글랜드 여자들—그래, 또 시작이다—을 찔러댄다. "나는 늘 산책 나가는 여자들을 불신했다—예를 들어 잉글랜드 여자들, 차가운 종족, 이런 것이 존재한 적이 있는지 몰라도 어쨌든 그런 종족의 구성원들—그렇다고 이것이 그들이 심하게 부패하는 것을 막아준다는 말은 아니다. 그 반대다. 그렇게 부패하는 또 하나의 이유일 뿐이다." 몇 페이지 뒤 바르베는 야회에 가는데 그곳에서 "잉글랜드 여자들(세상에서 가장 어리석은 여자들이 잉글랜드 여자들이다! 이 때문에 그 민족 구성원들이 주는 불쾌감도 덩달아 훨씬 커진다)을 잔뜩" 만난다.

몽테스키우는 반혁명적 에세이스트 앙투안 드 리바롤(1753~1801)을 "그의 가장 뛰어난 발언은 거의 남아 있지 않지만, 세상에서 가장 재치 있는 사람"이라고 찬양했다. 여기 백작이 자신의 회고록에서 인용한, 그의 농담이 하나 있다. "잉글랜드 여자에게는 왼팔이 두 개다."

1893년 몽테스키우는 프루스트에게 "나는 덧없는 것들의 군주요"라는 헌사와 함께 자신의 사진을 보냈다. 프루스트는 이미 그에게 "아름다움의 교수"라는 별명을 붙여준 터였다. 그는 '은은한 향기의 지휘관'으로도 알려져 있었다. 한편 이투리는 "꽃들의 재상"이었다. 나중에 쇠퇴하던 시절, 백작은 "나는 선한 사람이고, 또 아름다운 영혼을 갖고 있다"고 되풀이하며 자위하기도 했다, 마치 이 두 가지 문제를 자기 마음대로 결정할 수 있는 것처럼. 그는 독일의 동료 시인(이자 동료 백작) 플라텐의 2행 연구를 인용하기를 좋아했으니, 그 내용은 이렇다. "아름다움을 정면으로 보는 사람은 / 이미 죽음에 헌신하고 있다." 몽테스키외에게 아름다움—자기 영혼의 내적인 아름다움이든, 바깥 세상에 있는 아름다움의 개념이나 표현이든—은 그 안에 틀어박힐 수 있는 어떤 것이자, 자신을 구별 짓고 세상의 접근을 막을 수 있는 삶의 방식이다. 그것은 사적인 것이고, 입문자들끼리 공유하는 어떤 것이다. 그들 대부분은 누가 최고 입문자인지 인식하고 있다.

와일드의 '아름다움' 개념은 훨씬 공격적이었다. 그것은—바르베가 인용한 스코틀랜드 격언의 표현대로—뾰족한 막대기처럼 휘두를 수 있는 것이었다. 누구에게? '천박한 자들'에게. 와일드의 세계에서 천박한 자들은 어디에나 있었다. 왕립학회는 천박하다. 사실주의는 천박하다. 디테일은 "늘 천박하다". 스위스는 천박하다. "모든 범죄는 천박한데, 모든 천박함이 범죄인 것과 마찬가지다." 나아가, "19세기에 도무지 해명이 되지 않는 두 가지 사실은 죽음과 천박성뿐이다".

와일드는 미국에 도착하여 그곳 사람들에게 설명했다. "나는 아름다움을 퍼뜨리러 이곳에 왔다." 어쩌면 '에어로졸 역할을 하는 예술가'. 와일드는 헨리 워튼 경을 통하여 우리에게 "아름다움은 '천재성'의 한 형태이며 아름다움은 '사고'만큼 피상적이지 않다"고 말해준다. 아름다움은 수동적 이상이나 영적 피난처가 아니라, 적극적인 힘이다. 하나의 무기, 동시에 하제(下劑)—데제생트가 기운을 차리게 해주는 그 "영양 듬뿍한 펩톤 관장과 다르지 않다". 위스망스는 유용하게도 그 가운데 하나의 처방을 제공한다. "간유 20그램, 진한 쇠고기 수프 200그램, 부르고뉴 와인 200그램, 거기에 달걀 노른자위."

이 모든 것이 "아주 멋진 데카당스예요, 자기"*라고, 세기가 끝나가면서 나타난 마지막 자기 방종적 개화(開花)라고 생각하고 싶은 유혹이 든다. 이 시기의 많은 것이 사실 모더니즘의 산맥 뒤쪽 저 너머에 놓여 있기도 하다. 그러나 우리가 잊기 쉬운 것은 거의 모든 시기의 예술, 심지어 의도적으로 회고적인 것처럼 보이는 예술―예를 들어 신고전주의나 라파엘전파―조차, 당시에 그 지지자들에게는 그것이 현대를 규정하는 동시에 도전적으로 현대적이라고 여겨졌다. 미국에서 와일드는 자신을 비롯한 젊은 시인 세대가 "오늘날의 핵심으로 움직여 들어가고 있다"고 주장했다. 말을 바꾸면, 아름다움은 자명하게 현대적이다. 와일드는 『도리언 그레이의 초상』에서 우리에게 말해준다, 댄디주의는 "아름다움의 절대적 현대성을 주창하려는 시도"이다. 이 도그마는 쿵쿵 소리를 내며 반복되지만, 이제는 지배력을 갖지 못한다. 오늘날 와일드의 아름다움은 공상적이고, 장식적이고, 자기중심적이고, 동성애적인 교태로 보인다. '현대적'인 것과 정반대인 셈이다. 옛날 미국의 찬송가 가사대로, "시간은 옛날에 좋았던 것을 촌스럽게 만든다".

* 밥 포시의 뮤지컬 〈카바레〉에 나오는 대사.

1881년 여름에 이르면 방돔 광장과 그곳의 살롱이 본격적으로 가동된다. 거기 참석한 수많은 상류사회 화가들 가운데 카롤뤼스-뒤랑Carolus-Duran(원래의 따분한 세례명 샤를 뒤랑Charles Durand에서 라틴화되고 하이픈이 들어간 이름으로 바꾸었다)이 있었다. 헨리 제임스는 1876년 파리에서 쓴 글에서 그를 "탁월한 상류사회 초상화가"이며 "벨라스케스를 모방한 현대의 모든 화가들 가운데 단연 가장 큰 성공을 거두었다"고 평가했다. 그는 또 교육용 스튜디오도 열고 있었는데, 여기에서 가장 뛰어난 제자는 스물다섯 살의 미국인 존 싱어 사전트였다. 카롤뤼스-뒤랑은 그를 포치와 만나게 해주었고, 〈빨간 코트를 입은 남자〉의 작업이 곧 진행되었다. 2년 앞서 사전트는 카롤뤼스-뒤랑을 그렸으며, 이 두 그림은 나중에

◇ 카롤뤼스-뒤랑 ◇

헨리 제임스로부터 사전트 최고의 남성 초상화들이라는 평가를 받게 된다.

표면적으로는 포치의 모든 것이 완벽해 보였다—직업적으로, 사교적으로, 결혼 생활에서. 나아가서 테레즈는 그들의 첫아이를 가졌다. 그러나 결혼—이제 겨우 열여덟 달 되었다—은 이미 깊은 상처를 입고 있었으며, 포치는 교육부 장관에게 프랑스 점령군의 의료를 답사하기 위해 튀니지로 보내달라고 요청하는 편지를 쓰고 있었다.

무엇이 잘못되었을까, 그것도 이렇게 빨리? 테레즈의 증언은 없

고, 오직 포치의 설명만 있을 뿐이다. 그는 1881년 4월, 자신들을 중매한 앙리 카잘리에게 보낸 편지에서 말한다.

아, 테레즈가 나를 사랑하기만 한다면! 하지만 그녀는 단지 나를 소중하게 여길 뿐이고, 그게 다입니다. 테레즈는 자기 어머니도 소중하게 여기는데, 제가 나타나기 전 20년 동안 그랬지요. (…) 아내가 자기 어머니와 나를 저울에 올려놓고 냉정하게 무게를 재던 날부터, 별거 가능성을 냉정하게 상상해보다가 오랫동안 검토한 끝에야 포기한 날부터, 그녀에 대한 나의 사랑은 치명적인 상처를 입었습니다. (…) 그 이후로, 나의 노력에도 불구하고, 또 그녀의 노력에도 불구하고, 그 사랑은 오직 시들해지기만 하다가, 이제는 죽었습니다. (…) 나는 언제까지나 그녀에게 최고의 친구가 되겠지만, 그 이상이 되고 싶었고, 그녀에게 모든 것이고 싶었습니다. 왜 그녀는 그것을 원치 않은 것일까요? (…) 이렇게 우리의 결혼은 젊은 여자인 그녀의 삶을 대체하는 것이라기보다는, 일종의 부가물에 불과한 것이 되고 말았습니다.

포치는 이듬해 쓰기 시작한 일기에서 테레즈의 감정적 구조에 관해 자신이 보는 대로 자세히 설명한다. 그는 대부분의 연인들이 그러듯이 자신의 출신 지역 페리고르에 관해 그녀에게 이야기했지만, 그녀는 타고나기를 그런 이야기를 즐기는 취향이 전혀 없었으며, 그곳을 방문할 마음도 전혀 없었다. "그녀는 내가 그녀 앞에 늘어놓는 유년의 모든 기억에 조금도 감동을 받지 않습니다. 그녀에게는 감성이 존재하지 않으며, 이것은 때로 그보다 큰, 감정 부재에 이릅니다."

포치의 추론은, 아무리 명료하다 해도, 불가피하게 자기중심적이다(어떻게 그렇지 않을 수 있겠는가?). 테레즈가 상황을 읽는 방식도 똑같았을까? 그럴 가능성은 거의 없다. 어떤 부인이—거기에서, 그때—이렇게 말하겠는가? "나는 충분히 강렬한 느낌을 받지 못했고, 그래서 그가 나를 사랑하지 않게 되었어." 오랜 세월이 흐른 뒤, 당시 자궁에 있던 그 아이 카트린도 결혼을 한다. 그녀는 자신의 결정을 돌아보며 애처롭게 말한다. "나는 상당히 늦게 결혼을 했다. 나는 이미 스물다섯이었다. 나는 '결혼하기 위해서' 결혼했다. 많은 사람들이 그렇게 하고, 그래도 일종의 행복을 얻는다. 나는 그냥 독신으로 살면서 일을 하는 게 나았을 것이다." 그러나 카트린은 파리 사람으로 치열하고 지성적이었다. 일은 진정한 대안이었다. 반면 테레즈는 지방 출신이었으며 독실했고, 지적이지 않았으며, 결혼을 위해 양육되었으며, 그 무렵 아버지의 죽음으로 큰 재산을 물려받았다. 아마 그녀와 포치는 각자 오해를 한 상태에서 결혼에 들어섰을 것이다. 그는 사랑과 결혼이 결합될 수 있다는 로맨틱한 (잉글랜드식) 망상을 품었고, 그녀는 '자리를 잡는 것'—사회에서, 파리에서, 결혼 상태로—이 함께 자리를 잡는 사람이 누구든 그 나름의 행복을 가져올 것이라는 실용적인 (프랑스식) 망상을 품었다. 포치는 결혼할 때 테레즈가 자신을 사랑한다고 상상했다. 아마 그녀도 그런 상상을 했을 것이다. 하지만 '어떤 사람을 사랑한다는 생각'을 많이 하다 보면 사랑이 진짜로 시작되는 일이 종종 생기기도 한다. 그녀가 결혼 전에 의구심을 드러냈다 해도 오랜 세대에 걸쳐 내려오는 지혜가 그녀에게 '그를 사랑하게 될 것'이라고 안심시켜 주었을지도 모른다. 하지만 스물세 살짜리 지방 처녀에 불과한 그녀가 근거로 삼을 만한 것이 무엇이었겠는가? 결국 그녀는 그가 기대한 것, 그리고 그녀가 바란 것과는 달리 남편을 사랑할 수 없는 또 한 사람의 부인이 되었다. 유례없는 비극은 아니었지만, 그녀에게는 유례없는 일이었다.

포치는 테레즈의 어머니, 소유욕이 강한 마담 로트 때문에 아내가 자신에게 등을 돌리게 되었다고 확신했다. "그녀는 아내가 나를 미워하게 만들었고, 나를 일종의 압제자, 거의 처형자로 바꾸어놓았다." 마담 로트는 딸과 마찬가지로 기록상으로는 침묵했다. 그러나 포치 자신의 말을 보면 상황이 그가 나중에 주장한 것보다 복잡했고, 문제는 아주 일찍부터 시작되었음이 분명해진다. 1879년 12월 이 부부가 아직 신혼일 때 포치는 마드리드에서 카잘리에게 편지를 보낸다.

테레즈는 어머니의 품에서 찢겨 나온 것 때문에 수심에 잠겨 있습니다. 나는 격렬한, 거의 폭력적인 행동을 할 수밖에 없었습니다. 이것이 필요한 행동이었다는 확신이 점점 강해집니다. 하지만 우리 신혼의 첫 대목에는 어떤 슬픔이 새겨졌습니다.

친정에 집착한다는 이유로 신혼 때 아내를 꾸짖으면서, 같은 입으로 자신의 가족에게는 관심이 없다고 불평을 한다는 것은 모순이다. 아마도 그는 자신들이 일단 파리에 자리를 잡으면 그녀가 리옹에 있는 친정을 생각할 때 자신이 베르주라크에 있는 자신의 가족을 생각할 때처럼 부드러우면서도 거리를 둔 태도를 유지하리라고 상상했을 것이다. 한동안 그는 그녀의 향수(鄕愁)가 결혼에 드리운,

◇ 라 그롤레에 있는 사뮈엘, 테레즈, 카트린 포치 ◇

그의 표현을 빌리면 "작은 구름"에 불과하다고 믿었다. 그러나 그는 어머니와 딸 사이 감정의 깊이를 과소평가했다. 이듬해 로트 부인이 파리로 이사하면서―포치의 관점에서―테레즈에 대한 그녀의 장악력은 커졌다. 어쩌면 진실은 그녀가 그저 어머니를 더 사랑했고, 이는 달리 어쩔 수 없는 일이었다는 정도였는지도 모른다. 하지만 그 자체로도 20대 초반의 젊은 신부가 별거의 가능성을 "차갑게 상상" 하도록 몰아붙이기에 충분한 요인이 되지 않았을까?

　포치는 1882년 9월 19일 일기에서 말한다. "우리는 세상의 눈으로 보기에는 가장 훌륭한 공적 관계를 유지하고 있지만, 아무런 친밀감이 없다." 그럼에도, 그 전해 남편의 튀니지 출장에 동행했던 것은 외양을 유지해 나가겠다는 테레즈의 결심의 표시다. 또 "아무런 친밀감이 없다"는 것이 섹스의 종결을 뜻하지는 않았다. 테레즈는 자식 둘을 더 낳게 된다. 장은 카트린이 태어나고 나서 2년 뒤인 1884년에 태어났고 자크―늦둥이, "기적의 아이"―는 12년 뒤 그녀가 마흔, 포치가 쉰이 되던 해에 태어났다. 하지만 그녀는 주로 집안을 다스렸고, 만찬과 야회를 이끌었고, 교회에 갔으며, 포치의 수집 습관, 미적 쇼핑, 잉글랜드 트위드와 리버티 커튼에 들어가는 돈을 댔다. 30년 동안 그들은 공적 결혼을 공유했고, 사적인 뒷공론을 견디어냈다.

『거꾸로』가 출간되었을 때 위스망스는 "열광적인 팬"이 보낸, 외설적인 사진이 여러 장 담긴 팬레터를 받고 놀랐다. 사진들은 다양한 자세와 다양한 연극적 분장 상태에 있는 발신자의 모습과 더불어 그의 침실 장면들도 보여주었는데, 그 침실에는 "창부의 모든 악취미를 보여주는 가구가 갖추어져 있었다". 팬은 장 로랭이라고 서명했다.

로랭은 댄디, 시인, 소설가, 극작가, 평론가, 연대기 기록자―1890년대 중반 그는 파리에서 가장 높은 보수를 받는 저널리스트로 통했다―스캔들 장수, 소문을 퍼뜨리는 자, 에테르 중독자, 결투전문가였다. 근처에 있는 것이 위험한 사람, 도를 넘어야 한다는 것이 원칙이라도 되듯이 의도적으로 지나치게 나아가는 사람, 함께 어울리던 세련된 심미주의자와 댄디 대부분보다 더 분명하게 자신을 드러내는 동성애자였다. 또 바와 선술집, 클럽과 댄스홀, 사회적으로 용납되지 않는 싸구려 술집과 유원지의 단골이기도 했다. 그 세계의 많은 사람들과 마찬가지로 그의 취향은 고급과 저급―살롱과 거

◇ 안토니오 드 라 간다라, 〈장 로랭〉(1898) ◇

리—에 걸쳐 있었다. 그는 중간을 경멸했다—중간은 그의 출신지였기 때문이다. 그의 아버지는 페캉에서 해양 보험회사와 벽돌 공장을 경영했다. 젊은 폴 뒤발은 성과 이름을 모두 버리고 장 로랭으로 자신을 재발명했다.

그는 반쯤은 책에 집어넣고 싶지 않은 인물이다. 그가 혹시나 책의 너무 많은 부분을 장악하지 않을까 걱정이 되기 때문이다. 그는 엉뚱하고, 두려움이 없고, 비열하고, 악의가 가득하고, 재능 있고, 질투심 많으며, 배신을 각오해야 하는 친구이자 절대 잊지 않는 적이다. 그러나 사라 베르나르는 그를 포치에게 소개했고, 포치는 이후 30년 동안 그의 친구, 속을 털어놓는 사람, 주치의일 뿐 아니라, 방돔 광장의 살롱으로 불러준 사람이 되었다. 그래서 그가 여기에 등장한다. 많은 전기 작가들이 이미 확인했듯이, 안타깝게도 전기 작가는 자신이 초점을 맞추는 인물의 친구들을 선택할 수 없다.

로랭은 벨 에포크의 문화와 무정부 상태 양쪽을 체현한 인물이었다. 벨기에 시인 위베르 쥐앵은 그가 "자신의 시대를 사랑하다 못해 혐오했다"고 말했다. 유명한 물랭 루주 댄서 라 굴뤼는 그에게 '졸린 왕자'라는 별명을 붙여주었는데, 그가 묵직한 눈꺼풀로 덮인 개구리의 연한 황록색 눈을 갖고 있었기 때문이다. 어떤 사람들은 도덕적인(그리고 동성애 혐오적인) 역겨움 때문에 신체적 묘사를 생략했다. 프루스트의 전기 작가인 조지 페인터는 그를 "크고 흐늘흐늘한 성도착자이며 (…) 약에 취해 있고, 색조 화장과 분 범벅에 (…) 통통하고 희고 생선 같은 손가락에는 보석이 박힌 반지를 잔뜩 끼었다. (…) 사내다운 척하고 다른 모든 사람을 변태라고 비난하여 스캔들을 피하려는 위험한 유형의 성도착자에 속했다." 마지막 문장은 특히 왜곡이 심한 것 같다. 로랭이 공개적으로 "소돔의 대사"라는 별명으로 자신을 불렀기 때문이다. 포치의 전기 작가는 그가 "추하고, 기름이 흐르는 작가-시인-비평가-저널리스트-동성애자-마약중독자로, 자그마한 카트린 포치를 겁에 질리게 했다"고 말했다.

로랭과 마찬가지로 억누르는 것이 없었던 레옹 도데는 말했다.

로랭은 악덕에 찌든 미용사처럼 얼굴이 넙데데하고 통통했으며, 가르마는 꿀풀 향유에 젖어 있었고, 멍하니 바라보는 눈은 탐욕스럽게 튀어나와 있었으며, 말을 할 때면 축축한 입술이 침을 뚝뚝 흘리고 물을 뿌렸다. 그는 콘도르처럼 살롱에 다니는 사람들의 하인, 첩, 상류사회 뚜쟁이들이 팔고 다니는 비방과 더러운 것들을 먹고 살았다. 병원의 하수구에서 콸콸 흘러나오는 것들을 상상해보라. 세 개의 성(性)은 아닐지라도 두 개의 성에는 속한 이 특별한 종류의 미치광이에게 이야기를 찾는 코가 없지는 않았으며, 예술적인 스타일이 없지도 않았다. (…) 그는 자신을 받아들인 집, 그를 더는 받아들이지 않는 집, 그를 아직 받아들이지 않은 집에 관한 유독한 암시와 유사 여성적인 심술로 신문을 채웠다. 로랭이 관대하게 받아들여졌다는 사실, 그가 매일 당해 마땅한 만큼 엉덩이를 걷어차이거나 지팡이의 애무를 받지 않았다는 사실에서 이 시대가 얼마나 줏대가 없는지 드러났다.

로랭은 헤나로 턱수염을 물들이고 엷은 자주색 분가루를 발랐다. 그는 지나가는 사람들이 "저 남자는 회반죽을 발랐네" 하고 소곤거리는 데 익숙했다. 그는 동성애적 삶 가운데서도 위험한 측면을 즐겼다. 거친 상대,* 그리고 와일드가 "표범들과의 잔치"**라고 부른 것. 물론 와일드의 경우와 마찬가지로, 표범이 종종 도둑고양이이기는 했지만. 로랭은 가끔 몽테스키우의 반려인 이투리와 함께 밤 속으로 뛰어들어 푸앙-뒤-주르의 댄스홀을 비롯한 회합 장소로 가곤했다. 공쿠르의 의견으로는 "어둡고 무모한 본성"의 소유자인 로랭은 늘 싸움을 벌였으며, 열쇠 뭉치로 얼굴을 두들겨 맞았고, 팔을 삼각건에 건 채 다시 나타나곤 했다. 공쿠르는 한번은 그가 눈에 멍이들고 "깨끗이 닦아내는 데 거머리 여섯 마리가 필요했던 머리 상처"를 입은 모습으로 나타났다고 회고했다.

그는 견디어야 하는 동시에 즐기는 상대가 되는 사람이었다. 그는 말했다. "악덕이란 무엇인가? 그저 당신이 공유하지 않는 취향일 뿐이다." 그는 와일드와 마찬가지로 무절제와 시끄러운 에고 때문에 어떤 사람에게는 유쾌하고 어떤 사람에게는 당혹스러우며, 프라이버시를 귀중하게 여기고 경찰차를 두려워하는 더 조용한 쪽의 동성애자들에게는 공포를 일으키는 인물이었다. 레옹 도데도 물론 그렇게 생각했다. "로랭의 사례는 최종적인 스캔들을 별도로 하면 오스카 와일드의 사례와 아주 유사한데, 잉글랜드 사회는 그를 '독창적인 신사'로 간주하며 관대하게 대해주고, 심지어 아첨까지 하다가, 마침내 때가 와 자신의 손에 쥔 것이 진짜 도덕적 광인이라는 것을 깨닫게 되었다." 그러나 와일드와 로랭—그들은 와일드가 1893년에

* 사디스트적이고 난폭한 동성애자를 가리킨다.
** 와일드는 동성애 상대로 삼는 노동계급 남성을 표범이라고 부르며, 그들에게서 "진정한 남자다움", "영혼 없이 오로지 육체만 있는 정열"을 발견한다고 했다.

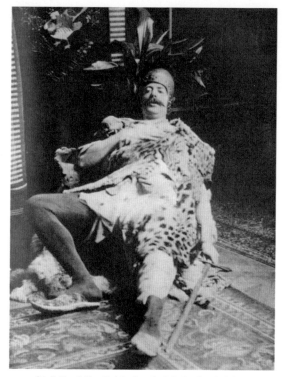

◇ '죽어가는 전사'로 분장한 장 로랭. 사라 베르나르의 집에서. ◇

처음 파리를 정복하러 나섰을 때 만났다―은 서로 마음이 맞지 않았다. 아마도 거울을 보는 것과 같은 느낌이 너무 강했을 것이다. 와일드는 말했다. "로랭은 허식에 찬 사람이다." 로랭은 와일드에 관해 말했다. "그는 가짜로 꾸미는 사람이다."

　많은 사람들이 로랭을 "빈자의 몽테스키우"라고 불렀는데, 그는 당연히 이 말에 격분했다. 그는 늘 백작을 도발하려 했다. 신문 칼럼에서는 그에게 "그로테스키우",* "로베르 마셰르"**라는 별명을 붙여주었다. 1901년에는 소설 『포카스 씨Monsieur de Phocas』에서 몽테스키우의 두 번째 그림자를 만들어냈는데, 늘 도를 넘는 사람이었기 때문에 백작의 하나가 아니라 세 가지 변형을 소설에 집어넣었다. 그래도 몽테스키우의 약을 올리지는 못했다. 몽테스키우는 한 번도 따귀를 때리거나 장갑을 던지지 않았고, 한 번도 그가 바라 마지않던 인정을 해주지도 않았으며, 그가 바라 마지않던 공격—어떤 종류의 동등성을 암시하는 행동일 수 있었다—을 하지도 않았다.

불가피하게—그리고 그의 팬레터 때문에, 또는 그것에도 불구하고—로랭은 위스망스를 알 수밖에 없었다. 또 한 사람의 가톨릭 소설가 레옹 블루아도 마찬가지였다. 그들과 더불어 그는 또 다른 영역에서 도를 넘어섰다. 종교라는 영역이었다. 로랭은 사탄주의와 흑마술에 관심이 있었는데, 그저 장난삼아 건드려보는 정도가 아니었다. 그는 위스망스를 데리고 오컬트, 악한 주문, 장미십자회원들과의 전쟁 등등의 길을 따라 나아갔다. 한 저널리스트는 위스망스와 인터뷰를 하러 왔다가 이 소설가가 "악령 추방용 반죽"이라는 것을 보여주며 그것이 몰약, 향, 장뇌, 정향—"세례요한의 식물"—을 섞은 것이라고 설명하자 질겁을 하기도 했다. 그러나 이 영역에서, 가톨릭 소설가의 눈으로 보자면, 로랭은 사회적 관습에 충격을 주는 일 이상을 하고 있었다. 불멸의 영혼을 만지작거리고 있었던 것이다.

결국 위스망스는 (그의 피조물인 데제생트처럼) 자신을 다시 끌어

---

* Grotesquiou, '그로테스크'와 '몽테스키우'를 합친 조어.
** 로베르는 몽테스키우의 이름이고 마셰르는 Machère, 즉 ma와 chère를 합친 말로, 직역하면 '나의 소중한 사람 로베르'라는 뜻 정도로 볼 수 있다. 여기서 ma는 여성 대상에 사용하는 소유격 관형사이므로 몽테스키우를 여성으로 만든 셈이다.

들이는 교회의 인력을 느꼈으며, 교회에 다시 받아들여지기 전해인 1891년 로랭을 이렇게 비난했다.

오늘 저녁 카페에서, 나는 《르 쿠리에 프랑세Le Courrier français》의 지난 호들을 훑어보고 있었다. 로랭! 로랭! 당신은 고의적으로 신성모독을 하고 있기 때문에 가죽조끼 차림에 뿔이 두 개 달린 모자를 쓴 천사들이 당신을 '저 위로' 데려가 최후의 심판대 앞에 서게 될 때 틀림없이 최대 형량을 선고받을 것이다. 조심해라! 조심해라!

로랭이 죽기 몇 달 전인 1906년 3월 블루아는 일기에 이렇게 썼다. "어떤 사람이 나에게 책을 가져왔다. 『장 로랭 희곡집』이었다. 거기에는 최신 초상도 들어 있었다. 신에게 버림받은 사람, 저주받은 영혼, 영광과 영원한 삶에 맞서던 악취 나는 적의 얼굴이었다. 얼마나 무시무시한 악몽인가."

외아들로 태어난 로랭은 그 모든 사회적·도덕적·법적·형이상학적 위반에도 불구하고 오랜 세월 오퇴유에서 어머니와 함께 산 순종적인 아들이기도 했다. 그녀는 만만치 않은 외모를 가진 부인이었으며, 레옹 도데는 그녀에게 '시코락스'—캘리번*의 어머니—라는 별명을 지어주었다. 싸움 잘하는 로랭이 늘 의리를 지켰던(또는 그가 할 수 있는 한 의리를 지켰던) 사람이 셋 있었다. 그의 어머니, 에드몽 드 공쿠르, 닥터 포치였다.

레옹 도데는 역시 오퇴유에서 살았던 공쿠르에게 물은 적이 있

---

* 셰익스피어의 「폭풍우」에 나오는 반인반수.

다. "공쿠르 씨, 저 무시무시한 녀석을 어떻게 견딜 수가 있습니까? 나는 저 인간을 보기만 해도 구역질이 납니다." "내가 어쩌겠소, 젊은 친구." 공쿠르는 대답했다. "오퇴유는 시내에서 좀 벗어나 있고, 겨울날에는 나 혼자 지내야 할 때가 있다오. 그럴 때 로랭은 객쩍은 소리로 나를 즐겁게 해주지요." 공쿠르는 그 객쩍은 소리를 가끔 그대로 일기에 적어놓았다. 일기에서 그는 또 로랭이 "히스테리에 사로잡힌 일구이언의 떠버리"라고 언급하기도

◇ 에드몽 드 공쿠르 ◇

했다. 로랭은 알퐁스와 마담 도데에게 공쿠르를 중상했고, 공쿠르에게는 도데를 중상했다. 그들이 편지를 비교해볼 것임을 알면서도 (그의 뇌의 어떤 부분에서) 한 일이었다. 그는 그냥 자신을 멈출 수가 없었다. 공쿠르는 이런 행동의 원천을 궁금해하면서 로랭 내부의 지배적인 충동이 "악의인지, 아니면 요령의 완전한 부재인지" 의문을 품곤 했다. 로랭 또한 이것을 궁금하게 여겼다. 그가 찾아낸 한 가지 설명은 파리 전체le tout Paris가 악의를 품고 자신을 시인으로서 가야 하는 진정한 길에서 벗어나게 했다는 것이었다. "그 돼지들!" 그는 이렇게 외친 적이 있다. "그들이 나를 저널리스트로 만들었다!"

『공쿠르 일기』는 이 시대의 위대한 문서 가운데 하나다. 이것은 에

드몽(1822~1896)과 쥘(1830~1870) 두 형제의 작업이었다. 그 둘은 삶에서 분리할 수 없고(몇 시간 이상 떨어져 보낸 적이 거의 없고, 한때는 심지어 정부를 공유하기도 했다) 페이지에서도 분리할 수가 없어, 둘을 합쳐 『일기』를 서술하는 공동의 "나"로 만들었다. 유미주의자, 수집가, 극작가, 예술 비평가, 소설가였던 그들의 호기심은 하류, 중류, 상류 사회 전체에 걸쳐 있었다. 그들은 둘 다 간, 위, 신경 때문에 고생하는 병약한 사람들이었으며, 시대에 반감을 품어 우아한 18세기를 더 좋아했고, 높은 이상과 섬세한 감수성을 지닌 사람들로서 세상이 작동하는 방식에 자주 상처받고 격분했다. 에드몽은 "우리는 성마르고, 신경증적이고, 불건강하게 감수성이 예민한 피조물이며, 따라서 이따금씩 불공평하게 군다"고 인정했다. 쥘은 1866년 10월 플로베르에게 보낸 편지에서 주장했다. "고티에까지 우리 셋은 예술을 위한 예술, 아름다움의 도덕성, 정치적 문제에 대한 무관심, 그리고 또 하나의 터무니없는 것, 즉 종교에 대한 회의주의로 이루어진 견고한 진영을 형성합니다."

그들이 일기를 쓰기 시작한 첫날은 1851년 12월 2일로, 이날은 그들의 첫 책 『18에…En 18…』가 출간된 날이기도 했다. 그들에게는 불행하게도(『일기』에는 잘된 일이지만) 그날은 또 루이-나폴레옹이 쿠데타를 일으킨 날이기도 했는데, 그 부작용 가운데 하나는 모든 인쇄업자와 출판업자를 극도로 예민하게 만들었다는 것이며, 그 결과 『18에…』는 광고도 유통도 하지 않아 결국 비참하게도 예순부만 팔리고 말았다. 형제는 하루의 흥분―일기를 쓰는 이 마지막 흥분을 빼고―이 완료된 뒤 심야에 『일기』를 쓰는 습관을 들여, 에드몽은 옆에 서 있고 쥘이 대표로 자신들의 인상과 기억을 적어 내려갔다. 그들이 기록한 모든 것은 실제로 일어난 일이었다. 물론 그들이 들은 것이 반드시 사실은 아니었지만. 에드몽은 자신들의 계획을 이렇게 정리했다.

따라서 우리가 하려고 한 일은 대화의 생생한 속기, 몸짓의 생리적인 자연발생성, 인격을 드러내는 그 작은 감정의 표시들, 존재의 강렬함을 전달하는 그 측량할 수 없는 것들, 마지막으로 파리의 들뜬 삶의 표지인 약간의 그 열병을 수단으로, 후손을 위하여 우리 시대 사람들을 말로 닮게 그려 살려내는 것이다.

모든 위대한 일기는 그것이 보여주는 시대를 배신은 않더라도 훼손은 하게 된다. 그것은 미시적 수준에서도―그/그녀는 사실 그/그녀/그들이 다 그런 척했던 것만큼 고결하지 않았다―거시적 수준에서도 전복적이다. 그것은 우리에게 그 시대를 그 자체의 평가대로 받아들이지 말라고 경고한다. 디테일이 풍부하고, 재미있고, 뒷공론이 많고, 거르지 않아 강렬한 『공쿠르 일기』는 이 형제의 가장 위대한 작업으로 남아 있다. 쥘이 1870년 제3기 매독으로 죽은 후 에드몽은 이것을 버릴까 생각했지만, 형제의 마지막을 기록하고, 거기에 덧붙여 '파리 포위'와 코뮌이라는 참사를 기록할 필요 때문에 계속 쓸 수밖에 없었다. 그는 1896년 죽기 열이틀 전까지 썼다.

그러나 에드몽은 시대의 불편한 진실을 적는 데 만족하지 않고 한 걸음 나아가 1887년과 1896년 사이에 그것을 아홉 권으로 출간했다. 이때는 발신자나 수신자가 죽으면 사적인 편지를 태워버리는 것이 여전히 관례인 시대였다. 따라서 『일기』와 마주하면서 거기에 등장한 사람들 몇 명은 당혹, 격분, 배신감을 맛보게 되었다. 『예수의 생애』를 쓴 철학자이자 역사학자 에르네스트 르낭은 1890년에 네 번째 권이 나왔을 때 공개적으로 분노를 표명한 것으로 유명하다. 그는 스무 해 전 프로이센군이 파리를 둘러싸고 있을 때 자신이 카페 브레방에서 독일 정신과 독일 기술의 우월성에 관하여 장황하게 늘어놓고 마지막에 "그렇소, 신사들, 독일인은 우월한 인종이오!" 하는 외침으로 마무리했다는 사실을 새삼 일깨워주는—또 독서 대중이 알게 되는—것이 마음에 들지 않았다. 공쿠르는 말 그대로 전달한 것이라며 자신의 이야기를 옹호했다. 또 다툼이 전개되는 상황에서 자신을 인터뷰하러 온 저널리스트의 말에 동의하여 자신은 "경솔한 사람"이라고 인정했다. 하지만 그는 오직 "경솔한 개인들"이 쓴 회고만이 흥미 있다고 주장하면서, 르낭을 한 번 더 자극하는 말로 마무리했다. "르낭 씨는 예수에 관해 너무 경솔하였으니 정말이지 자신에 관해서도 약간의 경솔은 용납해야 마땅하다."

움직이는 소문

에드몽 드 공쿠르는 이름을 지운 어떤 부인에게 이야기를 하고 있다. 그의 『일기』 기록은 「쫓아갈 길」이라는 제목으로 시작한다.

나: 수요일에 [마틸드] 공주와 스트로스 부인과 저녁을 먹었는데, 부인이 아주 아름다워 보이더군요.

*** 부인: 그런데 그분은 분명히 고통을 겪고 있어요……. 토요일

에 봤는데, 막 심각한 신경마비를 겪었더라고요……. 아마도 두 주는 먹지 못한 것 같았어요……. 무슨 일이 일어난 게 분명해요……. (잠시 입을 다물었다가, 말을 이어나간다.) 그분을 속속들이 알고 있는 베네르 부인은 그분이 사랑과 사랑에 빠졌고, 언제라도 모파상이 자신을 따라와달라고 했다면 모든 걸 버렸을 거라고 하더군요……. 지금도 사랑에 빠진 것일까? 그렇다면 누구에게? (침묵) 며칠 전 그분에게 아들에 관해 물었더니 취직을 했다더라고요─포치의 인턴으로 받아들여졌다고. 그 이름이 나오자, 거기 있던 아들이 묘한 표정으로 자기 어머니를 봤어요……. 네, 그게 그일 거라고 생각하게 만드는 몇 가지 작은 암시가 있어요.

나: 네, 네, 부인이 실마리를 제대로 잡고 계시는 걸 수도 있지요……. 보통 공주 집에 가지 않는 포치가 어쩐 일로 지난 수요일에는 베리 거리에서 공주와 함께 저녁을 먹고 있었을까요?…… 중요하지 않다고 할 수 없는 작은 사실을 하나 알려드리죠. 그분[스트로스 부인]은 추위에 아주 예민하기 때문에 공주의 집에서 저녁을 먹을 때는 늘 레이스나 모피를 어깨에 약간 걸치는데─공주가 가스를 전기로 바꾸는 바람에 우리 모두 약간 얼어붙기 때문에─내가 옆에 있는 사람으로서 그렇게 훈계를 해도 한사코 어깨를 드러낸décolletée 채로 있겠다고 고집하더군요.

*** 부인: 그게 그걸 확인해주는 듯하네요……. 그분에게 편지를 써서 토요일에 그분 눈에서 도덕적인 고통을 겪고 있는 게 틀림없다고 느낄 수밖에 없는 심한 괴로움을 보았다고 말씀드려

야겠군요……. 다음 월요일에 연락드릴게요.

(하지만 여기서 이 이야기, 또는 뒷공론은 흐지부지된다.)

1885년 2월 1일 일요일, "이상한 3인조"가 런던으로 출발하기 다섯 달 전, 에드몽 드 공쿠르는 자신의 그레니에grenier—오퇴유에 있는 그의 집의 '다락방 살롱'*—를 열기 시작했다. 이곳은 무리요 거리에서 매주 목요일 작가들에게 문을 열었던 플로베르의 모범에 기초한 것으로, 작가들의 주간 만남의 장소가 된다. 물론 '작가들'은 '남성 작가들'을 의미했다. 알퐁스 도데 부인은 환영을 받았고, 마지막에는 남편을 데리러 가기 위해 찾아오는 부인들을 받아들이긴 했지만. 이것은 사적인 모임이었으나 공쿠르는 언론에 홍보가 되어도 해가 될 것이 없다고 보았다(초대받지 못한 사람들을 약 올리기 위해서라도). 그래서 그는 《르 피가로Le Figaro》의 「파리지」 칼럼에 이 행사에 관해 쓰겠다는 조세프 게다의 요청을 받아들였다. 그러나 게다가 나타나서 당혹스러운 소식을 전했다. 자신의 섹션 책임자가 그날 저녁 멀리 떨어진 어떤 교외에서 저녁을 먹어야 한다는 것이었다. 그래서 게다는 자신의 글을 오후 3시에 제출해야 했고, 정작 자신이 묘사하기로 하고 돈을 받은 행사에는 그로부터 두 시간 뒤에 도착했다.

다음 날 공쿠르는 『일기』에서 불평을 했다.

---

* grenier는 '다락방'이라는 뜻으로, 대저택의 응접실과 동시에 상류사회 명사들의 모임을 뜻하는 salon과 대비된다.

오늘 아침 《르 피가로》에 실린 게다의 기사를 읽었다. 아마도 어제, 우리 집에서, 파리 전체le tout Paris가 만나는 모임이 있었고, 이 파리 전체 가운데는 오랫동안 서로 싸운 사람들, 서로 인사조차 하지 않는 원수들도 있었던 모양이다. 가엾은 20세기여! 19세기 신문에서 믿을 만한 정보를 찾는다면 얼마나 속게 될 것인지.

이런 푸념 후 공쿠르는 계속해서 이 첫 그레니에서 오간 이야기는 "환상적인" 몽테스키우에 관한, 그 가운데도 특히 "보들레르적인" 그의 첫사랑들—아니, 성적 경험들—에 관한 이야기가 나왔다고 적어둔다.

그의 첫 연애 상대는 여성 복화술사였는데, 그녀는 몽테스키우가 행복에 이르는 긴 길에서 분투하는 동안 갑자기 취한 뚜쟁이가 막 들어와 놀란 것 같은 목소리를 냈고, 이것에 그녀의 귀족 고객은 겁을 먹었다.

누가 이 이야기를 믿고 싶어 하지 않겠는가? 그러나 『일기』의 외설적인 다른 많은 부분처럼—또 대부분의 성적 뒷공론처럼—이 이야기 역시 출처는 하나뿐이다. 더욱이 익명의 출처다. 다른 문제는, 이것이 더 유명한 이야기, 즉 백작의 첫 이성애적 만남의 상대가 다름 아닌 사라 베르나르였다는 이야기와 모순된다. 그런데 그 이야기에도 두 가지 설이 있다. 한 가지 설은 그들이 쿠션들 위에서 한참 뒹굴고 난 뒤 백작이 스물네 시간 동안 쉼 없이(그러니까 흐름이 끊기지 않고) 토했다는 것. 두 번째 설은 그들이 실제로 함께 침대로

◇ 〈지나가는 사람〉의 의상을 입은 베르나르(왼쪽)와 몽테스키우 ◇

갔고, 그 이후 몽테스키우가 일주일 내내 토했다는 것. 우리는 알 수 없다.

몽테스키우는 요즘 흔히 "현란한 동성애자"라고 묘사된다. 물론 현란했다. 그리고 그를 이성애자라고 할 수는 없을 것이다. 그러나 (활동 중인) 동성애자로서 현란하지는 않았고, 오히려 현란함과는 거리가 멀었다. 동성애자 특유의 교태 섞인 방종한 언행에도 불구하고, '소돔의 대사'는 아니었다. 그는 베르나르의 훌륭한 친구였다. 그들은 둘 다 화장대를 사랑했으며 그들 자신의 명성에 매혹되었다. 베르나르의 첫 번째 성공작인 코페의 운문극 〈지나가는 사람Le Passant〉에서 그녀는 남장을 하고 나오는 시종 역이었다. 그 시대의 가장 위대한 초상 사진작가 나다르는 무대 위의 꼭 끼는 남성 의상을 백작과 사라에게 짝을 맞추어 입혔다. 그들은 의상을 입은 뒤 촬영을 위해 희곡에 나오는 장면들을 즉흥적으로 연기했다. 그들이 쿠션들 위에서 함께 뒹굴었다는 이야기는 그 뒤에 나온 것이다.

고귀한 태생이라는 자신감, 쓸 수 있는 돈, 필요하다면 베일에 싸인 땅까지 여행할 능력이 있고, 마음속에 아무런 종교적 방해가 없는 남자가 어떻게 섹스를 시도하지 않았겠는가? 시도하고 또 시도했다, 자주. 반면 어떤 사람들은 섹스를 시도하고 그것이 자신에게는 맞지 않는다고 판단했다. 하나의 이론은 몽테스키우가 "모든 것을 알고 싶어 했지만 어떤 것에도 말려들고 싶어 하지 않았다"는 것이다. 그래서 이투리는 밤에 나가 다음 날 아침 향기롭기도 하고 역한 냄새가 나기도 하는 내용을 모두 세세하게 보고하곤 했다. 미술 비평가 버너드 베런슨은 말했다. "나는 오랜 세월 몽테스키우를 알았지만 샤를뤼를 유명하게 만든 측면, 즉 남색은 한 번도 눈치채지 못했다. 당시 나는 젊었고, 뭇 동성애자들의 입에 침이 고이게 했다는 것은 주님도 알고 계시다." 정말로 그랬다. 오스카 와일드는 옥스퍼드에서 그를 유혹하려 한 적이 있다. 와일드는 퇴짜를 맞고 나서 베런슨이 "돌로 만들어진" 것이 틀림없다고 불평했다.

1791년에 프랑스에서 동성애는 합법이 되었지만 여전히 이와 관련한 많은 위험이 있었다. 협박, 그와 연계된 범죄 혐의(공공 풍기 문란, 미성년자 타락), 또 지저분한 결말의 위험도. 몽테스키우는 젊은 이들에게 가르침을 주기 위해 샹젤리제의 한 급사장이 "동성애적 대화"를 나누다 체포된 이야기를 회고하곤 했다. 그는 감방에 처박히자 공적인 수치와 불명예를 마주하는 대신 코안경을 부수어 깨진 유리를 삼켰다.

몽테스키우가 동성애적이고, 그의 감정적인 반응이 모두 남자들을 향했으며, 그가 휘슬러와 단눈치오 양쪽의 남성적 속박에 굴복했다는 점에는 의심의 여지가 없다. 그의 전기 작가 필리프 쥘리앵—얌전 빼는 사람도 아니고 도덕적으로 구는 사람도 아니었다—은 백작이 "쾌락에 대한 냉담만큼이나 심장의 충동"도 두려워하게 되었다고 말한다. 여기서 쾌락에 관한 표현은 대단히 뛰어나다. 그런 백작에게는 쾌락(미적 쾌락이 아닌 한)에 뭔가 지저분하고, 끝이 열려 있고, 심지어 중간계급적일 수 있는 것이 있었을지도 모른다. 까다로움 또한 쾌락의 적이다. 쥘리앵은 결론을 내린다. "로베르는 늘 너무 프랑스적이어서 극단으로 가지 못했는데, 이런 경향으로 유명한 것은 잉글랜드인이다." 벨 에포크에 파리 상류사회가 "소돔보다 사포*를 좋아했다"는 것은 사실이다. 그러나 프랑스인은 늘 자신들이 영국인보다 덜 동성애적이라고 잘못 가정해왔다(따라서 에이즈가 자신의 나라를 강타했을 때 놀랐고, 대응이 더뎠다).

17세기 프랑스에 동성애를 두고 이런 말이 있었다. "프랑스에서는 귀족, 스페인에서는 수사, 이탈리아에서는 모두." 한참 세월이 흐

* 여성 동성애자였다.

른 뒤에 바르베 도르비이가 한 말도 있다. "나의 취향은 나를 그쪽으로 기울게 하고, 나의 원칙은 그것을 허용하지만, 나와 같은 시대 사람들의 추한 행태가 나를 물러서게 한다." 이것을 보면 옥스퍼드의 앨프리드 더글러스 경의 방에서 열여섯 살 난 하인 월터 그레인저에게 키스를 했느냐는 카슨의 질문에 대한 와일드의 참담한 대답이 떠오른다. "오, 아니요, 절대 아니지요. 그 아이는 유별나게 못생긴 소년이었거든요." 도르비이는 약간 부정직했고, 와일드는 위증을 했을 가능성이 있다. 반면 19세기 말 프랑스 귀족은 17세기의 습관을 완전히 떨쳐버리지 못한 것이 분명했다.

그러는 동안 내내 의학은 동성애의 신뢰할 만한 지표를 일람표로 만들고자 노력했다. 잔걸음, 휘파람을 불지 못함, 깔때기 모양의 항문, 엉덩이와 허벅지에 지방 퇴적, 손의 모양, 남들보다 높다고 여겨지는 피부 온도(그래서 '따뜻한 형제'와 '따뜻한 친구'라는 독일어 표현에 이중적 의미가 생겼다) 등등. 그러나 이런 것도 있었다. '녹색에 대한 편애.' 그것은 입문자의 암시였으며, 극단적 이성애자에 대한 경멸의 표시였다. 단춧구멍에 꽂은 녹색 카네이션. 와일드가 미국 여행을 위해 특별히 맞춘 가슴 장식이 달린 녹색 모피 외투. 몽테스키우의 도금양 녹색 외투. 이것에 자극을 받은 장 로랭은 그를 "테이크-유어-류트Take-Your-Lute 씨",* 또 "아리코 베르Haricot Vert 씨"**라고 부르기도 했다.

* 도금양과 류트를 연결시킨 별명.
** Haricot Vert는 깍지콩인데, 녹색 강낭콩으로 풀어서 볼 수 있다.

이 색깔의 용도가 어디에서 가장 노골적이고, 가장 도발적일 수 있었을까? 여기 녹색 침대 두 개가 있다.

1) 몽테스키우에게 위압감을 주었던 몇 안 되는 사람—그리고 그가 유보 없이 존경했던 몇 안 되는 사람—가운데 하나가 드가였다. 몽테스키우는 한 장식미술 전시회에서 자신이 디자인한 사과 녹색 침대에 앉아 있었다. 이 댄디는 화가의 눈길을 끌었다. 드가가 물었다. "몽테스키우 씨, 사람들이 사과 녹색 침대에서는 더 나은 자식을 가질 거라고 믿으시오? 조심하시오—취향은 악덕의 동의어가 될 수 있습니다."

2) 1898년 5월, 레딩 감옥에서 석방되고 나서 1년 뒤, 와일드는 파리에 있었으며, 앨프리드 더글러스 경과 다시 자주 만났다. 와일드는 클레베 거리에 있는 더글러스의 새 아파트에 필요한 물건을 장만하기 위해 메이플스 파리 지점에 가서 "녹색 침대를 포함하여" 어울리는 가구를 사는 데 40파운드를 썼다.

댄디와 유미주의자가 함께 경멸하는 것 한 가지가 운동이다. 운동의 성격이 있는 인기 있는 연예는 묵인할지도 모른다. 예를 들어 데제생트는 (여성) 미국인 곡예사와 연애를 한다. 반면 로랭의 포카스 씨는 올랭피아 공연장이나 서커스장, 폴리-베르제르 카바레 등지에서 "남성이건 여성이건 어떤 센세이셔널한 곡예사"에게 흥분하는 흉내를 낸다. 이것들은 "풍성한 뒷공론"을 낳는 즐거움이다. 그러나 세상의 남자들이 이해하는 운동은 몽테스키우와 에드몽 드 폴리냐크가 끔찍하게 싫어하는 것이었다. 그들은 말을 경쟁시키는 종류의 남자들, 동물과 여자를 똑같이 기운차게 사냥하는 남자들에 대한 증오를 공유했다. 백작의 경우 가족에 대한 혐오도 있었다. 그의 아버지는 기수(騎手) 클럽의 부회장이었다. 폴리냐크는 이 클럽을 "연기로 답답한 공기 때문에 앞이 안 보이고 이야기의 더 답답한 분위기 때문에 당황하게 되는" 장소로 묘사했다.

백작과 왕자가 사냥하는 게 있었다면 그것은 젊은 재능이었다. 그들은 둘 다 음악가의 후원자였으며, 백작은 또 작가의 후원자이기도 했다. 왕자는 백작에게 색연필로 쓴 메모를 보내면서 라틴어 인용문이나 영어 속담을 곁들였다. 왕자는 백작을 콘서트에 초대하고 바그너의 악보를 빌려주었다. 둘은 함께 바이로이트* 여행을 갔다. 이 시기에 많은 사람들에게 파르지팔**은 하나의 본보기였다. 혈통이 종말에 이르게 된 거룩한 기사 파르지팔. 이것은 이 두 귀족에게도 똑같이 해당되는 일이었으니, 그들은 번식을 하지 않는 쪽을 택했기 때문이다(그렇다고 둘이 거룩한 일에 적극적이었다는 뜻은 아니지만).

폴리냐크는 생존 작곡가 가운데 누구보다 존경하는 바그너의 열광적인 팬이 되었다. 1860년 젊은 왕자는 파리에서 자신의 영웅을 만나, 베리 거리에 있는 가족의 집에서 점심을 먹자고 초대했다. 바그너의 관점에서 이 행사는 순조롭게 진행되지 않았다. 그는 회고록에서 말했다. "나는 어느 날 아침 [그와] 점심을 먹었다. 그는 음악에 자극을 받아 떠올리게 되는 환상적인 생각들을 이야기했다. 그는 베토벤의 A장조 교향곡[7번]에 대한 자신의 해석이 옳다며 계속 나

* 바그너의 악극이 공연되는 극장이 있는 곳.
** 바그너의 〈파르지팔〉 속 주인공.

를 설득하려고 했는데, 그 곡의 마지막 악장이 난파를 단계적으로 묘사한다는 주장이었다."

폴리냐크 자신의 음악은 바그너적인 것과는 정반대였다. 그는 외광파(外光派, pleinairisme)의 음악적 대응물을 창조하고자 했으며, 자신이 쓴 곡이 "초원에서" 노래되는 것처럼 들리기를 바랐다. 그는 또 자신이 8음 음계를 발명했다고 믿었는데, 그것이 다양한 대륙의 민속음악에서 사용되어 왔고, 심지어 림스키코르사코프가 오페라 〈사드코Sadko〉에서 그것을 '공식적으로' 도입했다는 사실을 모르고 있었다. 폴리냐크의 음악은 요즘은 이따금씩 노래로 부르는 경우 외에는 거의 연주되지 않는다.

포치가 죽은 뒤 몽테스키우는 회고록에 그답지 않게 직선적인 데다가 자기인식도 담겨 있는 글을 썼다.

나는 포치만큼 유혹적인 남자를 만난 적이 없다. 내가 본 그는 언제나 미소를 짓고, 온화하고, 비길 데 없는 자기 자신의 모습 그대로였다. (…) 나처럼 남을 불쾌하게 하는 귀족적 쾌감에 몰두하는 사람에게 한 남자의 한결같은 미소를 보는 것은 교훈이 되는 일이었는데, 그는 그 미소를 아주 잘 활용했으며, 그것을 무덤까지 가져갈 사람이었다. 포치는 남을 유쾌하게 하는 기술이 있었고, 그 점에서는 아무도 따를 자가 없었다.

포치가 베르주라크 소년에서 파리 상류사회로 나아간 것은 지성,

인격, 야망, 전문적 능력과 더불어, 그렇다, 남자와 여자에게 모두 먹히는 유혹적인 매력의 승리였다. 그는 건강염려증에 시달리는 백작부인에게만큼이나, 사지가 절단 난 제1차 세계대전 참전 프랑스 군인poilu에게도 위안이 되는 병상 예절을 갖추고 있었다. 놀라운 것은, 발광적이고 증오에 차고 심보 고약한 이 시대의 본성에도 불구하고 그가 직업 생활의 오랜 기간 동안 상대적으로 적을 매우 적게 만들었다는 사실이다. 물론 그가 의사라는 점(사람들은 언제 의사가 필요하게 될지 절대 알 수 없다), 또 그가 상대를 환대하고, 너그럽고, 결혼으로 부자가 되었고, 사교적이고, 호기심 많고, 교양 있고, 여행을 많이 한 사람이라는 점도 도움이 되었다. 그러나 그의 매력은 단지 닫힌 문 안쪽에서만 드러나는 편안하고 사적인 것이 아니었다. 포치는 공인이었다. 상원 의원, 마을 시장, 강력한 정신과 많은 사람들에게 맞서는 강력한 견해를 가진 운동가였다. 그는 교회가 국가와 강하게 싸우던 시기에 과학적 무신론자였고, 반으로 쫙 갈라진 나라에서 공개적인 드레퓌스파였으며, 보수적이라고 알려진 업계에서 혁신적인 인물이었고, 모든 남편이 아내의 외도에 관대하지는 않은 사회에서 돈 후안 같은 존재였다. 그러나 한번 얻은 친구는 결코 잃지 않는 그런 인물이기도 했던 것 같다. 평생에 걸쳐 1년에 한 번은 큰 싸움이 필요한 기질의 소유자였던 몽테스키우도 포치에게는 어쩌다가 가볍게 냉담한 태도를 보이곤 했을 뿐이다.

그들의 우정에도 불구하고, 그들이 서로 "소중하고 훌륭한 친구 Cher et grand ami"였음에도 불구하고, 백작은 백작이기를 완전히 그만둔 적이 한 번도 없다. 그는 1892년에 첫 시집 『박쥐들Les Chauves-Souris』을 발표했다(몽테스키우는 휘슬러가 '나비'인 것을 흉내 내어 자신을

'박쥐'라고 불렀다). 호화로운 두 색조 장정에 특별히 주문한 네덜란드 종이로 제작하였으며, 장식적 모티프로 박쥐가 세선으로 세공된 책이었다. 당연히 극소량 한정판이었지만, 그는 "나의 명망 있는 친구"에게 한 부를 주었다. 포치는 크게 감사하는 마음에—몽테스키우의 이야기에 따르면—이 책이 그냥 선물이 아니라, 교환의 전반부가 되어야 한다고 고집했다. 그런데 포치가 그 대가로 무엇을 줄 수 있었을까—또 주었을까? 몽테스키우가 남긴 문서들 가운데 서명된 확인서가 있는데, 날짜는 1892년 7월 25일이다.

아래 서명한 본인은 의학 교수진의 부교수이자 루르신-파스칼 병원의 외과의로서 나의 병원의 침대 1호를 외과적인 문제로든 부인과적인 문제로든, 로베르 드 몽테스키우 백작이 보내서 오는 어떤 여성 환자에게나 내어줄 수 있도록 확보해두겠다고 이 자리에서 엄숙하게 약속합니다. 이 맹세는 1909년 본인이 병원에서 퇴직하는 해까지 유효합니다.

S. 포치.

심야의 장난처럼 들리는 이야기다. 하지만 몽테스키우는 회고록에서 이렇게 말한다.

물론 나는 그것을 문자 그대로 받아들여 그런 후의를 악용하지는 않았다. 그랬다면 지금쯤 이 사람은 크로에수스*가 가진 재산의

* 기원전 6세기 소아시아의 고대국가 리디아 최후의 왕. 큰 부자로 유명하다.

반을 나 때문에 희생했을 것이다. 하지만 그것을 이용하기는 했다. 고통받는 많은 가엾은 여자들이 나를 자기들의 구원자라고 부른 것은 정당한 일이지만, 그들은 자신들의 건강 회복이 과학을 하는 사람의 호의를 불러일으킬 만큼 성공적인 예술적 환상 덕분이라는 사실은 알지 못한다.

이 글을 읽고 약간 느글거리는 것은 거래 자체 때문일까? 아니면 "고통받는 많은 가엾은 여자들"이 포치보다는 몽테스키우에게 은혜를 입었다고 생각한다는 사실 때문일까? 아니면 혹시 자신의 작은 시적 환상이 손에 잡히는 의학적 혜택으로 바뀐 것에서 비롯한 백작의 점잔 빼는 만족감 때문일까? 하지만 이것을 넘어서는 뭔가가 있다. 몽테스키우는 늘 자신의 후원이나 우정이라는 허가장을 받을 만큼 운이 좋은 사람들로부터 감사—지속적인 감사—를 요구했다. 아마도 포치는 영리했기 때문에 이것을 직관적으로 또는 관찰을 통해 알았고, 백작이 앞으로 오랫동안 부드러운 상태를 유지하게 할 셈으로 선수를 치고 나갔을 것이다. 그의 아들 장은 외교관이 되었는데, 이 유전자가 그의 가족 가운데 어느 쪽에서 왔는지는 의심의 여지가 없다.

그런데 몽테스키우가 포치에게 준 여행 가방, 작은 관과 R이라는 글자가 찍혀 있던 그 가방. 우리 평민에게 선물을 줄 때 선물에 자신의 상징과 더불어 우리의 이름 첫 글자가 아니라 자신의 것을 표시하는 것은 귀족적 관행일까? 아니면 혹시 그 가방은 본인이 원치 않아 버리듯이 준 것이었을까?

1897년 포치의 딸, 눈이 날카로운 열네 살짜리 카트린은 일기에 썼다. "최신 유행à la mode 의사인 아빠는 최상류층 여자들을 모두 치료한다. 공주와 왕비는 오직 아빠한테만 수술을 받고 싶어 한다. 아빠는 잘생기고 똑똑하며, 솜씨가 좋은 만큼이나 친절하니까." 10년 뒤 《레코l'Echo》에 '작은 불꽃'이라는 필명으로 글을 쓴 심술궂은 사건 기록자는 포치에 대한 인물평을 이렇게 마무리했다.

우리 시대에 외과의는 우주의 주인이다. 그들이 적어도 한 번은 열어보지 않은 상류사회의 유명한 여인들이 어디 있겠는가? 외과의는 자연적인 것을 교정하고 속박한다. 다듬고, 누르고, 보태고, 줄이고, 바로잡는다. 반세기 이상 나이를 먹은 여자들이 젊음의 만개 상태에 있다는 인상을 주는 것—그리고 공유하는 것—은 종종 외과의의 시의적절한 개입 덕분이다.

아마 포치는 초기 단계의 성형수술 몇 가지를 시행했을 것이다(우리에게 전하는 유일한 예는 로베르 드 몽테스키우의 눈꺼풀에 있는 아주 작은 물혹을 제거한 것뿐이지만). 그러나 얼마 전까지만 해도 불가능하지는 않지만 위험했을 수술 덕분에 위험에서 벗어났다는 사실이 주는 심리적 효과가 더 크게 작용한 경우가 많았을 것이다. 이때는 충수염으로 죽을 수 있었고, 충양돌기 절제 수술(포치의 전문 분야 가운데 하나)을 해도 죽을 가능성이 거의 절반인 때였다. 1898년 사라 베르나르는 난소의 물혹이 빠르게 커지고 있다는 진단을 받았다. 당연히 그녀는 오직 '의사 신Docteur Dieu'만이 자신을 수술하기를 바

◇ 포치 ◇

랐다. 수술을 할 때는 물혹이 "열네 살짜리 아이의 머리만 한 크기"
였다. 포치는 몽테스키우에게 베르나르가 "결단력, 정신력, 용기, 유
순함이라는 면에서 존경을 받을 만"하다고 말했다. "그녀는 여섯 주
후면 무대에 복귀할 것입니다."

　그러나 포치의 명성은 그에게 감사와 존경을 보내는 무리에만 국
한되지 않았다. 20세기의 첫 스무 해 동안, 펠릭스 포탱 식료품 가
게에서 초콜릿 바를 하나 사면 그 안에서 담뱃갑 속에 들어 있던 카
드와 크기와 모양이 비슷한 자그마한 닥터 포치 사진을 발견할 실
낱같은 가능성이 있었다. 펠릭스 포탱은 1898년에서 1922년 사이
에 '우리 시대의 유명 인사Célébrités Contemporaines' 시리즈를 세 차례—각
시리즈마다 500명 정도가 포함되었다—생산했고 카드를 꽂아 넣을
수 있는 앨범도 팔았다. 포치는 두 번째 시리즈에 등장했고, 두 가지

포즈로 구할 수 있었다. 나는 두 카드를 모두 내 책상에 두고 있다. 얼굴을 덮는 턱수염에 물결치는 머리카락, 또렷한 V자형 헤어라인에 짙은 색 재킷 차림이다. 한 사진에서는 팔짱을 끼고 우리의 오른쪽을 보고 있다. 다른 사진에서는 정면으로 우리를 마주 보고 있다. 두 사진 모두 역동성과 자신감을 발산한다. "포치, 의사^{médecin}", 각 사진은 그렇게 공포하고 있다.

'우리 시대의 유명 인사' 앨범은 명성을 되는대로 잔뜩 넣은 푸짐한 스튜다. 여기에는 군주와 시인, 기수와 정치가, 여배우와 교황이 들어간다. 피우스 9세와 모드 곤, 폴 베를렌과 퀴리 부인, 모네와 프란츠 페르디난트 대공, 화가 펠릭스 지엠(포치는 그가 그린 베네치아 풍경들을 수집했다), 잉글랜드의 수영 선수 빌링턴, 이탈리아의 자전거 선수 모모가 있다. 영국 쪽 인물로는 키플링과 키치너, 로버츠 장군과 캠블 배너먼 경, 테니슨, 조지 왕세자, 1903년 아일랜드 드럼크리에서 열린 그랜드 내셔널 경마의 우승자 퍼시 우들런드 등이 있다.

명성은 남성이 지배하며, 턱수염과 콧수염을 자랑한다. 두 번째 시리즈에 등장한 510명 가운데 여성은 겨우 예순다섯 명뿐이다. 이 가운데 마흔세 명이 '예술가'인데, 그것은 여배우와 카바레 스타라는 의미다(베르나르는 이미 첫 번째 시리즈에 주역으로 등장했다). 열한 명은 외국 왕가 구성원으로, 여기에는 포치를 가리켜 "역겹게 잘 생겼다"라는 기억에 남을 만한 말을 남긴 모나코 공주도 포함되어 있다. 작가 일흔네 명 가운에 여자는 두 명이다(이 둘 가운데 한 명인 조르주 상드는 죽은 지 사반세기가 지났다). 포치가 두 번째 시리즈의 의사 스물세 명 가운데 하나라는 것은 의학이 명성을 얻고 있

◇ 빌링턴 ◇

◇ 퀴리 부인 ◇

◇ 모모 ◇

◇ 앨리스 ◇

다는 증거다. 이 가운데 스무 명이 프랑스인, 두 명이 독일인, 한 명이 '잉글랜드인'(사실은 스코틀랜드인)—포치의 오랜 친구 조지프 리스터 말이다—이다. 여기에는 또 위스망스, 장 로랭, 알렉상드르 뒤마 2세, 레옹 도데, 로베르 드 몽테스키우도 있다. 댄디 분위기의 백작—그렇게 우월감이 넘치고, 그렇게 배타적이고, 중간이나 하층 계급들과 그렇게 거리를 두고, 세상의 일반적인 물질성을 그렇게 멀리하던—이

◇ 리스터 ◇

공짜 선물로 초콜릿 포장지에서 떨어져 나온다는 생각을 하면 왠지 끝없는 만족감이 찾아온다. 그리고 백작이 "수많은 운문 작품의 저자로, 그 작품들의 까다로움은 그가 작품과 함께 내놓으려고 선택하는 제목의 고집스러운 기묘함에 의해 더 늘어날 뿐"이라고 빈정대는 간략한 전기적 메모를 제공한, 펠릭스 포탱에게 고용되어 지겹고 고된 일을 하던 이름 없는 일꾼.

◇ 몽테스키우 백작 ◇

1886년 12월 11일 토요일 오후, 파리 주재 잉글랜드 장교의 아들이었던

열다섯 또는 열여섯 살의 월터 윙필드는 16구 M. 샤뛰의 총포점으로 들어갔다. 그의 옆에는 친구 델마가 있었는데, 그는 열네 살 또는 열다섯 살이었다. 델마는 전날 이 가게에서 리볼버를 샀으며, 밝혀지지 않은 이유로 그것을 도로 가져왔다. 윙필드는 약실에 총알이 있다는 것을 알리지 않고(그 자신도 몰랐을 것이다) 총을 주인에게 건네주었다. 직원은 무기를 살피다가 방아쇠를 당겼고, 총알은 바로 윙필드의 복부로 들어갔다.

공교롭게도 불과 두 달 전 제2차 프랑스 외과의 대회의에서는 총상 문제를 다루었다. 개복수술은 늘 위험한 일이었지만, 소독, 살균, 봉합 기술의 발전으로 이제 난소와 자궁 종양의 경우에는 실행 가능하며 적절한 방식이라고 여겨지고 있었다. 하지만 총상의 경우에는 그 효과에 관해 많은 논란이 있었다. 보수적 외과의들—그들이 다수였다—은 이 방법이 환자를 그냥 내버려두는 것보다 위험하다고 믿었다. 포치를 포함한 젊은 의사들은 조기에 빨리 개입할 때 희망도 가장 크다고 믿었다.

부분적으로는 총알이 어디에 있느냐에 달린 문제였다. 뇌, 폐, 간의 일부 총상은 저절로 나을 수 있었다. 하지만 복부는 달랐다. 일부 의견에 따르면 총알의 구경에 따라서도 달라졌다. 7밀리미터 총알에 난 상처는 건드리지 않고 놓아두기만 하면 '양성'이 된다고 생각되는 경우가 많았다. 잉글랜드 소년의 몸에 들어간 총알의 구경은 꺼냈을 때 보니 7과 8밀리미터 사이였다.

부상을 당한 소년은 집으로 옮겨졌다. 윙필드 가족이 부른 의사는 포치를 부르라고 조언했다. 진찰 결과 출구 상처가 없었고, 따라서 총알은 여전히 하복부에 있는 셈이었다. 도뇨관을 삽입하자 혈뇨가 나왔다. 수술은 가족의 거실에서 진행되었다. 포치의 조수들 가운데는 그의 남동생 아드리앙도 있었다. 그가 배꼽부터 치골까지 절개를 했고, 가장 확실한 상처를 얼른 찾아냈다. 소장에 가로 4센티미터, 세로 2센티미터로 찢어진 곳이 있었다. 열한 바늘을 꿰매야 했다. 천천히 창자를 더 꺼내다가 손상된 부분을 다섯 군데 더 발견하여, 추가로 열여덟 바늘을 꿰매야 했다. 그러던 중 소년이 꿈틀거리며 배의 절개된 부분에서 창자를 더 "토해냈다". 클로로포름이 더 투여되었다.

　포치는 이어 간, 신장, 비장, 위 그리고 대장의 울퉁불퉁한 표면을 살폈다. 총알이 방광으로 진입한 상처를 찾아내 꿰맸다. 하지만 빠져나간 상처는 설령 찾을 수 있다 해도 보지 못한 채 꿰매야 했다―너무 위험한 행동이었다. 그러나 방광은 저절로 아문다고 알려져 있었다. 그래서 두 시간의 수술 뒤 포치와 조수들은 소년의 수술 부위를 봉합하고, 고무관을 방광에, 넬라톤 카테터를 생식기에 연결해두었다. 소년은 자기 침대로 돌아가 허벅지의 통증에 대해 불평하면서도―이는 총알이 거기에 있기 때문에 생기는 것이었다―토요일 밤과 일요일을 평안하게 보냈다. 그러나 월요일이 되자 환자의 상태가 악화되어, 구토와 고열 증상이 나타났다. 관장이 실시되고 모르핀과 에테르가 투여되었다. 월터 윙필드는 목요일 새벽 2시에 죽었다. 아마 내장의 마비로 독성 물질의 재흡수가 일어나서였을 것이다.

　『거꾸로』의 제사(題詞)는 14세기 플랑드르 신비주의자 얀 판뤼스브룩에게서 가져왔다. "나는 시간의 한계를 넘어 즐겨야 한다. (…)

비록 세상은 나의 기쁨에 몸을 떨지도 모르고, 그 상스러움 때문에 내가 무슨 말을 하는지 모를 수도 있지만." 판뤼스브룩의 맥락은 순수하게 영적이며, 데제생트의 맥락은 (처음에는) 미적이다. 하지만 이 둘은 나란히 간다. 데제생트에게 세상은 바보와 악당으로 꽉 차 있다. 그는 (플로베르적인) "인간적 어리석음의 홍수"에 에워싸여 있고, 신문은 "애국적이거나 정치적인 허튼소리"로 가득하다. 그의 해법은 "세련된 테베, 모든 현대적 편리를 갖춘 사막의 은거지, 마른땅 위의 아늑하고 따뜻한 방주"다. 이것을 그는 파리 교외에 스스로 창조한다.

이 모든 "어리석음"과 "상스러움"과 "허튼소리"에 맞서—작가로서—어떻게 할 것인가(그 명사들에 이의를 제기하고, 그것들을 재정의하거나 대체하지 않는다면)? 일부는 플로베르처럼 그것과 싸우고, 그것을 폭로하고, 그것을 조롱하고, 그것으로 이야기를 만든다. 그의 마지막 미완성 소설 『부바르와 페퀴셰Bouvard et Pécuchet』는 인간의 어리석음과 맞선 위대한 비난전이다. 또는 비슷한 생각을 가진 사람들과 함께 또는 따로 은둔 생활을 하며 도개교를 들어 올려버릴 수도 있다. 그리고 자신과 같은 입문자들을 위해 쓰는 시(이들은 보통 시를 쓰기 때문이다)는 배타성, 또 폐쇄성을 자랑한다. 예술은 선민의, 또 선민을 위한 피난처가 된다. 플로베르는 자신이 늘 상아탑 속에 살려고 노력했지만 "똥의 물결"이 계속 그 기초에 부딪쳐 부서지며 탑을 쓰러뜨릴 듯이 위협했다고 말했다. 이 오수(汚水), 그 존재와 악취는 플로베르의 예술에 중요했다.

또 어떤 사람들은 자신의 상아탑을 더 높이 짓고, 코를 틀어쥐거나 환기팬을 설치한다. 이것은 위험할 수 있다—그들의 예술에, 또 그들 자신에게. 악취는 망각을 막아주는 훌륭한 역할을 하기 때문이다. 1867년 스물다섯 살의 말라르메는 브장송에서 친구에게 그 도시에 관해 불평한다. 그는 한 이웃이 거리 맞은편 창을 가리키며 이렇게 말했다고 묘사한다. "이럴 수가! 라마니에 부인은 틀림없이 어제 아스파라거스를 먹었을 거예요!" "어떻게 그걸 알죠?" "부인이 창턱에 내놓은 요강 때문이죠." 말라르메는 깐깐하게 논평한다. "그게 지방이 어떤 곳인지 핵심을 보여주지 않는가? 그 호기심, 그 집착, 가장 의미 없는 것에서 실마리를 찾아내는 그 능력─그러한 것들, 맙소사! 인류가 서로의 머리 위에서 사는 바람에 이 지경에 이르게 되었다니!" 8년 뒤, 에드몽 드 공쿠르는 『일기』에서 이 시인에 관해 불평했다. "이 취향 까다로운 사람들, 이 말과 구문의 댄디들 가운데는 나머지 사람들보다 더 미친 미치광이가 있는데, 그는 깐깐한 말라르메로, 그는 문장을 단음절로 시작해서는 절대 안 된다고 주장한다. (…) 이 지나친 깐깐함 때문에 작가들 가운데 가장 재능 있는 사람들의 정신이 무디어지고, (…) 책에 생명을 주는 모든 핵심적이고, 훌륭하고, 따뜻한 것들로부터 (…) 다른 데로 시선을 돌리게 된다." 사실주의 산문과 상징주의 시 사이의 간극이 이보다 확연할 수는 없었을 것이다.

카슨이 반복해서 와일드에게 『거꾸로』가 "남색적인 책"이냐고 물었을 때 와일드는 처음에 "아주 분명하게 아니다"라고 대답했다가, 이어 "아니다"라고 대답했다가, 세 번째에는 카슨에게 그 말이 무슨 뜻인지 이야기해달라고 청한다. "모릅니까?" 카슨은 묻는다. "모르겠습니다." 와일드는 대답한다. 그러나 4년 전 그는 새 친구인 과테말라의 외교관이자 작가 엔리케 고메스 카리요에게 "나는 데제생트와 같은 병이 있다"고 말한 적이 있다.

위스망스에서 데제생트를 거쳐 와일드를 거쳐 도리언 그레이를 거쳐 칙선 변호사이자 하원 의원인 에드워드 카슨에 이르기까지. 이것은 사실과 허구, 진실과 법, 프랑스와 잉글랜드 사이를 오가는 묘한 지그재그다. 그러나 카슨에게 답을 하자면, 『거꾸로』는 주인공이 동성애를 잠깐 언급─그리고 탐닉─함에도 도덕주의적인 저자가 나서서 노골적으로 또는 암묵적으로 비난하지 않는다는 좁은 의미에서 "남색적인 책"으로 분류될 수도 있다. 그러나 이 소설은 그보다 훨씬, 아주 훨씬 이상하다. 『거꾸로』는 탐닉보다는 포기에 관한 책이다. 그리고 카슨이 범죄라고 비난할 만한 종류의 탐닉은 서른 해를 다루는 여덟 페이지 프롤로그 안에서 스치듯 다루어진다. 본격적인 이야기─이런 색다르고 종잡을 수 없는 텍스트에 사용하기에는 무딘 표현이지만─는 데제생트가 사회적이고 성적인 삶, 세상의 모든 어리석음과 허튼소리와 상스러움에 환멸을 느끼게 되었을 때에야 시작된다. 어느 시점에서는 미망에 사로잡혀 작가들이 더 높은 수준에서 살아간다고 상상하여 그들과 어울리려 한다. 이 또한 실수다. 그는 그들의 원한과 비열한 태도, 성공과 돈에 대한 공허한 숭배에 역겨움을 느낀다.

데제생트의 은둔이 꼭 금욕적인 것은 아니다─그의 "유일한" 사치는 진귀한 책과 신선한 꽃(그리고 자신의 요구를 충족시키며 시중을 들어줄 말 없는 하인들을 두는 것)이다. 하지만 그것은 세상으로부터 멀리 떨어져, 거짓된 사람들이 아니라 진정으로 지적이고 예술적인 관심사들에 둘러싸여 살려는 시도다. 그의 묵상과 기억은 점점 커져가는 영적 위기와 어깨를 나란히 하는데, 그 위기에서 교회로 돌아가는 것은 완전히 불가능한 동시에 유일하게 실행 가능한 해법이다.

바르베 도르비이는 위스망스가 『거꾸로』를 쓴 뒤 "피스톨 총구냐 십자가 아래냐"를 놓고 선택을 해야 했을 것이라고 말했다. 위스망스는 물론 결투를 한 적이 없고, 아마 피스톨은 갖고 있지도 않았을 것이다. 8년 뒤, 위스망스는 노트르담 디니 수도원에 들어가 피정을 하는 과정에서 교회에 다시 받아들여졌다. 와일드 또한 영적 위기를 겪던 중 로마의 부름을 받았고, 임종 때 마지막 성사를 받았다. 그러나 와일드는 그의 등장인물들과 마찬가지로 세상에 들어가 살았으며, 그것을 포기하기보다는 즐기는 면이 훨씬 컸다. 훌륭한 이야기꾼에게 다른 사람들의 귀가 필요하듯이, 댄디에게는 다른 사람들의 눈이 필요하다.

『거꾸로』는 대체로 전통적인 의미의 플롯이 없으며, 대사에서도 거의 자유롭다. 그 '인물들'은 인물들에 대한 기억이다. 이 작품의 '잉글랜드' 후손인 『도리언 그레이의 초상』은 극히 수다스럽고—그 대사 가운데 많은 부분은 소설적 대화라기보다는 무대의 대화처럼 읽힌다—플롯의 조각들이 들어차 있으며, 그 가운데 일부는 완전히 인기를 노린 것이다. 와일드식 금박 가루를 젖혀놓으면, 이야기는 스티븐슨이나 코넌 도일이 썼다고 해도 좋을 것이다.

소설에서 와일드의 예술적 수칙의 대변자porte-parole인 헨리 워턴 경은 말미에 말한다. "예술은 행동에 아무런 영향을 주지 못한다." 나중에 오든도 동의한다. "시는 아무 일도 일으키지 않는다." 이 구절은 오만일 수 있다—'예술'은 세계의 단순한 역학을 넘어선다. 또는 겸손하고, 패배주의적으로 실용적인 것일 수 있거나—아무도 '예술'에 주목하지 않으니, 허세를 부리지 말자. 헨리 경은 친구인 자신에게 『거꾸로』를 줌으로써 친구의 부패를 부추기고, 친구를 허영, 죄, 방탕, 무관심, 살인으로 이끌었다는 도리언 그레이의 불평(또는 비난)에 맞서 구체적으로 자신을 방어한다. 아니, 아니, 헨리 경은 대담한다. "세상이 부도덕하다고 부르는 책들은 세상 자체의 수치를 보여주는 책들일세." 설사 이 말이, 바로 이 말이 들어가 있는 소설과 정면으로 모순되는 것처럼 보인다 해도.

"예술은 행동에 아무런 영향을 주지 않는다"는 격언에 대한 또 하나의 반론은 이런 식이 될 수도 있다. 와일드는 신혼여행 때 『거꾸로』를 읽는다. 그는 그 책의 주제에서 파생된 자기 나름의 책을 쓰고, 거기에서 헨리 경은 그레이에게 『거꾸로』를 준다. 그 책은 이 남자(물론 이 남자는 '존재'하지 않는다)를 타락시킨다. 그러나 이 두 책은 칙선 변호사 에드워드 카슨이 오스카 와일드를 법정에서 파괴하는 데 주요한 지렛대 역할을 한다. 『거꾸로』, 『도리언 그레이의 초상』, 레딩 감옥. 의도하지 않은 결과라는 법칙의 또 하나의 증거.

몽테스키우는 런던 방문 동안 휘슬러를 만났을 때부터 이 화가를 모방하기 시작했다. 수염, 복장, 몸짓, 목소리, 재치, 취향을 복제했다. 프루스트는 몽테스키우를 만났을 때 편지와 몸짓에서, 발로 바닥을 두드리는 방식에서 의식적으로든 무의식적으로든 백작을 복제하기 시작했다. 프루스트는 심지어 웃음을 터뜨릴 때 손을 입으로 가져가기 시작했다—몽테스키우는 자신의 볼썽사나운 치아를 가리기 위해 그랬던 것일 뿐이지만.

댄디는 스스로 창조된다. 유미주의자도 마찬가지다. 둘 다 취향, 그리고 취향의 완성을 추구한다. 그들은 이런 식으로 자신을 완성하는 것일까, 아니면 본질적으로 거짓인 뭔가를 구축하는 것일까? 아니면 동시에 두 가지 다일까? 몽테스키우의 이성애자적 변형체이고, 그렇기 때문에 백작의 전기 작가에 따르면 "진정한 댄디주의가 요구하는 거리감이 결여되어 있었던" 보니 드 카스텔란 백작은 이런 식으로 표현한다. "로베르는 자신의 모방 재능을 극단으로 밀어붙여 자기 자신을 모방한다."

댄디, 유미주의자, 데카당트는 모두 향기를 사랑했다. 『거꾸로』는 한 장(章) 전체를 그 역사, 제조, 의미, 영향에 할애한다. 와일드

CᵀᴱBONI DE CASTELLANE
HOMME POLITIQUE

는 『도리언 그레이의 초상』에서 긴 문단을 거기에 할애한다. 하지만 그들의 매혹은 단지 향기가 제공하는 불가해한 감각적 쾌감에만 있는 것이 아니다. 위스망스는 이렇게 말한다. "이런 향수 제조 기술의 한 가지 측면이 다른 어느 것보다도 [데제생트를] 사로잡았는데, 그것은 진짜를 모방하는 데서 그것이 도달할 수 있는 정확성의 수준이었다." 향기는 댄디만큼이나 그럴듯하게 또 매혹적으로 구축되는 것이다.

◇ 보니 드 카스텔란 백작 ◇

◇ 포치와 콧수염이 풍성한 로베르 프루스트 ◇

그러나 모방되는 것은 댄디만이 아니다. 포치는 프루스트 가족의
친구였다. 그는 젊은 마르셀을 방돔 광장에서 열린 첫 번째 '시내 만
찬'에 초대했고, 나중에는 그가 병역을 피하는 것을 도와주었다. 한
편 마르셀의 남동생 로베르는 1904년부터 1914년까지 브로카 병원
에서 포치의 조수로 일했다. 그는 뛰어난 외과의로, 1901년에는 프
랑스 최초로 전립선 절제 수술prostatectomy에 성공했다. 의대생들은 그
점을 기려 몇 세대에 걸쳐 이 수술을 '프루스텍토미proustatectomy'라고
부르곤 했다. 포치의 전기 작가는 프루스트의 업적을 묘사한 뒤 건
조하게 덧붙인다. "로베르 프루스트 부인은 금세 후원자에 대한 남
편의 존경심이 지나치다고 결론을 내렸다. 그가 F 부인이라는 사람
과 간통을 하여 그들 결혼의 균형을 심각하게 흔들 정도로 모방을
밀고 나갔기 때문이다……."

삶은 삶을 모방한다. 예술도 물론 삶을 모방한다. 하지만, 더 드물
기는 해도, 삶도 예술을 모방한다. 소설가이자 비평가 앙드레 빌리

의 말에 따르면 "위스망스의 소설이 등장한 뒤로 [몽테스키우는] 런던으로 떠난다는 착각을 하게 되는 생라자르역 근처의 선술집을 자주 찾게 되었다. 이 사실은 약 3000분의 1초 동안 짜릿한 만족감을 주지만, 마침내 우리는 다음 사실을 깨닫게 된다. a) 백작은 살면서 데제생트라는 그림자 존재에 짜증을 느꼈다. b) 허구적인 인물로 오인되기를 바라면서 잉글랜드를 테마로 한 펍에 앉아 있곤 하는 것을 극히 천박하다고 생각했을 것이다.

어떤 이름과 작품은 선구자이자 본보기로서 세기말 호칭기도에 끈질기게 되풀이된다. 보들레르, 플로베르, 안티노오스(하드리아누스의 애인), 살로메, 귀스타브 모로, 오딜롱 르동, 파르지팔, 번존스, 거기에 자웅동체, 사디스트, 잔인한 신화적 여자들, 잔인한 잉글랜드 나리들로 이루어진 조연 무리. 1880년에 죽은 직후부터 수십 년 동안 인용된 플로베르는 『보바리 부인』, 『감정 교육』, 『부바르와 페퀴셰』(이런 모습으로 그는 우리를 리얼리즘의 완성에서 모더니즘의 시발로 데려갔다)의 소설가라기보다는, 『살람보』, 『성 앙투안느의 유혹』, 그리고 『세 가지 이야기』에 나오는 셋 중 두 이야기의 저자였다. 이 후자의 테크니컬러 플로베르는 역사적이고 이국적인 것, 낯선 땅과 보석으로 장식한 공주, 잔혹과 폭력에 빠져들었다. 심지어 에드몽 드 폴리냐크 왕자도 『살람보』를 위해 부수음악 모음곡을 쓸 정도였다.
    플로베르가 가장 좋아한 생존 화가는 귀스타브 모로였는데, 그 또한 이국적인 것, 보석으로 장식한 것, 폭력적인 것에 빠져들었다. 플로베르는 그에게서 고급스럽고 역사적인 일러스트레이터(이것이 처음부터 모로에 대한 비평의 공격이었다) 이상의 면모를 보았다—그는 "시인-화가"이며, 그의 작업은 설명하거나 묘사하는 것이 아니라, "꿈꾸게 했다". 플로베르에게 매력으로 다가갔던 모로의 다른 면은 자신의 스튜디오에 처박혀, 밖에서 벌어지는 일은 무시한 채 자신의 번잡하고 번쩍이는 비전을 창조해내는 능력(어떤 소설가의 능력과 다르지 않다)이었다. 창조적 연결의 순간도 있었다. 플로베르는 이야기 〈헤로디아Hérodias〉를 구상하던 중 '1876 살롱'을 찾아갔는데, 그곳에서 모로가 전시 중인 그림 네 점 가운데 두 점이 살로메를 소재로 한 것이었다. 그것은 영감을 얻은 순간이라기보다는 상호 지지의 순간이었다.

『거꾸로』에 나오는 데제생트의 주장은 틀림없이 위스망스 자신의 의견일 것이다—플로베르의 광채가 가장 충만하게 표현되는 것은

> 우리의 편협한 현대 문명을 멀리 떠나 다른 시대 속 아시아의 영광, 그 신비한 열정과 우울, 그들의 게으름에서 생기는 일탈, 그들의 권태—쾌락을 완전히 즐기기도 전에 이미 부(富)와 기도에서 발산되는 그 답답한 권태—에서 나오는 잔혹성 등을 불러낼 때다.

위스망스는 또 귀스타브 모로에게도 한 장의 반을 할애하고(픽션에서는 누구라도 무엇이든 소유할 수 있기 때문에) 데제생트에게 8년 앞서 살롱에 전시된 바로 그 살로메 그림 두 점을 개인적으로 소유하게 한다. 하나는 공주가 춤을 추는 유화다—헨리 제임스는 이것이

◇ 귀스타브 모로, 〈환영〉(1876) ◇

"살롱의 사자"* 가운데 한 마리라 판단했다. 또 하나는 〈환영L'Apparition〉
이라는 수채화로, 처형 뒤의 장면을 보여준다. 세례자의 머리는 쟁
반으로부터 떠올라 공중에 머물고, 목에서는 여전히 피가 흐르며,
얼굴은 원한에 찬 섬뜩한 표정을 짓고 있다. 얼굴 주위의 후광에서
는 빛이 뿜어져 나와 거의 옷을 걸치지 않은 살로메를 비추고, 살로
메는 이 책망하는 환영을 막으려 팔을 뻗고 있다. 오직 그녀만 그것
을 본다. 처형자, 악사, 헤로디아, 헤롯은 무표정하게 자신들이 방금
경험한 것을 생각하고 있다. 위스망스는 말한다. "데제생트는 이 춤
추는 젊은 여자를 보며 늙은 왕처럼 압도당하고, 복속당하고, 정신
이 멍해지는 것을 느꼈는데, 이 여자는 유화의 살로메보다 장엄하거
나 오만하지는 않았지만 더 유혹적이었다."

위스망스의 소설은 1884년에 나왔다. 로랭의 『포카스 씨』는
1901년에 나왔다. 그사이인 1898년에 모로는 죽었고, 자신의 집과
스튜디오, 그리고 그 안의 내용물을 나라에 남겼다. 따라서 포카스
씨는 완전한 환희를 경험하기 위해 자기 나름의 그림을 사는 대신
생라자르역 근처 로슈푸코 거리에 새로 설립된 귀스타브 모로 박물
관을 찾아갈 수 있었다. 그리고 그곳에서 로랭의 화자는 발견한다.

예술로 나를 가장 괴롭힌 화가이자 철학자! 다른 누가 오래전에
사라진 땅에서 한때 사랑받던 소멸한 종교와 신성한 방탕의 상징
적 잔혹성에 이렇게 시달렸을까? (…) 마법의 달인은 그의 시대 사
람들을 매혹했으며, 세기말의 은행가와 주식 중개인을 병적이고

---

* 명작, 명물이라는 뜻.

신비한 이상으로 오염시켰다.

　마지막 구절은 꿈-소망이다(사라 베르나르를 자신의 연극에 출연
하게 하는 것처럼). 대부분의 은행가와 주식 중개인은 모로에게 유혹
당하지 않고 세기말을 피했기 때문이다. 모로만큼 빨리 광채, 그리
고 중심적 위치를 잃은 화가가 거의 없다는 것 또한 사실이다. 그 시
대에 많은 사람들이 그랬던 것처럼 모로를 오딜롱 르동 옆에 놓아
보라. 한 세기가 지나도록 더 강하게 직접적으로 말하는 사람은 르
동이다. 모로의 작품은 역사, 신화, 경전을 돌아본다. 그것은 문학적
이고, 웅장하고, 위엄 있게 느껴진다―위스망스의 표현으로는 "슬
프고 학구적"이다. 하지만 동시에 생기가 없기도 하다. 그에 대한 그
첫 비판은 사라지지 않았다. 요즘에는 그를 통해 꿈을 꾸는 사람이
훨씬 적다. 르동의 작품은 무시무시하고 자유롭게 둥둥 떠다니며,
우리의 괴로운 무의식으로부터 나와 그것을 겨냥한다. 모로는 외부
에서 오는, 사제나 고대 로마 4분령의 영주나 침입자로부터 오는 공
포를 기린다. 르동은 우리 안에 살고 있고, 20세기가 발굴하게 될
공포를 기린다. 이와 유사하게, 오늘날 더 높이 존중받는 플로베르
는 '아시아적인' 플로베르보다는 '프랑스적인' 플로베르다. 지나친
것만큼 빨리 낡는 것은 없다.
　낡은 것―과거는 가끔 현재를 얼마나 미워하고, 현재는 미래를
얼마나 미워하는지. 그 알 수 없고, 부주의하고, 잔혹하고, 모욕적이
고, 건방지고, 고마워할 줄 모르는 미래, 이 현재의 미래가 될 자격
이 없는 미래. 내가 처음에 말한 것―예술은 늘 시간을 자기편에 거
느린다―은 단순한 희망, 감상적 미망이었다. 어떤 예술은 시간을

자기편으로 거느린다. 하지만 어떤 예술? 시간은 잔인한 선별을 한다. 모로, 르동, 퓌비 드 샤반. 이들 각각은 한때 프랑스 회화의 미래로 보였다. 이제 퓌비는—어쨌든 그 이후의 역사적 시기에는—홀로 창백하게 배회하는 것처럼 보인다. 르동과 모로는 강렬하리만치 서로 다른 은유로 자신의 시대와 이야기를 했는데, 다음 세기는 르동을 선호했다.

위스망스는 모로와 드가를 둘 다 매우 존경했다. 두 화가는 1850년대 말 이탈리아에서 친구로 지냈으며, 그들의 우정은 위태롭기는 했지만 예술적 차이에도 불구하고 살아남았다. 그러나 위스망스는 일찍부터, 다른 어떤 진지한 비평가보다 앞서, 드가가 "오늘날 우리가 프랑스에서 소유하고 있는 가장 위대한 화가"(《현대 예술L'Art moderne》, 1882)라는 것을 알았다.

오랜 친구들 사이의 가시 돋친 대화. 모로가 드가에게: "자네는 정말로 춤을 통해서 회화를 소생시키겠다는 건가?" 드가가 모로에게: "그러는 선생은—장신구로 그걸 혁신하겠다는 겁니까?"

1898년 모로의 장례식에서 몽테스키우는 드가 옆에 앉았는데, 드가는 이렇게 말한 것으로 전한다. "혹시라도 발을 밟힐까 봐 늘 발을 빼며 사는 사람과 친구 사이를 유지하는 것은 매우 어려운 일이었소."

드가는 죽은 뒤 자신의 작업을 보존하기 위한 박물관을 세울 계획이었다. 그러다가 모로가 한 일을 보러 로슈푸코 거리에 갔다. 그것은 박물관이라기보다는 영묘에 가깝다는 느낌이 들어, 그는 즉시 자신의 기획을 포기했다.

『포카스 씨』가 발표되고 80년 뒤, 나는 대부분의 초심자처럼 내

독창성의 한계를 모르고 첫 소설의 핵심적인 장면의 배경을 귀스타브 모로 박물관으로 설정했다. 그곳은 나의 젊은 남성 주인공이 "즐겨 찾는 곳" 가운데 하나였다. 그는 모로의 예술이 "현혹하는 면"이 있다는 것, 특히 르동의 "김빠지고 묽은 푸념"에 비할 때 그렇다는 것을 알았다. 그 젊은 남자가 얼마나 아는 것이 없었던지. 나는 이제 그가 완전히 틀렸다는 것을 깨닫는다―적어도, 당분간은.

포치의 스쳐가는 다섯 가지 모습

경매장의 포치

두 유명한 시인 에레디아와 에밀 베르하렌의 장서가 파리에서 일주일을 사이에 두고 경매에 부쳐진다. 앙드레 지드는 일기에 쓴다.

첫 경매의 첫째 날과 두 번째 경매에 가다. 두 날 사이에 심한 독감에 걸려 집에 처박히다. 경매장에서 포치, 아노토와 책 몇 권을 놓고 싸우다. (…) 대부분의 책들이 원래 가치보다 훨씬 높게 밀려 올라가다. 꾐에 빠진 듯 반쯤만 원하거나 전혀 원하지 않는 책들을 쫓아가게 되고 만다.

(경매에서 진 사람의 고전적인 자기 위로의 말. 가격이 너무 높다―어차피 진짜로 원하던 것도 아니었다.)

살롱의 포치

포치는 스트로스 부인의 집에서 엘리자베트 드 그라몽의 눈에 띈다. "포치 교수는 (…) 아주 진지했고, 막 여자들의 부드러운 살을 저미다 왔기 때문인지 그리스화*하느라 바빴다."

흡연실의 포치

유명한 해부학자이자 생물 조직학 교수로 한 세대 앞에 속하던 닥터 로뱅은 포치의 집으로 저녁 초대를 받았다. 그는 젊은 화가들이 즐비한 것을 보고 놀랐는데, 모두 머리카락이 구불구불하고 단춧구멍에는 치자꽃을 꽂고 있었다. 코클랭 형제 중 동생도 그 자리에 있었다. 흡연실로 가자 로뱅을 만난 적이 없는 배우 코클랭이 단도직입적으로 세상에서 다른 누구보다 오래 섹스를 할 수 있는 비결, 또는 수술이 무엇이냐고 물었다. 로뱅은 충격을 받았다. 포치의 대답(있었다 해도)은 기록되지 않았다.

해외의 포치

콜레트는 바이로이트에서 극장으로 향하는 시골 마차들의 대열에 있다가 "닥터 포치가 새하얀 옷을 입고 후리**의 눈에 술탄의 턱

---

* 원래는 남자들의 동성애적 성향을 암시하는 말이나, 여기서는 남자들하고만 어울렸다는 의미인 듯하다.
** 이슬람에서 극락의 천녀.

수염을 기른 모습으로 카튈 망데스―
수다스럽고 맥주 때문에 부은 몸에 지
그프리트처럼 불그스름한 금발―와
자그마하고 머리는 크고 엉덩이는 아
래로 축 늘어지고 어디에나 그 가공할
모습을 드러내는 아들 바그너 사이에
앉아 있는 것을 보았다".

◇ 콜레트 ◇

의대생 무도회의 포치

무도회는 "거대한" 뷜리에 홀에
서 열렸으며, 한 참석자의 말에 따르
면 "주신제(酒神祭)적으로 화려한" 장
면들을 볼 수 있었다. 임시로 만든 무
대에 여러 교수와 병원의 책임자들이
참석했음에도 그러했다. "포치는 주
홍 가운을 입고 총독만큼이나 당당하
게 입장한다―환호, 외침, 소란이 뒤따
른다. (…) 어느 시점에 그가 자리에서
일어나자 방 안에는 정적이 내려앉는
다. 하지만 그는 연설을 하지 않는다.
대신 그 기회를 이용해 군중 속으로
손을 뻗어 벌거벗은 아가씨를 무대로
당겨 올리고, 그녀의 입에 제대로 입을

◇ 카튈 망데스 ◇

맞추고, 시끄러운 군중을 돌아보며 '내가 하는 대로 하라'라고 말하는 듯한 제스처를 보여준다."

"주홍 가운"은 그의 유명한 "빨간 코트"는 아니고, 담비로 장식한 그의 교수 복장이다.

사전트는 〈집에 있는 닥터 포치〉를 그리고 나서 3년 뒤인 1884년, 똑같이 으스대는 느낌을 주면서 더 노골적으로 에로틱한 초상을 그리는데, 이것은 일반적으로 〈X 부인Mme X〉이라고 알려져 있다. 그녀의 이름은 아멜리 고트로이며, 뉴올리언스 신사의 반(半)크리올* 딸로, 그녀의 아버지는 어릴 때 파리로 딸을 데려와 열아홉에 나이가 두 배나 많은 은행가와 결혼시켰다. 사전트는 그녀가 검은 드레스를 입고 갈색을 배경으로 사이드 테이블 옆에 서서 자세를 취하게 했다. 검은색, 갈색, 살색─거기에 어깨끈의 금박─이 이 그림에 사용된 몇 안 되는 색깔이다. 하지만 살색이 보통의 크림 색조는 아니다. 사전트는 그녀의 피부가 "전체적으로 균일한 라벤더, 또는 압지 색깔"이라는 데 주목했다. 그녀는 올림머리에, 경멸 가득한, 또는 적어도 무관심한 옆모습으로 눈길을 자신의 왼쪽으로 돌리고 있다. 하지만 몸은 우리를 향하고 있고, 에로틱한 요소는 이런 이용 가능한 것들의 대비에 의해 강조된다. 드레스의 목둘레는 깊이 파였으며, 어깨와 팔은 맨살이 드러나 있다. 왼손은 스커트를 아주 가볍게 들어 올리고 있다(포치식으로 신발 끝을 드러낼 만큼도 아니지만 그럼

* 미국 루이지애나 주로 이주한 프랑스인 자손.

에도 도발적이다). 반면 사전트는 교활하게도 그녀가 테이블 가장자리에 올려놓은 오른팔을 비트는 자세를 포착해, 팔의 안쪽이 일종의 친밀성을 품고 우리를 향하게 한다. 양쪽 팔오금의 부드럽게 들어간 부분들은 은근히 강조되어 있다. 원래의 그림에서는 이런 암묵적인 에로티시즘이 노골적으로 드러나 있었다. 사전트가 오른쪽 어깨끈이 어깨에서 흘러내린 모습으로 그렸기 때문이다. 1884년 살롱에 이 그림이 걸렸을 때 이 디테일—정말이지 뻔한 상징으로 보인다—은 격분을 자아냈으며, 전하는 말에 따르면 이 스캔들 때문에 화가는 파리에서 런던으로 도망쳤다. 그러나 1884년은 또 사전트가 헨리 제임스를 만난 해이기도 한데, 제임스는 그에게 스캔들을 피하기 위해서가 아니라 더 비싼 그림 청탁과 더 나은 화제를 위해서 해협을 건너오라고 촉구했다. 사전트는 1886년 말에 그 말을 따랐다.

고트로 부인은 다른 사교계 화가들을 위해서도 자리에 앉았다—아니 섰다. 폴 엘뢰(말이 유창하여 '증기기관을 단 와토'라는 별명을 얻었다)와 앙토니오 드 라 강다라였다. 그녀는 관습적이고 약간 따분하다는 것이 중론이었으며, 사전트는 그녀가 자세를 취할 때 노골적으로 드러내는 권태 때문에 짜증이 났다. 아마도 어느 수준에서는 이런 점이 그가 그녀를 실제와는 다른 사이렌으로 격상시키도록 몰고 갔을 것이다. 사전트는 화제가 된 인물과 그녀의 어머니 양쪽의 항의를

◇ 엘뢰 ◇

◇ 존 싱어 사전트, 〈X 부인〉(1884) ◇

받은 뒤 흘러내린 끈을 다시 어깨 위로 올렸다. 아마 그녀의 이름을 'X 부인'—어차피 많은 사람들이 그녀가 누구인지 알았을 텐데—이라고 표현한 것도 외설적인 면의 또 다른 암시였을 것이다. 아멜리고트로와 그녀의 남편은 사회적 지위가 대단치 않았으며, 따라서 으스대며 청교도주의적인 사람들이 못마땅한 태도를 드러내기도 쉬웠다. '스캔들'(당시 벌어지던 다른 일들에 비하면 대단한 스캔들이라고 하기도 힘들었지만)의 여파로 X 부인은 브르타뉴로 물러났고, 우울이 점점 깊어졌다.

사람들이 뚫어져라 본 것은 그녀의 그림만이 아니었다. 그녀(와그 외모)는 일종의 관광지가 되었다. 사전트는 고트로 부인을 그리는 동안 오스카 와일드를 초대하여 그녀를 살펴보라고 권했다.

친애하는 와일드 씨에게,
내일 오후나 목요일 아침에 내 스튜디오로 오시겠습니까?
여전히 살롱에 보낼 ×××부인 초상화 작업을 하고 있는 것을 보게 될 것입니다······ 물론 잘 끝나야 보내겠지만·······.
오시면 프린처럼 생긴 내 모델을 보게 될 것입니다.

(프린은 기원전 4세기 그리스의 재치 있고 아름다운 창부로 불신앙 혐의로 재판을 받았다.)
〈X 부인〉이 공개적으로 전시되고 나서 몇 달 뒤, 포치는 "목이 백조와 같은 고트로 부인"을 관찰할 수 있을지 모른다며 몽테스키우와 에드몽 드 폴리냐크에게 차를 마시자고 초대했다. 그러나 파리는 파리이고 포치는 포치이기에, 그가 고트로 부인의 애인이라는 소문이 점차 자라났다—이 경우에는 사후(死後)에 그렇게 된 것으로 보인다. 이 소문은 지난 세기 대부분의 기간 동안 그대로 유지되었다. 으스대는 미술비평가 로버트 휴스는 1980년대에 〈X 부인〉과 〈집에 있는 닥터 포치〉가 휘트니의 한 전시에서 함께 나왔을 때도 여전히 그 소문을 이야기했다. 우리가 가진 증거는 포치 집안과 고트로 집안이 서로 가벼운 사교적 관계였음을 보여준다—이것은 어떤 것도 배제하거나 내포하지 않는다.

그러나 우리가 알 수 있는 한 가지는 이 무렵 포치가 훨씬 악명이 덜한 그림을 샀다는 것인데, 그것은 사전트가 1882~1883년에 그린 〈건배하는 고트로 부인Madame Gautreau Drinking a Toast〉이다. 이것은 격식에 얽매이지 않고 더 자유롭게 그린 것으로, 대결을 부추긴다기보다는 매력을 발산한다. 이번에도 모델은 자신에게 몰두한 옆모습으로 나타나지만, 반대편을 보고 있다. 이번에도 올림머리에, 끈이 달린 검은 드레스 차림이며, 어깨는 거즈 직물로 가볍게 덮여 있다. 맨살이 드러난 팔은 다른 것은 없는 그림 중앙을 가로질러 왼편에 쌓여 있는 물건들을 향하고 있다. 아래쪽에는 화사한 색의 꽃이 있고, 그 한가운데 샴페인 잔을 잡은 손. 위에는 환한 사각형(창문이나 조명). 이 작품은 포치가 죽을 때까지 그의 수집품으로 남아 있었다.

우리는 또—흔히 그렇듯이—포치가 사교적인 관계로 만난 사람들을 상대할 때는 전문가답게 행동했다는 사실도 알 수 있다. 그는 고트로의 딸 루이스를 몇 번 치료했으며, 1880년대 중반에는 아멜리를 수술—난소 물혹이었을 가능성이 있다—했다.

◇ 존 싱어 사전트, 〈건배하는 고트로 부인〉(1882~1883) ◇

"우리는 알 수 없다." 아껴서 사용하면, 이 말은 전기 작가의 언어에서 가장 강력한 표현 가운데 하나가 된다. 이것은 우리가 읽고 있는 점잖은 한一삶의一연구가 그 모든 세부와 길이와 주석에도 불구하고, 그 모든 사실적 확실성과 자신만만한 가설에도 불구하고, 하나의 공적 삶의 공적 판본이자 하나의 사적 삶의 부분적 판본일 수밖에 없음을 일깨워준다. 전기는 줄로 묶어놓은 빈 구멍들의 집합이며, 그 가운데서도 성적이고 색욕적인 삶과 관련된 부분이 가장 그렇다. 어떤 사람들에게는 한 번도 만나지 못한 누군가의 성생활을 이해하는 것보다 쉬운 일이 없고, 편리하게도 그들이 죽은 상태일 때라면 그것은 훨씬 더 쉬워진다. 돈 후안으로 알려진 사람의 댄스

카드*에 사후에 또 하나의 정복을 추가하는 일도 마찬가지다. 또 어떤 사람들은 인간의 성 습관이 늘 대체로 비슷했고, 유일한 변수는 위선과 위장의 정도일 뿐이라고 주장하여 사태를 단순화한다.

그러나 성이란 자기기만이 아주 쉽게 객관적 사실로 등장할 수도 있고, 실제로 벌어진 일에 대한 설명으로서 "가혹한 정직성" 또한 수줍은 회피나 감상적 멜로드라마만큼이나 진실이 아닐 가능성이 높은 세계다. 오스카 와일드는 "somdomite**라고 으스대는 자"였을지 모르지만, 우리가 가진 증거는 그가 가랑이 사이의 섹스***를 선호했고, 만일 그렇다면 엄밀히 따졌을 때 전혀 '남색가'가 아니었음을 보여준다. 우리는 알 수 없다. 사라 베르나르는 색정증이었다. 오, 그러나 그녀는 동시에 오르가슴을 느낄 수 없었다. 교묘한 외과적 이식으로 그 문제를 고치기 전까지는—이것은 "히스테리에 사로잡힌 일구이언의 떠버리" 장 로랭이 신뢰할 만하게 증언하고, 그 뒤 여자들에 대한 관점이 암만 줄여 말해도 구식인 에드몽 드 공쿠르의 『일기』에 기록되었다. 우리는 알 수 없다. 로베르 드 몽테스키우는 현란한 동성애자였는데, 다만 그의 전기 작가는 그가 그리스적 충동에 빠져들기에는 차가울 만큼 까다로웠다고 생각하며, 반면 포치의 전기 작가는 1884년경부터 그가 발기부전이었고, 그 이후에도 계속 그랬을 수 있다고 생각한다. 우리는 알 수 없다. 포치는 "구제 불능의 유혹자", 환자와 자는 의사로, 심지어 진찰을 전희로 이용했을지도 모른다는 평판까지 얻었다. 그는 또 50여 년에 걸쳐 성적 커

---

* 파트너의 이름이 나열된 카드.
** 남색자를 뜻하는 sodomite의 철자 실수.
*** 삽입 없이 상대의 허벅지 사이에서 자극을 얻는 섹스.

리어를 쌓는 동안 여자들로부터 받은 모든 편지를 보관했다. 그러나 그의 사후 포치 부인이 아들 장에게 그것을 모두 태우라고 지시했다. 따라서 우리는 큰 부분은 알 수 없다. 포치 부부의 함께 사는 삶의 실패—성적 실패—에 관하여, 우리는 그의 이야기만 알고 있다. 포치가 신혼여행에서 "격렬한, 거의 폭력적인 행동"을 했다는 것은 정확히 무슨 뜻일까? 그녀는 구애 편지를 보내던 포치의 행동이 이렇게 갑작스럽게 변한 것을 어떻게 이해했을까? 이때 그녀는 별거의 가능성을 차갑게 상상하기 시작했을까? 우리는 알 수 없다. 추측을 해볼 수는 있다. 다만 우리의 추측이 소설적이라는 것, 또 소설에는 거의 사랑과 성이나 마찬가지로 많은 형태가 있다는 것을 인정해야 한다.

"우리는 알 수 없다." 하지만 "어쨌든, 이런 소문이 있었다". 뒷공론은 어떤 사람이 믿는 것을, 또는 그들이 아는 어떤 사람이 믿는 것을, 또는, 만일 그들 스스로 만들어낸 것이라면, 그들이 믿고 싶은 것을 되풀이한다는 의미에서 진실이다. 따라서 뒷공론은 적어도 거짓에 진실하며, 뒷공론을 하는 사람의 인격과 심리를 진실되게 드러낸다. 저 격렬한 친프랑파 포드 매덕스 포드는 습관적으로 실제로 벌어진 일에 대한 열렬한 무시를 과시했다. 거짓말의 예. 그는 자신이 1899년 렌에서 열린 드레퓌스의 재심에 참석했으며—거기에서 닥터 포치와 마주쳤을지도 모른다—이 경험이 그가 프랑스를 더 심오하게 이해하는 데 도움이 되었다고 주장했다. 사실 그는 그 시간 내내 켄트주 해안에서 조용히 살고 있었다. 포드의 전기를 쓴 맥스 손더스는 지혜롭고 공감 어린 태도로, 이것은 "포드가 한 말이 진실이냐 아니냐보다는 그것이 무슨 의미인가를 물어야 하는" 문제라고 주장한다.

공쿠르는 장 로랭의 격류 같은 중상(中傷)의 근원을 곰곰이 생각해보곤 했다. 로랭 자신도 똑같이 이 문제에 관심이 있었다. 그는 두 사람 다 불쾌하게 느낀 속물근성을 드러낸 어떤 부부에 관해 공쿠르에게 편지를 썼다(물론 이들 두 사람 또한 모두 속물이었으며, 다만 더 세련된 방식으로 그러했을 뿐이다). "나는 그들을 지켜보고, 기회가 생길 때마다 그들에게 내 발톱과 이를 드러냅니다. 키스를 한 다음에는 무는 것보다 더 달콤한 쾌락이 없지요. 내 안에 불의를 보면 분개하여 고삐가 풀리는 조그만 야생동물이 있는 것이 나의 잘못인가요?" 이 이야기에 함축된 으스대는 태도는 제삼의 동기를 암시한다. 뒷공론을 하는 사람이 듣는 사람에게 주는 쾌감이다.

반면 이 가운데 어느 것도 진실이 타협할 수 있는 것임을 의미하지는 않는다. 와일드는 "두 진실 사이에서 더 거짓된 것이 더 진실하다"고 말한 적이 있다. 그러나 이것은 역설적 지혜인 척하는 궤변에 불과하다.

몽테스키우는 〈집에 있는 닥터 포치〉가 마음에 들지 않았다. 백작은 의사가 빛과 살피는 눈 양쪽으로부터 자신의 이미지를 대체로 가리고 있다는 사실에 주목하면서 말했다. "이 그림은 어둠 속에 남아 있었으며, 그것이 잘못은 아니었다. 화가는 어떤 알려지지 않은 이유에서 [포치에게] 완전히 빨간 옷을 입혔고, 거기에 덧붙여, 더 분명한 이유 없이, 그를 부인과학의 발루아처럼 보이게 해놓았다." 몽테스키우의 사전트 혐오는 1905년의 인쇄된 공격에서 정점에 이르렀는데, 이것은 베르나르 브랑송의 찬사를 끌어냈다. "당신의 절묘한 예의가 다른 사람들의 사나운 비판보다 훨씬 악의적이다. 이 앵글로-색슨의 우상을 처음으로 공격한 것에 당신에게 무한히 감사한다." 몽테스키우의 전기 작가 쥘리앵 또한 합세하여, "백만장자의 의뢰라는 유혹을 받고 재능을 낭비해버리는 (…) 이 따분한 보스턴 사람"에 관해 썼다. 유행의 결정자, 미술사가, 전기 작가가 모두 사전트의 명성, 대단히 고분고분한 면, 속수무책으로 보고만 있어야 하는 대중적 열광에 질색했다.

몽테스키우는 〈X 부인〉이 걸작이라고 인정하면서도, 그것이 사전트의 유일한 걸작이라고 생각했다. 그는 이렇게 정리했다. "취향은 아주 특별한 것이다. (…) 훌륭한 화가인 사전트 씨는 전혀 취향이 없다." 이것이 단순한 유미주의자가 예술과 마주할 때 실패하는 부분이다. "훌륭한"이 어쨌든 "취향"보다 훨씬 윗길임을 이해하지 못하는 것이다. 하지만 그것이 일반적인 견해였다.

예를 들어 와일드는 사전트에 대한 생각을 얼른 바꾸었다. 1882년 파리에서 그는 이 화가에게 레닐 로드의 시집(와일드가 머리말을 썼다)을 주었다. 그는 거기에 이런 헌사를 적었다. "나의 친구 존 S. 사전트에게, 그의 작업에 깊이 감복하며." 이어 (프랑스어로) 와일드의 마케팅용 꼬리표가 따라붙는다. "아름다운 것 외에는 진실한 것이 없다." 그러나 이듬해에 이르면, 그는 대중 강연에서 사전트의 예술이 "사악하고 저속하다"고 말하게 된다.

하긴, 다른 사람들도 와일드에 관한 생각을 바꾸었다—그것도 그의 재판 전에. 코넌 도일은 한 작은 만찬에서 그를 만났는데, 이때 두 사람은 처음으로 서로 주목했다. 도일은 이 만찬을 "황금의 저

녁"이라고 기억했다. 그는 이렇게 말했다, 와일드는

우리 모두 위에 우뚝 서 있으면서도 자신이 우리가 할 수 있는 모든 말에 관심을 가진 것처럼 보이게 하는 기술이 있었다. 그는 섬세한 감정과 요령이 있었는데, 독백만 하는 남자는 아무리 영리해도 절대 마음에서 신사가 될 수 없는 법이다. 그는 줄 뿐 아니라 가져갔지만, 그가 우리에게 주는 것은 유일무이한 것이었다. 그의 말에는 묘한 정확성, 섬세한 향기가 나는 유머, 자신의 뜻을 설명하는 작은 제스처로 이루어진 트릭이 있었으며, 이런 것들은 그만의 독특한 것이었다.

도일은 몇 년 뒤 그를 다시 만났는데, 이때는 '명성'이 찾아온 뒤였다. "그는 미쳤다는 인상을 주었다. 그가 나에게 상연 중인 그의 어떤 연극을 보았느냐고 물었던 기억이 난다. 나는 보지 않았다고 대답했다. 그가 말했다. '아, 가봐야 하오. 그건 훌륭해. 천재적이오!' 이 모든 말을 대단히 엄숙한 얼굴로 했다. 초기에 그에게서 보았던 신사적인 본능들과는 그렇게 다를 수가 없었다."

1882년 사전트가 〈집에 있는 닥터 포치〉를 런던의 왕립 아카데미에 보냈을 때 이 작품은 아무런 반응을 끌어내지 못했다. 하지만 시간은 몽테스키

◇ 코넌 도일 ◇

우가 아니라 사전트의 편이었다. 그사이 이 그림의 화제가 된 인물을 만나 손님 대접을 한 적이 있는 헨리 제임스가 1887년에《하퍼스 매거진Harper's Magazine》에서 이 예술가를 논했다(1893년에 개정되었다). 그는 우선 사전트가 운이 좋아 남자보다 여자를 더 많이 그렸으며, "따라서 어떤 신사들의 형상에 대한 그의 관점이 모델에게 부여하는 그 일반화된 웅장한 분위기를 재생할 기회를 얻는 데 한계가 있었다"는 점에 주목한다. 이것은 교묘한 폄하처럼 들리지만, 제임스는 곧이어 사전트의 남성 초상 가운데 가장 훌륭한 것으로 카롤뤼스-뒤랑과 포치를 그린 것을 든다. 후자는 "화려하며", 이 화가의 예술이 보여주는 이 측면의 "감탄할 만한 예"다.

이 각각의 경우에 모델은 정중하게 멋들어진 유형, 초상화를 위해 만든 것으로 느껴지는 유형에 속했는데(이는 결코 모두에게 해당하는 이야기가 아니다), 이 점은 특히 예를 들어 카롤뤼스 씨의 잘생긴 손과 주름 장식이 있는 손목에서 나타나며, 그의 지팡이는 마치 가느다란 칼의 손잡이처럼 그의 섬세한 손가락들 안에 놓여 있다.

혹시 의심을 살 경우에 대비해 제임스는 계속해서 말한다.

나는 뛰어난 〈닥터 포치〉에 관해서도 언급했는데, 그의 매우 잘생기고 아직 젊은이다운 머리와 약간 인위적인 자세에 화가는 매우 훌륭한 프랑스적인 느낌을 부여했기 때문에, 만에 하나 그가 나중에 어떤 동떨어진 구실을 대며 다시 이런 느낌으로 되돌아간다 해도 용서받을 것이다. 이 신사는 위엄 있는 반다이크 작품의 존재감

◇ 존 싱어 사전트, 〈카롤뤼스-뒤랑〉(1879) ◇

을 드러내며 찬란한 빨간 실내 가운 차림으로 서 있다.

제임스는 같은 글에서 사전트의 〈X 부인〉에 관해서도 사유한다. 그는 이 그림을 "매우 독창적인 종류의 실험"이라고 부르며, 여기에서 "화가는 (…) 러스킨 씨라면 그 시도의 '정당함'이라고 부를 만한 것에 관하여, 자신의 의견을 낼 용기를 가지고 있었다". 그는 이 그림이 처음 전시되었을 때 일으킨 "이치에 닿지 않는 스캔들"을 가볍게 넘기며 이 그림을 다음과 같이 평가한다.

매년 살롱이 후원하고 나서는 조형적 노력의 어떤 표현에 비추어 충분히 재미있는 구상이었다. 개념이 고상하고 선이 교묘한 이 뛰어난 그림은 재현된 인물에게 위대한 프리즈*에 높은 돋을새김으로 자리 잡은 옆모습 이미지와 비슷한 느낌을 부여한다. 이것은 흔히 하는 말로, 받아들이거나 내치거나 둘 중의 하나인 작품, 좋아하느냐 싫어하느냐 하는 문제가 금세 결정되는 그림이다. 작가는 대담하고 일관되게 자기 자신을 유지한다는 면에서 이보다 멀리 나간 적이 없다.

제임스의 칭찬은 종종 너무 복잡하게 표현되어—그리고 말하자면 버블랩이라고 부를 만한 것에 싸여 있어—모호하지 않다고 할수가 없다. 하지만 현재의 경우, 이것은—내가 거의 확신하거니와—강력한 지지다.

* 건물에 있는 띠 모양의 장식 그림.

몽테스키우가 세상에 나와 있는 자신의 문학적 그림자에 괴롭힘과 배신을 당했다고 느꼈는지 몰라도, 초상화는 덜 복잡한 문제였을 것이 분명하다. 초상화는 일반적으로 더 정확한 동시에 모델에게 더 아첨을 한다(결국 모델이 돈을 내는 경우가 많으니까). 초상화는 전적으로 화제가 핵심으로, 화제는 현실이든 상상이든 다른 사람들과 섞여 으깨지지 않는다. 가끔 모델과 화가가 이미 친구 사이인 경우가 있는데, 이것도 도움이 된다. 휘슬러가 〈검은색과 황금색의 배열 Arrangement in Black and Gold〉(1891~1892)을 그릴 때가 그랬다. 두 남자의 미적 친밀성은 백작이 오른팔을 내밀어 지팡이를 잡고 왼팔에는 망토를 드리운 오만하고 도전적인 방식으로 관람객에게 다가오는 놀라운 이미지를 만들어내는 데 도움을 주었다. 그리고 몽테스키우는 휘슬러가 이것이 놀라운 이미지라는 것을 알고 있음을 알았다. 그는 이 화가가 작업하는 과정을 쭉 지켜보아 왔으며, 화가는 밖에서부터 캔버스 표면에 이미지를 강요한다기보다는 캔버스 내부에서 그것을 끌어내는 것처럼 보였다.

이윽고 휘슬러는 자신이 창조한 이미지가 자기 앞에 있는 살아 있는 사람의 이미지에 수렴하는 것을 보면서, "화가의 입에서 나온 모든 말 가운데 가장 아름다운 말"을 외쳤다─몽테스키우에 따르면. 그것은 이런 말이었다. "나를 잠깐 다시 보시오. 그러면 당신 자신을 영원히 보게 될 거요." 그것은 물론 자신을 찬양하는 도취의 순간이었으나, 동시에 자신과 같은 유미주의자를 안심시키는 순간이기도 했다. 예술은 오래갈 것이며, 나의 〈검은색과 황금색의 배열〉이

◇ 제임스 맥닐 휘슬러, 〈검은색과 황금색의 배열〉(1891~1892) ◇

오래가는 한 당신은 죽지 않을 것이고 나도 죽지 않을 것이다. 백작은 자신의 초상화에 아주 만족하여 그 옆에 서서 유미주의자 지망생으로 이루어진 작은 그룹들—보통 남자보다는 여자들—에게 그 그림의 장점에 관하여 강연을 하게 된다.

그러나 휘슬러가 몽테스키우에게 뭐라고 외쳤건, 이 미국인이 그린 초상화는 어느 시점에 백작의 가장 잘 알려진 이미지의 자리에서 내려온다. 하나의 그림으로서 이것은 천천히 어둠을 향해 무너지기 시작했다. 검은 물감의 역청 때문이었다. 하지만 동시에 대중의 마음에서도 이것은 1897년 볼디니가 창조한 이미지에 의해 대체되었는데, 이 그림에서 이 댄디는 훨씬 더 댄디처럼(따라서 아마도 덜 도전적으로) 보인다. 그는 우리에게서 고개를 돌린 반(半)프로필로, 매우 아름다운 옷차림에 장갑을 끼고 있다. 자신의 몸을 대각선으로 가로지르는 지팡이를 쥐고, 지팡이의 파란 도자기 손잡이를 살피는 것처럼 보이는데, 왼쪽 손목을 우리 쪽으로 비틀어 그것과 짝이 맞는 파란 도자기 커프스단추에 감탄할 수 있게 해준다. 그는 지팡이를 홀처럼 휘두른다—이 것은 자신이 쓴 시의 첫 행을 참조한 행동일 수도 있다. "나는 덧없는 것들의 군주요." 이것이 내가 1967년에 산 펭귄판 『본성을 거슬러』의 표지에 있는 이미지였다—몽테스키우가 데제생트"임"을 확인해주는 듯한 이미지.

◇ 볼디니 ◇

예술은 모델을 기념할 수도 있지만, 동시에 양쪽 당사자의 소망에도 불구하고, 바꾸거나 심지어 지워버릴 수도 있다. 능숙한 재현이라 해도 수준이 낮으면 문제가 덜하다. 하지만 천재는 물론이고 높은 수준의 재능만 있어도, 화가는 죽은 뒤에도 모델을 재현할, 따라서 어떤 면에서는 살아 있는 사람을 대체할 이미지를 준비하게 된다. "나를 잠깐 다시 보시오. 그러면 당신 자신을 영원히 보게 될 거요"―그렇다, 영원히, 그것도 지금의 모습 그대로, 내일의 모습도 아니고, 모레의 모습도 아니고, 임종의 모습도 아니고. 화가는 며칠 또는 몇 주간의 모습을 뒤에 남겨진 그 인물 자신보다 강력한 것으로 바꾸어놓는다. 루치안 프로이트는 한 모델 후보에게 이런 말로 접근했다. "나는 당신으로 그림을 그리는 데 관심이 있다." 그리고 다른 모델에게는 화제와 미래에 완성될 대상의 관계를 이렇게 설명하기도 했다. "당신은 그것을 도우려고 여기 있는 것이다." 마치 모델은 그저 유용한 백치인 것처럼, 화가가 더 큰 목적을 추구하는 동안만 일시적으로 존재하는 것처럼.

그러면 에드몽 드 폴리냐크 왕자는? 그는 어디에서 찾을까? 그가 원래의 "이상한 3인조" 가운데 가장 눈에 띄지 않고 기록되지 않은 존재임을 고려하면 그에게 어울린다 싶은 곳, 티소가 그린 그룹 초상화에서 가장 잘 볼 수 있다. 그는 〈루아얄 거리 모임Le Cercle de la rue Royale〉(1868)에서 다른 구성원 열한 명과 함께 있다. 이 신사들의 클럽 구성원 열두 명 각각은 거기에 포함되기 위해 1000프랑을 냈다. 이 그림은 능숙한 솜씨이기는 하지만 영감을 주지는 못하며, 그것

◇ 제임스 티소, 〈루아얄 거리 모임〉 부분 장면(1868) ◇

은 아마도 티소가 어떤 한 사람에게 다른 사람보다 특권을 부여하지 않으려고 조심을 해야 했기 때문일 것이다. 어떤 사람들은 서 있고 어떤 사람들은 앉아 있는데, 폴리냐크는 누가 봐도 빈둥거리고 있는 유일한 사람이다. 그는 팔걸이의자에 앉아 몸을 기울이고 있으며, 그의 모자와 지팡이와 장갑은 그 밑에 늘어져 있다. 오른손은 묘하게 쥐고 있다. 마치 은밀한 화음을 듣고 있는 것(아니면 8음계로 반복 악절을 연주하는 것) 같다. 왕자 바로 뒤에 있는 인물은 프루스트의 스완의 주요 모델인 샤를 하스다. 그림이 완성되자 누가 이것을 소유할지 결정하기 위해 열두 명은 제비를 뽑았다. 승자는 호팅거 남작이었고, 지금은 오르세 박물관에 있다.

위스망스는 『거꾸로』에서 프랑스 귀족이 백치 상태 또는 부패 상태로 주저앉은 방식에 주목한다. 귀족제는 자손의 퇴화로 죽어가고 있으며, 그 기능은 세대가 거듭되면서 점점 악화되어 마침내 "말구종과 기수의 두개골 안에서 작동하는 고릴라의 본능"만 남았다. 이런 고귀한 부패의 또 하나의 원인은 "소송의 진탕에 뒹구는 것"이었다. 이 악덕의 예로 슈아죌-프라슬랭, 슈브뢰즈, 폴리냐크 등 세 귀족 가문이 거론된다. 물론 귀족의 궁핍 이야기를 들었을 때보다 마음을 닫기가 쉬운 경우는 드물다. 마지막 성까지 비가 새 하인들이 신발에 신문지를 쑤셔넣는다, 등등. 그리고 그런 금전 상실은 보통 혁명이나 세금보다는 호화로운 생활, 도박, 게으름, 경제적 무능력 때문에 생긴다.

몽테스키우와 폴리냐크는 둘 다 똑같이 저명한 집안 출신이지만 서로 아주 다른 인물이었다. 몽테스키우는 거만하고, 성마르고, 특권을 내세웠다. 혁명을 도발하기 십상인 그런 종류의 귀족이었다. 폴리냐크는 상냥하고, 변덕스럽고, 약간 대책이 없었다. 거의 해를 끼치지 않을 듯하고, 심지어 인정 많은 사람의 동정마저 유발할 수도 있을 것 같은 그런 종류의 귀족이었다. 그는 또 은근히 재치가 있어서 한번은 이렇게 혼잣말을 하기도 했다. "누구누구는 똑똑할 가능성이 없어, 한 번도 아픈 적이 없는 걸 보면 말이야." 그에게는 백작과 같은 자기 모방은커녕 자기 변화의 충동도 없었다. 그저 티소의 그림에서처럼 사물의 가장자리에 앉아 생각에 잠겨 있는 것으로 만족했다. 하지만 그에게는 폴리냐크 집안의 오랜 문제가 있었다. 돈이었다. 그는 천성적으로 사기꾼과 협잡꾼의 먹이였으며, 그의 마지막 상속분도 곧 주식시장에서 사라져버렸다. 1892년에 그는 쉰일곱 살이었으며, 워싱턴 거리의 작은 아파트에 살고 있었다(그래, 여전히 아파트를 갖고 있었고, 8구에 있었지만, 그렇다 해도 아파트였다). 두 조카는 빚쟁이들이 그곳에서 가구와 설비를 가져간 뒤 유일하게 남은 의자에 그가 앉아 있는 것을 발견했다. 왕자는 머리에 니트 모자를 쓰고 숄을 두르고 있었다. 모든 게 사라졌다, 다 가져가버렸다, 그는 그렇게 말했다.

그럼에도 그에게는 한 가지 양도할 수도, 바꿀 수도 없는 자산이 있었다. 그의 왕자다움이었다. 따라서 헨리 제임스와 이디스 워튼의 소설에서와 마찬가지로 분명하고 익숙한 해법이 있었다. 미국의 여성 상속자를 찾는 것. 몽테스키우와 그의 사촌인 그레퓔 백작 부인은 시장을 고려해보고 훌륭한 목표물을 제시했다. 재봉틀로부터 엄청난 재산이 들어오는 위나레타 싱어였다. 그녀는 전에 다른 왕자와 결혼한 적이 있었지만, 로마는 그녀의 이혼을 허가했다. 외국 태생의 전 왕자비로서 위나레타는 상류사회beau monde에서 지위가 불확실한 처지였다. 결혼은 양자에게 승리일 터였다. 그녀는 지위를 다시 얻고, 그는 돈을 다시 얻을 수 있으니.

한 가지가 장애가 될 수도 있었는데, 아마도 사회적 사다리에서 더 낮은 단에 있는 사람들이라면 그것에 가로막혔을지도 모른다. 폴리냐크가 평생 신중하게 행동했지만 드러나 있는 동성애자였다는 사실이다. 그러나 이것은 장애이기는커녕 이 거래에서 그의 유일무이한 장점이 되었다. 싱어 자신도 신중하지만 드러나 있는 레즈비언이었기 때문이다. 가족들 사이에 전하는 이야기에 따르면, 루이 드 세이-몽벨리아르 왕자와 결혼하던 날 밤 위나레타 싱어는 옷장 위로 올라가 우산을 휘두르며 몸이 단 신랑에게 소리쳤다. "가까이 오면 죽여버리겠어." 바티칸도 두 사람이 결혼의 완성에 이르지 못했다는 이야기는 들었을지 모르지만, 이 흥미진진한 디테일은 아마 감추어졌을 것이다. 위나레타와 새로운 왕자가 1893년 12월 15일에 결혼했을 때 신랑은 쉰아홉 살, 신부는 스물여덟 살이었다.

몽테스키우는 자신의 협상 전략과 그 결과에 매우 만족했다. 하지만 이것이 이제 문제가 되었다. 백작과 왕자는 18년 친구였다. 폴리냐크의 전기 작가의 추측으로는, 초기에 그들은 짧은 기간, 혹시 (우리는 알 수 없다), 연인 사이였을지도 모른다. 그러나 몽테스키우가 폴리냐크보다 훨씬 잘 알고 있었듯이, 우정은 다툼으로 가는 전 단계에 불과하다. 백작은 두 가지에 분개했다. 첫째로 이 부부(특히 위나레타)가 자신에게 충분히 감사하지 않는다는 것—사실 백작의 서클에서는 다들 알았듯이, 가끔은 끝이 없는 감사조차도 충분하지 않았다. 둘째로 약이 오른 것은, 이 부부가 귀족적인 정치 흥정의 모든 일반 규칙이나 예상과는 반대로 성공적인 결혼 생활을 한다는 것이었다. 폴리냐크 집안은 싱어에게 그녀가 "감당할 수 없는 광인"과 결합하는 것이라고 미리 경고했다. 하지만 이 부부는 이런 배치에 진정으로 행복해 보였다―아마도 낮은 기대에서 출발한 것이 도움이 되었을 것이다. 그들은 서로 좋아하고 즐거워했다. 두 사람은 음악의 열렬한 후원자였다. 에드몽이 쓴 곡들이 이제 위나레타의 아틀리에에서 무대에 오르게 되었다. 그리고 왕자는 백작이 아니라 왕자비와 함께 바이로이트에 가곤 했다. 하지만 그들은 따로 휴가를 가기도 했는데, 이는 사회적으로 받아들여지는 일로, 그들에게는 별도로 성적 탐사를 할 공간을 허락해주었다.

커플들은 늘 자신들의 상황을 다른 커플들의 상황과 비교한다. 여기 사교적이고 경제적인 협정에서 출발하여 진정한 애정에 이른 폴리냐크 부부가 있다. 열정적 사랑처럼 느껴지는 것에서 시작하여 곧 사교적인 협정으로 끝나버린 포치 부부가 있다. 그리고 세 번째로 '몽테스키우 커플'이 있다. 그와 이투리의 관계에서 백작은 기질이 뜨거운 상관이고 이투리는 연화제 역할을 하는 사태 수습 담당이었다. 성적인 사냥에서는 조직가, 설명하는 사람, 중개인, 보고자이기도 했다. 몽테스키우는 또 회고록에서 이투리가 "같은 거리에" 살았다는 점을 두 번 강조한다. "두 신사가 집을 함께 쓰는" 것과는 달랐다는 것이다. 두 파트너 사이의 이런 불균형은 안타깝기는커녕 놀랍지도 않다. 몽테스키우의 기질과 자기 존중을 고려할 때 이것이 틀림없이 그에게 가능한 유일한 관계였을 것이다. 또 그가 폴리냐크 부부에게 질투 같은 직선적인 것을 느꼈을 가능성도 거의 없다. 그러나 아마도 관계에 자신의 감정적 능력으로는 닿을 수 없는 평등과 역동성과 좋은 기분이 있을 수도 있다는 것을 어느 수준에서 직

◇　위나레타 싱어, 〈자화상〉(1885)　◇

관적으로 파악했을 것이다.

그랬다면, 이런 느낌들은 제대로 또 오랫동안 감사받지 못하는 것에 대한 그의 분노에 포괄되었을 것이다. 이 미국 여자는 자기가 뭐라고 생각하는가? 백작의 원한은 시적 풍자와 저널리즘적 방백으로 표현되었다. 그것은 또 수명이 무척 길기도 했다. 1910년, 그러니까 몽테스키우의 도움으로 성사된 결혼 17년 뒤, 그리고 에드몽드 폴리냐크가 죽고 나서 9년 뒤, 파리의 또 한 명의 상류사회 미국인 레즈비언인 화가 로메인 브룩스가 위나레타 초상화를 전시했다. 심술궂고 속물적인 것들이 넘쳐나는 《르 피가로》에 쓴 평론에서 백작은 브룩스가 드 폴리냐크 왕자비를 "자신의 피해자들이 재봉틀에 찔려 죽는 모습을 보기를 꿈꾸는 네로, 원래보다 천배는 잔인한 네로"처럼 보이게 만들어놓았다고 말했다(안타깝게도 그 그림은 현재 사라졌다).

아마도 출신으로나 본성으로나 남을 이용하고 마음대로 다루는 데 익숙한 몽테스키우는 처음으로 폴리냐크와 싱어가 어떻게 된 일인지 자신을 이용하고 마음대로 다루었다고 느꼈을 것이다. 그리고 이제, 또 다른 방식으로, 그들은 실제로 그를 마음대로 다루었다. 드 폴리냐크 왕자비의 살롱에서는 음악 공연이 반세기 동안 진행되었다. 1888년 5월 22일 첫 콘서트는 포레, 샤브리에, 당디 특집으로 포레, 샤브리에, 당디가 연주하고 지휘했다. 1939년 7월 3일에 열린 마지막 콘서트는 바흐, 모차르트, 디누 리파티 특집으로 클라라 하스킬과 리파티가 연주하고, 샤를 뮌슈가 지휘하는 오케스트라가 협연했다.

손님 명단은 황금을 칠하고 보석을 박은 거북이처럼 빛났다. 참

FAURÉ
COMPOSITEUR

◇ 포레 ◇

CHABRIER
COMPOSITEUR

◇ 샤브리에 ◇

석 작곡가: 바그너, 스트라빈스키, 프
로코피예프, 쇼송, 포레, 당디, 오리크,
미요. 지휘자: 클렘페러, 비첨, 마르케
비치, 뮌슈. 유행을 이끄는 화가: 볼디
니, 보나르, 카롤뤼스-뒤랑, 엘뢰, 클레
랭, 포랭. 작가: 이디스 워튼, 프루스트,
콜레트, 발레리, 콕토, 피에르 루이, 쥘
리앵 그린, 프랑수아 모리아크, 로저먼
드 레이먼. 기타 저명인사: 잔 랑뱅 부
인, 디아길레프, 박스트, 비올레트 퀴나
르 여사와 바이얼릿 트레푸시스. 수십

VINCENT D'INDY

◇ 뱅상 당디 ◇

명의 폴리냐크와 로스차일드, 러시아 대공, 또 누군지 알아보지도 못할 수많은 왕자와 왕자비, 후작과 후작 부인, 공작과 공작 부인, 백작과 백작 부인, 자작과 자작 부인, 남작과 남작 부인이 있었다.

몽테스키우가 걸핏하면 싸우지 않는 사람이었다면 이 자리에 얼마나 편안하게 앉아 있었을지. 하지만 그는 1895년에 딱 두 번 초대받았다(어쨌든 수락했다). 반면 그의 친구이자 사촌인 그레퓔 백작 부인은 그때와 1903년 사이에 여덟 번 갔다. 포치는 없었지만(포치도 모든 곳에 있지는 않았다) 그의 딸 카트린이 1927년 초에 두 주 연속 초대를 받았다. 두 번째 주에 그녀는 "감탄할 만한" 라모와 "유체 이탈을 일으키는" 쇼팽을 들었다.

왕자비의 살롱에 진출한, 그것도 세 번이나 진출한 또 한 사람은 폴 에르비외였는데, 그는 아마 포치의 가장 친한 문학계 친구였을 것이다. 그는 방돔 광장의 오찬이나 야회에서, 그리고 나중에는 디에나 거리에서 늘 볼 수 있는 사람이었다. 에르비외의 작업은 간통, 이혼, 재혼 등 당대의 도덕적이고 감정적인 딜레마를 다루고 있었다. 그는 『불장난Flirt』이란 소설을 썼는데, 이것은 "미덕에서 결함으로 위험스럽게 나아가는 영혼의 부드럽고 기분 좋은 상태"를 해부하는 작품이었다. 또 막이 내리기 전 (역사적인 스포일러 주의) "내 딸을 위해 내 어머니를 죽였다!"는 대사가 나오는 희곡도 썼다.* 그는 개인적으로 낙태의 법제화를 지지하는 주장을 펼치기도 했다. 또

---

* ⟨횃불 건네주기La Course du flambeau⟩를 가리킨다.

포치의 결혼도 아주 세심하게 연구했을 것이다. 카트린 포치가 스물한 살이 되던 1903년 12월에 쓴 일기에는 찬사이긴 하나 이해가 쉽지 않은 구절이 나온다. "오 에르비외! 그래! 오 그래, 에르비외!" 그러나 그 전이나 후에나 다시 등장하지는 않는다.

COLLECTION FELIX POTIN

PAUL HERVIEU

◇ 폴 에르비외 ◇

1905년 민법 개정안이 만들어지고 있을 때 에르비외는 212조—"남편과 아내는 서로에게 정절, 지원, 부양의 의무를 진다"—를 검토하고 필요할 경우 다시 쓰는 책임을 맡은 위원회의 위원이었다. 에르비외는 동료들에게 한 단어를 추가하자고 제안했다. '사랑.' 그러나 위원회는 기존의 세 가지 필요조건 이상은 어떤 결혼이든 감당하기를 기대할 수 없다고 보았는지, 그의 권고를 채택하지 않았다. 최근 들어 그 오래 유지되어온 세 가지 의무에 한 단어가 추가되었다. 그러나 그것은 '사랑'이 아니라 '존중'이다. 물론 낭만적인 영국인은 늘 사랑하겠다고 약속했다.

에드몽 드 공쿠르는 『일기』에 이렇게 썼다. "자그마한 에르비외는 목소리가 이상하다. 마치 최면을 거는 사람이 말을 시켜 억지로 입을 연 몽유병자의 목소리 같다." 그는 에르비외의 작업에도, 그의 동료들의 작업에도 강한 인상을 받지 못했다. 그는 1890년에 이렇게 적었다.

현재 유행하고 있고, 그 주요 작가로 부르제, 에르비외, 라브당, 심지어 모파상을 꼽을 수 있는 상류사회 소설은 재미가 없다. 이들은 아무것도 아닌 일을 기록하고 있다. 만약 진짜로 상류사회에 속한 사람—그 안에서 태어나고, 양육되고, 길러진 사람—예를 들어 몽테스키우-페젠사크처럼 이 아무것도 아닌 일의 불가사의한 비밀을 모두 드러낼 수 있는 사람이 쓴다면 혹시 재미가 있을지도 모른다…… 그러나 현재로는, 상류사회 소설의 수명이 3년도 남지 않았다는 것이 내 생각이다.

이것은 훌륭한 예측은 아니었다. 프루스트가 『잃어버린 시간을 찾아서A la Recherche du temps perdu』의 첫 권을 발표한 것은 1896년, 공쿠르가 죽고 나서 17년 뒤의 일이었다.

포치는 외국의 왕족, 국내의 귀족, 유명한 여배우, 소설가, 극작가를 치료하는 '사교계 의사'로 기억되고, 묘사되고, 그려졌다. 다 맞는 말이지만, 그는 35년간 공립 루르신-파스칼 병원(1893년부터 브로카 병원)에서 일했고, 초기에는 개인 환자를 보는 것이 금지되어 있었다. 시간이 지나면서 주말에는 볼 수 있었다. 1892년, 저널리스트이자《브리티시 메디컬 저널British Medical Journal》의 편집자이기도 한 어니스트 하트는 '파리 병원들에 대한 임상적 메모Clinical Notes on the Paris Hospitals'라는 시리즈에서 루르신-파스칼을 소개했다. 그는 10년 전 포치가 부임했을 때는 이 병원에 오로지 성병 환자들만 있었다고 말했다. "가난한 주민에게 임질은 아주 흔하기 때문에, 병원의 환자들은 그 병으로 온다." 그러나 1883년 포치가 병원을 관리하면서 원래의 건물들에 목조 건물이 잇따라 증설되었고, 성병이 아닌 사례의 부인과학에 대한 강의도 시작되었다. 포치는 개복수술을 위한 특별한 방을 갖춘 수술실을 만들었다. "그 이후 부인과 정규교육 과정이 시범과 함께 진행되면서, 이 병원은 이제 외국 의사들이 가장 많이 찾는 곳 가운데 하나가 되었다." 이런 진보는 폭넓게 프랑스 전체의 맥락에서 검토된다. "그러나 파리의 의료계에는 부인과학을 위한 자리도 없고 공식적인 부인과 진료실도 없는데, 이것은 이런 면에서는 문명화된 세계의 다른 의료계보다 뒤처져 있는 셈이다." 말을 바꾸면 '섹스'의 세계 수도로 여겨지는 파리가 그것을 구성하는 메커니즘과 그 결과를 다루는 일에 소홀하다는 것이다.

하트의 보고서는 칭찬으로 가득하다. "수도 많고 똑똑한 실무진", "병동의 매우 청결한 상태", 소독에 대한 포치의 관점—"그의 모토는 복부 내 소독, 복부 외 소독이다". 하트는 개복수술을 할 때 외과의의 "극히 작은 절개"와 "극히 빠른 속도"에 주목한다. "그는 이런 식의 절차에 의해 창자가 공기에 노출되는 것과 상처로 내장이 빠져나오는 것을 피하며, 그 결과 수술로 인한 상해가 상당히 줄어든다."

포치는 《브리티시 메디컬 저널》에 루르신의 직전 열한 달 치 통계를 모두 제공했다. "개복수술 62건 [가운데] 사망은 불과 4건…… 난소 절제 수술 12건 [가운데] 사망은 불과 2건…… 질식 자궁 적출 수술…… 22번에 사망 2건…… 자궁내막염 소파수술 81건에 사망 없음." 총 243건의 수술 가운데 148건이 큰 수술이었으며, 사망은 10건이었다. 하트는 또 회음 봉합 수술과 로슨 테이트* 회음 수술의

---

* 자궁외임신의 수술법을 도입하여 많은 생명을 살린 의학자.

사례에서 "포치 씨는 장선을 버리고 오직 은선만 사용했다"고 언급한다. 그는 다음과 같은 점에 주목하며 조사 보고를 마무리한다.

프랑스 외과의의 현세대가 소독과 소독 원칙을 얼마나 철저하게 흡수했는지, 어떤 논리적 정확성과 완벽성으로 그것을 수행하고 있는지, 그 결과가 얼마나 훌륭한지 놀랐다. 그렇다고 해부학 지식, 손의 청결, 파리 외과의들을 늘 유명하게 해주었던 외과적 절차의 완벽성이 지금까지와는 달리 주목할 만하지 않다는 것이 아님은 말할 필요도 없을 것이다.

이 세월 동안 포치는 프랑스 부인과학을 일반 의학의 한낱 하부 단위에서 독자적인 분과로 바꾸어놓았다. 그는 1890년 두 권으로 이루어진 『부인과학 논문Traité de gynécologie clinique et opératoire』을 발표했다. 1100페이지가 넘는 이 책에는 다이어그램과 삽화만 500개가 넘는데, 대부분은 그 자신의 그림에 기초를 두고 있다. 그 전까지 프랑스어로 나온 책 중에는 이와 비슷한 것도 없었다(두툼한 부인과학 책들은 보통 독일어였다). 포치는 루르신-파스칼에서 자신이 관찰하고 경험한 것을 이용했을 뿐 아니라, 영국과 독일과 오스트리아 등지에서 이루어지고 있는 작업도 연구했다. 그의 『부인과학 논문』은 소독 절차, 해부, 진찰, 수술, 수술 뒤 치료를 다루었다. 이 책은 포치가 죽고 나서 한참 뒤인 1930년대까지 프랑스에서 표준 교과서였다.

이 책에는 남성이 쓴 여성 건강에 관한 책—당시에는 모두 남자가 썼지만—에 종종 빠지는 인도적인 면도 포함되어 있었다. 미국의 찰스 메이그스(그는 "신사의 손은 깨끗하며" 따라서 수술 전에 씻을 필요가 없다고 알고 있었다)가 남성 의사가 환자의 질을 진찰하는 것은 "환자의 도덕감 해이"를 가져올 수도 있으니 "여성에게 절박하게 필요할 때"만 해야 한다고 경고한 지 얼마 지나지 않은 시절이었다. 그런데 포치는 검경을 이용하는 진찰과 (그 진찰 뒤에) 양손을 사용하는 진찰과 비교하면서, 여성의 편안함을 위해 먼저 검경을 소독한 물로 따뜻하게 데우라고 권하고 있다. 그는 또 환자의 정숙한 태도를 늘 고려해야 한다고 강조한다. 그래서 예를 들어, 의사는 진찰을 하는 동안 환자와 눈이 마주치는 것을 피해야 한다.

포치의 『부인과학 논문』은 곧 영어, 독일어, 러시아어, 이탈리아어, 스페인어로 번역되었고, 곧 전 세계에서 표준 교과서로 인정받았다. 영국에서는 뉴 시드넘 소사이어티가 세 권으로 출간했다 (1892~1893). 의학 저널 《랜싯Lancet》은 각 권을 별도로(또 익명으로) 논평했다. 논평가(들)는 포치의 "쟁점들에 대한 학구적이며 온건한 태도", "유섬유종 개복 자궁 적출 수술에 대한 매우 완벽한 설명", "미생물과 자궁염의 관계에 대한 탁월한 설명", "난소 절제 수술의 역사에 관한 흥미로운 스케치"에 찬사를 보내면서 전체적으로 이 책이 "귀중한 작업"이라고 결론을 내렸다. 하지만 동시에 프랑스인을 논평하는 잉글랜드인에게서 나타날 수 있는 까다롭고 냉담한 면도 있다. 해협 건너편의 일이라면 사소한 트집을 잡을 기회도 놓치지 않는 것이다.

소독은 아주 자세하게 다룬다. (…) 손과 손톱을 소독하는 일의 중요성은 아주 정당하게 강조되고 있으며, 그 목적을 위한 세밀한 지침도 주어진다. 그러나 손톱에 관해서는, 여기에서 조언하는 대로 끝이 뾰족한 손톱 줄로 닦는 것보다는 손톱을 늘 짧게 깎고 비누와 물로 철저하게 솔질하는 방식이 낫다고 생각한다.

질 드 라 투레트는 살페트리에르 병원의 위대한 신경학자 장 샤르코 밑에서 훈련을 받았다. 투레트는 샤르코의 권고에 따라 신체적이고 언어적인 버릇의 비슷한 사례 아홉 건을 검토하여 문자 그대로 자신의 이름을 남겼다. 그는 이 상태를 틱la maladie des tics이라고 불렀지만, 샤르코는 자신의 조수에게 공적인 명예를 안겨주는 쪽을 선호하여, 우리는 지금도 이것을 투레트 증후군이라고 알고 있다. 9년 뒤인 1893년 12월, 로즈 캉페르라는 이름의 스물아홉 살 된 여자가 그를 찾아왔다. 그녀는 그가 정말로 최면에 관한 책을 쓴 닥터 질 드 라 투레트가 맞느냐고 물었다. 그는 그렇다고 대답했다. 여자는 자신이 그 전해에 살페트리에르에 입원했을 때 최면 실험에 참가하겠다고 동의한 적이 있다고 말했다. 그 결과 의지력을 완전히 잃고 분리된 인격이 생겨났다, 그녀는 그렇게 설명했다. 그녀는 더 일을 할 수가 없어 곤궁에 빠졌다. 그녀는 그에게 50프랑을 달라고 했다.

여자는 자신의 상태에 책임이 있다고 보는 의사 세 명의 명단을 만들고, 그 셋 가운데 처음 만나는 사람을 죽일 계획을 세웠다는 사실을 말하지 않았

◇ 닥터 샤르코 ◇

다. 사실 그녀에게 해를 주었다는 치료를 실제로 책임졌던 두 의사는 명단에 들어 있지도 않았다. 반면 투레트 자신은 그 여자가 거의 기억이 나지 않았다. 그럼에도 3번이었다. 그녀가 첫 번째로 선택한 사람은 파리에 없었고, 두 번째는 그녀를 만나주지 않았다. 투레트가 그녀를 밖으로 안내할 때 로즈 캉페르는 리볼버를 세 번 쏘았다. 한 발은 책꽂이에 맞았고 두 번째는 탁자 다리에 맞았지만, 세 번째가 투레트의 목덜미로 들어갔다.

이 의사는 운이 좋았다. 머리에 손을 대보았을 때 피가 느껴졌지만, 피부와 뼈 사이에 박힌 단단한 물체도 느껴졌다. 총알이 사선으로 후두골을 비껴간 것이다. 한편 로즈 캉페르는 책상에 차분하게 앉아 체포를 기다리고 있었다. 총알은 안전하게 제거되어 투레트는 1904년까지 살았다. 로즈 캉페르는 피해망상에 시달리고 있었음이 밝혀져 재판을 받기에 부적합하다고 간주되었다. 그녀는 일련의 시설에 계속 감금되었는데, 그 가운데 일부에서는 탈출했으며, 일부에서는 퇴원했다. 인생의 마지막 12년은 생탄 병원에 감금되어 살았으며, 거기에서 1955년 아흔두 살의 나이로 죽었다.

벨 에포크는 부유한 사람들에게는 거대한 부의 시기, 귀족에게는 사회적 권력의 시기, 통제할 수 없는 복잡한 속물근성의 시기, 무모한 식민 야망의 시기, 예술 후원의 시기, 폭력의 규모를 볼 때 손상된 명예보다는 개인의 급한 성미를 반영하는 경우가 더 많은 결투의 시기였다. 제1차 세계대전은 좋게 말할 만한 것이 별로 없지만, 적어도 이런 것을 많이 쓸어 가기는 했다.

예술 후원은 이 구체제^{ancien régime}의 가장 자비로운 측면으로 보일 수도 있지만, 이 또한 일종의 국내 식민주의였다. 드 폴리냐크 왕자비의 살롱에서 손님들은 화려했지만, 음악가들은 저임금에 시달렸다. 또는 레옹 들라포스의 경우를 생각해보라. 그는 계급이 낮은 집안 출신(그의 어머니는 여전히 피아노 레슨을 해서 돈을 벌었다)의 피아노 명인이었으며, 열세 살에 음악원에서 1등상을 탔다. 그는 버드나무 같은 매혹적인 소년으로 1894년경부터 프루스트가 후원하기 시작했다. 이 소설가는 들라포스를 몽테스키우에게 제공할 계획이었다—뭐로서? 접대^{bonne bouche}로서, 장난감으로서, 가니메데스로서, 안티누스로서? 이 전략은 관련자 모두에게 도움이 될 것이다, 프루스트는 상상했다. 그는 백작한테 감사를 받을 것이고, 그들의 우정은 강화될 것이다. 그즈음 친밀한 관계에 있던 연하의 사람들 때문에 골치를 썩던 백작은 새로운 관심의 대상을 얻게 될 것이다. 들라포스는 백작의 집에서 연주를 하여 비약적인 출세를 하고, 콘서트홀들이 그에게 문을 열게 될 것이다.

이 계획은 한동안 성공을 거두었다. 백작은 만족했다. 그의 전기작가는 이렇게 썼다. "진정한 음악 애호가는 아닌 사람들의 방식을 따라, 몽테스키우는 음악이 자신에게서 불러내는 이미지 때문에 음악을 좋아했다. 그것은 부드러운 아편이었다." 그렇게 들라포스는 후원자의 파이프에 포레를 채웠고, 그러면 그의 후원자는 눈을 감고 꿈을 꾸곤 했다. 몽테스키우는 그를 "천사"라고 부르며 애착을 공공연하게 드러냈다. 그들은 함께 여행했다. 그렇게 몇 년 동안은 효과가 있었다. 그러나 천사는 추락한다. 들라포스는 어리석게도 영원한 감사가 백작의 일반적인 기대이고 요구라는 것을 잊었다. 음악 애호

가인 한 공주와 사건이 있었는데, 그녀 역시 훌륭한 피아니스트(이
자 파데레프스키의 친구)였다. 그러자 몽테스키우는 자신의 음악적
장난감에게 권태를 느끼게 되었고, 욱하는 상황에서 그것을 부수어
버리기로 결정했다. 왜? 그럴 수 있으니까. 그는 들라포스에게 편지
를 썼다.

  작은 사람들은 내가 그들의 수준으로 내려가기 위해서 들이는 노
  력을 결코 보지 못하고, 또 결코 나 자신의 수준으로 올라오지 못
  하지. (…) 나의 최상의 후원에 의해 너한테 열렸던 모든 집이 닫
  힐 것이고, 너는 푼돈을 받고 몰다비아 또는 베사라비아의 클라비
  코드를 두드리는 신세로 전락할 거야. 너는 내 생각의 도구에 지
  나지 않았고, 앞으로도 결코 음악 기계공 이상이 되지 못할 거야.

  들라포스는 줄이 끊어져 표류했다. 친구 몇 명은 남았다. 사전트
는 그를 위해 런던에서 콘서트를 주선해주었다. 드 폴리냐크 왕자비
는—아마도 '나의 적의 적' 원리에 따라—그에게 자신의 살롱에 와
서 연주하라고 초대했다. 하지만 더 폭넓은 활동은 멈추었다. 몽테
스키우는 또 자신의 피후견인에게 속물근성도 전염시켰던 것으로
보인다. 들라포스는 미국, 그 공작 부인이 없는 땅에서 연주해달라
는 초대는 거절했다. 백작은 회고록에서 들라포스가 "좌절감에, 또
아마도 달리 좋은 수가 없어faute de mieux 나이 든 스위스 독신녀의 품
이 아니라, 그녀에게는 품이 있다고 말하기 힘들므로, 그녀의 발치
에—발은 어마어마하게 컸다—자신을 던졌다"고 말한다. 그녀의 도
덕적 가치관은 로베르 드 몽테스키우-페젠사크 백작보다 나았을 가

◇ 존 싱어 사전트, 〈레옹 들라포스〉(1895~1898) ◇

능성이 매우 높다. 백작은 말을 이어간다. "내가 그[들라포스]를 처
형하기로 결정하자, 이투리는 재고하라고 조언하면서 내가 그와 같
은 아이를 다시는 찾을 수 없을 것이라고 장담했다. 이것은 사실이
었다. 나는 그 뒤로 '평생 한 명의 교구 목사만 사랑하는 거지'라고
말하곤 하던 늙은 부인의 말을 인용하곤 했다."

　들라포스는 미국, 그 떠들썩하고 비귀족적인 나라, 한때 식민지였
고, 장기간 관념이었으나, 현재는 유혹인 동시에 위협이 된 곳을 경
계했다. 그러나 미국은 프랑스를 향해 다가오고 있었다. 몇 가지 면
에서는 이미 와 있었다. 존 싱어 사전트와 헨리 제임스와 이디스 워
튼이라는 형태로, 프랑스와 영국의 백만장자들이 눈을 뜨기 전, 고향
의 미국 백만장자들이 인상주의 회화를 사들이는 것을 돕고 있던 메
리 카사트라는 형태로, 가난해진 귀족의 집을 떠받치기 위해 대서양
을 건너온 미국 상속녀들이라는 형태로. 위나레타 싱어와 나탈리 바
니와 로메인 브룩스 같은 열렬한 상류사회 레즈비언의 형태로. 그러
나 더 위협적인 것은 그것이 하나의 관념으로서 오고 있다는(이미
와 있다는) 것이었다. 미래라는 관념. 위스망스는 원래 데제생트를
"삶의 걱정과 그의 시대의 미국적인 방식에서 생겨난 혐오를 치료
하는 특효약을 인위성에서 발견"한 사람으로 상상했다. 소설 자체에
서 그의 인물은 더 거리낌이 없어 "미국이라는 방대한 매음굴", 다
수가 군집하고 있는 땅을 언급하고, 그래서 다수의 반응을 일으킨다.
　공쿠르 형제는 '구유럽'의 미래 운명에 관해 아무런 의심이 없었
다. 전 시대에 "문명화되지 않은 야만인"이 옛 라틴 세계를 파괴했

듯이, 그리 오래지 않아 "문명의 야만인"이 현대의 라틴 세계를 삼킬 것이다. 그들은 1867년 파리 만국박람회에서 이 "과거를 향한 치명타"의 증거를 보았다.

프랑스의 미국화, 예술보다 산업에 우선권이 주어지고, 증기에서 동력을 얻어 도리깨질을 하는 기관이 그림을 위한 공간을 조금씩 깎아나가며, 은밀히 사용되는 천박한 가정용 물품과 공기에 노출된 조각상, 한마디로 '물질의 연방 공화국'.

하지만 이것은 미적인 탄식이 아니다—적어도 그것만은 아니다. 공쿠르 형제는 다가오는 미국화의 불가피성만이 아니라 매력도 인정했다. 마리안과 브리타니아*는 초라한 구식 여자가 되었으며, 이제 새로운 미국 정신이 상징적 여자가 아니라 진짜 여자로 표현될 참이었다. 같은 해—1867년—형제들 가운데 한 명은 로마의 프랑스 대사관에서 그녀 옆에 앉아 있게 되었다. 그녀는

브뤼셀의 미국 특사 부인이었는데, 이 자유롭고 느긋하면서도 쾌활한 우아함, 젊은 나라에 어울리는 이 피로를 모르는 에너지, 남의 부인이 되었지만 여전히 젊은 처녀의 새롱거림에 깃든 강렬한 매력을 간직하고 있는 이 은근한 애교를 보면서, 파리에 사는 어떤 미국인들의 발랄과 교묘한 방식을 떠올리게 되자, 나는 이 남자와 여자들이 미래의 세계 정복자가 될 운명인 것 같다고 혼잣말

* 각각 프랑스와 잉글랜드를 상징하는 여성.

을 했다.

  물론 구유럽이 싸워보지도 않고 몰락한 것은 아니다. 오스카 와
일드는 1882년 1월, 1년에 걸쳐 한쪽 해안에서 다른 쪽 해안에 이
르는 여행을 계획하고 미국에 도착했다. 1903년 1월 로베르 드 몽
테스키우 백작은 그보다 짧은 네 도시 관련 용무로 도착했다. 둘 다
자신이 문명 전파의 사명missions civilisatrices을 띠고 왔다고 생각했다. 한
나라, 한 제국의 수준에서 이것은 땅과 신과 약탈물의 문제였고, 개
인적이고 문화적인 수준에서는 자기 홍보와 명성과 약탈물의 문제
였다. 와일드는 돌아오는 길에 휘슬러에게 자신이 "미국을 문명화했
다"고 자랑했다(이것으로 하늘을 정복하는 일만 남았다고 덧붙였다).
그의 여행은 방식에서 극적이었으며 장소에서도 종종 극적이었다.
그것은 또, 도발을 의도한 유미주의라는 점에서—그가 애용하던 형
용사 가운데 하나를 사용하자면—천박했다.
  몽테스키우의 여행은 사적이고, 지리적으로 제한적이며, 사회적
으로 더 배타적이었다. "아름다운 백작이 보스턴으로 오고 있다."
한 신문은 그렇게 썼다. "이 프랑스 신사는 훌륭한 외모와 훌륭한
옷 덕분에 현재 뉴욕을 지배하는 신이 되었다. 그는 강연을 하지는
않지만 입장료 5달러짜리 '회의'를 연다." 이 행사는 큰 호텔과 상류
사회 저택의 응접실에서 열렸다. 그는 뉴욕과 보스턴에 들른 뒤 필
라델피아와 시카고로 갔으며, 그곳에서 예술품 수집가이자 유명한
비스킷 제조업자의 부인인 포터 파머 부인의 영접을 받았다(이 미국
산 파머 비스킷을 실패한 런던 여행 중 데제생트가 파리의 보데가에 전
시된 것을 보았던 "파머 비스킷"과 혼동하지 말아야 한다. 그것은 틀림

없이 영국제였을 것이고, 헌틀리 앤드 파머가 만들었을 것이다).

와일드가 미국을 방문했을 때, 그는 작가이자 사상가로서만이 아니라 영국 상류사회 구성원으로 홍보되어야 한다는 거래가 있었다. 그는 '아름다움'의 새로운 미학적 이상을 선언하는 동시에 공적으로 그 이상을 체현하고 있었다. 잉글랜드에서 그는 길버트와 설리번의 「페이션스Patience」에서 번손이라는 인물로 부풀려짐으로써 유명해졌다. 미국에서 그는 '오스카 와일드'라는 인물로 부풀려짐으로써 유명해졌다. 이것은 문학적 명성의 성격에 변화가 일어나는 순간이다. 전에 유명한 작가는 글을 써서 유명해진 작가였다. 반면 와일드는 먼저 유명해지고, 그런 다음 글을 쓰는 일에 착수하는 관념의 선구자였다. 1882년 말까지도 그는 '여전히' 대단치 않은 시인이자 부지런한 강연자에 지나지 않았다. 그러나 그는 동시에 두 대륙에서 유명했으며, 그래서 이제 문학적 출세를 할 준비가 되었다. 1882년 6월에 이를 무렵 '와일드 체험'에서 얻는 소득은 1만 8000달러가 넘었으며, 그의 이익은 경비를 제외하고 약 5600달러였다.

와일드는 또 현대 명성의 근본 규칙을 하나 더 확립했다. 나쁜 홍보란 없고, 오직 홍보만 있을 뿐이라는 것. 성공이란 기사의 내용에 뭐가 들었느냐보다는 기사의 크기로 측정된다. 와일드는 "싸구려 신문"이 "19세기 불멸의 표준"임을 이해했다. 속물들에게 미적 이상을 조롱당하는 것은 엄숙한 박수갈채로 가득한 강연장만큼이나 그 이상을 광고하기에 좋았다. 그는 그를 야유하는 사람들, 그를 "싸구려 러스킨"이라고 부르는 사람들, "그녀는 샬럿-앤"이라고 조롱하는 사람들과 대담하게 맞섰다. 그러나 명성의 대가가 단순한 거래인 경우는 거의 없다. 와일드는 프랑스에서 상층계급 잉글랜드인 대접을 받았지만, 미국에서는 그저 아일랜드인이었다―사실 낮은 지위의 패디*였다. 나아가서, 계급 고정관념화의 괴상한 교잡으로 아일랜드인일 뿐 아니라 흑인으로 희화화되었다. 옥스퍼드에서 두 과목 수석을 했던 이 사람은 해바라기를 휘두르는 호리호리한 아프리카계 미국인 청년으로 희화화되자 충격을 받았다.

휘슬러는 몽테스키우를 그리면서 백작에게 그런 세속적인 삶의 위험에 관해 주의를 주었다. "계속 사교계를 돌아다니면 백작의 운명은 잉글랜드 왕세자를 만나는 게 될 거요." 둘이 같은 물에서 헤엄을 치기는 했지만, 몽테스키우가 왕세자를 만났다는 증거는 없다. 그러나 백작의 사촌 그레퓔 백작 부인은 샌드링엄**에서 왕세자와 함께 지냈다. 와일드에 관해 말하자면, 그는 미국 여행 중 공화주의적 신념에도 불구하고 "내 친구 왕세자"라는 말을 흘리기를 좋아했다.

와일드와 몽테스키우는 미국에 가서 돈을 벌고 돌아왔다. 에드몽드 폴리냐크 왕자는 천성적으로 더 나태하여 프랑스에서 그대로 지내며 돈이 위나레타 싱어의 형태로 자신에게 오게 했다. '황금광'이라는 표현이 경제적 상승 이동을 위하여 남자들에게 달라붙는 여자들에게만 사용되는 것은 이상한 일이다. 벨 에포크 최대의 황금광은 자신의 혈통을 갱신하고, 자신의 자격에 대한 감각을 되살리고, 은행 잔고를 부풀리기 위하여 미국 상속녀들과 결혼한 잉글랜드와 프랑스의 남성 귀족이었다.

사뮈엘 포치의 미국에 대한 태도는 사회적 우월성, 편집증, 욕망 어디에도 기초를 두지 않았다. 그것은 호기심 많고, 개방적이고, 전

* '아일랜드인'을 가리키는 비어.
** 잉글랜드 노펵주 북서부의 마을로 왕실 별장 소재지.

PUBLISHED BY CURRIER & IVES

THE ÆSTHETIC CRAZE.

Whats de matter wid de Nigga? Why Oscar you's gone wild!

◇ 미학 열풍. 검둥이에게 무슨 일이? 오스카 너는 왜 날뛰고 있는가? ◇

문적이었다. 『부인과학 논문』에서 썼듯이 "쇼비니즘은 무지의 한 형
태다". 1893년 그는 시카고 만국박람회에 프랑스 공식 대표단의 일
원으로서 초대를 받았다. 그는 정기선 라 투렌호(號)를 타고 뉴욕에
갔으며, 거기서 자신의 책을 담당한 미국인 편집자를 만났고, 이어
'미시간 센트럴' 풀먼 열차를 타고—스무 시간 뒤—시카고에 도착
했다. 포치는 그곳에서 공식 임무 외에 병원 네 곳을 둘러볼 기회를

얻었다. 그는 미국 시스템의 효율, 그리고 개인들의 자금 지원에 놀랐다. 또 간호사의 더 높은 사회적 지위, 더 높은 보수(프랑스 간호사의 서너 배였다)에도 놀랐다. 그는 돌아오자마자 바로 루르신-파스칼을 위한 개인 자금을 모으기 시작했고, 환자들을 지원하고 즐겁게 해주기 위해 '부인 위원회Comité des Dames'를 설립했다.

그는 1904년에 북미를 두 번째로 방문했는데, 그때는 세인트루이스와 몬트리올 두 장소에서 열린 대회에 "프랑스 외과학을 대표" 하는 인물로 초대받아, 5월과 6월 각 도시를 찾았다. 이제 포치의 명성과 사회적 무게는 상당했다. 정기선 라 사부아를 예약했지만, 승선 직전에 미국 사교계 명사이자 신문사주이자 스포츠맨인 고든 베넷이 그를 채갔다. 그들은 베넷이 전에 자동차 발판에서 떨어졌을 때 포치가 상처를 꿰매주면서 처음 만났다. 이제 두 사람은 베넷의 2000톤짜리 증기 요트를 타고 대서양을 건넜는데, 이 배는 터키탕과 우유를 짤 암소 두 마리가 있을 정도로 호화로웠다.

포치는 미국과 캐나다에서 환대를 받았다. 이제 쉰여덟의 포치는 그의 매력과 탁월한 영어로 프랑스 외과계의 완벽한 얼굴이 되었다. 세인트루이스 만국박람회에도 볼거리가 많았지만, 이 여행의 미국 일정에서 그의 가장 큰 발견은 미국 외과학의 선구적 중심은 대도시들이 아니라 미네소타주 로체스터라는 사실이었다. 1889년 이곳에서 랭커셔 출신의 한 잉글랜드인이 메이오 클리닉을 설립했다. 병상이 300개인 이 병원은 이제 메이오의 두 아들이 운영하고 있었다. 이것이 이후 이어질 수많은 접촉의 시발점이 되었다. 그는 파리로 돌아갔을 때 후속 작업을 이어가기 위해 조수 로베르 프루스트를 미국으로 보냈다.

포치는 로체스터에서 몬트리올로 갔으며, 이곳에서 정식 연설을 하면서 어린 시절 페니모어 쿠퍼와 가브리엘 페리의 책에서 캐나다의 모피 사냥꾼 이야기를 읽은 것을 회고했다. 다음 날에는 개복수술과 자궁 적출 수술에서 '속도와 기술' 시범을 보였다. 그는 어디를 가나 외교적으로 최고의 모습을 보여주었지만, 영어판《몬트리올 메디컬 저널Montreal Medical Journal》은 "포치 교수가 종교에서 가톨릭이 아니며, 정치에서는, 우리 퀘벡의 표현대로 분명히 '빨갛다rouge'"고 말하지 않을 수 없었다.

몬트리올에는 다른 프랑스 대표가 한 명밖에 없었는데, 그는 포치보다 연하인 알렉시스 카렐이었으며, 두 사람은 만나지 않았던 것으로 보인다. 포치가 자기 동포의 발표에 참석하지 않은 것은 분명하다. 카렐은 당시 서른한 살의 미미한 존재였으나, 불과 8년 뒤 노벨 의학상을 타게 된다. 그는 대회에서 개의 장기—갑상선과 신장—이식의 초기 실험을 묘사했다. 수술 자체는 성공적이었으나, 동물들은 수술 후 감염으로 죽었다. 이 모든 것의 열쇠는 혈관의 성공적 봉합이었으며, 이것은 포치가 그때나 나중에나 깊은 관심을 가지는 문제였다.

사라 베르나르는 오스카 와일드만큼이나 미국 여행을 사랑했다. 그녀는 아홉 번을 갔다. 이미 1870년대 초에 접어들 무렵—그녀는 다리 하나를 절단한 상태였고, 때는 전쟁 중이었다—떠난 마지막 여행에서는 열네 달 동안 아흔아홉 도시를 돌았다. 와일드와 베르나르—두 위대한 전국적 명성의 자기 발명가들—는 서로 완벽하게 어울렸으며, 둘은 그 사실을 알아보았다. 1879년 베르나르가 〈페드르 Phèdre〉를 공연하러 런던에 왔을 때 와일드는 포크스톤에서 배를 내린 그녀의 발에 백합을 뿌렸다. 그녀가 〈페도라Fedora〉를 공연하러 왔을 때는 거리 행상에게서 거대한 야생화를 사주었다. 파리로 신혼여행을 갔을 때는 레이디 맥베스로 등장한 그녀를 보았으며, 《모닝 뉴스》 인터뷰에서 그녀를 찬양했다. 두 사람 모두 화려한 찬사를 거래하는 사람들이었으며, 그것을 받을 때도 얼굴을 붉히지 않았다. 와일드는 그녀에게 소네트를 바쳤지만, 장편 희곡에도 그녀를 등장시킬 수 있기를 갈망했다. 그의 첫 번째 구상은 엘리자베스 1세였다. 나중에 나온 그보다 나은 것—그는 늘 그랬듯이 헌신적인 플로베르주의자였다—이 「살로메Salomé」였다. 파리에서 시작되어 토키*에서 끝난, 프랑스어로 쓴 이 작품은 1892년 런던 무대를 노리고 있었다. 오스카가 사라에게 일곱 베일의 춤을 어떻게 할 것이냐고 묻자 그녀는 수수께끼 같은 미소를 지으며 대답했다. "묻지도 마세요."

당시 파리 극장은 100년 뒤 할리우드 같았다. 바닥이 드러날 기미가 보이지 않는 현금 지급기였다. 오늘날에는 소설가들이 자신의 책이 영화로 각색되기를 바라며 걸떡거리지만, 당시에는 희곡이 그 자리를 차지했다. 사라 베르나르를 자신의 희곡에 등장시키는 것은 곧 이 희곡을 뉴스의 사건으로 밀어 올리는 것이었다. 그녀에게 맞춘 독창적인 역을 그녀가 맡아주는 것은 극작가로서 꿈의 실현이었다. 와일드는 그녀를 위해 「살로메」를 썼다. 아들 알렉상드르 뒤마는 그녀를 위해 「춘희」를 썼다. 에드몽 로스탕은 그녀를 위해 「새끼 독

* 데번셔주 남부의 해변 휴양지.

수리L'Aiglon」를 썼다. 그의 큰아들 모리스 로스탕은 그녀를 위해 「영
광La Gloire」을 썼고, 이것이 그녀의 마지막 출연작이 되었는데, 그녀에
게는 내내 앉아 있을 수 있는 역할이 맡겨졌다. 포치의 친구 폴 에르
비외는 그녀를 위해 「테루아뉴 드 메리쿠르Théroigne de Méricourt」—포치
가 "내심 지루해"했던 6막 혁명 드라마—를 썼다.

하지만 모두가 성공한 것은 아니었다. 에드몽 드 공쿠르는 1893년
의 긴 시간을 그녀가 자신의 희곡 「포스탱La Faustin」에서 주역을 맡아
줄 것이라는 희망—기대에 가까웠다—속에서 살았다. 그렇게 바라
는 동안은 그녀가 유쾌하고, 매력적이고, 자연스럽고, 솔직하고, 사
랑스러운 사람으로 보였다. 그러나 두 달 동안 아무런 답이 없자 그
는 각본의 반환을 요구하는 전보를 보냈다. 다시 두 달 뒤, 각본은
아무런 메모도 없이 돌아왔다.

◇ 에드몽 로스탕 ◇

◇ 사라 베르나르 ◇

극단적인 장 로랭은 필연적으로 더 극단적인 경험을 할 수밖에 없었다. 그는 베르나르를 염두에 두고 많은 희곡을 썼지만, 유행을 따르는 이국적인 느낌의 「에노이아Ennoïa」가 자신과 베르나르 모두에게 완벽할 것임을 알았다. 그는 예비적으로 기름 치는 작업을 다 해놓았다. 그녀가 새 역을 선보일 때마다 자신의 '펠 멜' 칼럼 전체를 거기에 바친 것이다. 그러다 베르나르가—로랭의 각본을 몇 달 뭉개고 있다가—"대신"(로랭은 그렇게 표현했을 것이다) 로스탕의 〈새끼 독수리〉에 출연하자 그는 마침내 신뢰를 잃고 성질을 냈다. 로스탕은 로랭이 가장 미워하는 사람으로 꼽혔다. 베르나르는 나폴레옹의 아들에 관한 이 희곡에서 주연을 맡았는데, 로랭은 그 3막이 수상적게도 자기 희곡의 2막과 닮았다는 데 주목했다—어쨌든 그는 그렇게 믿었다. 이 여배우는 그의 「에노이아」를 5년 동안 붙들고 있다가 돌려보냈다. 로랭은 포치에게 보낸 편지에서 베르나르가 오만하게도 자기보다 로스탕과 몽테스키우를 좋아한다고—문학적으로나 사교적으로나—불평했다. "그녀는 로스탕화되었습니다. (⋯) 사람들은 그녀를 '선한 사라-미텐'*이라고 부르지요. 하지만 나로 말하자면, 나는 이제 그녀를 버리고 있습니다." 그는 그렇게 말을 맺었다. 그러나 그녀가 그를 버리고 있었다—사실, 이미 버렸다.

그러나 극작가들은 이 고집 센 여배우 말고도 다른 장애에 부딪히고 있었다. 런던의 「살로메」 출연진이 리허설에 들어간 지 두 주가 지났을 때 검열관이 이 희곡에 대한 허가를 철회했다. 우리의 짐작과는 달리, 섹스, 또는 폭력, 또는 퇴폐, 또는 단지 프랑스적이라는

---

* mitaine, '여성용 장갑'을 뜻한다.

근거에서가 아니라, 영국 무대에 성경의 인물을 올리는 것을 금한다는 오래되었지만 갑자기 쓸모가 나타난 법이 근거였다. 「살로메」는 결국 4년 뒤 파리에서 초연되는데, 그때는 이것을 무대에 올리는 일이 연대의 행동이 되어 있었다. 이제 저자가 레딩 감옥에 있었기 때문이다.

1895년 와일드가 유죄판결을 받고 감금된 뒤 런던과 파리 양쪽에서 감형을 요청하는 청원장에 서명을 받으려는 시도가 있었다. 그러나 예상보다 서명을 얻기가 힘들어 청원장은 결국 제출되지 않았다. 런던에서는 버나드 쇼와 월터 크레인이 서명했다. 홀먼 헌트와 헨리 제임스는 거절했다. 파리에서는 지드와 부르제가 서명했다. 졸라는 거절했다. 장 로랭도 만일 자신이 서명하면 《르 쿠리에 프랑세 Le Courrier Français》에서 잘릴 거라며 거절했다. 프랑스인들은 더 비꼬는 쪽으로 반응했다. 쥘 르나르는 평소처럼 구제불능의 독창적인 방식으로 거절했다. "나는 오스카 와일드를 위한 청원장에 기꺼이 서명하고 싶은데, 한 가지 조건이 있다. 그가…… 다시는 펜을 들지 않겠다는…… 명예를 건 약속을 해주어야 한다." 시인 프랑수아 코페는 작가로서가 아니라 '동물에 대한 잔혹 행위 금지 협회'의 회원 자격으로 서명하겠다고 했다. "작가 돼지도 어디까지나 돼지다."

와일드라는 이름이 갑자기 오염시키는 힘을 갖게 되었다. 알퐁스 도데는 "나에게는 아들들이 있다"는 이유로 청원에 서명을 거부했다. 그에게는 두 아들이 있었는데, 의사로 훈련을 받은 레옹(이미 스물아홉 살이었다)은 나중에 소설가이자 그 시대의 가장 난폭한 기

◇ 쥘 르나르 ◇   ◇ 알퐁스 도데 ◇

록자가 되었다. "독살스럽게 재미있다." 이디스 워튼은 그의 기록을
그렇게 표현했다. 알퐁스가 걱정했던 것은 제제라고도 알려진, 훨씬
부드러운 둘째 아들 뤼시앵(당시 열여덟 살이었다)이었을 것이다. 르
나르는 일기에서 그가 "예쁜 소년으로, 곱슬곱슬한 머리에 포마드를
발랐으며, 화장을 하고, 분을 칠했고, 낮은 목소리로 말했다"고 묘사
했다. 몽테스키우는 그가 황금 같은 청년이며 제자로 삼을 만하다고
생각했다. 그러나 뤼시앵은 다른 많은 사람들과 마찬가지로 그에게
실망을 안겨주게 된다. 그는 프루스트와 일상을 나누는 친밀한 친구
였는데, 두 사람은 들라포스의 연주를 들으러 오라는 몽테스키우의
초대를 받은 적이 있었다. 종종 있는 일이었지만 뤼시앵과 마르셀은
서로 웃음을 주고받기 시작하다가 히스테리에 걸린 듯 낄낄거리는
웃음을 발작처럼 터뜨리게 되었다. 백작은 이렇게 "상스럽게 품위를

떨어뜨린 행위"를 결코 용서하지 않았다. 그는 도데 부인에게 장미를 보내면서 이런 메시지를 넣기도 했다. "부인은 장미인데, 자식들이 가시로군요."

뤼시앵은 벨 에포크에 가장 있을 법하지 않은 결투의 원인이 되기도 했는데, 이 결투는 1897년 2월 프루스트와 장 로랭 사이에 벌어졌다. 로랭은 레티프 드 라 브레통이라는 가명으로 《르 주르날Le Journal》에서 『쾌락과 나날Les Plaisirs et les jours』을 비평하면서 뤼시앵과 마르셀 사이의 동성애적 관계를 암시했다. 프루스트는 그에게 결투를 신청했고, 기사가 나오고 나서 사흘 뒤 비가 오는 추운 오후에 그들은 뫼동 숲에서 만났다. 26년 전 마르셀이 아직 배 속에 있을 때 그의 아버지는 유탄을 피한 적이 있었다. 이번에는 마르셀이 유탄을 피했다. 25미터 거리에서 피스톨 총알이 오갔는데, 두 사람 모두 의도적으로 허공에 총을 쏜 것으로 보인다.

그러면 뤼시앵 도데는? 그는 작가, 그다음에는 화가가 되고 싶었고, 필요한 연줄은 다 가지고 있었지만 필요한 재능이 부족했다. 그러나 그는 외제니 황후의 조신으로 성공했으며, 황후는 1870년 패배 후 영국 망명길에 나서서 처음에는 치즐허스트로, 나중에는 판버러로 갔다. 뤼시앵은 그곳으로 그녀를 찾아가곤 했으며, 여전히 그녀의 소유로 남아 있는 프랑스 남부의 저택에 머물기도 했다. 프루스트는 친구의 삶을 기분 좋은 회전목마로 묘사했다. "판버러와 캅마르탱, 투렌에서 보내는 늦봄과 여름, 그리고 친구들과 함께 지내기. 그는 서너 달만 파리에서 지내는데, 그때도 자주 외출한다." 조지 페인터는 뤼시앵의 인생 후반기를 조금 다르게 묘사한다. 그는 "노동계급의 젊은 남자들과 불행한 관계에" 탐닉했다. 아마도 이것을 오스카 와일드 탓이라고 할 수는 없을 것이다.

손님이 되는 법

1) 로베르 드 몽테스키우-페젠사크 백작은 종종 프루스트의 집으로 저녁을 먹으러 갔다. 그에 앞서 누가 현재 총애를 받고 있거나 눈에서 멀어졌는지 파악하기 위해 손님 명단이 백작—아니, 이투리—에게 제출되었다. 꽃이 주문되고, 프루스트 부인은 주방장을 볶아댔으며, 주빈의 좋은 기분을 유지해주기 위해 디저트를 먹는 동안 그에게 예술과 취향에 관해 한 말씀 요청하곤 했다.

프루스트의 아버지는 뛰어난 의사로 콜레라와 국제 위생 전문가였으며, 여행을 많이 했고 세계적으로 명성을 쌓았다. 프루스트의 어머니는 부유했고—지참금이 20만 금프랑이었다—아주 아름다웠으며 교양이 풍부했다. 그녀는 기량이 뛰어난 음악가였고, "가족들이 사는 곳을 위해 훌륭한 가구를 선택했으며", 영어와 독일어를 알았고, 마르셀이 러스킨을 번역하는 것을 도왔다. 하지만 백작이 만찬에 오면 부모는 식탁 제일 말석에 앉아야 했다. 한번은 몽테스키우가 마르셀을 보며 재치, 무례, 좋은 취향이 섞인 말투로 이렇게 말하기도 했다. "여기는 얼마나 추한지!"

2) 1891년 오스카 와일드는 파리가 "큰 사건le great event"이라고 부르는 것이 되었으며, 이때 프루스트를 만났고 프루스트는 그를 저녁에 초대했다. 약속된 저녁에 프루스트는 몇 분 늦게 집에 도착했

다. "영국 신사가 와 계시는가?" 그가 하인에게 물었다. "네, 주인님, 5분 전에 오셨습니다. 응접실로 들어오시자마자 욕실을 알려달라더니 아직 안 나오셨습니다." 프루스트는 복도 끝으로 달려갔다. "와일드 씨, 어디 아프십니까?" 불안해진 주인이 문에 대고 물었다. "아, 오셨군요, 프루스트 씨." 와일드가 당당하게 느껴지는 목소리로 대답했다. "아니요, 전혀 아프지 않소. 나는 선생과 둘이 식사를 하는 기쁨을 누리는 줄 알았는데, 응접실로 안내를 하더군요. 응접실을 보니 끝에 선생 부모님이 계셔서 용기를 잃고 말았소. 안녕히 계시오, 친애하는 프루스트 씨, 안녕히……." 나중에 마르셀의 부모는 아들에게 와일드가 응접실을 둘러보며 놀란 목소리로 이렇게 말했다고 전해주었다. "집이 정말 추하군요!"

"남자는 어떤 여자와도 행복할 수 있다, 그 여자를 사랑하지 않는 한." 와일드의 대변자porteparole인 헨리 워턴 경의 이 귀여운 역설은 사뮈엘 포치와 테레즈의 삶에는 적용되지 않는다―"행복"이라는 단어를 "사회적으로 기능할 수 있다"고 다시 정의하지 않는 한. 그러나 포치는 1890년대 중반 어느 시점에 에마 피쇼프를 만났고, 모든 증거들이 보여주듯이 그녀하고는 행복할 수 있었다. 빈에서 에마 제델마이어로 태어난 그녀는 파리 미술상의 딸이었는데, 그녀의 아버지는 다른 누구보다도 사전트를 소개한 인물이었다. 포치보다 열여섯 살 아래로 자식이 셋―정말이지 서로 잘 어울리는 아들 둘에 딸하나의 조합이었다―있었던 에마는 교양 있고, 자신감 넘치고, 부유했으며, 지적이고 장식적인 쇼핑에 열을 올렸다. 그녀의 남편 외젠 또한 빈 출신의 유대인으로 '경마 클럽'의 회원이자, 프랑스에서 가장 유명한 경주마로 꼽히던 당돌로의 마주였다. 말의 이름은 1204년 콘스탄티노플 함락 때 베네치아로 청동 말들을 돌려보낸 총독의 이름을 딴 것으로, 이 말들은 그 이후—나폴레옹에게 약탈당해 1797년부터 1815년까지 파리에 살았던 때를 제외하면—산마르코 광장을 장식했다.

몇 년 동안 포치는 출장도 여행도 혼자서 다녔다. 물론 친구들과 동행하기도 했다. 가령 1896년에 바이로이트에서 시인 카튈 망데스와 함께 있는 것을 콜레트에게 목격당했을 때라든가. 그러나 이듬해에는—그의 결혼에 대한 우리의 독해를 더 복잡하게 만드는 상황인데—〈로엔그린Lohengrin〉을 들으러 바이로이트에 갈 때 테레즈와 동행했다. 그들의 열다섯 살 난 딸 카트린은 음악을 사랑하여 자신도 데려가달라고 애원했지만 들어주지 않자 언짢아했다—젊은 여인jeune fille이 되었는데도 아이 취급을 당하자 화가 난 것이다. 그녀는 집을 떠난 어머니에게 질책의 편지를 보냈다. "편지에서 나는 다소 못되게 내 마음속에 쌓여 있던 모든 비난, 내가 그토록 바라던 것이 무관심에 부딪힌 것에 대한 모든 분노를 담았다." 테레즈는 바이로이트에서 답장을 보내 그녀를 "심술궂은 작은 계집아이"라고 불렀다. 그럴 만도 했던 것이, 카트린이 불평의 편지를 보낸 바로 그 시점에 그녀의 어머니는 바이로이트 시내에 응접실과 침실 두 개에 침대 세 개가 있는 아파트를 예약해둘까 생각하고 있었기 때문이다. 이듬해는 아니지만, 그다음 해인 1899년을 위한 것이었다. "그때가 되면 너는 심오한 감정과 형편없는 음식 양쪽을 다 해결할 더 나은 조건을 갖추게 될 거다."

◇　프란츠 롬플러, 〈제델마이어 가족〉(1879)의 부분 장면, 에마는 오른쪽　◇

하지만 1899년이 되었을 때 카트린(과 테레즈)은 실망하게 된다. 포치가 혼자 바이로이트로 떠났기 때문이다. 그는 그곳에 도착하여 친구들 무리와 합류했다. 뷜토 부인, 로스탕 부부, 라 간다라, 뮈니에 신부…… 그리고 에마 피쇼프. 그들은 〈파르지팔〉, 〈마이스터징거Meistersinger〉, 〈니벨룽겐의 반지Der Ring des Nibelungen〉를 들었다. 음악이 멈추자, 그와 에마는 함께 베네치아로 떠났다. 이것은 갑작스러운 로맨틱한 탈선이 아니었다. 베네치아에 있는 동안 그들은 산호섬 산라자로를 찾아갔고 그곳에서—아마도 사전에 준비를 했을 텐데—나이 든 아르메니아인 수도사 미미키안 신부에게 둘의 결합을 공식적으로 축복받았기 때문이다.

이듬해 8월 17일, 테레즈와 자식들이 멀리 조국에 안전하게 있는 동안 포치는 베일을 쓴 여자와 함께 파리 동역에서 뮌헨으로 가는 침대차에 올랐다. 그와 에마는 독일, 오스트리아, 이탈리아에서 석 주를 보냈다. 이번에는 바이로이트에 가지 않았지만, 뮌헨 오페라하우스에서 〈마술피리Die Zauberflöte〉, 그리고 오베라메르가우 예수 수난극을 보았다. 또 호엔슈방가우, 노이슈반슈타인, 인스브루크, 베로나, 베네치아에도 갔다. 그들은 곧 '해외'가 '익명'과 같지 않다는 것을 알았다—물론 최고의 호텔에 묵고 가장 좋은 극장 좌석을 예약할 경우에는 같을 수가 없다. 그들은 잘츠부르크의 호텔 식당에서 모리스 에프뤼시 부인과 마주쳤는데, 그녀는 "극히 당황"한다. 다음날 샤프베르크슈피체로 소풍을 떠날 때는 생소뵈르 후작을 피하지 못한다.

우리는 외젠이 아내의 외도에 관대했다고 추정하고 있다. 그 뒤로도 이 커플은 제1차 세계대전이 터질 때까지 매년 함께 여행을 했기 때문이다―대부분 여름에, 그리고 이따금씩 봄이나 겨울에. 거의 매해 여행지에는 베네치아가 포함되었다. 세 번째 여행 때에는 미미 키안 신부가 이 세상 사람이 아니었지만, 더 젊은 신부가 그들의 귀천상혼* 서약을 갱신해주는 일을 맡았다. 에마는 그녀의 여행 노트에 적었다. "우리가 첫 번째 들르는 곳은 늘 아르메니아의 라자로**로, 이것이 우리의 '사랑의 순례'다. 이날 저녁 우리는 더위에도 불구하고 골도니 극장에 갔지만 오래 머물지는 않았다. 해야 할 더 좋은 일이 있었기 때문이다!"

산라자로는 문학의 섬으로, 그 방명록에는 브라우닝, 롱펠로, 프루스트의 서명이 들어가 있다. 그들은 모두 바이런의 걸음을 쫓았는데, 그들의 문학적 유물 가운데 일부가 그곳 도서관에 있다. 이것은 포치에게 자신과 어울린다는 느낌을 주었을 것이다. 그는 자신을 바이런적 인물로 보았고, 남들도 그렇게 보는 경우가 많았기 때문이다. 그는 편지(물론 여자들에게 보내는 편지)에 바이런의 시를 염두에 두고 "당신의 이단자"라고 서명하곤 했다. 파리에 있는 그의 보물 가운데는 터너의 수채화 〈차일드 해럴드의 순례Childe Harold's Pilgrimage〉가 있었다―에마의 아버지에게서 산 그림일 가능성이 아주 높다. 포치는 베네치아에서 벨로토와 과르디, 그리고 프랑스 화가 펠릭스 지엠의 그림을 수집했다. 그러고 보면 사전트가 그에게 입히고 그린 그 빨간 코트에도 왠지 베네치아 총독의 느낌이 있다.

포치는 그에게 공감하는 전기 작가조차 "구제 불능의 유혹자"라

<hr>

* 신분이 높은 남자와 그보다 신분이 낮은 여자 사이에서 여자나 그 자식이 남자의 칭호나 재산을 물려받을 수 없다는 조건하에 이루어지는 결혼.
** 산라자로에는 수 세기 동안 아르메니아 가톨릭 수도원이 있었다.

고 부르는 사람이며, 아르메니아식 맹세에 뭐가 포함되어 있든 에마 피쇼프와 어떤 유사 결혼으로 주저앉고 만 것이 아니었다. 1900년에도 다른 잠재적 정복 대상에게 유혹적으로 편지를 보내고, 자신을 "당신의 이단자"라고 서명하고, 나아가서 그녀를 "포치 부인 2세"라고 부르는 포치가 있다. 그러나 포치 부인 1세가 이혼에 동의했다면—그녀의 가톨릭 신앙이 그것을 금지했다—그 자리에 가장 가능성이 높은 후보는 에마였을 것이다. 피쇼프 1세가 동의를 해준다면.

◇ 지엠 ◇

그러나 계속 불가능한—적어도 해결 불능인—상황에도 어떤 안정적인, 심지어 아늑한 것이 있을 수 있다. 그래서 매년 그들 둘은 다시 유럽 여행을 떠나곤 했으며, 여기에는 베네치아만이 아니라 종종 바이로이트가 포함되곤 했다. 1903년 포치에게 아테네에서 열리는 부인과학 학회라는 구실이 생겼을 때, 그들은 침대차를 타고 마르세유로, 거기서 기선을 타고 피레에프스로 갔는데, 이때 배표는 '포치 남작과 남작 부인'이라는 이름으로 예매했다. 1904년 시라쿠사에서 가이드가 그들에게 방명록을 보여준다. 거기에는 쥘 베른, 모파상…… 그리고 장 로랭의 서명이 들어 있다. 1906년 아홉 번째 동반 여행에서는 오리엔트 특급으로 바이로이트에 가서 〈트리스탄과 이졸데Tristan und Isolda〉와 〈파르지팔〉을 본 다음 베네치아와 피우메로 갔다가, 달마티아 해안을 따라 체티네로 갔다가(이곳에서 프랑스 영사가 자발적 진료에 감사하여 생테밀리옹 한 병을 그들에게 준다), 사라예보, 자그레브, 취리히, 바젤을 거쳐 파리로 돌아온다. 그다음 해에는 파리-뮌헨-베네치아-코르푸-파트라스-콘스탄티노플-부다 페스트-빈(이곳에서 〈유쾌한 미망인Die lustige Witwe〉을 본다)-파리 순서 였다. 1908년에는 4월에 바르셀로나로 떠났다가, 팔마 데 마요르카, 레익사, 마드리드, 캄보-레-뱅(에드몽 로스탕을 만나러)을 거쳐 다시 파리로 돌아온다. 그들이 떠나 있는 동안 오퇴유에서는 당돌로가 장 애물경마에서 '공화국 대통령상'을 받는다. '경마 클럽'의 외젠 피쇼 프는 5만 프랑의 상금에 우승 마주가 선택하는 세브레스 도자기 공 장의 예술품을 상으로 받는다.

포치가 브로카에서 모든 쇄신과 혁신을 완료했을 무렵, 그 모습 은 전 세계를 아우른 그의 출장과 진료의 지도를 보여주었다. 저압 증기 라디에이터는 라이프치히의 가장 큰 병원에 있는 것에 기초를 두었다. 환기 시스템, 샤워와 주요 배수장치는 기원이 미국이었다. 그러나 침대 리넨은 프랑스산이었고, 이것이 포치의 판단으로는 심 지어 빈이나 베를린에서 구할 수 있는 어떤 것보다도 훌륭했다. 포 치가 여행을 하면서 구상한 밑그림으로부터 파생된 수술 병동은, 프 랑스에서는 혁명적이었다. 여기에는 소독 절차, 살균, 도구를 위한 별도의 방이 있었고, 심지어 환자들이 수술실로 들어가기 전에 마취 를 하는 클로로포름 방―"놀라운 혁신"―도 있었다. 이 새로운 부인 과 진료는 1897년, 그가 외과 과장이 되기 14년 전에 시작되었다.

그러나 포치는 병원이 효과적인 수술과 훌륭한 간호를 위한 위생적 장소만이 아니라는 것을 알고 있었다. 그는 늘 치료의 신체적 측면만이 아니라 정신적 측면도 강조했다. 그래서 병원에 도서관을 설치했고, 회랑과 병동을 장식하기 위해 화가 친구들을 방문했다. 지라르, 벨레리-데퐁텐, 뒤뷔프가 부드러운 색조의 차분하고 목가적인 풍경화들로 이루어진 벽화를 그려주었다. 그러나 핵심적인 작품^{pièce} de résistance은 사교계 화가 조르주 클레랭이 그린 화려한 알레고리였다. 그는 포치의 오랜 친구로, 부부가 이사한 뒤 방돔 광장 집의 천장과 벽 몇 개도 장식해주었다. 클레랭은 사라 베르나르의 평생지기이자 연인(잠깐? 이따금씩? 우리는 알 수 없다)이기도 하여, 이 여배우의 처음이자 유일한 기구 탑승에 동행하기도 했다. 이제 그는 브로카를 위해 폭 4.4미터 높이 2.75미터의 웅장한 벽화를 그렸는데, 제목은 〈병자가 되찾은 건강^{Health Restored to the Sick}〉이었다. 그림의 틀 위로 꽃들이 터져 나가는 숲 가장자리의 한 장면으로, 치렁치렁한 하얀 가운을 입은 고귀한 여자가 병자와 지친 자들을 대표하는 한낱 인간들 위로 솟아오르고 있다. 작은 소녀가 그녀의 손에 입을 맞춘다. 여성 복사(服事)는 꽃다발을 안고 초원에 앉아 있다. '건강'은 하늘에서 막 내려온 것처럼 보인다─아마도 기구에서. 그녀의 모델이 누구인지는 금방 알 수 있는데, 물론 사라 베르나르다.

1899년 1월 1일 포치와 브로카는 가장 높은 공식적 영예를 안았다. 공화국 대통령 펠릭스 포르가 그의 쇄신되고 현대화된 병원 개원식에 참석한 것이다. 2년 뒤에는 긴 캠페인과 오랜 보수적 저항 끝에 파리─따라서 프랑스 전체─에 첫 부인과학 교수 자리가 생겼다. 그리고 포치가 그 자리에 앉았다. 1901년 5월 1일, 그는 취임 강

◇　프레스코화가 있는 브로카 병원의 병동　◇

◇　조르주 클레랭, 〈병자가 되찾은 건강〉　◇

연을 했다. 그는 이론의 학문적 가운을 입고 의학부 계단식 강당에서 강연하는 대신, 실무용 하얀 가운과 스컬캡 차림으로 작은 규모의 브로카 강당에서 강연하는 쪽을 택했다. 테레즈가 그 자리에 있었고, 몽테스키우와 그레퓔 백작 부인을 포함한 친구들과 가족이 함께했다. 포치는 '부인 위원회'—시카고에서 빌려 온 아이디어에 따른 지원 그룹—의 위원들을 앞줄에 앉혔다.

포치가 입을 열었다. "위대한 철학자이기도 했던 한 위대한 시인이 남자에게 이상적인 삶이란 젊은 시절에 품었던 구상을 성숙한 나이에 실현할 수 있는 것이라고 말했습니다. 오늘 여러분은 그런 행복한 남자를 보고 있습니다." 그는 "아주 오랫동안 요청했음에도 성사되지 못했던" 부인과학 교수 자리를 만들어준 사람들에게 적절한 감사 인사를 하고, 자신이 의사 일을 시작하던 무렵 치료가 원시적으로 이루어지던 나빴던 옛 시절을 묘사했다. 환자들은 반복되는 발포제와 복부 깊은 곳의 소작 때문에 치료를 받는다기보다는 쓸데없이 고문을 당했다. 난소 물혹은 배출 구멍을 내 처치하곤 했다. 그런 처치를 받기 위해 1년에도 몇 번씩 병원으로 돌아오다가 마침내 완전히 지치는 환자들이 있었다. 그러다가 파스퇴르, 그리고 리스터가 나타났고, 현재의 자비로운 개복수술이 개화했다.

큰 진전이 이루어졌으며, 그 모든 것이 갈채를 받을 만하다. 그러나 포치는 말을 이어 나갔다. 그의 의견으로는 지금은 발을 멈추고 생각을 해야 할 때다. 일부 청중은 놀랐다. "살균과 소독 절차의 도입에 따른 열광적인 흥분의 분위기 속에서 치료를 위한 부인과학은 어쩌면 너무나 배타적이고 급진적인 개입주의로 돌아선 것인지도 모릅니다." 100여 년 전에 나왔음에도 매우 현대적으로 들릴 수 있는 경고에서, 그는 자신이 수술의 열광적 유행 furor operativus 이라고 부르는 것을 경계한다. 그는 인공 폐경을 유발하여 다양한 종류의 신경 질환을 치료하기 위해 건강한(또는 가벼운 병에 걸린) 난소를 제거하는 베티 수술(정신병원에서 인기 있는 수술)을 예로 든다. 또 자궁에 대한 기술적으로는 눈부신 개입, 즉 단기적으로는 성공적이지만 이후 임신에서 환자에게 심각한 영향을 주곤 하는 자궁 경부 절단도 있었다. "나는 많은 대중에게 상담 의사라는 말, 심지어 부인과 의사라는 말이 외과의와 동의어가 되었음을 알고 있습니다." 그러나 수술은 즉각적인 문제를 다루는 자동적 방식이라기보다는 최종적이고 피할 수 없는 절차가 되어야 한다. "같은 인간의 생사를 좌우하는 힘을 가진 우리 각자에게는 양심의 문제가 있습니다―양심은 의사, 특히 칼을 휘두르는 사람의 첫 번째 특징이 되어야 합니다."

그는 스스로 깊이 느끼고 또 듣는 이의 감정을 흔드는 이 신앙 고백 profession de foi 을 이런 말로 마무리한다. "나는 이 병원에서 훈련을 받을 젊은 의사들에게 겁을 주지 않고 병자를 진찰하는 방법, 환자의 정숙함에 불필요하게 상처를 주지 않고 진찰하는 방법, 경우에 따라서는 관대할 필요도 있고 엄할 필요도 있는 말로 병자와 이야기하는 방법을 가르치고 싶습니다." 그는 인정의 젖이라는 셰익스피어의 말을 인용하며 말을 맺는다. "이제 우리 위의 하늘이 아무리 텅 비어버렸다 해도, 우리는 그들 사이에서 늘 '동정'이라는 성스러운 형체를 알아보게 될 것입니다."

장 로랭은 모파상과도 결투를 할 수도 있었으나, 마침내 제정신이 승리를 거두었다. 베를렌과도 결투를 할 뻔했다. 로랭이 (잘못 알고) 이 시인이 정신병원에 들어갔다고 보도하자 베를렌이 그에게 입회인들을 보냈다. 허공에 대고 피스톨을 발사했을 뿐이기는 하지만 마르셀 프루스트와는 실제로 결투를 했다. 그러나 그가 마음 깊은 곳에서 집요하게 결투를 하고 싶어 했던 작가는 로베르 드 몽테스키우였다. 백작의 전기 작가는 "장 로랭이 평판을 잃은 중간계급 여자가 스캔들 너머에 있는 귀부인에게 품는 증오심

◇ 베를렌 ◇

으로 몽테스키우를 증오했다"고 주장했다. 이것은 속물적인 만큼이나 터무니없어 보인다. 백작은 20년 동안 동반자 이투리와 함께 돌아다니는 한편 들라포스와 뤼시앵 도데 같은 매력적인 젊은 남자들을 공개적으로 짓밟은 사람으로서 뒷공론에 오르내리지 않았다고 말하기 힘들었기 때문이다.

무시당했음에도—아니, 어쩌면 그랬기 때문에—로랭은 결코 물어뜯고 조롱하기를 멈추지 않았다. 볼디니가 백작의 초상화를 그렸을 때는 거만하게 비평했다.

올해에 몽테스키우 씨는 자신의 우아한 실루엣을 복제하는 과제를 볼디니 씨에게 맡겼는데, 그는 과도하게 흥분하고 얼굴을 찌푸리는 여자들을 볼품없이 만들기를 일삼는 인물로, "실내복을 입은

파가니니"라고도 알려져 있다.

그러나 몽테스키우는 늘 그와 맞서기를 거부했다―심지어 도를 넘었다 싶은 상황에서도.

1897년 5월 4일 오후 4시 20분, 파리의 가톨릭 귀족이 조직하는 연례행사인 샤리테 바자회에서 불이 났다. 화재는 영화 상영 동안에 났는데, 원인은 전기가 아니라 에테르와 산소 혼합물을 사용하는 영사 장비였다. 장-구종 거리의 화재 현장에는 사람이 빽빽했고, 불길은 빠르게 번졌으며, 피해자 다수는 형체를 알아볼 수가 없어 그들을 확인하기 위해 최초로 치과 기록이 이용되었다. 사망자 약 129명 (그 수에는 여러 설이 있다) 가운데 123명이 여자였으며, 대부분이 상층계급 출신으로, 그 가운데서도 오스트리아 황후의 자매인 알랑송 공작 부인이 유명했다.

당시 열네 살인 카트린 포치는 일기에 이렇게 썼다.

5시에 우리는 아빠를 샤리테 바자회에 내려주었다. 거대한 바자회로 수십 개 자선단체가 나란히 물건을 팔고 있었다. 아빠는 뭔가를 사러 거기에 갔다. 군중이 어마어마하게 몰려 있었다. 우리는 이유를 물어보지 않고 방돔 광장으로 돌아왔다. 돌아와서야 끔찍한 화재가 났다는 것을 알았다. 150명이 죽고, 같은 수가 다쳤다.

포치 가족은 화재로 친구 여섯 명을 잃었다. "파리 전부가 애도하고 있다." 그녀는 그렇게 일기를 이어간다. "극장 문을 모두 닫았다." 바자회를 관장한 마코 남작은 500프랑의 벌금을 냈다. 영사기사와 그의 조수는 살인죄로 재판에 회부되어 각각 1년형과 8개월형을 받았다. 그러나 이곳은 파리이기 때문에 곧 대중적인 노래─〈샤리테 바자회에서Au Bazar de la Charité〉─의 악보가 등장했다. 〈사랑하는 도르Dors, mon Céri〉의 곡에 가사를 붙인 노래였다.

장 로랭은 정상적인 저널리즘적 논평인 양 자신의 칼럼 한 곳에서 몽테스키우(현장 근처에도 가지 않았다는 사실을 입증할 수 있었다)가 겁에 질린 사교계 여인들의 대오를 헤치고 안전한 곳으로 가기 위해 유명한 지팡이 가운데 하나를 휘둘러 길을 텄다고 암시했다. 백작이 이 그릇되고 대단히 명예훼손적인 비난에 반응했을까? 여전히 하지 않았다. 혹시 그는 로랭만이 아니라 결투 자체를 경멸하지 않았을까? 전혀 아니다. 그는 오직 그럴 가치가 있는 맞수하고만 싸우려 했을 뿐이다. 곧 그런 상대가 로스차일드 연회에 나타난다. 그와 같은 시인인 앙리 드 레니에였다. 그들은 지팡이 소문, 명예 문제, 여자에 대한 응징을 둘러싸고 말로 난투를 벌였다. 그러다가 레니에가 백작은 아마 검보다 부채나 머프*를 좋아할 것이라는 말로 그를 도발했다. 몽테스키우는 그에게 밖으로 나오라고 했다. 드 레니에는 검을 골랐고, 백작은 손에 상처를 입었다. 그에게 붕대를 감아준 의사는 물론 포치였다.

다음 날 아침 《르 피가로》의 1면에는 프루스트가 아첨하는 마음으로 쓴 몽테스키우의 초상이 게재되었다. 생시몽을 낭랑하게 모방한 이 글은 문학적인 혀로 몸을 핥아 씻겨주는 것이었으며, '아름다움의 교수'와의 관계에서 젊은 프루스트에게 해될 것이 없는 일이

---

* 양손을 따뜻하게 보호하는 모피.

◇ 마코 남작 ◇   ◇ 드 레니에 ◇

었다. 7년 뒤 백작은 두 번째 결투를 하게 되는데, 상대는 에르네스
트 스테른 부인의 아들이었다. 부인은 마리아 스타라는 필명으로 시
를 쓰는 엄청나게 뚱뚱한 사교계 명사였는데, 몽테스키우가 그녀의
몸집이나 운문을 조롱했는지는 분명치 않다. 백작은 이번에는 세 군
데 상처를 입었고, 이번에도 포치가 치료를 해주었다. 작가 마르셀
슈보브는 몽테스키우에게 그만 끝내라고 간청했다. "백작님은 저널
리스트들에게나 맡겨둘 평범한 인물에게 목숨을 걸기에는 너무 진
귀한 사람이고 너무 절묘한 시인입니다." 백작에게 충실한 이투리는
혼자 빠지고 싶지 않다는 듯 자신을, 음, 평소와 같은 것으로 비난한
한 저널리스트에게 결투를 신청하여 실행에 옮겼다.
　　뒤에 든 생각 하나. 장 로랭은 몽테스키우를 영락한 부르주아가 귀부인을 미워하듯이 미워한 것이 아니다. 그보다는 안으로 움츠리기보다는 (용감하게도) 밖으로 훨씬 많이 드러낸 동성애자가 조심스럽게 사교계 게임을 하고 진실보다 예절을 위에 두는 동성애자를 미워하듯이 미워한 것이다. 로랭은 백작을 자신의 소설 『포카스 씨』에 세 번 집어넣는다. 첫째는 그 자신의 이름을 가진 그 자신으로. 둘째는 뮈자레 백작(그는 몽테스키우가 들라포스를 학대하듯이 자신의 음악적 피후견인 들라바르를 학대한다)으로. 셋째는 제목의 인물인 포카스 씨의 전체적인 윤곽 안에. 포카스는 학자들을 어리둥절하게 만든 이상한 이름이다. 혹시 바다표범을 가리키는 일반적인 라틴어 이름 '포카Phoca'와 관계가 있을까(하지만 왜)? 아니면 '초점focus'이라는 단어와? 다른 대안으로, 로랭이 초점을 맞추고 있을지도 모르는 역사상의 두 포카스가 있다. 하나는 602년 살인으로 황위에 올랐다가 610년에 고문을 당하고 참수된 비잔틴 황제다. 또 하나는 빈민을 돕고, 신앙을 이유로 공격을 당하자 먼저 자신의 무덤을 판 다음 처형자들에게 몸을 내맡긴 4세기 기독교 순교자다. 이 설명 어느 것도 설득력이 없다. 따라서 이렇게 생각해보라. 로랭은 영어를 아주 잘 알았다. 몽테스키우는 영어를 아주 잘 알지는 못했다. 로랭은 늘 도를 넘는 경향이 있었으며, 1901년에 이르면 아무리 약을 올려도 몽테스키우가 절대 자신에게 결투를 신청하지 않을 것임을 알았다. 혹시 '포카스'는 '퍽-아스Fuck-Arse'*로 발음하라는 뜻이었을까? 또 'pédé comme un phoque'(바다표범 같은 게이)라는 프랑스어 표현도 있다. 언제 이런 표현이 사용되기 시작했는지는 불분명하지만.

* 남색을 가리키기도 하고, 사람에 대한 경멸적 표현이기도 하다.

뒷공론이 있고, 또 성적 뒷공론이 있다. 성적 뒷공론의 핵심은 대체로 모두가 그것을 믿는다는 점이다(안 믿는 척해도). 그것은 늘 그럴듯해 보이기 때문이다. 뒷공론이 반드시 이미 존재하는 정황증거 몇 가지를 확인해주기 때문은 아니다(그럴 수도 있지만). 오히려 인간의 성적 습성은 수수께끼지만, '풀리면' 인간 인격이라는 더 폭넓은 수수께끼를 풀어주는 것처럼 보이기 때문이다. 아, 그게 이걸 설명해주네—이제 알겠군, 당연하지, 이제야 모든 게 말이 되네.

또 한 가지 측면이 있다—시간과 관련된 것이다. 과거는 현재의 장난감이고 노리개이며, 흐뭇하게도, 말대꾸를 할 수가 없다(중상으로 고발을 하거나, 결투를 신청하지 못하는 것은 물론이고). 이것은 성생활에서 가장 확연하다. 우리는 더 많이 더 잘 알고 있다, 안 그런가? 우리는 그들의 전면(前面)과 그들의 위선, 그들의 자기기만과 그들의 거짓을 꿰뚫어볼 수가 있다. 우리는 그들의 마음과 그들의 생식기를 읽을 수 있다. 우리에게 이르는 움푹 팬 흙길을 불안하게 비틀거리며 걸어오는 그들이 어떤 사람인지 우리는 분명하게 볼 수 있다. 그래서 우리는 그들을 아주 잘 이해할 수 있다. 마음 깊은 곳에서, 지금은 죽은 그 사람들이 늘 원하던 것은 우리가 되고 싶다는 것이었기 때문이다.

그때도 지금과 마찬가지로 여자에 관한 성적 뒷공론은 더 심판의 성격을 띠었다. 연애를 많이 한 남자는 그 때문에 더 남자다워지는 반면, 비슷한 자유를 주장하는 여자는 심각한 위험으로 간주되었다. 사라 베르나르는 어쨌든 배우였다—평판이라는 면에서 보자면

출발이 아주 나빴던 셈이다. 그녀에게는 많은 애인이 있었고, 공공
연히 함께 여행을 다니는 사생아 아들이 있었다. 이로 인해 품위 있
는 사회에서 그녀는 창녀와 다름없는 존재가 되었다. 사실 베르나르
는 유명해진 뒤에도 자기보다 부유한 찬미자들에게 보석과 큰돈을
받았다. 그녀가 사생아 아들만이 아니라 이동 동물원(여기에는 '다
윈'이라던 침팬지도 포함되는데, 아마 포치가 그 잉글랜드인의 저서를
번역한 것을 기념하여 붙인 이름일 것이다)과 함께 여행을 했다는 사
실은 단순히 그녀의 동물적인 본성을 확인해줄 뿐이었다. 그녀가 남
자만이 아니라 여자들과도 잤다는 사실 또한 마찬가지였다. 아, 그
리고 그 모든 것 위에, 우리는 그녀가…… 유대인이었다는 사실을
언급해야 하지 않을까?

  왜 그녀는 그렇게 많은 사람과 잠자리를 했을까? 물론 그녀가 색
정광이었고, 자신의 욕정을 만족시키는 데 부끄러움이 없었기 때문
이다. 법률가들이 좋아하는 방식으로 말하자면 추가로 또 대안으
로―여성에 대한 남성의 비난은 다른 혐의가 추가될 수 있을 때에
는 한 가지로만 끝나는 일이 좀처럼 없기 때문이다―베르나르가 불
감증이라 오르가슴에 이를 수 없었기 때문이라는 주장도 있었다. 아
마도 그래서 그녀는 색정광이었을 것이다―그녀의 진단과는 거리
가 먼 의학적 판단. 이 두 번째 비난에 대한 증거는 그녀가 1874년
자신의 연인이자 배우인 무네-쉴리에게 쓴 유명한 편지에 나온다.

  당신은 내가 행복을 위해 만들어진 사람이 아니라는 것을 알아야
  해요. 내가 쉼 없이 새로운 감각, 새로운 감정을 찾는 것은 내 잘
  못이 아니에요. 나는 내 삶이 다 닳아 없어질 때까지 그럴 거예요.

나는 전날 밤에 만족하지 못한 것만큼이나 다음 날 아침에도 만족하지 못해요. 나의 심장은 어느 누가 줄 수 있는 것보다 큰 자극을 요구해요. 나의 연약한 몸은 사랑의 행위에 진이 빠졌어요. 그것은 결코 내가 꿈꾸던 사랑이 아니에요. (…) 내가 무엇을 할 수 있겠어요? 당신은 나한테 화내면 안 돼요. 나는 불완전한 사람이에요.

놀랄 만큼 솔직하고 감동적인 고백이다. 하지만 이것이 꼭 현재 일반적으로 받아들여지는 것처럼 성 홍분 부전증의 고백일까? 그녀는 "행복"(일상적이고, 부르주아적이고, 일부일처제적인 행복)을 위해 만들어진 사람이 아니다. 그녀는 새로운 감각을 구한다. 그녀는 현실에서는 불가피하게 실망할 수밖에 없는 극단적 쾌락을 꿈꾸며, 그래서 다음 연인에게로 옮겨 간다. 만일 어떤 남자가 이런 진술을 한다면, 그 남자는 성적 부적응자라고 심판받기보다는 예를 들어 호색한으로 찬양받지 않을까? 나아가서 베르나르가 자신을 "불완전한 사람"이라고 비난하는 것은 신파적이고, 진을 빼고, 대책 없는 무네-쉴리(그는 포치와 마찬가지로 베르주라크 출신이었다)와 2년 간의 인연을 끝내는 너그러운 방법이었을지도 모른다. 헨리 제임스는 1876년 파리에서 보낸 기사에 그를 "생기 없는 스타"이며 "아름답고 서정적인 운문을 제대로 다루는 방법에 관해 아무 생각이 없고" 또 그의 "고함치고 침을 튀기고 찌푸리는 행동은 완전히 과녁을 빗나간다"고 묘사했다. 제임스는 이해심 있게 덧붙인다. "나는 그가 아주 외고집인 젊은 남자라고 본다." 그런 파트너와 헤어지려고 하는 경우에는 자신을 탓하는 것이 가장 요령 있고 가장 원한을 덜 사는 퇴장 방식일 수 있다.

◇ 사라 베르나르 ◇

◇ 무네-쉴리 ◇

　그러나 물론 여배우는 늘 연기를 하고 있어야 한다, 안 그런가?
따라서 그녀는 침대에서도 연기를 한다? 따라서 그녀는 느끼지도
않는 오르가슴을 느끼는 척하여 침대에서 남자들을 속이고 그들의
비위를 맞추어준다? 왜 아니겠는가? 남성의 성적 에고는 늘 남성 오
르가슴에는 분명한 신체적 증거가 있는 반면 여성에게는 없다는 생
각에 위협을 받아왔다. 사라 베르나르, 불감증에 걸린 사기꾼! 가짜
색정광! 그래서 "그녀에게는 클리토리스 대신 옥수수가 달렸다"는
소문이 돌았다. 한때 그녀의 친구였던 여배우 마리 콜롱비에는 나중
에 그녀를 비난하는 사람이 되어 그녀가 "조율되지 않은 피아노, 꼭
필요한 데를 제외한 모든 곳이 연약한 아킬레우스"라고 말했다. 더
직접적인 경쟁자 레잔은 한때 자신을 "완전한 여자"라고 불렀는데,
이것은 이 상황과 관련이 있는 말일 수도 있고 아닐 수도 있다.

1892년 에드몽 드 공쿠르는 베르나르가 마지막 10년 동안만 오르가슴에 이를 수 있었는데, 그것은 "전에는 건조했던 그녀의 음문에 윤활 작용을 해주는 샘을 외과적으로 이식한" 닥터 오딜롱 라넬롱그의 수술 덕분이라는 소문—"히스테리에 걸린" 수다쟁이 장 로랭이 제공한 것이었다—을 기록해놓았다. 놀랍지 않게도, 이 소문의 출처는 한 곳뿐이다. 이것이 있을 법한 수술처럼 들리는가(그랬다면 왜 그녀는 포치에게 그 수술을 해달라고 하지 않았

◇ 레잔 ◇

을까), 아니면 와전에서 생겨날 만한 결과로 들리는가? 음문에 윤활 작용을 해주는 데는 기계가 거의 필요하지 않다. 또 라넬롱그가 베르나르를 치료한 것으로 알려져 있지만, 그는 뼈의 병, 특히 골수염과 뼈결핵 전문이었다. 우리는 알 수 없다, 하지만 당연히 의심할 수는 있다.

나는 사전트가 그린 엄청난 이미지의 형태로 닥터 포치를 처음 만났다. 벽에 붙은 설명은 그가 부인과 의사라고 말해주었다. 그전에 19세기 프랑스 독서에서는 그를 만난 적이 없었다. 그러다가 미술잡지에서 그가 "프랑스 부인과학의 아버지일 뿐 아니라 일상적으로 여성 환자를 유혹하려 한 확인된 성 중독자"임을 알게 되었다.

나는 그 분명한 역설에 흥미를 느꼈다. 여자들을 돕는 동시에 착취하는 의사. 정신과 육체의 고통을 덜어주고 편안함을 주고, 혁신과 기술로 여자들의 생명을 구하고, 환자 수로 볼 때 부자보다 빈자를 많이 도왔지만, 사생활에서는 세련된 프랑스 남자의 희화화된 표본처럼 행동한 과학자. 심지어 그의 손자 클로드 부르데조차 그를 "함께 살기 어려운 사람"이라고 불렀다. "그의 특별한 매력과 부인과 의사라는 직업 때문에 그가 가는 길에 유혹이 쌓였을 것이 틀림없다." 동시에 "확인된 섹스 중독자"라는 구절에서 나는 잠시 멈추었다. 그 말은 꼭 그가 애리조나의 어떤 재활 클리닉에 입원한 적이 있는 것처럼 들렸다. 누가 그의 병을 "확인"했을까? 그리고 그 "일상적으로"라는 말은 어디에서 왔을까?

그럼에도, 조심스럽게 시작하자. 평생에 걸쳐 포치의 이름에는 스캔들이 따라붙은 적이 거의 없었다. 그의 행동은 이성애적이고, 합법적이고, (우리가 아는 한) 동의에 기초한 것이었다. 하지만 동시에 그의 파트너들의 분별과 요령에 의존하기도 했다. 언제 어디서 그가 밀회를 했는지, 관계는 얼마나 오래갔는지, 그 관계들이 겹쳤는지, 겹쳤다면 얼마나 자주 그랬는지 분명하지가 않다. 하지만 그에게 불리하게 작용할 만한 여성의 불평은 단 하나도 기록으로 남아 있지 않다. 우리가 그의 애인들에게 아무런 발언권을 허용하지 않는 것일까? 이런 침묵은 남성적 권력이 행사되는 방식의 또 다른 측면에 불과하다고 말할 수 있을 것이다. 하지만 다른 남자들은 결국 스캔들 신문과 명예훼손 법정, 결투장에서 모습을 내밀기도 했다—다름 아닌 포치의 아들 장이 1912년에 복잡한 삼각관계의 결과로 검을 휘두르게 되었다. 포치는 외과 의사, 사교계 인물, 수집가로서 당시의 일기와 편지 속에 들어가 있지만, 심지어 우리가 가진 가장 훌륭한 당대의 성적 습성(그리고 성적 뒷공론) 안내서인 『일기』를 쓴 에드몽 드 공쿠르조차 있었을지 모르는 연애의 소소한 증거만을 기록하고 있을 뿐이다. 사실 다른 사람들의 성생활에 관해서는 과도하게 흥분하게 될 위험이 있다. 21세기가 언어와 기억을 상스럽게 바꾸어 그를 변형시키고 있지만, 당시의 문서에서 포치는 결코 그런 종류의 무자비한 난봉꾼—사실상 "섹스 중독자"—으로 등장하지 않는다.

현재의 무엇이 과거를 심판하려고 그렇게 열심인 것일까? 늘 현재에는 신경과민이 있어 자신이 과거보다 우월하다고 믿지만, 혹시 그렇지 않을 수도 있다는 끈질긴 불안을 완전히 극복하지는 못한다. 여기에서 더 나아간 질문이 있다. 우리에게 심판할 무슨 권한이 있는가? 우리는 현재이고, 그것은 과거다. 우리 대부분에게는 대개 그것만으로도 충분한 권한이 된다. 게다가 과거가 뒤로 더 물러날수록 그것을 단순화하는 일은 더욱 매력적인 일이 된다. 우리의 비난이 아무리 터무니없다 해도, 과거는 결코 대답하지 않고, 늘 입을 다물고 있다. 20대에 법을 공부할 때 나는 역사적으로 피고의 침묵을 해석할 수 있는 두 가지 서로 다른 방법이 있다고 배웠다. 피고는 "신의 방문* 때문에 입을 다물"(물리적으로 말을 할 수 없을) 수도 있다. 또는 "범의(犯意) 때문에 입을 다물"(말을 할 수는 있지만 자신이 유죄가 될까 두려워 말을 하지 않으려 할) 수도 있다. 만일 피고가 범의 때문에 입을 다물면—옛 프랑스 표현으로—압사형peine forte et dure이 적용될 수도 있다. 다른 말로 하면 고문이다. 과거는 신의 방문 때문에

* 보통 '천벌'을 가리킨다.

입을 다물지만, 우리는 종종 그것이 범의 때문에 입을 다무는 것처럼 행동한다.

또 다른 요인이 있다. 반복적 연애는 우리에게 디테일이 남아 있다 하더라도 종종 따분한 읽기―그 결과 따분한 생활―가 된다. 행동이라는 점에서는 따분하지 않지만, 성찰과 자기 성찰이라는 맥락에서는 따분하다. 내가 살면서 만난 색마들, 돈 후안들, 엽색가들 coureurs de femmes은 어김없이 프랑수아 모리아크가 문학적 질투를 다룬 소설 『잃어버린 것Ce qui était perdu』에서 한 지혜로운 말을 확인해주었다. "남자는 여자들을 많이 알수록 여자들 전체에 대하여 스스로 더 초보적인 관념을 구축하게 된다." 이제 곧 나온 지 100년을 맞이할 이 경구는 지금도 그 진실성을 거의 잃지 않았다.

그래서 나는 호색가 포치에 관심을 잃고, 걱정하는 가족적 남자 포치, 늘 호기심을 잃지 않는 의사 포치, 여행자 포치, 도회풍 인물 포치(속물 포치?), 국제주의자, 합리주의자, 다원주의자, 과학자, 모더니스트 포치에게 더 관심을 갖게 되었다. 절대 친구를 잃지 않는 남자 포치(반드레퓌스파만 아니라면). 미친 시대에 제정신을 잃지 않은 사람 포치.

그러나 우리가 그를 어떻게 생각하기로 결정하든, 닥터 포치는 상관하지 않는다, 그 점은 확실하다. 무엇보다도 이미 죽었기 때문에 상관하지 않는다. 그러나 동시에 현재―이 경우에는 과거의 현재―가 미래의 심판을 생각하는 경우는 거의 없기 때문에 상관하지 않는다. 미래의 심판이 천국과 지옥과 신의 응보에 의해 표현될 때는 현재가 그 생각을 많이 했다. 그러나 포치는 과학과 이성의 인간이지, 종교의 인간은 아니었다. 그는 자신에 대한 미래의 의견이 어떨까보다는 의학적 진전의 관점에서 미래를 보았다. 복부 총상 치료에서 성공률을 어떻게 높일까, 충양돌기 절제 수술과 프루스텍토미를 어떻게—또 빨리—일상의 안전한 수술로 만들까. 사실 이것이 우리 모두가 대체로 하는 일이다. 미래는 둘째 치고, 우리에 대한 현재의 평결을 걱정하는 것만으로도 이미 충분히 골치가 아프니까.

1992년에 포치의 전기를 쓴 클로드 방데르푸텐은 편안한 거리에서 지켜보며 우리에게 포치가 연애에서 "늘 진지했고" 끝난 뒤에도 모든 애인과 좋은 관계로 남았다고 확신한다. 또 1897년 2월 15일, 포치의 열네 살 난 딸 카트린은 일기에 이렇게 쓴다. "아버지는 자신도 어쩔 수가 없는 그런 남자, 그런 돈 후안 가운데 하나다. 그가 얼마나 많은 가슴에 상처를 주었을까? 얼마나 많은 상심을? B. S., T, S. B., X, Y, Z 등등의 부인들이 아버지에게 던지는 사랑의 눈길을 지켜보고 있는 엄마의 상심은 세지 않더라도." 이 두 평결 사이 어딘가에 진실이 놓여 있다. 진실이 이 둘 다를 포함할 수 없는 한.

포치 이야기를 할 때 한 가지 문제는—뒤늦게 소집한 어떤 도덕의 법정에서 그를 심판하려 한다는 문제는 말할 것도 없고—여성적 증거의 결여다. 그의 부인 테레즈는 사교계에서 "포치의 벙어리"(이 별명은 오베르의 오페라 제목 〈포르티치의 벙어리 여인La Muette de Portici〉에서 가져온 것이다)라고 조롱당했고, 포치가 죽은 뒤 아들 장에게 보낸 감동적인 편지 몇 통 외에는 대체로 침묵을 유지했다. 영향력이 컸던 로트 부인도 전기적 기록 쪽으로는 한 음절도 남기지 않았다. 포치의 문서 보관소에 있던 연애편지는 에마 피쇼프에게서 온 것들을 포함하여 모두 불살라졌다. 따라서 그녀의 목소리는 그녀가 포치와 함께 쓴 여행 일기에서만 들을 수 있는데, 그것은 주로 유럽과 북아프리카의 여러 장소에 대한 경외감에 사로잡힌 주석으로 이루어져 있다. 반세기 동안 포치를 알고 사랑했던 사라 베르나르는 자서전에서 그를 한 번도 언급하지 않았다. "의사 신"에게 보내는 편지 몇 통이 남아 있지만, 그 별명이 암시하듯이 편지는 연극적인 강렬한 어조로 서술되어 있다. "무척이나 사랑받는 사람! 당신을 만난 것은 큰 기쁨이었어요! 언제 다시 논문을 읽어주시겠어요?"

우리에게 있는 가장 가까운 여성 목격자는 카트린 포치인데, 그녀는 1893년부터 1906년까지, 그리고 1912년부터 1934년까지 극히 사적인 일기를 썼다. 또 1927년에는 자전적인 이야기라는 것이 투명하게 들여다보이는 중편 『아그네스Agnès』를 발표했다. 모든 일기는 그 밑에 깔린 편견과 동기를 파악하기 전에는 조심스럽게 다가갈 필요가 있다. 사춘기의 일기는 훨씬 더 경계심을 갖고 접근해야 한다. 이런 일기들은 아주 빛나는 눈으로 맑게 보고 있는 것처럼, 세상의 위선과 이중 거래에 거의 오염되지 않은 것처럼 보인다. 실제로 그렇다. 그러나 연장자들에 대한 선명한 심판에서 절대주의적인 동시에 변덕이 심하기도 하다. 카트린은 한 페이지에서 어머니를 사모하다가, 다른 페이지에서는 그녀를 견디지 못한다. 또 다른 페이지에서는 신을 사모하고 그를 위해 삶을 바치고 싶어 한다. 그러나 다른 페이지에서는 신의 존재조차 의심한다. 그녀는 조숙하고, 극히 예민하며, 고통스러울 정도로 자의식이 강하고, 감정이나 영성에서 진폭이 심하다. 어린 시절 그녀는 천식이 있었고, 어른이 되어서는 결핵을 앓았다. 그녀는 죽음에 쫓기며, 자신의 치와와에게 토트*라

---

* Tod, 독일어로 '죽음'이라는 뜻.

◇ 열여덟 살의 카트린 포치 ◇

는 이름을 지어주기까지 한다. 그녀는 자신이 추하다고 생각하지만 사진 속 그녀는 놀랄 만큼 어머니를 닮았는데, 그 어머니는 우리가 기억하기에 젊고 아주 부유할 때는, 그 결과로 '아름다웠다'. 하지만 카트린은 자신에게 유산이 있다는 것(지금 또는 미래에)을 의식하지 못하는 듯하다. 그녀는 "열렬한 사랑grand amour"을 원하느냐 아무것도 원하지 않느냐 사이를 왔다 갔다 하며, 자신의 삶에는 "무(無)", 거기에 더해 이른 죽음이 최선의 결과라고 생각한다. 그녀는 "완전히 꾸민 것이 아닌 진짜genuine not all made-up 순수한 존재un être pur"가 되기를 갈망한다. 앞의 말은 그녀의 일기가 군데군데 그렇듯이, 영어로 적혀 있다. 카트린은 아버지와 마찬가지로 친영파였다.

어린 일기 작가는 또 완전한 맥락을 확보하지 못하며, 모든 관계에 내재한 후배지를 알지 못한다. 열여섯 살의 카트린은 이렇게 쓴다. "어린 소녀가 작고 무지한 성자라고 믿다니 부모는 얼마나 어리석은지." 사실이다. 그러나 가끔 부모는 자신들이 자식들에 관하여 이렇게 믿고 있다고 자식들이 믿게 만들고 싶어 한다. 그래야 자식들에게 따라 살(벗어나는 것에 죄책감을 느낄) 모범이 생기기 때문이다. 구체적으로 말해서 자식은 자신이 태어나기 전에, 그리고 지각이 생기기 전에 부모 사이에 무슨 일이 있었는지 알 수 없다. 카트린은 자신이 아직 테레즈의 자궁에 있을 때 테레즈가 부부의 별거를 "냉정하게" 고려했다는 것을 알았을까? 그럴 가능성은 아주 낮아 보인다—알았다면 틀림없이 일기에 적었을 것이다. 따라서 그 요인을 포함할 수 없었고, 그것이 부모의 관계에 미친 지속적인 영향을 고려할 수 없었다.

그녀는 어릴 때 아버지에게 깊은 애착을 느꼈다. 그러나 딸로서의 순수한 헌신의 시기는 곧 지나간다. 열한 살 때 그녀는 부모 침대에서 그들 사이에 누워 있다. 테레즈는 뭔가를 놓고 사뮈엘을 책망한다. 그는 빈정거리며 대꾸한다. 그들은 말다툼을 한다―그러다 어느 순간 카트린은 "[그들이] 서로 사랑하지 않으며 이혼할 것"임을 깨닫는다. 그녀는 자기 방으로 달아나 흐느끼다 어머니의 위로를 받고, 아버지는 후회를 한다. 적어도 그녀는 그들의 불화가 어떤 식으로든 자기 탓이라고 믿지는 않는 것 같다(흔히 그러는 것과는 달리). 하지만 이 순간부터 그녀의 눈은 거의 아무것도 놓치지 않는다.

그녀는 아버지가 다른 여자들과 시시덕거리는 것, 어머니의 언짢은 기분과 신경통, 그들의 쉼 없는 다툼에 주목한다. 좋은 때도 있다. 열네 살 때 그녀는 처음으로 다 큰 처녀로서 아버지와 단둘이 정식 외출을 한다. 그는 그녀를 오페라-코미크에 데려가 〈돈 조반니 Don Giovanni〉(이런 상황에서 가장 적절한 선택이었다고 하기는 힘들다)를 본다. 하지만 열여덟이 되자 그녀는 이렇게 쓰고 있다.

나는 엄마보다 아빠를 훨씬 사랑할 수 있었을 것이다. 아빠는 나와 같은 재료로 만들어졌기 때문이고, 알면 알수록 더 찬탄하게 되기 때문이다. 환경이 나의 정신 발달에 우호적이었다면, 그리고 그들이 그런 것에 관심을 가졌다면 나는 아버지처럼 될 수 있었을 것이다. (⋯) 그런데 이제 나는 우리가 서로에게 될 수 있었던 것, 그리고 아버지 덕분에 되지 않은 것을 생각하며 아버지를 싫어하게 된다.

스물두 살에 그녀는 쓴다. "그러나 나는 정말로 그를, 이 도덕적

난파선 같은 아버지를 사랑했다." 한 달쯤 뒤. "역병 같은 거짓말로 괴로워하는 이 불완전한 가짜의 존재……. 슬프고, 슬프다, 우리 셋 가운데 누가 그의 자식이었던 적이 있을까? 오, 파리의 모두가 찬탄하고 선망하는 사람의 표현 불가능한 도덕적 궁핍!"

1899년 카트린은 충양돌기 제거 수술을 했다. 아직 위험했던 이 수술에 앞서 그녀는 다소 신파조로 가족에게 작별 메시지를 썼다. 어머니, 남동생 장, 할머니에게 그녀는 사랑과 사과를 전한다. 아버지에게 보낸 편지는 이렇다.

아버지, 아버지는 나를 별로 사랑하지 않았고 나는 그것을 잔인하게 느꼈지만, 어쩌면 그건 아버지 잘못이 아닐지도 몰라요. 내가 아버지의 마음에 다가가는 길을 찾으려고 노력하는 데 서툴렀지요. 나는 멀리서 아버지에게 감탄했고, 또 내가 아버지를 닮았다는 것을 알아요.

아버지가 간직할 나에 대한 감상적(!) 기억이, 확신하건대 내가 아버지로부터 알게 된 모든 것인 차갑고 빈약한 경멸 섞인 우정보다 가치가 있을 거예요.

나는 정말이지 언제나 아버지를 사랑해요.

나의 이 일기가 물론 [아나톨] 프랑스의 작품은 아니지만, 아버지를 놀라게 할 걸 알아요.

열여섯 살에 어떻게 이런 생각을 할 수 있고—또 그 생각 때문에 고통을 받을 수 있는지 아버지가 어떻게 상상할 수 있겠어요.

포치가 자신에 대한 딸의 이런 냉혹한 심판을 알았는지는 분명치 않다. 하지만 수술을 집도할 용기(또는 책임)를 가진 사람은 그였으며, 수술은 합병증 없이 마무리되었다. 나중에 마취 의사 윌리엄 카제노브가 조용히 "깼니? 깬 것 같은데 말을 하고 싶어 하지 않네" 하고 말했을 때 신중하게 첫마디를 생각하다가 결국 상처 입은 입술 사이로 천천히 "당신은 더러운 반드레퓌스파일 뿐이에요" 하고 대답한 일은 그녀의 기개와 재치를 보여준다.

일기에서 그녀가 포치에게 하는 말이자 그에 관한 (거의) 마지막 이야기는 1913년 10월에 나온다. 그녀는 서른한 살로 결혼을 한 상태인데, 포치는 어떻게 했는지 그녀에게 속셈이 있었던 한 청년의 허를 찔러 뜻을 이루지 못하게 했던 것으로 보인다. 그녀는 시인의 기질로 멋진 이중 중간운을 찾아내 아버지를 "le cher père si bien adultère"*라고 부른다. 운을 고려하지 않고 일기 내용을 말하자면 이렇다. "그리고 나의 사랑하는 아버지, 잘 알려진 간통자가 여전히 나의 처녀막을 엄격하게 방어하고 있다……."

혹시 잉글랜드 독자들이 확고하게 카트린 포치의 편에 설 경우(왜 그렇게 하지 않겠는가?)를 고려해, 그녀가 친영적 태도에도 불구하고 다른 여느 프랑스 사람 못지않게 진부한 반영파로 빠질 능력이 있었음을 언급해둘 필요가 있겠다. 그녀는 열여덟 살에 베네치아에서 쿡**의 단체 여행객과 우연히 만난 뒤 격분해서 일기에 이렇게 쓴다. "바싹 마르고 피부가 거칠고 인색하고 허영심 많고 우아함이나 부드러움은 조금도 찾아볼 수 없는 그 키 큰 잉글랜드 여자들. 그리고 자기중심적이고 멍청하고 오, 자신에게 너무 만족하는 그 거만

* '그렇게 간통을 일삼던 나의 사랑하는 아버지'라는 뜻.
** 잉글랜드 사업가 쿡이 19세기에 자신의 이름을 따 세운 여행사.

하고 냉정하고 무감각한 잉글랜드 남자들."

이 주제가 나온 김에 시인 쥘 라포르그(1860~1887)가 주장한 것도 이야기해두겠다. "세상에는 세 성이 있다. 남성, 여성, 그리고 잉글랜드 여자." 그러나 이런 사려 깊지 못한 발언에도 불구하고, 라포르그는 죽기 전해에 영국인 가정교사 리아 리와 결혼했다.

1899년 10월, 방돔 광장에서 20년을 산 뒤 포치 가족은 개선문 근처 디에나가 47번지로 이사했다. 그들은 자신들만을 위한 4층 주택의 건축을 의뢰했으며, 포치는 브로카를 확장할 때처럼 꼼꼼하게 설계도를 살폈다. 집의 배치는 가족의 내적인 분열을 반영했다. 테레즈와 그녀의 어머니가 집의 왼쪽 날개를 쓰고, 포치는 오른쪽을 썼다. 그들은, 카트린의 표현을 빌리면, "적으로서 함께 살았다". 웅장한 층계를 통해 올라가는 포치의 거처는 그의 양분된 직업 생활을 반영하여, 한 부분은 의학을 위한 것이었고—진료실, 수술실, 검진실—더 격식을 갖춘 거처는 정치적 방문객을 맞이하는 곳이었다. 그는 또 정원을 굽어보는 자신의 침실을 갖고 있었는데, 이제 그 침대를 함께 쓰는 일은 중단되었던 것으로 보인다(우리는 알 수 없다). 위층 식당에는 서른 명이 앉을 수 있었으며, 살롱은 변함없이 계속 열렸다. 작가, 화가, 작곡가, 유미주의자, 정치가(반드레퓌스파는 제외하고)들은 여전히 의리를 지켰다. 곧 열여덟 살이 되는 카트린 포치가 처음 문단 사교계에 진출한 곳이 이곳이었다.

세기가 바뀌면서 포치는 전성기로 접어든다. 그는 부유하고, 유명하고, 성공을 거두어, 도르도뉴의 상원 의원과 마을 촌장으로 선

◇ 자신의 보물들 사이에 있는 포치 ◇

출되기도 한다. 그리고 프랑스의 첫 부인과학 교수가 되는데, 이것은 "포치 자신에게 낯선 것일 수 없는 일련의 절차적 게임 전체를 거쳐" 특별히 그를 위해 마련된 자리다. 또 그는 『부인과학 논문』으로 유럽과 미국에서 명성을 얻는다. 그에게는 저명한 환자와 저명한 친구들이 있다. 그는 공화국 대통령, 모나코 왕자와 함께 랑부예에서 사냥을 한다. 아나톨 프랑스는 그에게 연설문집을 헌정한다. 연애 사건이 많지만, 에마 피쇼프에게서 인생의 동반자를 찾는다. 그는 어느 면에서나 섬세한 외과의의 손으로 삶을 균형 있게 붙들고 있는, 성공한 남자의 제일가는 모범으로 보인다. 곧 그의 사진이 펠릭스 포탱의 초콜릿 바에서 나오기 시작한다.

그는 외과의로서 발휘한 기술과 직접적인 관계가 없는 팬레터를 받는다. 1902년 12월, 그는 "입센주의자인 어떤 여성 하프 연주자"(입센주의자가 핵심적인 말로, 이것은 자유사상을 가리킨다)에게서 막 받은 "진주 같은 서한"을 한 여성 친구에게 보여준다. 하프 연주자는 매일 저녁 그의 사진을 바라보며 하프를 연주한다고 썼다. 물론, 뒷공론이 있다. 늘 뒷공론이 있고, 그것은 명성이 커질수록 함께 커진다. 한 풍자 잡지는 포치가 진열장 한곳에 파리에서 가장 잘 알려진 여배우 몇 명의 충수가 담긴 병을 죽 늘어놓고 있다고 주장한다. 하지만 이것은 많은 서클에서는 남자의 평판을 더 빛내주는 종류의 소문이다.

동시에, 모두가 포치와 잘 지내는 것은 아니다. 그는 아무리 노련한 사람이라도 모든 사람을 자신의 뜻에 맞게 구부릴 수는 없다는 것을 알게 되었다. 하물며 돈, 그리고 종교, 그리고 사회의 어떤 기대는 그의 뜻에 맞게 구부리기가 더 어렵다. 테레즈는 20년 동안 그를 위해 집을 관리하고, 오찬과 만찬과 그들의 살롱을 조직하고 관장해왔다. 그녀는 신중하고, 사교적 얼굴을 어떻게 꾸며야 하는지 안다. 또 그와 에마 피쇼프의 공개적 관계를 알고 있다. 그들의 집이라는 사적 공간에서, 처음에는 방돔 광장에서, 이어 디에나가에서, 그들은 말다툼을 하고 소리를 지른다―그들의 일곱 하인, 또 세 자녀 앞에서.

그리고 그들과 함께 사는 테레즈의 어머니가 있다. 그녀와 포치는 이제 말을 하지 않는 사이다. 매력―사교계 여자들에게 아주 잘 먹히는 바로 그 매력―은 경건하고 지방적인 가톨릭 미망인을 절대 달래주지 못한다. 테레즈의 어머니는 테레즈에게 계속 포치보다 큰 영향력을 행사한다. 그녀는 또 손녀 카트린의 영적 행복을 보살핀다. 할머니, 어머니, 딸이 마들렌 성당에서 함께 성찬식에 참여한다. 종교와 돈은 바뀌지 않는다―그리고 여기에서는 그 두 가지를 가족 가운데 여성이 쥐고 있다.

포치는 "혼인으로 생긴 마이나데스*" 때문에 갈가리 찢기고 있다고 한 친구에게 불평한다.

1927년, 아버지가 죽고 9년 뒤 이제 마흔넷인 카트린 포치는 열일곱 살 소녀의 감정적이고 영적인 분투를 그린 짧은 중편 『아그네스』를 발표한다. 아그네스는 아직 실제로는 만나지 못한 꿈속의 남자에게 일련의 연애편지(아니, 더 정확히 말하면 영혼을 설명하는 편

* 마이나데스는 바쿠스의 시녀로 보통 '광란하는 여자'를 뜻한다.

지)를 쓰고 있다. 그녀는 또 '그'가 나타났을 때 동등하게 사랑하기 위한 완벽한 조건을 갖추고 있기 위해 늘 훈련 체제―'육체'와 '정신'과 '영혼' 세 부분으로 나뉘어 있다―를 유지한다. 『아그네스』는 감동적이고, 몽환적이며, 릴케풍에, 극도로 자전적이다. 카트린은 실제로 자신의 외롭고 오해받던 사춘기 시절 '미래의 존재'에게 비슷한 편지를 썼는데, 많은 수는 영어로 썼다. 또 그때에도 비슷한 훈련 체제를 유지하고 있었다.

카트린은 1927년 2월 1일 일기에 쓴다. "『아그네스』가 나왔다. 어머니는 천국에 있다." 이 책은 상당히 알아보기 쉬운 머리글자인 "C-K"(카트린의 가장 가까운 친구들은 그녀를 카린Karin이라고 불렀다)라는 필명으로 출판되었는데도 사람들은 대체로 정체를 꿰뚫어 보지 못했던 것 같다. 다섯 달 뒤 그녀는 상류사회 시인 안나 드 노아유 백작 부인(침대에 있었고 분을 바르지 않았고 머리는 풀어헤쳤다)의 초대를 받는다. 카트린은 『아그네스』를 썼느냐는 질문을 받고 부인한다. 30분 동안 심문을 받지만 굴복하지 않는다. 집에 돌아와 일기와 함께한 자리에서 그녀는 쓴다. "나를 기쁘게 한 것 한 가지. 『아그네스』에서 그녀가 '아버지'가 아빠라는 걸 알아보았다는 것. 그것을 알아본 사람은 그녀가 유일하다. 또 그럴 만큼 똑똑한 사람도 그녀가 유일하다…… 슬퍼라!"

안나 드 노아유의 이해력이 과대평가되어서는 안 된다. '아버지'는 사교계 의사로 웅장한 아파트에서 살며 일을 하고, 나머지 가족(부인, 딸, 장모)은 정확히 쉰여섯 계단 위에서 산다, 현실에서처럼. 아버지는 큰 성공을 거두었고, 그의 거처에는 타피스리와 책과 진귀한 물건이 많다. 아그네스는 쓰고 있다. "인생의 모든 빛이 그의 방향에서 나에게 오고 있는 것 같았지만, 그는 해와 같아서 다가갈 수 없었다." 그녀에게 그의 관심이 필요할 때면 그는 편지를 쓰거나 전화를 하느라 바쁜 경우가 너무 많다. "네, 공주님……?"이 보통 그가 전화를 받으면서 하는 말이다.

아그네스는 비타협적인 열일곱 살짜리로서 어른들이 늘 거짓말을 하는 것을 지켜보지만, "아빠는 늘 대화하는 상대보다 거짓말을 덜 한다". 아버지는 그녀에게 윌리엄 제임스 전집을 선물했고, 자신의 다윈을 빌려주었다. 그는 무신론자이지만, 그녀가 종교적 의심을 경험할 때 그녀의 편을 드는 대신 지적인 진실보다 가족의 평화를 우위에 놓는다. 그는 그녀에게 말한다. "할머니한테 성가시게 굴지 마. 할머니하고 성찬식에 가." 이것은 또 하나의 조용한 배신으로 느껴지며, 이 중편의 말미에서 괴로움에 시달리는 아그네스는 루르드의 샘에서 동정녀에게 기도한다. 그녀가 세 번 반복하는 요청은 이것이다. "저에게 사랑을 주거나 아니면 죽여주소서."

카트린 포치가 사랑—즉 사랑의 감정—을 처음 경험한 상대는 젊은 미국 여자 오드리 디컨으로 때는 1903년이었다. 그들은 엥가딘에서 강렬한 두 달을 함께 보냈다. 각각 우울한 기질에, 방종의 분위기를 맛보고 있는 젊은 여자들. 카트린의 문제는 한편으로는 거창한 실존적 외로움이었고—그녀는 삶은 "두 영원한 잠 사이의 음침한 우연"이라는 뮈세의 말을 지지했다—또 한편으로는 가족적인 것이었다. 그녀는 아버지의 부재에 익숙했지만, 이제는 그녀의 어머니도 "항상 어딘가 가느라 자리를 비우는" 것 같았다. 오드리의 어린 시절 상처는 1892년 아버지가 어머니의 애인을 총으로 쏴 죽인 사건이었다. 그녀와 세 자매는 우선 대서양을 건넜고, 다음에는 유럽의 수녀원들에 들어갔으며, 그동안 어머니는 새로운 왕자—애인과 여행을 다녔다. 정신적 불안정도 그녀의 가족 내력이었다. 아버지는 1901년 미국의 한 정신병원에서 죽었다. 그녀의 언니 글래디스는 말버러 공작과 결혼함으로써 어머니의 야심을 대신 이뤄주었지만, 역시 감금 상태에서 생을 마감했다.

◇ 노아유 백작 부인 ◇

이 두 달의 격렬한 사랑—우정 뒤에 격렬한 사랑—결별이 이어졌고, 카트린은 오드리에게 보내는 편지에 (영어로) "나의 친애하는 배에게"라고 적었다—마치 돛을 달고 자신에게서 멀어지는 사람에게 보내는 것처럼. 아닌 게 아니라 오드리는 분명히 그녀에게서 멀어지고 있었다. 그녀는 심장병 진단을 받고 로마에서 잉글랜드 간호사들의 보살핌을 받고 있었는데, 담당 의사는 트루아시에(그는, 어쩐지 불가피한 일로 여겨지지만, 포치의 친한 친구였다)였다. 오드리는 1904년 봄 열아홉 살의 나이로 죽었다. 카트린은 마치 잃어버린 삶을 내다보듯 눈을 반쯤 뜬 채 속을 채워 넣은 관에 누운 그녀의 사진을 간직했다.

그녀의 다음 애착 대상은 다시 젊은 미국 여자로, 훨씬 자신감이 넘치고 외향적인 인물인 조지 라울-듀발이었다. 이것은 더 위험한 사랑—우정이었고, 육체적인 것이 될 뻔했다. 조지는 이미 콜레트의 남편의 정부였으며, '아마도' 이미 스리섬 관계의 한 부분을 이루고 있었을 것이다. 그녀의 유혹은 의도가 분명했다. 그녀는 카트린의 필적을 분석해보았는데, 그 결과 글을 쓴 사람이 자신들에게 굴복하고 싶어 한다는 것이 드러났다. 처음으로 카트린은 자신이 욕망의 대상이 되었음을 알았다. 문제는 다른 사람들도 이 사실을 안다는 것, 또는 본다는 것이었다. 그녀의 부모는 경계심을 품었다. 그들

◇ 관 속의 오드리 디컨 ◇

은 딸에게 조지와 거리를 두라고 당부했고, 카트린은 말을 들었다.

『아그네스』를 쓸 때 카트린은 이성애적 사랑도 두 번 경험한 뒤였다—수준은 서로 아주 달랐지만. 1909년 그녀는 스물여섯 나이에 스물두 살의 에두아르 부르데와 결혼했다. 오랜 세월 친구들 가운데 하나로 알고 지낸 터라, 그는 그녀의 연인 후보자라기보다는 놀이 친구에 가까웠다. 에두아르는 자신보다 나이가 많고, 또 더 세련되어 보이는 여자에게 강한 인상을 주겠다고 결심하고 편지를 보내 대담하게 자신이 독신자 아파트를 빌렸으며 거기에서 그녀를 기다리겠다고 알렸다. 카트린은 다시 주도권을 쥐고자, 가기는 하겠지만 "정부로서가 아니라 약혼녀로서" 가겠다고 답장했다(그녀는 그의 독신자 아파트garçonnière를 두 번 찾아갔지만 그들은 부둥켜안는 것 이상의 행동은 하지 않았다). 칸으로 신혼여행을 갔을 때 그들은 함께 골프를 쳤으며, 사랑을 나누는 것은, 카트린의 관점에서 보자면 그들의 사춘기적 게임의 연장 같을 뿐 엄청나다는 느낌은 받지 못했다. 그들 관계의 한 가지 구조적 문제는, 에두아르가 그녀와 떨어져 있을 때는 편지로 열렬하게 사랑을 표현하면서도 실제로 함께 있을 때는 말을 제대로 못한다는 것이었다. 또 하나는, 그가 그녀가 경멸하는 종류의 노천 연극 작가로서 금세 성공을 거두었다는 점이었다. 부르데는 삶(그리고 사랑)이 복잡하지 않은 쪽을 좋아하는 남자였으며, 카트린의 강렬하고 자기 징벌적인 성격을 일상적으로 받아들이는 것이 힘든 일이라는 것을 알게 되었다. 놀랍지 않은 일이지만, 그녀 또한 부르데가 자기 연극 가운데 하나에 출연한 주연 여배우를 정부로 삼은 것을 못마땅하게 여겼다. 하지만—어머니가 그랬듯—결혼이 성공하지 못할 것임을 완전히 깨달았을 무렵 그녀는 임신한 상태였다.

그녀의 두 번째 사랑은 그녀가 늘 갈망하던 복잡성, 지성, 강렬함을 모두 갖추었다. 1920년에 만난 시인 폴 발레리였다. 마침내 그녀의 사춘기 자아가 꿈꾸고, 편지를 보내고, 자신을 훈련하며 기다린 영혼의 벗을 만난 것이다. 가장 높은 수준의 지성과 감수성이 있는 남자, 그녀에게 어울리는 (또 그녀를 지배할) 사람. 양쪽 모두 격렬한 감정을 고백했다. 그들은 8년 동안 함께했다(동거라는 의미는 아니지만). 이 관계는 본능에 따라 요동쳐, 그녀의 최고로 충만한 시간은 그녀가 알았던 가장 고통스러운 실망과 짝을 이루었다. 발레리는 그녀의 "아주 높은 사랑"인 동시에 그녀의 "지옥"이었다. 그녀는 그의

◇ 에두아르 부르데 ◇

세속성, 자기중심주의, 냉소주의—그리고 자신의 가족에 대한 애착을 비난했다. 이 모든 것은 아무리 고양된 관계도 박살 낼 수 있었다.

아그네스는 아직 만나지 못한 미래의 사랑을 향하여, "여자들의 운명은 지나치게 우연에 달려 있다"고 쓴다. "당신들[남자들]은 여자들을 너무 일찍 또는 너무 늦게 만나고, 당신들이 실제로 만나는 사람들은 가장 즐거울 수 있는 시기에는 결코 거기에 있지 않다. 헛되이 그들은 준비하고, 기다리고, 말한다, '지금, 지금……'." 확실히 카트린 포치가 어른이 되어 경험한 두 사랑의 경우는 그렇다. 그러나 그녀에게 실망을 안긴 최초의 사랑은 매력적이고, 바쁘고, 늘 다른 데 정신을 팔고, 이기적이고, 무심하고, 부재하고, 경배받는 그녀의 아버지였다. 카트린은 글을 쓸 수 있게 되자마자 아버지에게 메모와 편지를 보냈고, 아버지는 늘 답장을 했다. "방대하고, 아이러니가 넘치고, 행복하고, 재치 있는" 이 서신 교환은 몇 년 동안 계속되었다. 먼 훗날 테레즈는 그것을 발견하고 읽은 뒤에 탄성을 질렀다. "이건 연애편지잖아." 그녀 자신은 그런 편지를 오랫동안 한 통도 받아보지 못했다.

포치가 죽고 나서 11년 뒤인 1929년 5월, 카트린은 그의 장서 가운데 스베덴보리의 낡은 책을 읽고 있다. 77페이지에 이르자 훨씬 젊은 자신이 보낸 편지가 툭 떨어진다. 편지는 이렇게 시작한다. "나는 가지 않을 거예요, 사랑하는 아버지……."(예배 참석을 가리키는 말처럼 들린다.) 그녀의 편지 뒤에 포치는 편지와 관계없는 의학 관련 메모를 긁적여놓았다. 나이 든 카트린은 젊은 자신의 편지를 "비극적"이라고 생각한다. 그 순간 그녀는 "결코 뜻대로 되지 않았던, 나의 모든 젊음과 모든 어리석은 용기"를 다시 발견한다. "그럼에도 내 말에는, 그리고 그의 당당한 자부심에는 어떤 달콤함이 있다. (…) 나의 지혜롭고 단호한 작은 편지는, 결국 연애편지다. 그도 그 것을 느꼈다, 간직한 것을 보니." 그리고 이렇게 긴 세월이 흘렀음에 도, "여전히 종이에서 살짝 아버지의 냄새가 난다".

1901년, "이상한 3인조"가 런던에 오고 나서 16년 뒤, 에드몽 드 폴리냐크는 누워서 죽음을 기다리고 있었다. 위나레타는 밤새 곁을 지킬 잉글랜드인 간호사를 고용했다. 착란상태에 빠진 폴리냐크는 이 옷깃이 하얀 여자가 어린 시절 자신을 돌보았던 "불쾌한" 잉글랜 드인 유모들 가운데 한 명이라고 상상했다. 그래서 이런 말로 그녀 를 방에서 내보냈다. "나는 새벽 3시에 잉글랜드 왕세자하고 할 이 야기가 없어."

그는 관에 들어간 채로 마지막으로 잉글랜드에 다시 갔고, 그의 요청에 따라 프랑스를 굽어보는 토키 위쪽 절벽에 자리 잡은 싱어 가족 무덤에 묻혔다. 그의 묘비에는 "작곡가"라고 새겨져 있다. 위 나레타는 42년 뒤에 죽으며 자신을 "위에 있는 사람의 부인"이라 고 표현했다. 만족스러운 결혼 생활로 몽테스키우의 약을 꽤 올렸던 이 있음 직하지 않은 부부는 「파르지팔」에 나오는 묘비명을 공유했 다―"믿음에서 행복하고, 사랑에서 행복하다".

늘 다른 사람의 파티(또는 장례)를 망치는 데서 즐거움을 맛보던 장 로랭은 왕자가 죽고 나서 일주일도 지나지 않아 『포카스 씨』를 발표했다. 위나레타는 이 책에 "부로 자신을 파리 상류사회에 밀어 넣은 양키 수백만장자" 세이리망-프릴뢰즈 왕자비로 짧지만 누구인지 금방 알아볼 수 있게 등장한다. 파티에서 그녀를 관찰하는 두 (남성) 구경꾼이 있다.

"늙은 왕자—이름뿐이고 다른 것은 거의 없지만—와 결혼하여 왕자에게 8만 프랑을 안겨주고 그의 직함을 얻은 뒤에 세상 앞에서는 자신의 타락과 독립성을 과시하고 다니다니 영리해. 그래도 정직하고 정열적이긴 하지, 저 여자는. (…) 그리고 자신만의 도착적인 방식으로 아름답지—저 억센 고집이 드러나는 오만한 옆모습, 녹는 얼음 빛깔의 단단하고 음산한 회색 눈을 봐. 저 눈에는 엄청난 사고의 에너지와 엄청난 완고함이 감추어져 있어……. 왕자비의 별명을 알아?"

"레스보스?"*

"바로 그거야. '레스보스, 따뜻하고 나른함 밤들의 땅이여.'"

(마지막 문장은 보들레르의 시구다.) 로랭의 악담에는 순환성이 있다. 그는 몽테스키우를 도발하려고 오랜 시간 노력했으나, 백작은 그를 그냥 무시해버렸다. 몽테스키우는 위나레타를 도발하려고 오랜 시간 노력했으나, 왕자비는 그를 그냥 무시해버렸다. 이제 로랭은 위나레타를 노리고 있었으나, 그녀는 마음에 더 중요한 것들이 있었다.

폴리냐크가 죽고 나서 10년 뒤 왕자비는 (미국)-프랑스-영국 사이의 우정을 보여주는 훌륭한 행동으로 그를 기리는 에드몽 드 폴

* 섬의 이름이나 '레스보'는 여성 동성애자를 가리키는 말이다.

리나크상을 만들고, 런던 왕립문학협회가 운영과 심사를 맡게 했다. 매년 시상을 하고 상금은 100파운드였다. 기성작가보다는 젊고 전도가 유망한 작가에게 명예를 주기로 했다. 위나레타가 내건 한 가지 구체적 조건은 여성 수상자를 배제하지 말아야 한다는 것이었다.

여성을 배제하지 않았는지는 몰라도, 여성이 상을 탄 적은 없다. 첫해인 1911년에 상은 월터 데라메어에게 돌아갔고, 그다음은 존 메이스필드(1912), 제임스 스티븐스(1913), 랠프 호지슨(1914)으로 이어졌다. 시적 산문을 쓰는 곤궁한 작가들이 100파운드에 가장 감사했다. 스티븐스는 수상 소식을 들었을 때 "눈에 보이고 이동 가능한 물자로 이루어진 나의 총 자산은 아내 하나, 아기 둘, 고양이 둘, 15실링"이라고 적었다. 워싱턴 거리에서 숄과 뜨개 모자 차림으로 앉아 있던 폴리냐크보다 확실히 가난했다. 메이스필드의 해에는 오스카 와일드의 유령이 나타났다. 앨프리드 더글러스 경이 수상작인 『영원한 자비』The Everlasting Mercy를 "10분의 9는 완전히 쓰레기"라고 비난한 것이다. 하지만 후원이란 늘 암묵적으로 조건부인 법이다. 1915년과 1916년에 왕자비는 파리에서 왕립문학협회에 돈을 보내지 못했고, 영국 문단에서 왕자의 이름의 생명력을 유지시키려는 그녀의 의리 있지만 길지 않은 시도는 끝나고 말았다.

모델 소설roman à clef은 소설가에게 분명히 매력이 있다—악의의 즐거움, 비밀이 아닌 비밀의 윙크, 어떤 사정을 깊이 알고 그것을 타인과 나누어 가진다는 허영. 하지만 위험이 더 두드러진다. 그것은 교활하고, 또 개인적 의도가 있는 것처럼 보일 수 있다. 소송, 심지어 결투로 이어질 수도 있다. 하지만 주된 위험은 거기에 시간이 찍힌다는 것이다, 댄디처럼, 나비*처럼. 또 장소가 찍힌다는 것이다. 장 로랭의 첫 번째 소설 『레 레피예Les Lépillier』는 자신의 고향 페캉에 관한 모델 소설, "비, 진흙, 욕망"의 소설이다. 그 읍에서 반경 30킬로미터에 사는 사람이면 누구나 소설 속에 무례하게 제시된 주요 인물을 모두 알아볼 수 있다고들 했다. 단점은 그 경계 너머에 사는 사람은 누가 조롱을 당하는지 알지 못한다는(또는 관심이 없다는) 것. 『포카스 씨』는 이 소설이 "파리의 모든 커다란 악덕과 저주받은 여자들Femmes Damnées의 전화번호부"라고 주장하는 홍보 전단과 함께 평론가들에게 전해졌다. 여기에서 잠재적인 적은 지리라기보다는 시간이다. 전화번호부에 있는 사람들 모두가 죽으면 어떻게 될까? 소설의 어떤 등장인물이 '실제로' 누구인지 알아내기 위해서 주석이 필요하다는 것은 고전 희곡을 보러 가서 옛날 농담에 대한 설명을 들어야 하는 것과 같다.

우리가 『포카스 씨』보다 『거꾸로』에 더 기꺼이 다가가는 이유는 주로 『거꾸로』가 더 낯설고 독창적인 소설이기 때문이다. 하지만 동시에, 소문에도 불구하고 『거꾸로』가 '사실은' 로베르 드 몽테스키우에 '관한' 작품이 아니기 때문이다. 위스망스는 백작의 살림과 관련하여 몇 가지 약탈해온 디테일에서 출발하지만, 그다음부터는 자신의 주제적 강박에 초점을 맞춘다. 반면 로랭은 몽테스키우, 폴리냐크 부부를 비롯한 여러 사람을 너무나 잘 알고 해결해야 할 원한도 있어, 그의 소설은 실존 인물들과 그들의 진짜 삶의 포로가 된다.

* 나비는 휘슬러가 서명으로 사용한 문양이다.

이것은 또 다른, 더 묘한 방식의 모델 소설이기도 하다. 이전에 나온 소설을 거슬러 참조하는 소설, 『거꾸로』에서 장면과 주제 몇 가지를 끌어온 소설. 모델 소설 소설^{roman à roman à clef}이라고 해야 하나? 모델 모델 소설^{roman à clef à clef}이라고 해야 하나?

로랭을 잘 알았고, 또 좋아했던 에드몽 드 공쿠르조차 친구의 무모한 언어 사용을 악의 탓으로 돌려야 하는지, 전혀 요령이 없는 탓으로 돌려야 하는지 판단할 수가 없었다(물론 둘 다일 수도 있다). 이것이 로랭을 책에 집어넣을 때 생기는 중심 문제라고 할 수 있다. 종종 그의 동기를 파악할 수가 없는데, 사실 그 자신도 파악하지 못하는 게 아닌가 하는 의심이 든다. 그는 모두를 알고 그들 대부분과 다투었다. 그는 호전성을 먹고 산다. 그는 외부자가 되는 동시에 내부자가 되고 싶어 한다. 그는 자신이 진정으로 받아들여지지 않는다고 느끼지만, 받아들여지기를 바라는 마음은 반뿐이다. 그는 의당 받아야 할 문학적인 몫을 못 받았다고 믿는다. 그는 사람들이 자신을 높이 평가하기보다는 너그럽게 견디어준다고 믿는다. 그는 댄디가 되고 싶지만 몽테스키우보다 한참 아래다. 그는 소설가가 되고 싶지만 위스망스보다 한참 아래다. 그는 시인, 극작가가 되고 싶고, 사라 베르나르의 입에서 나올 말을 쓰고 싶다—그런데 그는 저널리스트로 알려져 있다. 그는 언제 멈춰야 하는지 모르고, 그렇게 도를 넘는 것이 그의 매력의 일부인 것은 틀림없다. 명예훼손에 관한 법이 부실할 때 편집자들은 그의 도발을 사랑했다. 그가 자기혐오로 가득했다(그래서 거친 동성애 상대를 찾아 두들겨 맞는 것을 즐겼다)고 주장하면 단순화일까? 아니면 너무 현대적인 설명일까?

물론, 그와 닥터 포치 같은 확고한 합리주의자 사이의 우정의 기초가 무엇인지 아는 것은 힘들다. 로랭은 악마 숭배와 비학(秘學)을 만지작거리며 긴 세월을 보냈다. 성적으로 그들은 양 극단에 있었다. 로랭은 무모한 떠버리였던 반면 포치는 아주 신중했다. 양극의 끌림? 그 설명은 너무 편리하게 느껴진다. 두 사람 모두 말솜씨가 뛰어나다는 세평이었다. 그러나 말은 죽는다. 아마도 포

◇ 장 로랭 ◇

치가 누구와도(가족을 제외하면) 좀처럼 다투지 않고 누구도(위와 같음) 좀처럼 못마땅하게 여기지 않았다는 사실이 도움이 되었을 것이다. 아마도 그는 로랭이 재미있다고 생각했을 것이다. 두 사람은 각기 상대가 자신의 전문적 세계에 속하지 않았다는 사실을 좋아했을지도 모른다.

로랭의 인생, 그리고 머리, 그리고 가슴 안에서 정확히 무슨 일이 일어났는지 파악할 때의 문제는 잔 자크맹의 사례가 잘 보여준다. 그녀는 파스텔 화가, 상징주의자, 악마 숭배자, 베를렌의 친구였으며, 로제라는 판화가와 함께 세브르의 한 예술가-비의주의자 공동체에 살았다. 다양한 시인들이 자연스럽게 그녀를 사랑했다. 그녀는 또 심각한 건강 문제 때문에, 언제나 여자에게 우호적이지 않은 에드몽 드 공쿠르에 따르면, "소금에 절일 준비가 된 생선처럼 내부의

여성 기관들을 잃은 몸"이 되었다. 그녀와 로랭은 1880년대 중반 보헤미아 카페들을 돌아다니다 처음 만난 것으로 보인다. 그는 그녀의 예술과 비학 양쪽에 끌려, 그녀의 작업을 진지하게 고평하는 글을 썼으며, 이것이 그녀의 활동에 도움을 주었다.

그러나 몇 년 동안 악마 숭배와 보헤미아를 공유한 뒤 둘 사이에 뭔가가 어긋났다. 로랭의 전기 작가에 따르면, "자크맹은 질투심이 강해졌다. 아마도 그녀는 이 작가를 진정으로 사랑하게 되었고, 그는 자신을 강탈하고 싶어 하는 여자에게 성욕 도착자로서 호전성을 경험했는지도 모른다. 아니면 그녀가 자신의 평탄치 않은 상황에서 벗어나기 위해 그와 결혼하고 싶어 했는지도 모른다. 어느 쪽이든 그는, 거친 상대 가운데도 가장 거친 사람에게도 보통 맞서던 이 남자는 겁을 먹었다". 그는 "그녀는 시체 먹는 귀신이며, 내 실체를 먹어 치우려 한다"고 한탄했다. 1893년 그는 포치에게 자크맹이 자신을 스토킹한다고 말했다. 포치는 신경과민(그녀가 아니라 그가)이라는 진단을 내리고, 그에게 마음을 가라앉힐 겸 북아프리카 여행을 권했다. 로랭은 그 말을 따라 알제리와 튀니지로 여행을 떠났다.

1894년 3월 15일 포치의 일기에는 이렇게 적혀 있다. "로랭—자크맹 부인과 점심." 어떤 구체적인 목적이 있었을까? 포치는 중재자 역할을 하고 있었을까? 로랭의 전기 작가는 이것을 "그에게 수술을 받은 사람들 가운데 둘과의 점심"이라고 부른다(따라서 포치가 자크맹의 자궁 적출 수술을 했을 가능성이 있다). 그러나 그는 여기에 어떤 목적이 있었다고 하면서, 분명한 증거는 진술하지 않은 채 로랭에 관해서 말한다. "환자의 감사는 아직 알려지지 않은 미인과 함께하는 저녁을 의사에게 대접하는 것으로 표현되는 경우가 많다."

다만 이것은 점심이었다—그리고 포치는, 만일 자크맹을 수술했다면, 이미 그녀를 알고 있었다. 그럼에도 전기 작가는 고집한다. 자크맹과 리안 드 푸지(이 여자의 야망은 파리에서 가장 인기 있고 가장 값비싼 창녀가 되는 것이었다)는 로랭이 "포치를 계속 다정한 상태로 유지하기 위해" 그에게 바친 것이다. 하지만 왜 포치를 계속 다정하게 유지해야 했을까? 이 점은 설명하지 않는다. 하지만 이것은 로랭이 이야기에 등장할 때 벌어지는 일의 전형이다. 상황이 분명해지기보다는 불분명해진다.

그다음 전개도 마찬가지다. 당신은 장 로랭이다. 잔 자크맹은 당신을 스토킹하고 당신의 실체를 먹어치우려 한다. 당신은 신경쇠약 직전이며, 회복을 위해 아프리카 여행을 했다. 그런 다음 파리로 돌아와 그녀, 그리고 그녀도 아는 의사와 점심을 먹는다. 다음에, 그러니까 즉시, 또 이후 10년의 많은 기간 동안 당신은 무엇을 하지 않을까? 누구인지 아주 쉽게 알아볼 정도로 가볍게 위장한 채 그녀를 활자로 조롱하기 시작하고, 또 이 조롱을 계속하는 일은 하지 않는다. 다만 당신은 장 로랭이고, 그래서 바로 그런 행동을 한다.

그녀는 여기에서는 성자의 분위기에 싸여 있지만 실은 싸우기 좋아하는 색정광으로 그려진다. 저기에서는 악마 숭배와 관련한 모든 더러운 짓에 탐닉하는 타락한 장미십자회원으로 그려진다. 그녀는 또 "해파리의 머리를 가진 장미게다". 기타 등등. 로랭은 심지어 인쇄물에서 그녀의 예술에도 등을 돌려, 고집스럽게 기묘하며 압도적으로 추한 "그녀의 파스텔화 단조로움"을 비난했다. 1903년 과거에 악마 숭배자였던 보헤미안이 마침내 보헤미안이나 악마 숭배적인 방식이 아니라—핀을 꽂은 부두교의 인형이 아니었다—완전히 부르주아적인 방식으로 응답했을 때 그것은 그에게 놀라움으로 다가왔을 것이다. 그녀는 변호사들을 앞세워 반격했고, 그들은 명예훼손 소송의 근거로 삼을 만한 기사들을 잘 골라냈다.

자크맹은 증인석에서 명예훼손을 당한 매혹적인 순교자 역을 완벽하게 해냈다고 전한다. 법정은 로랭의 많은 글에서 그녀를 투명하게 알아볼 수 있으며, 그가 그녀를 가리켜 "타락한 도덕성"의 소유자에 "수치스러운 외도"를 한다며 비방했다고 판단했다. 법정은 《르 주르날》에 100프랑, 로랭에게 2000프랑, 거기에 징벌적 손해배상금 5만 프랑을 신문과 글쓴이가 나누어 내고, 로랭은 두 달 징역을 살아야 한다고 선고했다. 그는 평결에 항소했지만, 이상하게도—이 또한 로랭에게는 다음에 무슨 일이 생길지 아무도 모른다는 것을 확인해주는 사실이지만—항소심이 열리기로 한 날 자크맹이 고소를 취하했다.

로랭은 감옥을 피했지만, 그럼에도 파산했다. 그는 위스망스에게 지원을 요청했고, 예전 친구가 거절을 하자 그가 비학과 흑미사를 대중화하여 공중을 타락시켰다고 비난하는 글을 썼다. 그런 다음 다시 일로 돌아갔다. 그는 여성 작가들과 그 무렵 만들어진 페미나상—여자들의 거처Maison pour femmes라는 별명이 붙게 된다—에 관한 풍자소설을 쓰기 시작했다. 그러나 궁지에 몰리고 있음을 느끼고, 1905년 '르 카다브르'라는 필명으로《라 비 파리지엔La Vie Parisienne》에 자신의 연대기를 싣기 시작했다.

로랭은 물론 포치를 의사로서 바쁘게 했다. 그는 에테르를 습관적으로 마셨으며, 이로 인해 장을 버렸고, 그의 유흥은 의학이든 다른 쪽이든 건전한 조언을 따르는 일이 드물었다. 1893년 6월 포치는 아홉 개의 장 궤양(일각에서는 그 기원이 매독이라고 생각했다)을 제거했다. 1894년 11월 11일 일요일 로랭은 공쿠르의 그르니에에 참석하여 자신이 몹시 아파 닥터 포치와 위 병리학을 전공한 동료에게 이중 진료를 예약해두었다고 말했다. 로랭은 아플 때마다 유년이 늘 되살아나며 자기 내부의 작가적인 마음은 그것 말고는 다른 어느 것에 관해서도 말하고 싶지 않다고 덧붙였다.

그 진료의 결과 다음 5월에 수술이 이루어져 로랭은 장 "몇 센티미터"를 제거했다. 26일 포치의 병원으로 그를 보러 갔던 화가 드 라 강다라는 그가 너무 꽉 감긴 붕대 때문에 엄청난 고통을 느끼고 있다고 그르니에에 전했다. 6월 30일 시인 앙리 드 레니에(샤리테 바자회 결투에서 몽테스키우의 상대)는 로랭이 "하얀 아마포에 싸인 채 오테로가 보낸 꽃들에 둘러싸여 소파에 누워 있다"고 묘사했다—푸엔토발가 오테로 양은 유명한 플라멩코 댄서

2ᵉ COLLECTION FELIX POTIN

DE LA GANDARA

◇ 드 라 강다라 ◇

였다. 마침내 7월 7일에는 로랭 자신이 공쿠르의 문 앞에 나타났다. 아주 명랑해 보였으며, 반은 믿기 힘든 이야기를 잔뜩 늘어놓았다.

그가 나에게 그 죽음의 집 이야기를 해주는데, 거기에서는 그가 머무는 동안 여자 넷이 죽었으며, 거기에서는 오로지 난소와 자궁 제거 이야기만 하고, 거기에는 여자들이 포치의 봉합술을 배우는

훈련 과정이 있는데, 이 봉합술은 남편이나 애인이 역겨움을 느끼지 않도록 흉터를 조금도 남기지 않는 것이다.

로랭은 자신이 두 주 동안 무시무시한 고통을 겪었으며, 매일 밤 상상 속에서 수술을 다시 체험하여 큰 통증을 겪는 바람에 늘 모르핀을 투여받았다고 말한다. 그는 반유대주의적인 악몽을 꾸면서 "엄마, 내 침대에 유대인들이 있어요" 하고 소리친다. 아직도 일주일에 두 번씩 외래환자로 병원에 가야 한다. 한 인턴이 알코올과 온수 관장기로 씻어낸 다음 그의 몸에 정원 호스 같은 크고 뚱뚱한 튜브들을 집어넣는다…….

다음 4월 로랭은 웃음을 터뜨리며 포치가 자신의 몸을 "도살"하는 바람에 일종의 인광이 생겼는데, 그것이 그의 내부에서 미칠 듯한 성욕을 발동시켰으며, 그가 현재 저지르고 있는 모든 도를 넘는 행동이 그를 여위게 하는 게 아니라 뚱뚱하게 만들고 있다고 불평한다.

로랭이 정말로 포치를 위해 뚜쟁이 짓을 했을까? 포치에게 자신을 위해 뚜쟁이 짓을 해줄 누군가가 필요했을까? 아마도 통제와 정확성을 중심으로 살고 일하던 포치는 자신과 정반대의 우선순위를 갖고 삶을 살아가는 사람과 즐겨 어울렸을 것이다. 또 아마도 이 평생에 걸친 합리주의자는 흑미사에 매력을 느끼는 사람들을 즐겨 살폈을 것이다. 포치가 과학에 가장 거리를 둔 일이라고 해봐야 어느 여배우에게 무대 공포증을 이길 뭔가를 처방해달라고 부탁받았던

일 정도였다. 그는 동종요법(혹시 관심이 있을까 해서 말해두지만 브리오니아다)을 권했다. 하지만 어쩌면 이조차 합리성에서 조금도 벗어난 것이라 할 수 없을지 모른다. 포치는 위약이 진짜 약보다 낫지는 않아도 비슷한 효과를 낼 수도 있다는 점을 계산했다고 보아야 한다.

또 날짜 미상의 편지에서 포치는 몽테스키우에게 방돔 광장 야회에 오라고 초대하면서, 최면과 자기(磁氣) 최면, 브레이디즘(최면술의 일종), 몽유병을 목격할 수 있을 것이라고 덧붙였다. 하지만 역시 요술이라기보다는 과학적 시범이었을 것이다. 당시에는 이런 주제들이 의학적 관심사였다. 폴 브로카는 수술 동안 최면으로 마취를 시도해보았다(결과는 들쭉날쭉했다). 한편 샤르코는 1878년 이래 최면술 실험을 해왔다─사실 '낭시 학파'와 샤르코 자신의 '라 살페트리에르 학파' 사이에 공개적 논쟁이 계속되고 있었다. 공교롭게도 이때 포치는 이 전 세기 말 메스머가 자기 치료를 시행하던 곳에서 불과 세 집 떨어진 곳에 살고 있었다. 환자들은 강철 막대를 통해 떡갈나무 욕조에 세워둔, 자기를 띤 물이 담긴 병과 연결되어 있었다. 많은 사람이 이것을 진정으로 과학적인 절차라고 여겼고, 실제로 몇 사람의 경우에는 효과가 있었던 것 같다.

로베르 드 몽테스키우의 갑옷을 뚫고 들어가기는 어려웠다─그는 그러기를 바라지 않았을 것이다. 어쩌면 그는 속으로는 우울증 환자였을 것이다. 그는 어머니가 "자신에게 인생이라는 슬픈 현재를 주었다"고 말하기를 좋아했다. 그의 불안과 사나운 소유욕은 이에 대한 반응이었을지 모른다. 그는 허영심이 있었고 자기 성찰은 약했다. 자신이 누구인지 발견하려고 안을 살피기보다는 다른 사람들에게 비친 모습에서 자신을 보는 것을 선호하는 그런 사람이었다. 그는 종종 옷이나 장식을 그 안에 있는 사람보다 더 다정하고 주의 깊게 세세히 묘사하곤 한다. 그는 말했다. "나는 내가 여는 파티를 그 파티에 참석하는 손님보다 더 좋아한다"(아마 손님들도 알아챘을 것이다). 그는 자신의 집에 헌신했고, 그런 집을 여러 채 갖고 있었다.

그가 가장 좋아하는 집은 제2제정기에 뇌이의 불로뉴숲 가장자리에 지은 프티 트리아농 양식의 저택이었다. 그는 그 집에 '뮤즈들의 쉼터'라는 이름을 지어주고 1899년부터 1909년까지 살았다. 이투리가 찾아낸 이 집은 그야말로 파티를 위한 완벽한 장소였다. 방들은 "사실 사람들이 오늘날 이해하는 의미로 장식된 것이 아니라, 변덕, 즉 단지 색깔이나 스타일의 친화성보다는 더 포착하기 힘든 친화성에 따라 배열되었다". 서재에는 훌륭한 장정본만이 아니라 바이런의 머리카락, 보들레르가 그린 애인의 스케치 등 미학과 문학의 유물도 있었다. 휘슬러가 그린 백작의 초상화가 한 방을 지배하는가 하면, 또 다른 방은 볼디니가 그린 초상화가 지배했다. 사이클링을 위해 각반을 찬 이투리의 다리를 그린 볼디니의 소묘도 있었다.

어느 날 피레네산맥의 한 "추한" 온천 도시에 내려와 "간헐적으로 병약해지는" 이투리(그는 당뇨병을 앓았다)를 돌보고 있을 때 백작은 관리인gardien으로부터 최악의 뉴스가 담긴 전보를 받았다. 뮤즈들의 쉼터에 도둑이 들었다는 소식이었다. 그는 이투리가 혼자 회복하도록 놓아두고 즉시 출발했다. 북쪽으로 가면서 근심이 깊어졌다. 그는 휘슬러가 칼로 난자된 장면을 상상했다. 「살람보」에 나오는 플로베르의 구절, 용병들이 "의미를 도저히 알 수 없고, 그래서 약이 오르는" 물건들을 파괴하는 구절을 떠올렸다. 뇌이에 도착했을 때 그는 보물이 말짱하고 "용병들"이 약탈물 없이 떠난 것으로 보여서 안도하면서도 놀랐다. 곧 도둑들이 잡혔다. 재판에서 그들 가운데 하나가 왜 아무것도 훔치지 않았느냐는 질문을 받았다. 그는 대답했다. "아, 거기에는 우리를 위한 건 하나도 없었습니다." 몽테스키우는 이것이 "내 인생 전체에서 내가 들은 모든 말 가운데 가장 기분 좋은 말"이었다고 묘사했다.

1904년 11월 몽테스키우의 '사촌' 엘리자베트의 딸 엘렌 그레퓔이 프루스트의 오랜 친구인 기슈 공작과 결혼했다. 작가가 신랑에게 결혼 선물로 무엇을 원하느냐고 묻자 공작은 농담 삼아 대답했다. "리볼버 외에는 다 있는 것 같은데." 프루스트는 그 말을 곧이곧대로 받아들여 그에게 가스통-레네트를 한 정 사주었다. 또 사교계 화가 코코 데 마드라초에게 가죽 권총집의 장식을 맡겼다. 화가는 엘렌 그레퓔이 어렸을 때 쓴 시에 구아슈 수채화법으로 삽화를 그려 넣어 주었다. 이 시들은 갈매기, 하얀 배, 산꼭대기, 호랑이에 관한 것이었다.

내가 기억하거나 확인할 수 있는 한, 프루스트의 작품에서는 아무도 누구에게도 총을 쏘지 않는다.

드레퓌스 사건은 벨 에포크의 가장 폭력적인—정치적으로 또 도덕적으로—사건으로, 총과 총알이 등장하는 것은 놀라운 일이 아니었다. 1899년 렌에서 재심이 열렸을 때 드레퓌스의 변호사 메트르 라보리가 법정으로 걸어가는데 한 청년이 총을 쏘고 달아났다. 이 사건의 결과는 분명하지 않다. 어떤 이야기에 따르면 라보리는 중상을 입었다. 다른 이야기에서는 수술을 할 필요까지는 없었다. 드레퓌스파는 암살을 기도한 자가 손에 리볼버를 쥔 채 아무 어려움 없이 군인과 경찰이 가득한 도시를 빠져나갔다는 사실이 매우 수상쩍다고 생각했다. 반드레퓌스파는 이 사건 자체가 모두 미리 짠 것이고 가짜 뉴스라고 반박했다. "총알을 보았는가 / 라보리에게 박힌 총알을?"이라는 풍자적 노래가 곧 거리에 퍼졌다.

1908년 긴 국가적 산통—로맹 롤랑은 이것을 "거룩한 히스테리"라고 불렀다—이 형식적으로는 끝났고, 졸라의 유해는 판테온으로 이장되었다. 이장식은 커다란 국가 행사였다. 공화국 대통령이 참석

◇ 라보리 ◇

하고, 클레망소, 조레스, 졸라 부인, 드레퓌스 자신과 드레퓌스의 의사—물론 닥터 포치였다(포치는 어디에나 있었다)—도 참석했다. 고인을 기리는 음악 연주가 끝나고 군대의 행진이 시작되기 전 폭력적인 반유대주의자 에두아르 드뤼몽의 절친한 친구인 저널리스트 루이 그레고리가 드레퓌스를 향해 총을 두 방 쏘아 손과 팔을 맞추었다. 현장에 있던 닥터 포치가 응급 처치를 했다.

그레고리가 재판에 회부되자 프랑스 사법부는 가장 프랑스다운 모습을 보여주었다. 그레고리의 변호사는 자신의 의뢰인이 사실 인간 드레퓌스를 쏜 것이 아니라 "드레퓌스주의라는 관념"을 쏘았다고 주장했다. 놀랍게도 센 순회재판소가 이 주장을 받아들여 그레고리는 석방되었다. 6년 뒤에는 조레스가 암살당했는데 그의 암살범 또한 석방되었다.

프랑스 사법부는 늘 영국 사법부보다 추상적 관념에 개방적이었다. 또 피고가 재치를 이용하는 것에도 너그러웠다. 1894년 미술비평가이자 저널리스트이며 문단과 예술계의 내부자인 펠릭스 페네옹—마티스가 신뢰한 유일한 중개상—이 경찰의 무정부주의자 소탕 때 체포되었다. 불운이 아니었다. 페네옹은 말이나 행동에서 헌신적인 무정부주의자였다. 경찰이 그의 사무실을 수색한 결과 수은 한 병과 기폭 장치 열한 개가 담긴 성냥갑이 나왔다. 페네옹은 '개가-내-숙제를-먹어-버렸어요'*식으로 해명했는데, 그것은 자신의 아버지—그 무렵 죽었기 때문에 안타깝게도 증언을 할 수가 없었다—가 거리에서 주운 물건이라는 이야기였다. 그가 잘 알려진 무정부주의자와 가스등 뒤에서 이야기를 나누는 것이 목격되었다는 증거를 판사가 들이대자 페네옹은 대수롭지 않게 대답했다. "판사님, 가스등의 어느 쪽이 뒤인지 말해줄 수 있습니까?" 이곳은 프랑스였기 때문에 그의 재치와 뻔뻔스러움은 그에게 전혀 해를 주지 않았고, 배심은 그를 석방했다.

이듬해, 오스카 와일드는 아마도 자신이 프랑스에 있다고 상상했

* '성의 없는 설명'을 뜻하는 관용적 표현.

는지 재치와 뻔뻔스러움으로 칙선 변호사 에드워드 카슨과 전투를 벌였지만, 잉글랜드 법정의 잉글랜드 배심 앞에서는 그것이 아무런 도움도 되지 않는다는 사실을 알게 되었을 뿐이다. 공교롭게도 이 해는 툴르즈-로트레크가 물랭 루주에서 와일드와 페네옹이 바싹 붙어 앉아 무어인의 춤을 추는 라 굴뤼를 지켜보는 모습을 각각 통통하고 시체처럼 창백한 프로필로 그린 해이기도 했다.

1898년 와일드가 감옥에서 풀려난 뒤 다시 파리에 나타났을 때 페네옹은 그가 돌아온 것을 공개적으로 환영한 사람들 가운데 하나로, 그를 데리고 저녁을 먹고 극장에 갔다. 하지만 와일드는 종종 기분이 몹시 가라앉았고, 자살 유혹을 느껴 죽어버릴 마음으로 센강에 내려간 적이 있다고 페네옹에게 고백했다. 그는 뇌프 다리에서 물속을 내려다보고 있는 이상해 보이는 남자와 마주쳤다. 와일드는 그가 자신과 똑같이 절망적인 상태라고 판단하고 물었다. "댁도 자살 후보자입니까?" "아니요." 남자는 대답했다. "나는 이발사입니다!" 페네옹에 따르면, 이 뜬금없는 대답으로 와일드는 인생이 아직 견딜수 있을 만큼 희극적이라는 확신을 얻었다.

재판에서 와일드는 어떤 책이 도덕적일 수도 있고 비도덕적일 수도 있다는 유치한 환상을 두고 칙선 변호사 에드워드 카슨을 질책했다. 책이란 오로지 잘 쓴 책과 못 쓴 책이 있을 뿐이다. 또 문학 작품은 어떤 관점을 내세우거나 하는 단순한 일은 하지 않는다. 예술의 목적은 순수하게, 단순하게, '아름다움'이다. 따라서 와일드는 그자신이 만들어낸 헨리 워턴 경의 "예술은 행동에 아무런 영향을 주지 않는다"는 말에 동의할 것이다.

이런 생각은 플로베르를 세련되게 다듬은 것이거나 속화한 것이다(관점에 따라서). 젊은 와일드는 매우 플로베르적이었다. 옥스퍼드 재학 시절 월터 페이터는 그에게 『세 가지 이야기』를 빌려주었다. 와일드는 『성 앙투안느의 유혹』을 번역할 계획을 세웠다. 그는 영어 산문을 쓰기 위해 프랑스 산문을 공부했다고 말했다(특별히 드러나지는 않는다). 그는 또 글쓰기를 자극하는 자신의 "처방"이 『성 앙투안느의 유혹』 열두 페이지를 읽고 "하시시 알약 두세 개"를 먹는 것이라고 주장하기도 했다.

젊은 시절―『보바리 부인』을 쓰기 10년 전―플로베르는 자신을 "아름다움이라는 위대한 태양 밑에서 그 볕을 쬐며 하루를 보내는 문학적 도마뱀에 불과하다. 그뿐이다"라고 묘사했다. 나중에 그는 썼다. "인간을 바꿀 수는 없다. 인간을 알 수 있을 뿐이다." 또 이렇게 말하기도 했다. "좋은 의도로 예술을 만들어낼 수는 없다." 이것들은 정적주의적 원리처럼 들릴 수도 있지만, 실제로는 그렇지 않다. 플로베르는 늘 문학을 바라보는 감상적이고 사회 개선론적 관점, 즉 행복한 결말(눈물을 자아내는 행복한 결말도 좋다)을 갖춘 희망적인 이야기에서 독자가 영감을 얻어 더 나은 행동을 하고 자신의 운명을 개선할 수 있다는 관념에 단호히 맞섰다. 그러나 "인간을 아는 것"과 인간을 정확하게 묘사하는 것은 기본적으로 교정적 행동이다. 사정은 그런 게 아니다, 작가는 그렇게 말하고 있다, 사정은 사실 이러하다. 사람들은 이런 식으로 움직인다. 사회는 이런 식으로 돌아간다. 종교는(또 감상적 문학은) 인간 감수성에 이런 식으로 영향을 준다. 당신이 다른 소설에서 읽은 것은 틀렸다. 그리고 이런 교정적 기능—오, 그리고 또, 사랑과 섹스와 죽음도 그런 게 아니다—에는 효과, 진실의 효과, 복원된 비전의 효과가 있다. 사람들—독자들—이 이 진실로 무엇을 하겠다고 선택하느냐는 플로베르에게 달린 일이 아니지만. 어떤 사람들은 손에 든 책을 덮으면서 동시에 마음도 덮는다. 어떤 사람들은 그것을 펼쳐놓고 어떤 심각한 백일몽에 빠져든다.

이것은 또 하나의 총, 그리고 두어 개 더 많은 총알에 이른다. 1904년 3월, 프루스트가 기슈 공작을 위해 예술적으로 포장된 리볼버를 수집하는 동안, 센 순회재판소에서는 살인 사건 재판이 시작되고 있었다. 여섯 달 전, 한 남자와 한 여자가 파리 레지나 호텔의 남자 방으로 갔다. 남자는 프레트 그로일링으로, 뷔르템베르크 출신 아버지와 노샘프턴의 루이자 듀허스트라는 잉글랜드 출신 어머니를 둔 스위스 국적자였다. 그는 몸집이 작고, 금발이었으며, 말쑥한 차림이었고, 말재주가 좋았으며, 수다스러웠다—《르 마탱Le Matin》의 잔인한 표현에 따르면 "지적으로 흐릿했고 심각하게 어리석었다". 그는 호텔 경영자의 아들로, 처음에는 법률가가 될 꿈을 꾸었다. 그러나 그림엽서를 팔았고 돈을 꾸고 갚지 않는 일에 솜씨를 발휘하게 되었다.

1903년 10월 7일 그로일링은 루마니아 "예술가artiste"인 엘레네 포페스코를 만나 즉시 사랑에 빠졌다—어쨌든 그렇다고 주장했다. 또 그녀가 자신이 그녀의 첫사랑이라고 주장했다고 주장했다. 그들은 이틀 동안 여기저기 숲으로 드라이브를 다니고, 고급 레스토랑에서 식사를 하고, 코메디-프랑세즈에 갔다. 모두 빌린 돈으로 한 일이었다. 어느 시점에 그로일링은 총이 있다고 고백했다. 그의 호텔

방에서 그들은 말다툼을 했다. 아마도 함께 니스로 달아나느냐 아니면 부쿠레슈티로 달아나느냐가 문제였던 듯하다. 그러다 포페스코가 그로일링의 리볼버를 찾아 방을 뒤졌는데, 그 과정에서 그에게 온 연애편지 묶음을 우연히 발견했다. 얼마 전에 자신의 동정을 가져간 남자에게 배신을 당했다고 느낀 그녀는 자신을 총으로 쏘았다. 두 번. 한 번은 뒤통수에, 한 번은 오른쪽 눈에. 어쨌든 그는 그렇게 말했다.

이것은 있을 법하지 않은 싸구려 삼류 소설처럼 들리는데, 아닌 게 아니라 그런 소설이라고도 할 수 있었다. 그로일링은 그때까지 구금 여섯 달 동안 공책 스무 권 분량으로 자신의 인생 이야기를 쓰고 있었으며, 이 대하소설에 의존해 자신을 변호했다. 아마도 그는 "싸구려 신문"들이 자신에게 "불멸"을 안겨주기를 바랐을 것이다. 안타깝게도 법정은 그 이야기의 많은 부분을 믿으려 하지 않았다. 검사는 이 사건이 뚜쟁이가 자기 정부를 죽인 지저분한 사건에 불과하다고 주장했고, 판사는 엘레네 포페스코가 그런 서클들을 돌아다녔는데 동정이었을 리 없다고 확고한 태도로 또 공개적으로 회의를 드러냈다.

하지만 이 사건에는 추가의 문학적 측면이 있었고, 이는 예술이 행동에 영향을 주지 않는다는 와일드와 헨리 워턴 경의 믿음에 대한 반박이 될 수도 있었다. "장 로랭 씨는 늘 나의 운명에 큰 영향을 주었다." 그로일링은 증언에서 말했다. 젊은 시절 "나는 파란색 또는 분홍색 실내 가운을 걸치고 그의 책을 읽곤 했으며, 그는 내 속에서 실현 불가능한 욕망을 일깨웠다. (…) 나는 그를 알고 싶었다. 하지만 마침내 독사의 눈에 손가락은 반지로 장식한 이 사람을 보고 크게 실망했다. 그는 일류의 괴짜였다." 그런 예측 가능한 실망—직접 만날 경우 작가들은 일반적으로 독자의 기대를 충족시키거나 만족시키지 못한다—에도 불구하고 로랭의 영향은 계속되었다. 이제 그로일링은 우편엽서 판매에서 황금 거래로 일을 바꾼 터라 로랭을 읽으면서 처음 품게 된 꿈을 실현할 여유가 있었다. 베네치아를 보겠다는 꿈이었다.

그는 그곳에 도착하여 곤돌라에서 아담하고 "아주 시적인 러시아 여자"와 "완벽하게 정신적인 로맨스"를 갖게 되었다, 그는 법정에서 그렇게 말했다. "그리고 여기에서 로랭은 자기도 모르는 사이에 이 영혼들의 결혼을 관장했다." 《르 마탱》은 비꼬는 투로 그렇게 논평했다. 그로일링의 이야기에 따르면 대화에서 그 작가의 이름이 나왔고, 그러자 그는 『포카스 씨』에 찬탄하는 마음을 드러냈다. "어머!" 아담한 러시아 여자는 곤돌라에서 탄성을 내질렀다. "그분에 대해 나쁜 말은 한마디도 하지 않는군요! 드디어 장 로랭에 관해 나쁜 이야기를 하지 않는 남자를 만났네요!"

이 즐거운 모험은 그로일링의 법적 변호와는 관련이 없는 듯 보이지만, 사실 변호는 두 방향으로 진행되었다. 한편으로는 그는 엘레네 포페스코가 교묘하게도 놀라울 만큼 살인처럼 보이는 방식으로 자살을 했기 때문에 무죄라는 것. 다른 한편으로는 어쨌든 장 로랭을 읽음으로써 그의 도덕감각이 무너지고 책임감이 약해졌다는 것. 이상하게도 법원은 그로일링의 해명 가운데 어느 쪽도 믿지 않으려 했으며, 그에게 10년을 선고했다.

로랭은 이 재판에 마음이 편치 않아 증언을 했다. 그 전해에 그는 자크맹 사건에서 명예훼손으로 파멸적인 피해를 입었을 뿐 아니라,

입에 올려 좋을 것이 없는 또 다른 기소 사건에 끌려들었다. 20대 초반의 두 귀족 자크 다델스베르드-페르센(마리 앙투아네트의 스웨덴인 애인으로 여겨지는 악셀 폰 페르센의 후손)과 알베르 아믈렝 드 워런 백작은 "미성년자에게 방탕을 부추겼다"는 이유로 유죄판결을 받았다. 두 남자는 파리의 가장 좋은 학교들 몇 군데에서 어린 소년들을 자신들의 독신자 아파트로 꾀어 들였으며, 그곳에서—일주일에 두 번씩—"네로와 같은" 성적 행동에 이르는 유사 악마 숭배적 행사가 벌어졌다. 아니나 다를까 언론은 "흑미사 스캔들"을 반겼으며, 이것을 문명 종말의 증거로 받아들였다. 법정은 이 사건을 엄격하게 법적인 용어로 다룬 반면—악마 숭배가 아니라 남색이 관심사였다—신문들은 더 넓은 범위에서 나라의 개탄할 만한 상황을 탄식하는 쪽을 선호했다. 귀족들의 독신자 아파트garçonnière는 데제생트의 교외 은거지(그렇다고 그가 거기에서 무슨 일을 했다는 것은 아니지만)와 비교되었다. 보들레르부터 시작해서 문인의 이름들이 데카당스의 분위기를 촉진하는 데 도움을 준 것으로 거론되었다. 가장 두드러진 것은 위스망스와 로랭의 이름이었다. 문학은 독이 될 수 있다, 언론은 그렇게 주장했다. 로랭에게는 사태가 더 심각해졌다. 그는 실제로 1901년 베네치아에서 페르센을 만난 적이 있었기 때문이다. 게다가 남작은 자신을 변호하면서 자신의 행동이 로랭의 글 탓이라고 주장했다. 그 영향의 증거로 '포카스 씨'라는 가명으로 쓴 시 몇 편을 공개하기도 했다.

그로일링 사건의 경우처럼 법원은 피고의 문학적 변명에는 관심이 없었다. 그러나 로랭은 경악했다. 그런 유독한 문학적 영향력을 발휘하여 한 사람은 살인에 이르게 하고 또 한 사람은 미성년자의 성적 학대에 이르게 했다는 공개적인 비난은 아무리 로랭의 비관습적인 기준에서 보아도 도를 넘어선 것이었다. 그는 작가 친구들에게 공개적 지지를 호소했다. 콜레트가 지원에 나섰지만 대부분은 도움을 거부하거나, 그냥 달아나 숨었다.

놀랄 일이 아니었다. 아무리 용감한 사람이라도 불이 자기 쪽으로 번지면 점잔을 빼거나 짐짓 분개하는 척할 수 있다. 1895년 와일드가 런던에서 재판을 받을 때 저널리스트 쥘 위레는《르 피가로 리테레르Le Figaro littéraire》에서 프랑스 작가 세 명을 와일드의 "막역한 친구"로 거명했다. 마르셀 슈보브, 카튈 망데스, 장 로랭이었다. 슈보브는, 로랭의 묘사에 따르면 와일드가 1891년 파리를 방문했을 때 그를 태우고 다니는 "코끼리 몰이꾼cornac"이었다. 그와 망데스는 둘 다 위레에게 결투를 신청했고, 로랭은 이 저널리스트에게 철회문을 발표하라고 강요했다.

카트린 포치는 아버지와 마찬가지로 친영파였다. 또 아버지와 마찬가지로 영어를 아주 잘했다. 1918년 3월, 갑자기 독일의 전쟁 승리가 가능해 보였을 때 그녀는 자신에게 열렬한 애국심이 없다는 사실을 알았다.

내가 우리나라의 미래에 정말 조금이라도 관심이 있을까? 나는 프랑스를 좋아하지 않는 걸까? 솔직히, 나의 제2의 영적 고향인 잉글랜드보다 더 좋아하지는 않는다. 잉글랜드는 나에게 아주 많은 것, 아주 많은 귀한 것을 주었다. 지울 수 없는 것들에 대한 느낌,

신성한 것을 향해 정진하는 종교, 브라우닝, [조지] 엘리엇, 셸리와 스윈번의 거룩한 고뇌. 오, 아주 많고, 또 아주 훌륭하다.

잉글랜드는 또 카트린에게 물리적 피난처이기도 했다, 특히 두 번의 격렬한 가족 위기 뒤에. 1905년 4월, 스물두 살의 카트린은 아버지와 격한 싸움을 하다가 그의 면전에서 간통, 구체적으로 에마 피쇼프와의 공개적 연애를 비난했다. 그녀는 일기에서 자신을 2인 칭으로 부르며 이렇게 쓴다. "네 아버지는 며칠 전에 너를 저주했어, 케이티. 타격에 타격을 가했어. 네가 아주 짧은 순간이나마 그를 존경하지 않는다는 사실을 보여주었다는 이유로." 그 결과 아버지는 그녀 홀로 런던에서 시간을 보내게 했고, 그녀는 이후 호브에서 석 주를 보내며 남동생 자크를 찾아가기도 했다. 자크는 아버지의 명령으로 자기 규율을 배우기 위해 그곳의 기숙학교에 다니고 있었다.

그러나 이 사람은 카트린 포치였기 때문에, 이것은 단순히 비판적인 딸이 독선적인 아버지를 도발하여 폭력을 일으킨 상황을 넘어선 훨씬 큰일이었다. 이 사건은 실존적 위기에 둘러싸여 있었다. 그녀의 일기는 이렇게 시작된다. "너는 울고 있어, 너는 울고 있어. (…) 어떤 것도, 인간적인 어떤 것도 네 영혼의 거대한 갈망을 충족시키지 못한다는 것을 이해했기 때문일까?" 그리고 이렇게 끝난다. "신이여! 신이여! 신이여! 나에게 죽을 권리, 그리고 잘 권리를 주소서……." 따라서 이것은 가족 상담으로 해결될 수 있는 선을 넘어섰다. 이 두 번의 폭발 사이에 카트린은 지상으로 내려와 징벌적인 분위기에서 정도를 벗어난 아버지 너머로까지 경멸을 확대한다. 그녀의 남동생 장은 "부끄러운 줄 모르고 매일 진부하고 가장 편협한 자기중심주의를 과시한다". 그녀는 그렇게 말한다. 그녀는 늘 아버지에 맞서 어머니 편을 들었는데, 어머니는 경멸보다는 동정의 대상이된다.

네 어머니는 그저 길가에 서 있다가 눈에 띈 작은 아이로, 자신을 너에게 맡겼기 때문에 동정을 받고 있어. 그녀는 성정이 착하고 해를 입었기 때문에 사람들이 사랑해—하지만 어떤 일에서도너를 위로해주지 못할 것이고, 네 눈을 오랫동안 들여다보아도 그뒤에 감추어진 절망은 짐작도 못 할 거야.

이런 폭발 전부터 한동안 가족 내 갈등이 쌓여왔을 것이 분명한데, 이것은 우리가 가운데 아이 장에 관해 듣게 되는 흔치 않은 기회

◇ 어린 시절 카트린과 장 ◇

◇ 장과 카트린, 1903년경 ◇

다. 이제 스물한 살인 미래의 외교관은 이미 자신의 기술을 연마하고 있었다. 위기 이틀 전, 그는 부모가 이혼할지 모른다는 누나의 암시에 답하여 이렇게 쓴다.

이 순간 **폭력적 해결**이 우리 모두에게 얼마나 후회스러운 일이 될지 생각해봐. 모든 것에도 불구하고 아버지를 사랑하고, 제2의 포치 부인의 존재를 견디어낼 수밖에 없을 어머니에게, 또 누나에게. 세상이 이혼을 완전히 받아들이지 않는다는 것을 고려할 때. (…) 내가 아버지를 대변할 수는 없지만, 아버지한테는 이미 적이 많아. 따라서 이런 추락, 이런 사회적 지위 상실로 아버지는 바람둥이의 범주에 들어가게 될 거야. 하지만 아버지는 그런 일을 당해야 할 분은 아니야. 아버지가 F 부인을 절대적으로 사랑하지는 않는다는 것을 두 사람은 이해 못 해? 아버지는 그 여자에게서 집에서 얻지 못하는 것을 구하고 있어—웃는 얼굴, 다정한 말, 칭찬, 그의 자부심에 비위를 맞추어주는 말, 현재 그가 세상에서 누리는 지위에 합당한 존중…… 아버지가 지금 F 부인을 버릴 거라고 기대해서는 안 돼. 아버지는 그녀가 자신에게 보여준 **사랑**에 감사하는 것을 명예의 문제로 여기고 있어. 누나 입장에서는 어머니가 이 불가피한 외도를 묵인할 수 있어야 했다고 생각하지 않아? (…) 그리고 아버지에게 비난 대신 웃는 얼굴을 보여주고, 우리를 위해, 아버지와 함께 또는 필요하다면 아버지 없이 집과 가정과 가족을 만들어주었어야 했다고…….

이로써 강렬한 4인조가 만들어진다. 자부심 강한 아버지, 비타협적인 어머니, 사나우리만치 도덕적인 딸, 외교적인 아들. 성 구분선을 따른 가족 분열. 이 시점까지도 테레즈 포치에게서는 직접적인 이야기는 들을 수 없다. 그런 점에서 그녀는 사회적으로만이 아니라 가정적으로도 "포치의 벙어리"로 남아 있다. 1932년에 카트린은 이렇게 적었다. "어제 1909년의 편지 몇 통을 다시 읽었다. 아버지가 나에게 보낸 편지에서 어머니의 가혹함, 오만, '전부 아니면 전무'라는 태도를 고수하는 것에 관해 말하고 있는 것을 보고 깜짝 놀랐다."

1907년 봄—카트린의 일기에서는 다루어지지 않는 시기—에 두 번째 싸움이 벌어졌다. 전처럼 주석이 많이 달리지는 않았지만, 싸움의 이유는 여전히 똑같다. 싸움의 어느 시점에서 카트린은 부모 사이에 몸을 던져 따귀를 맞고 "반쯤 목이 졸렸지만" 포치가 흥분을 가라앉혔다. 다시 그녀는 잉글랜드로 달아났고, 친구들이 옥스퍼드 세인트휴 칼리지에서 임시로 자리를 찾아주었다. 그녀는 그곳에서 봄 학기를 보내고 나서 아주 많은 사람이 그랬던 것처럼 비와 추위와 외로움을 경험했다. 그녀는 또 공개 토론에서 여자는 "남자의 손에 의해 빚어지기를 기다리는 미발달 상태인 가능성덩어리일 뿐"이라고 선언하여 동료 페미니스트 학생들의 속을 뒤집어놓기도 했다. 그럼에도 그녀의 학업은 학감들에게 강한 인상을 주어, 그들은 그녀에게 가을 학기부터 정식으로 자리를 잡으라고 제안했다. 그녀는 돌아올 때를 대비해 아파트를 빌려놓고, 방학을 보내러 자신만만하게 프랑스로 돌아갔다. 그녀는 자신이 맞이할 잉글랜드식 미래를 상상하고 있었다. 학생으로서, 사상가로서, 그리고 나중에는 에세이스트 또는 어쩌면 저널리스트나 비평가로서. 그녀는 훌륭한 시인으로 가득한 이 춥고, 가혹한 나라에서 진지한 인생을 살 것이다. 그녀의 지도 교수인 밀러 양은 그녀가 목표를 이룰 능력이 있다고 용기를 주었다. 그러나 그녀의 계산에는 어머니가 빠져 있었다. 테레즈는 아첨과 눈물과 감정적 협박을 섞어 그녀가 학문적인 길을 시작해보기도 전에 포기하도록 설득했다. 이렇게 잉글랜드식 삶을 빼앗긴 것을 그녀는 이후로 오랫동안 후회하게 된다. 테레즈는 또 몇 달 동안 상호 침묵이 유지되는 상황에서 카트린에게 아버지와 화해를 하라고 종용했다. 아무리 벙어리라 해도 포치 부인은 이 가족 드라마에서 수동적 배우와는 거리가 멀다.

◇　카트린 포치, 파리식 차림으로 옥스퍼드의 동료 학생들과 함께　◇

화가는 닮은 모습, 또는 하나의 변형, 또는 하나의 해석을 그리며, 이것은 모델이 살아 있는 동안에는 그를 찬양하고, 죽은 뒤에는 기념하며, 수백 년 이상 뒤의 관람객에게는 아마도 호기심을 자극할 것이다. 이렇게 말하면 너무 단순하다고 생각하겠지만, 실제로 가끔은 그렇게 된다. 나는 사전트의 초상화 때문에 닥터 포치에게 끌렸고, 그의 삶과 작업에 호기심을 느끼게 되었으며, 이 책을 썼고, 여전히 그 그림이 진실하고 멋진 닮은꼴이라고 생각한다.

그러나 죽은 화가, 죽은 화제, 살아 있는 관객 사이의 공모가 어그러지는 데는 많은 것이 필요하지 않다. 앵그르의 〈베르탱 씨M. Bertin〉는 프랑스의 19세기 초상화 가운데 걸작으로 꼽힌다. 나는 수십 년에 걸쳐 이 그림을 자주 보았다. 이것은 1832년에 그린 것이고 지금은 루브르에 살고 있다. 의심 많은 눈에 입이 아래로 처진 크고 강력한 사람이 의자에 앉아 있다. 〈집에 있는 닥터 포치〉와 마찬가지로 두 손이 열쇠다. 그는 두 무릎을 꽉 움켜쥐고 몸통과 머리가 우리 쪽으로 당겨져 있어, 불쑥 다가와 우리를 지배한다. 나는 어찌어찌해서 베르탱이 은행가라고 알고 있었으며, 오랜 세월 그는 나에게 프랑스 19세기 삶의 어떤 면을 체현해왔다. 그것은 부지런하고, 손에 넣으려 안달이고, 거드름을 피우는 면이었는데, 1840년대에 동포에게 돈을 버는 데 집중하라고 다그칠 때 기조 총리는 그런 면에 영합하고 있었다. "부자가 돼라Enrichissez-vous!" 기조는 그렇게 선포했다고 전해진다(그 표현은 그와 비슷한 많은 표현과 마찬가지로 출처가 의심스러워 보이지만). 어쨌든 그들은 시키는 대로 했다. 그래서 크기는 중간 정도임에도 기념비적인 이 초상화를 볼 때마다 나는 매혹적인 혐오에 사로잡혔다. 베르탱은 적, 내가 대변하는 것(내가 뭔가를 대변한다면)의 적이었다. 동시에 나는 나보다 야만적이고, 강력한 것을 두려워했다—내가 현실의 삶에서 그를 만나기라도 한다면.

　그러나, 10년 전 나는 굳이 그림 옆의 설명을 읽어보았고, 베르탱이 사실 은행가가 아니라…… 저널리스트였다는 것을 알게 되었다. 물론 저널리스트를 볼 때도 우리는 매혹적인 혐오에 사로잡힐 수 있다. 하지만 그래도. 그러다가 나는 베르탱—《르 주르날 데 데바Le Journal des débats》의 편집인이고 포치와 마찬가지로 수집가였다—이 "따뜻하고, 풍자적이고, 매력적인" 사람이라는 내용과 만나게 되었는데, 그전에는 내 눈에 보이지 않았을지 몰라도, 앵그르가 초상화에서 그런 특질들을 끌어낸 것 같았다.

　인정하거니와, 이것은 전적으로 내 잘못이었다. 하지만 우리로서는 우리를 내다보고 있는 사람들을 현대의 눈으로 보지 않고, 또 현대의 감정을 집어넣어 읽지 않기가 어렵다. 초기 사진에서 모델은 거의 웃지 않는다. 사진을 찍는 것은 진지한(종종 평생에 한 번 있는) 행사였으며, 그뿐만 아니라 장시간 노출이 요구되었기 때문이다. 초상화—엘리자베스 여왕 시대의 아이, 조지 왕 시대의 명사, 빅토리아 여왕 시대 부인의 초상화—를 보면서 우리가 하는 일 한 가지는 우리를 마주보는 그들을 보면서 그들을 살려내고, 그들과 시각적 대화를 나누려 하는 것이다. 이런 대화에서 우리는 그들의 감정이 우리 감정의 변형이라는—또는 우리가 그들의 입장일 때 우리 자신이 느낄 감정일지도 모른다는—그릇된 가정을 할 수도 있다. 또 그들이, 어찌 된 일인지, 우리가 그들에게 관심이 있는 만큼 우리에게 관심이 있다는 그릇된 가정을 할 수도 있다. 우리는 그들의 자세와 옷, 장신구, 잘못 알고 있을 수도 있는 그들의 배경에서 결론을 끌어낸

◇ 장-오귀스트-도미니크 앵그르, 〈베르탱 씨〉(1832) ◇

다. 우리가 지배적인 예술적 관행에 무지할 수도 있고, 화가가 모델에게 강요한(또는 모델이 화가에게 강요한) 형식적 결정이 있을 수도 있다. 포치와 사전트는 사이가 좋았던 것이 분명하고 만나서 그림을 그릴 때마다 점심을 함께 즐겼지만, 사전트의 마음속에서 이 초상화는 여전히 '코트가 핵심'이었을 것이다. 그리고 포치의 마음속에서는 그림에 나타난 것보다 허세와 으스댐이 중요하지는 않았을 것이다. 아마 그는 사전트의 작풍이 그림의 재료보다 중시될 수도 있다고 걱정했을 것이다. 아마 과학적인 눈과 예술적인 눈 사이의 차이를 말없이 계산했을 것이다. 아마 점심(또는 정부) 생각을 했을 것이다. 그들이 함께 그림을 위해 만나 무슨 이야기를 했을까? 우리는 알 수 없다.

가끔은 이렇게 요약된다. 누가 지휘를 하고 있을까? 그리고 그들은 자기들이 하고 있다고 생각하는 일을 하고 있을까? 여기 와일드의 화가 배질 홀워드가 있다.

감정으로 그리는 모든 초상화는 모델이 아니라 화가의 초상화다. 모델은 그저 우연, 계기일 뿐이다. 화가가 드러내는 것은 모델이 아니다. 색깔이 칠해진 캔버스에 드러나는 것은 화가다.

언뜻 보면 모델은 그림을 "돕기" 위해 있을 뿐이며, 화가에게 모델이 무엇을 "닮았느냐"(인격에서, 심지어 외관에서도)는 화가에게 큰 관심사가 아니라는 루치안 프로이트의 통명스러운 주장에 가까워 보인다. 하지만 프로이트는 다리를 벌린 여성 누드를 그릴 때 자신이 "자신을 드러내고 있다"고까지 말하지는 않을 것이다. 오히려 그는 그림을 만들기 위해 어떤 사람을 이용하고 있고, 그렇게 함으로써 그 사람—또 그들의 실존—을 새로운 현실로 대체하고 있다고 말할 것이다.

어쨌든 홀워드의 주장은 그(와 와일드)가 그런 주장을 하고 있는 바로 그 소설에 의해 훼손된다. 도리언 그레이의 초상은 모두가 동의하듯이 제목에 나온 젊은이의 감탄할 만큼 정확한 물리적 재현이기 때문이다. 나아가—이것이 플롯을 밀고 나가는 요소인데—그것은 그가 점점 타락하는 과정에서 감탄할 만큼 정확한 도덕적 재현이라는 것이 드러난다.

인간 조건에 관해 일반화를 하는 사람들은 종종 현실의 고집스러운 개별성이 자신의 진리를 뒤집는 것을 보게 된다. 그런 일반화의 정점이 와일드적인 경구다. 그것은 통렬해지려고, 독자(또는 연극을 보러 가는 사람)를 어리둥절하게, 즐겁게, 또 열등하다고 느끼게 만들려고 의도된 것이다. 이런 점에서 와일드적인 경구는 말의 댄디다. 그리고 댄디와 마찬가지로 대부분의 경구는 가장 훌륭한 경우를 제외하면 '유효기간' 딱지가 붙어 나온다. 시간은 나비, 댄디, 경구에게 똑같이 적이다. "일은 술 마시는 계급의 저주"는 지금은 입심 좋은 전도(顚倒)에 불과해 보일 뿐이며, 동시에 가족이나 돈에 대한 걱정 없이 술을 마실 여유가 있는 게으름뱅이를 기쁘게 하려고 기획된, 엄청나게 속물적인 말로 보인다. 와일드의 소설에 나오는 "상당한 매력과 인격을 갖춘 노신사" 트레들리의 어스킨 씨는 "역설의 길은 진리의 길"이라고 말한다. "현실을 시험하기 위해 우리는 그것을 외줄 위에 올려놓고 보아야 한다. '참'이 곡예사가 될 때 우리는 그것을 판단할 수 있다." 이것은 매우 와일드적이다. 그는 사회적으로나 지적으로나 곡예사, 외줄 타는 사람, 그네 묘기를 부리는 사람, 발이 빠르고 머리가 빠른 사람, 스네어 드럼 소리가 점점 커지며 그와 우리를 마지막 심벌즈 소리로 몰아가는 동안 각광 속에서 반짝이는 모조 다이아몬드들의 소용돌이였다. 그런 다음 갈채—오 그래, 갈채가 생명이다.

"역설의 길은 진리의 길이다." 젊은 시절 나는 그 효과가 어떠할지 정확히 알고 있는 배우들의 입을 통해 처음 와일드의 경구들을 들었다. 나는 그 경구들의 우아함과 자신감에 깜짝 놀랐고, 따라서 그것이 진실이라고 가정했다. 나중에는 그것들 가운데 아주 많은 수가 정상적인 가정(假定), 즉 사회 통념idée reçue을 교묘하게 뒤집는 것에 의존하고 있다는 점을 눈치채기 시작했다. 그러다가 중년에 들어서면서 그 기본적 진실성, 또는 심지어 그 온건한 진실성, 또는 그 자취만 남은 진실성조차 의심하기 시작했으며, 격렬한 문학적 도덕주의가 자리를 잡기 시작했다. 마지막으로, 나는 와일드적인 경구(드라마의 형태이든 산문의 형태이든)가 실제로 어떤 진지한 진실의 증류라기보다는 극적 과시의 한 조각임을 깨달았다. 그리고, 마지막 다음으로, 와일드가 이것을 내내 알고 있었다는 사실을 발견했다. 그는 코넌 도일에게 이렇게 쓴 적이 있다. "나와 삶 사이에는 늘 말들의 안개가 있소. 나는 어떤 표현을 위해서 개연성을 창밖으로 던져버리며, 경구의 가능성은 나에게 진실을 저버리게 만든다오."

만일 우리가 자기답게 죽는다는 말이 사실이라면, 도를 넘어선 사람들은 도를 넘어선 방식으로 죽을 것을 예상할 수도 있다. 레옹 도데를 비롯한 여러 사람은 장 로랭을 오스카 와일드의 프랑스판으로 보았다. 와일드는 1900년 11월 30일 파리에서 죽었다. 아침에 입에서 "거품과 피"가 나오기 시작했다. 오후 2시 그는 사망했고, 그 순간 "그의 몸은 귀, 코, 입과 다른 구멍들에서 나오는 액체로 폭발했다. 파편은 끔찍했다". 로랭은 1906년 6월 30일 파리에서 죽었는데, 죽기 이틀 전 더럽혀진 욕실 리놀륨에서 발견되었고, 자가 처방 관장제로 인해 대장에 구멍이 뚫려 있었다. 그는 아르마예 거리에 있는 진료실로 옮겨졌다. 포치는 동료들과 의논했다. 로랭의 내장이 심하게 약해진 상태였기 때문에—에테르 때문이냐, 매독 때문이냐, 논란은 계속되었다—수술은 의미가 없었다. 물론 환자에게는 사실을 이야기하지 않고 회복의 희망을 주었지만. 그는 이틀간 고통을 겪었다. 면회는 허용되지 않았다. 그래도 꽃과 편지는 받을 수 있었다. 로댕이 (로랭이 아프다는 것을 모르고) 편지를 보내 그의 산문의 은근함을 모나리자의 미소에 빗대자 로랭은 기분이 아주 좋아졌다. 마지막으로 그의 어머니—시코락스—가 도착하여 하나뿐인 자식의 죽음을 지켜보았다. 로랭은 어느 시점엔가 착란 상태에서 외쳤다. "파리! 네가 나를 이겼구나!"

그 전해에 로랭과 마찬가지로 찬 이슬을 맞고 돌아다니던 가브리엘 이투리가 당뇨병으로, 그답게 죽었다. 순종적으로, 조용히, 비굴하게. 몽테스키우

◇ 로댕 ◇

는 그가 할 수 있는 유일한 방법으로 그의 마지막 하강에 반응했다. 자신의 밝은 갑옷으로 모든 감정을 차단한 채 사회적 의무를 계속 이어가고, 종종 옷을 갈아입을 때만 돌아왔다가 다시 나갔다, 마치 죽는 것이 취향 나쁜 행동인 것처럼. 어느 시점에서 이투리는 견디다 못해 두 사람 모두의 친구인 클레르몽-토네르 후작에게 불평하기도 했다. "백작은 내가 개처럼 죽게 내버려두고 있습니다." 후작이 그 말을 듣고 감히 질책하자 몽테스키우는 대답했다. "내가 떠나면 그는 그것을 바라고, 내가 있으면 그는 그것을 바란다." 그는 이투리를 베르사유의 정문에 있는 묘지의 18세기 납 조각상 밑에 묻고, 1년 뒤 추모집으로 친구를 기리고 애도했는데, 그 제목은 그가 이투리에게 하사한 별명이었다. 『꽃의 수상Le Chancelier de Fleurs』.

1909년은 포치의 가족생활이 마침내 내부로부터 오는 분열의 압력에 굴복한 해였다. 그는 그해를 시작할 때 이에나가에서 아내, 장모, 딸, 둘째 아들과 함께 살았지만, 마칠 때는 혼자였다. 제일 먼저 떠난 사람은 카트린 포치로, 그녀는 1월 26일 그녀가 나중에 표현한 바에 따르면 "결혼당하기 위해서" 결혼했다. 신혼부부가 신혼여행에서 돌아왔을 때 카트린은 임신한 몸으로, 신랑은 열흘 만에 쓴 3막 희곡을 들고 왔다. 제목은 「루비콘강Le Rubicon」이었다.

석 달 뒤, 이에나가의 가족은 마침내 집 안의 루비콘강을 건넜다. 테레즈가 결혼 생활이 시작되던 초기에 고려했던 법적 별거를 요구했고, 사뮈엘은 받아들였다. 그녀는 열세 살 난 자크를 책임지고 포치는 교육비를 대기로 했다. 그녀는 자신의 재산에 대한 "완전한 통제"를 계속 이어가기로 했다. 포치는 자신의 거처에 계속 살면서 테레즈에게 집세를 내기로 했다. 그가 받아들이기를 주저한 유일한 요구는 테레즈, 그녀의 어머니, 자식들이 베르주라크 시골에 있는 포치 가족의 집 라 그롤레에서 휴가를 보내게 해달라는 것이었다. 그는 그곳에 있는 자신의 "개인 방"은 여름에 자신만 써야 한다고 고집했다. 7월 15일 테레즈와 그녀의 어머니는 오슈가 33번지로 이사해 나갔다. 결혼은 공식적으로 끝났다. 그러나 이혼은 불가능했다. 테레즈의 신앙이 그것을 금했다. 포치와 에마는 아르메니아 수사의 축복을 되풀이해 받으며 지내야 했다.

결혼 30주년을 불과 몇 달 앞두고 무엇이 이 부부의 공식적인 결렬을 낳았을까? 아마도 바로 이 사실일 것이다. 30주년이라는 말이, 그 핵심이 가짜인 뭔가를 기념한다는 점. 추가로 카트린과 장이 집을 떠났다. 둘째 아들 자크는 정신적으로 약해서 평생 정신과 의사의 치료가 필요했다. 아마도 테레즈는 긴축을 하여 핵심에 집중할 때라고 생각했을 것이다.

그러나 다른 요인도 있었다. 포치는 전에도 이따금씩 공격을 당하고 풍자의 대상이 된 적이 있었다. 그러나 이제《라 리브르 파롤La Libre Parole》—이제까지 나온 가장 비열한 신문 가운데 하나—이 그를 표적으로 삼고 집으로 점점 다가오고 있었다. 이 신문의 편집인은 에두아르 드뤼몽으로, 그 또한 가장 비열한 저널리스트 가운데 하나였으며, 그의 두 권짜리 『유대인의 프랑스La France juive』는 인간 정신이 받아들인 적이 있는 모든 반유대주의적인 생각과 느낌과 편집증적 "사실"을 과장하여 편찬해놓은 것이었다. 테레즈는 그들의 반드레퓌스파 친구들 가운데 한 사람에게 도움을 청했다. 그녀는 시빌 에메 마리-앙투아네트 가브리엘 드 리케티 드 미라보, 마르텔 드 장비유 백작 부인이라는 멋진 이름의 소유자로, '지프GYP'라는 단연 더 산뜻한 가명으로 익살스러운 소설 두 권을 쓰기도 했다. 백작 부인은 드뤼몽에게 닥터 포치의 사생활을 때리는 캠페인을 막아달라고 요청했다. 드뤼몽은 거절했다.

포치가 왜 반드레퓌스파, 반유대주의자, 왕당파, 이민 배척주의자, 가톨릭 우파의 자연스러운 표적이 되었는지는 쉽게 알 수 있다. 우선 그의 성이 인정하듯이, 그는 "사실은 프랑스인이 아니었다". 그는 전혀 가톨릭이 아니었고, 프로테스탄트였다가 무신론자가 되었다. 그는 알려진 자유사상가인데도 상원에서 의석을 차지할 만큼 뻔뻔스러웠다. 그는 헌신적인 드레퓌스파로 렌에서 열린 재심에서는 기록을 하며 일주일을 보냈다. 혈연과 지연에 집착하는 애국자들

◇ 드뤼몽 ◇

◇ 지프 ◇

에게 "거룩한 히스테리"라는 세월의 최종 결과는 결코 "정의를 위한 승리"가 아니라 오히려 "유대인을 위한 승리"였다. 포치 자신은 얼마든지 "뿌리 없는 코스모폴리탄"으로 간주될 수 있었다. 그는 유대인 색정광 사라 베르나르와 오래 연애를 했다. 지난 10년 동안 유럽의 유행을 따르는 도시들에서 정부—유대인이자 유부녀인 정부—를 전시하여 친유대주의를 더 과시하고 부인에게 모욕을 주었다. 그리고 이 사람은 정기적으로 선한 프랑스 가톨릭 부인과 딸들의 가리지 않은 음부를 맨손으로 검사하는 남자로, 모두가 알다시피 그 가운데 일부를 유혹하기도 했다. 이런 인민의 적에 관해 무슨 말이 더 필요할까? 그리고 테레즈—과묵하고, 종교적이고, 도덕적으로 올바른 테레즈—는 어떻게 그런 자를 더 견디며 살 수 있을까?

그해 여름, 포치는 베네치아에서 한 친구에게 편지를 보내 자신의 삶이 "봉제선에서 풀리고 있지만 현재는 견딜 만하다"고 말했다. 무엇보다도 편지에는 언급되지 않은 에마 피쇼프가 그랜드 호텔 브리타니아에서 그의 옆에 있었기 때문이다. 나아가 그의 일이 계속 이어지고 국제적 명성이 사그라지지 않았기 때문이다. 그해 봄 그는 미국에서 여섯 주를 보냈는데, 이는 그의 세 번째이자 마지막 미국 방문이었다. 공식적 목적은 1809년 크리스마스에 뉴욕에서 열린 이프리엄 맥도웰의 첫 난소 절제 수술 성공 100주년 기념행사에 참석하는 것이었다. 이 수술에서는 크고 억센 남자 둘이 제인 크로퍼드를 의자에 눌러놓고 있는 동안 마취도 없이 그녀에게서 액체 15리터를 빼내고, 몸을 옆으로 돌리고 피를 뽑았으며, 그런 뒤 도로 꿰맸다. 이 모든 일이 25분 만에 이루어졌다. 그녀는 당시 마흔일곱 살이었고, 일흔아홉까지 살았다.

이것은 정말 기념할 만한 일이었다. 미국과 영국의 대표들이 죽기 전에 괴상하게 부풀어 오른 배를 앞세우고 고통스럽게 비틀거리던 여자들의 모습이 거리에서 사라졌다. 많은 사람들은 그들이 임신한 것이 틀림없다고 생각했다(그리고 그런 오해가 불러일으키는 모든 혼란이 나타났다). 그러나 이것이 완전히 역사 속에 묻힌 일은 아니다. 내가 이 책을 쓰는 동안 영국 신문들은 스물여덟 살인 킬리 파벨의 사례를 보도했는데, 그녀는 몸무게가 늘어 스완시의 주치의에게 갔다가 의식을 잃었다. 가정용 임신 진단 키트 결과 세 번이나 음성으로 나와, 킬리는 예정일을 묻는 친구들에게 "그냥 살이 찐 것"이라고 대답했다. 혈액검사에서는 결론이 나지 않았다. 지역 보건의는 임신일 수밖에 없다고 판단하여 그녀를 종합병원으로 보냈다. 그곳에서 스캔을 해보니 무게 26킬로그램—아기 일곱 명을 합친 것과 같았다—의 난소 물혹이 드러났고, 이것은 네 시간에 걸친 수술 끝에 제거되었다. 다행히도, 마취 뒤에 이루어진 수술이었다.

포치는 뉴욕 회의에서 '프랑스의 맥도웰 계승자들'이라는 주제로 영어 연설을 했다. 그에게는 민족적 자부심이 없지 않다. 난소 절제라는 개념이 처음 제기된 것은 1775년 프랑스에서다. 나아가 이 수술을 실행할 수 있게 해주는 지혈 클램프—혈관을 압박하는 "단단하고 믿을 만한" 도구—는 프랑스 발명품으로 1865년 쾨베를레와 페앙이 발명한 것이다. 그럼에도 이 행사는 경쟁적이라기보다는 축제 분위기였고 우애가 넘쳤다. 또 "혼인으로 생긴 마이나데스"와 파리의 유독한 정치로부터 벗어날 기회이기도 했다.

포치는 뉴욕을 떠나 메이오 클리닉을 두 번째로 찾아가, 두 메이오 형제, 그리고 이제 아흔이 된 그들의 아버지와 사흘을 보냈다. 그

◇ 레옹 보나가 그린 포치(1910) ◇

는 다시 뉴욕으로 돌아와 마침내 5년 전 몬트리올에서는 만나지 못했던 알렉시스 카렐을 만났다. 카렐은 이제 이스트 60번가 록펠러 연구소의 꼭대기 층에 있는 연구실에 자리를 잡고 있었다. 그는 서른여섯 살이었다. 작고, 그을린 피부에, 대머리가 벗어지고 있었으며, "미국식으로 아주 깨끗하게 면도를 했다"(이것은 분명히 대서양 양쪽의 차이였다. 펠릭스 포탱의 '현대 저명인사들'의 두 번째 앨범에서 프랑스 의학계 대표자 스무 명은 하나같이 이런저런 수염을 자랑한다). 카렐을 보면서 포치는 "로마나 베네치아에서 마주치곤 하는 자그마한 이탈리아인 사제"를 떠올렸다.

그러나 포치가 카렐의 연구소에서 본 것에 가톨릭적인 것은 전혀 없었다. 목에 붕대를 묶은 개 한 마리, 나중에 이식에 사용하려고 제거하여 차게 보존하고 있는 그 개의 경동맥들. 다른 개의 앞발을 하나씩 이식받은 개 두 마리. 신장을 주고받은 개 한 쌍. 왼쪽 신장을 제거해 로케액(液)에 한 시간 동안 넣어두었다가 다시 이식을 하고, 그런 뒤에 오른쪽 신장을 영원히 제거한 개 한 마리. 놀랍게도 이 개는 다시 이식한 한쪽 신장만으로 살아 있을 뿐 아니라, 새끼를 열한 마리나 낳았다. 카렐은 포치에게 경동맥을 자른 뒤 클램프로 압박하고 봉합하는 과정을 보여주었다. 봉합은 중국 명주실과 아주 가는 바늘로 했다. 클램프를 떼어내자 피가 정상적으로 흘렀다.

포치는 그렇게 출장을 다니면서도 이런 것은 본 적이 없었다—심지어 들어본 적도 없었다. 사실 포치가 보불전쟁에서 목격한 것들에 자극을 받아 수술 관행을 개선했듯이 카렐도 그 뒤에 일어난 공적인 사건에서 영감을 받아 자신의 작업을 진행했다. 그것은 1894년 6월 프랑스 대통령 사디 카르노의 암살이었다. 카르노는 리옹에서 열린

공식 연회에서 이탈리아인 무정부주의자의 칼에 찔려 다음 날 과다
출혈로 죽었다. 이것은 불가피한 일이었다. 칼에 잘린 혈관을 복구
할 방법이 없었기 때문이다. 그래서 카렐은 실험을 시작했다. 그는
물에 녹는 캐러멜로 만든 아주 가는 막대를 이용하여 동맥을 제자
리에 고정한 상태에서 가장 가는 자수용 실로 봉합을 했다. 이것은
개에게 효과가 있었다─따라서 인간에게도 효과가 있을 것이었다.

　카렐은 과학에 완전히 몰두했으며, 발표에는 아무런 관심이 없었
다. 포치는 이 작업이 미래에 인간을 위해 응용될 가능성을 즉시 파
악하고 대신 글로 기록해주겠다고 제안했다. 그는 파리로 돌아오고
나서 두 주가 지나지 않아 의학 아카데미에서 '혈관 봉합, 기관 이
식, 팔다리 이식에서 알렉시스 카렐의 새로운 실험들Nouvelles expériences
de sutures des vaisseaux, de transplantations des organes et de greffes de membres'이라는 주제로

◊ 알렉시스 카렐 ◊

◊ 사디 카르노 ◊

발표를 하게 된다. 그의 발표는 예의 바른 무관심에 부딪혔지만,《라 프레스 메디칼La Presse médicale》에 발표되었다. 이제 예순두 살인 포치는 자신의 세대는 자신들의 발견을 했고, 미래는 그의 나이의 절반인 사람들에게 속한 것임을 알았다. 포치는 이타적으로, 망설임 없이 카렐의 대변인porte-parole이 되었다.

카렐은 이탈리아인 사제처럼 보이는 면이 있었을지 모르지만, 바티칸이 그의 실험을 승인해줄 가능성은 거의 없었다. 또 이 점에 관한 한《라 리브르 파롤》의 독자들 대부분도 마찬가지였다. 그러나 포치는 이 새로운 발달의 단순한 구경꾼이나 보고자만이 아니었다. 그는 자기 나름의 실험도 했다. 그와 카렐은 오직 과학만 보았고, 자신들의 연구와 사유에서 미래의 인류를 고통에서 구하는 일만 보았다. 그러나 가톨릭 소설가 레옹 블루아 같은 사람들은 다르게 보았다. 블루아는 1913년(카렐이 노벨상을 받은 다음 해였다) 5월의 일기에서 포치가 닭의 심장의 한 조각을 열네 달 동안 살아 있게 할 수 있었다고 기록한다. 하지만 그를 혼란에 빠뜨린 것은 도덕적 또는 과학적 결과라기보다는 신학적 결과였다. 그는 예측한다. "죽음은 정복될 것이고 인간은 영원해질 것이다. 그러나 하느님이 우리의 영적 기능의 기반인 그 모든 영혼을 부르겠다고 결정하시는 날에는 어떻게 될 것인가. 그 몸들은 진짜 생명 없이 계속 움직일 것이고, 세상은 자동인형으로 가득 차게 될 것이다."

문학적(그리고 사회적)으로 열등한 자를 상대하는 법

1) 폴 레오토의 일기는 친구인 소설가 조르주 뒤아멜에게서 들은 이야기를 기록하고 있다. 1906년에 뒤아멜은 '크레테유의 수도원 L'Abbaye de Créteil'이라는, 화가와 작가들로 이루어진 유토피아 그룹의 창립자 가운데 하나였다. 그들은 이 공동체를 유지하는 데 도움을 얻기 위해 출판사를 차리고 잘 알려진 인물 여러 명에게 접근했다. 몽테스키우는 우아한 태도로 그들에게 자신의 작품집 가운데 하나를 발행하는 것을 허락했다. "하지만 그는 이런저런 이유로 여러 번 모든 일을 처음부터 다시 시작하게 했고, 그러다 돈이 마침내 바닥나고 말았다." 그 무렵 그는 이 그룹을 찾아왔다가 아주 아름답지만 손상된 오래된 타피스리를 발견했다. "오, 저게 있군, 이런 곳에? 나한테 주시오—내가 손봐서 드리리다." 그는 그것을 가져갔고, 그들은 그 타피스리를 다시는 보지 못했다.

2) 성미가 까다롭고 늘 궁핍했던 레옹 블루아는 일기에서 몽테스키우에게 바르베 도르비이의 편지 50통을 팔려고 했던 일을 회고한다. 백작이 첫 제안에 답을 하지 않자 블루아는 두 번째 편지를 보냈다—도움이 될까 해서 이번에는 라틴어로 보냈다. 과연 도움이 되었다, 답을 받아낼 수 있었다는 의미에서. 답은 싫다, 였다. 하지만 블루아에게는 다른 계획도 있었다. 필사본 삽화가이기도 했던 그는, 1년 동안 몽테스키우의 책 한 권을 장식하겠다고 제안했다. 그러다가 심지어 백작의 집 안에까지 들어가게 되었다. 몽테스키우는 그를 맞이하려 하지 않았지만, 블루아는 그곳이 "'집에 있는 위대한 작가'

에 들어갈 사진을 찍기 위해 준비해놓은 것처럼 장식과 배치가 이루어져 있었다"고 판단할 만큼은 구경을 할 수 있었다. 몽테스키우는 고집스럽게도 블루아의 계획 가운데 어느 것에서도 장점을 보려하지 않았고, 결국 스위스에서 절교 편지를 보냈다. 블루아는 백작이 편지에 우표를 충분히 붙이지 않아 자신을 퇴짜 놓은 편지를 찾기 위해 50상팀을 내야 했다고 씁쓸하게 기록했다.

1910년 포치는 평생 가장 긴 여행을 떠나, 정부 대표로 아르헨티나와 브라질에서 두 달간 병원, 종합진료소를 비롯하여 모든 종류의 의료 기관을 시찰했다. 그는 매우 감명을 받았다. 그는 "쇼비니즘은 무지의 한 형태"라는 자신의 원칙을 되풀이하며, 부에노스아이레스의 가장 새로운 병원에 "프랑스, 독일, 스위스, 미국"에서 온 장비들이 갖추어져 있다는 점에 주목한다. "이런 현명한 절충은 주목할 만하며, 이 젊은 나라의 지적인 애국주의의 특징을 제대로 보여준다. 그들은 일류에 이르고자 하는 야망에서 어디에서든 눈에 띄기만 하면 최고의 것을 가져오며, 편협한 민족주의 때문에 해외에서 가장 좋은 것을 가져오지 못하는 일은 없다."

포치가 파리로 돌아와 의학 아카데미에서 보고할 때 뱀에서 독을 뽑아내는 과정을 살펴보았던 상파울루 외곽의 자가혈액요법 연구소, 그리고 부에노스아이레스 근처의 정신병원을 강조한 것은—"혼인으로 생긴 마이나데스"를 슬쩍 암시한 것이라기보다는—그저 우연이었을지도 모른다. 그는 부탄탄 연구소에서는 "좋은" 뱀—그 자체로 독도 없으면서 다른 뱀에게 물려도 문제가 없는—과 "나쁜" 뱀의 싸움을 홀린 표정으로 지켜보았다. 두 번째 뱀은 그냥 나쁜 것이 아니라, 가장 나쁘다고 손꼽히는 자라라카였다. 좋은 뱀은 나쁜 뱀을 먹어 치우다시피 하여 싸움에서 이겼다.

아르헨티나에서는 '야외' 정신병원—같은 이름을 가진 스코틀랜드의 프로젝트가 원조였다—을 찾아가 부드러운 보살핌과 근면한 노동이 환자 거의 전부를 최대한 유순하고 만족하는 사람으로 바꾸는 과정을 보았다. 그곳에는 구속복이나 제한이 없었다. 환자가 괴로우면 회복될 때까지 침대에 뉘었다. 하는 일에는 농사, 벽돌 만들기, 목공, 쇠 다루는 일 등이 포함되어 있었다. 빵과 비와 신발도 만들었다. 이것은 단지 치료 효과만 있는 것이 아니라 병원이 경제적으로 버틸 수 있게 해주었다. 포치는 이 병원의 원장 닥터 카브레드에게 깊은 감명을 받았는데, 그는 이렇게 말했다. "미쳐 날뛰는 미치광이는 무대나 소설에만 존재합니다. 그들이 미쳐 날뛰게 되는 것은 그들에게 가해지는 폭력 때문입니다." 포치는 아카데미에 제출하는 보고를 이렇게 마무리했다. "친구들, 만일 내가 미치게 되면, 나를 곧바로 야외 정신병원에 있는 나의 훌륭한 친구 카브레드에게 보내 주십시오."

열다섯 살의 카트린 포치는 일기에 다음과 같은 대화를 적었다.

"아파요."
"어디가 아픈데? 머리? 배?"
(내 부모에게 도덕적 통증은 존재하지 않는다.)
"영적인 통증이 있어요." 그게 내가 말할 수 있는 전부였다. 내 핵

심까지 흔드는 이 예리하고 갑작스러운 통증은 나도 설명할 수가
없었다.

카트린이 가족의 통증을 독점한 것은 아니다, 그녀는 자신에게
우월한 종류의 통증이 있었다고 주장하기는 했지만. 별거는 부모에
게도 자식들에게도 평온을 주지 않았다. 카트린의 성인 생활은 고
통, 분노, 불만으로 가득했다. 그녀는 "행복을 위해 만들어지지 않았
다"는 점에서 사라 베르나르보다 훨씬 더 나아갔다. 그리고 어머니
가 오랫동안 등 뒤에서 유명한 색마의 매우 부당한 대접을 받는 부
인이라고 손가락질받으며 수군거리는 목소리들을 들었던 것과 마찬
가지로, 카트린도 파리의 지성적 사교계로 진입하면서 사람들이 자
기 쪽으로 고갯짓을 하며 "발레리의 여자"라고 말하는 목소리를 듣
게 된다. 그녀는 남편과 별거했다. 그녀는 슈테판 게오르게를 번역
하고, 시를 발표하고, 릴케와 서신을 교환했다. 정치적으로는 모계
의 군주주의로 다시 미끄러져 들어가, 1915년 악시옹프랑세즈Action
Française에 가입했다. 그녀는 늘 의회 민주주의를 비난해왔고 프랑스
볼셰비즘이라는 내부의 위협이 외부 독일의 위협보다 크다고 보았
으며, 왕족의 귀환이 그것을 막아줄 유일한 보루라고 생각했다.

그녀는 남은 인생 내내 남동생 장과 싸웠는데, 보통 돈, 소유물,
상속, 라 그롤레 출입 등이 쟁점이었다. 장 자신은 아마도 부모의 예
를 보고 단념한 듯 결혼을 하지 않다가, 부모가 다 죽고 난 뒤 쉰 살
이 되어서야 결혼했다. 카트린은 마지막 일기 한 곳에서 동생의 아
내 조르제트 칼루타를 "장의 작은 레반트인 잉꼬-부인, 표리부동한
잡담과 부부애의 모범"이라고 환영하는 동시에 경멸했다.

카트린의 영성은 관용과 용서가 따라오는 것이 아니었다. 1932년 테레즈가 죽었을 때 그녀는 이렇게 썼다.

그녀는 늘 나를 피하고 있었다, 마치 반항적인 소녀처럼. 그녀는 그녀 나름의 심오한 방식으로 고집스러운 소녀였다. 그런 달콤함, 그런 부지런함, 조화를 발산하는 존재감 (…) 그리고 한 고집스러운 소녀. 젊고 폭풍에서 자유로운 주노를 닮은 여신 (…) 그리고 한 고집스러운 소녀. 그녀의 흠 없는 행동거지, 차분하고 약간 묵직한 느낌을 주는 방식으로 (…) 그리고 자신의 강아지를 다시 보고 싶어 하고, 파리를 보고 싶어 했던 한 고집스러운 소녀…….

세 자녀는 각기 다른 방식으로 부모를 피했다. 카트린은 영적이고 지적인 우월성으로 떠나갔다. 장은 물리적으로, 외교관 일을 향해 떠나갔다. 자크는 심리적 혼돈으로 떠나갔다. 그는 늦둥이, "기적의 아이"였으나, 그의 운명이 가장 잔인하고 슬펐다. 그는 또 하나의 "벙어리 포치"로, 다른 사람들이 그를 대신해서 또 그에 관해서 이야기를 했다. 그는 아홉 또는 열 살 때 "지적장애" 진단을 받았고 부모는 그를 "길들이기" 위해 잉글랜드의 한 학교로 보냈는데, 효과를 기대하기는 힘든 일이었다. 그는 전쟁에서 군인으로 복무했지만, 스물다섯이 되었을 때는 배달원으로 일하고 있었다. 카트린은 동정 없는 표현으로 그를 묘사했다.

남동생은 추하고, 터무니없고, 엉덩이가 크고, 무능하고, 남색을 하

고, 화를 잘 내고, 변덕이 찾아오면 친근하게 굴고, 진부하고, 역겹
다. 또 뭐가 있을까? 내가 그에게 불멸이라도 주려는 걸까? 자크는
짐승이고, 어린 시절부터 그랬으며, 할 말은 그게 전부다.

이 무렵 그는 점점 불안정해지고 정신병 증세를 보였다. 그는 환
각으로 고생했고, 이따금 카트린에게 폭력적인 모습을 보이기도 했
다. 그의 망상은 입원해야 하는 수준으로 심각해졌다.
　여기에 징벌적 아이러니가 있다. 프랑스의 정신병원은 포치가 부
에노스아이레스 외곽에서 시찰했던 야외 병원보다 훨씬 후진적이고
훨씬 거칠었다. 그곳은 일상적으로 속박이 이루어지는 폐쇄된 장소
였다. 자크는 방브에 수용되었다가 생제르맹으로 갔고, 거기서 샤토
드 쉬렌(빅토르 위고의 딸 아델이 인생을 마친 곳이다)으로 갔다. 테레
즈가 죽은 뒤 카트린은 그의 법적 후견인이 되었다. 1933년 그녀는
자크가 화성인과 소통을 하고 있다고 주장할 때 의사가 경멸하는
것을 보고 충격을 받았다. 그녀는 이 문제에서는 동생 편을 든다―
"멍청한 것은 의사다". 이듬해에는 동생이 "1년 동안 면회도 없이,
선물도 없이, 냉담하고 탐욕스러운 의사들에게 맡겨진 채 방치되었
다"고 묘사한다. 마지막으로 동생은 "옷, 향수, 초콜릿, 그가 좋아하
는 선물"을 받는 것이 허락되어, "그 결과 그의 폭력성이 줄어든다"
(우리는 닥터 카브레드가 환자의 폭력적 반응의 원인이 되는 것이 기관
의 잔혹성과 속박이라고 주장했던 것을 기억하고 있다). 결국 카트린
은 자크를 스위스로 옮겨 닥터 레퐁이라는 여의사가 운영하는 클리
닉으로 보내고, 그곳에서 그는 "반(半)자유" 상태에서 살 수 있었다.
그것이 우리가 그에 관해 듣게 되는 마지막 소식이다. 그는 1950년

대에 죽은 것으로 여겨진다.

  1911년 6월 13일 파리 오텔-디외의 외과 과장인 닥터 에메 귀나르는 병원 뜰을 가로지르다 사타구니와 등에 총알 네 방을 맞았다. 암살자인 루이스-하시엔토-칸디도 에레로는 바르셀로나 출신의 서른여덟 살 먹은 재단사로, 전에 닥터 귀나르의 환자였다. 에레로는 자신의 행동을 설명하면서 자신이 처음에 누관(瘻管) 때문에 병원에 가서 소자법 시술을 요청했다고 말했다. 그러나 닥터 귀나르는 환자의 요청을 무시하고 즉시 수술을 하겠다고 고집을 부렸다. 그 후로 불구가 되어 일을 할 수가 없었다, 에레로는 그렇게 진술했다. 그는 닥터 귀나르를 찾아가 외과적 학살을 불평했으나 귀나르는 면전에서 웃음을 터뜨렸다. 그 순간 그는 행동하겠다고 결심했다.

  귀나르를 수술한 의사들은 복부에 다수의 총상이 있다고 보고했다. 일반적인 개복수술이 이루어졌다. 작은창자의 구멍 여섯 개를 봉합하고, 오른쪽 위의 결장 동맥도 실로 묶었다.

  병원은 닥터 귀나르가 에레로에게 시행한 수술은 완벽하게 이루어졌고, 환자는 완전히 치료되었다고 말했다. 따라서 그의 행동은 균형이 잡히지 않은 사람의 행동으로 간주될 수밖에 없다.

  에레로 자신은 "양심적인 의사"의 검사를 받게 해달라고 요청했으며, 그러면 자신이 "의미 없이 순교자가 되고 절단이 났다"는 사실이 쉽게 확인될 수 있을 것이라고 했다.

  닥터 에메 귀나르는 6월 17일에 죽었다. 나흘 뒤 그가 총에 맞았던 오텔-디외의 뜰에서는 성대한 장례식이 열렸다.

물론, 포치는 그 자리에 있었다.

미국 혁명*과 마찬가지로 프랑스대혁명은 무기를 소지할 시민의 권리(또 집에 화약 5킬로그램을 보관할 권리)를 확립했다. 또 미국과 마찬가지로, 외적과 군주의 억압이 복귀하는 것에 맞서 공화국을 방어하는 데 필요한 수단으로 출발한 것이 어디에나 존재하는 시민권으로 바뀌었다. 무기 공업의 예상을 넘어서는 발전에도 불구하고 원래대로 유지되는 권리.

1911년 8월, 에메 귀나르의 살해 두 달 뒤 센 순회재판소의 두 번째로 열린 재판에서 배심은 법무장관에게 전달해달라며 재판장에게 공식 제언을 남겼다. 그것은 훨씬 엄격한 무기 통제를 요구하는 내용이었다. "리볼버를 들고 다니는 것은 이제 남자, 여자, 젊은 사람들에게 핸드백이나 열쇠 뭉치를 들고 다니는 것처럼 일반적인 일이 되었다. 감추기 좋고 사용하기 편한 리볼버를 습관적으로 들고 다니는 행위는 인명 존중이라는 개념을 위축시킨다." 배심은 총기의 판매와 소지, 또 범죄 현장에서 발견된 무기의 재판매에 대한 엄격한 통제를 요구했다.

이 청원은 당시 총기 통제를 지지하던 더 광범한 운동의 일부였다. 하지만 오늘날 우리에게 익숙한 모든 요소 때문에 법적인 조치는 속도가 더디었다. 적극적인 총기 로비, 무기력 상태를 보여줄 뿐인 의회 절차, 공개 소지에 관한 끝없는 논쟁 등등. 1916년 12월이

* 미국 독립전쟁을 가리킨다.

되어서야 국민 회의에 제출될 준비를 갖춘 법이 정리가 되었다. 그러나 이 시기에 이르면 개인이 아니라 대량 학살이 더 큰 걱정이라, 트렌치코트 안에 무기를 공개적으로 소지하는 것은 아무런 문제가 되지 않았다.

사라 베르나르는 이렇게 말한 적이 있다. "역사에도 불구하고, 전설은 늘 승리한다." 몽테스키우는 자신의 유명한 조상이 알렉상드르 뒤마 1세에 의해 허구화된 이후 이 명제가 작동하는 과정을 본 적이 있었다. 어느 날 그는 《르 피가로》를 넘기다 이런 표제를 보았다. "삼총사의 주인공 다르타냥—그는 실제로 존재했는가?" 백작은 생각했다. "전설이 역사를 이 정도까지 갉아먹는 것이 가능한가?"

물론 가능했다—그리고 그 자신의 경우에 더욱 그러했는데, 여기에서는 허구가 전기를 우적우적 씹어 먹었다. 그는 평생에 걸쳐 자신의 유사체, 그 자신의 발명된 형태와 경쟁해야 했다. 위스망스(1884), 장 로랭(1901), 에드몽 로스탕의 희곡 「샹트클레르Chantecler」(1910), 그리고 마지막으로 프루스트(1913~)에서. 몽테스키우는 인생의 끝에 이르러 자서전을 쓰려고 앉았을 때 이 장르에 일반적인 모순된 충동이 자신을 잡아당기는 것을 느꼈다. 진실을 말하되 즐겁게 해주는 것. 편협하거나 원한을 품은 것처럼 보이지 않으면서 기록을 정정하는 것. 타고난 허영심을 억제하면서도 자신의 삶이 얼마나 특별했는지 분명히 보여주는 것……. 하지만 세 권짜리 『지워진 발자국Les Pas effacés』—그가 죽고 나서 2년 뒤인 1923년에 나왔다—의 기저에 깔린 것은 훨씬 더 원초적인 충동과 의무감이었다. 자신의 진정성을 복원하는 것.

그것은 쉬운 일이 아니었다. 그는 저 바깥에 무엇이 있는지 알았다. 농장과 숲의 의인화된 동물들이 등장하는 로스탕의 해학적인 우화 「샹트클레르」의 최종 리허설을 보려고 객석에 앉았을 때 그는 근처에 앉은 사람들이 대놓고 자신을 공작(孔雀)과 동일시하는 소리를 들었다. 그럴 만도 했다. 극에서 공작이 등장하자 뿔닭이 꼬꼬 소리를 지른다. "사모하는 주인님, 이 해바라기들 쪽으로 오시어요! 공작, 해바라기—나는 이게 아주 번존스 같다고 생각해요." 이 장면은 문학적 야회(夜會)의 패러디로, 공작은 자신이 "예기치 않은 형용사의 군주"이자 "러스킨 비슷하지만 그보다 세련되었다"며 허세를 부린다. 또 백작의 과장된 말장난을 조롱하는 패러디도 있다.

페트로니우스-사제priest와 마에케나스-메시아,*
내가 발산성 상태에서 발산하는 단어들.
오, 발아하는 감식가여, 나의 법랑들 사이에서
내가 수호자로서 지키는, 이 취향을 보여주는 단어들.

한편 몽테스키우도 인정하듯이, 이것은 그가 쓴 글에서 로스탕과 그의 일파를 수도 없이 조롱하고 희화화한 것에 대한 합당한 보복이었다. 하지만 적어도 로스탕은 한 가지 면에서는 그를 잘 알았으며, 자신이 지금 풍자하고 있는 것을 연구하기도 했다. 반면 데제생

---

* Petronius-priest, Maecenas-Messiah. 발음이 비슷한 단어의 조합으로 말장난을 하고 있다. 페트로니우스는 로마의 풍자 작가이며, 마에케나스는 고대 로마의 정치가이자 예술의 보호자였다.

트의 그림자는 사반세기 동안 몽테스키우에게 드리워져 있었지만, 위스망스는 『거꾸로』가 출간되고 나서 한참 뒤에 딱 한 번 그를 만난 적이 있을 뿐이고, 그나마 둘은 한 마디도 나누지 않았다. 백작의 작가 친구들 다수는 허구적 인물과 실존 인물 사이에 진정한 관련은 없다고 공개적으로 선언했다. 하지만 연상을 떨쳐버리는 것은 불가능했다. 『지워진 발자국』에서 몽테스키우는 이 모든 것이 어떤 식으로든 자신의 "공격적 성격" 때문은 아닌지 의문을 품는다. 동시에 자신이 데제생트의 "모델"이라기보다는 이 등장인물의 "저자"로 간주되어야 한다고 주장한다. 그러나 이것은 위험한 노선을 걷는 것으로 느껴진다.

그리고 프루스트가 있었다. 1913년, 몽테스키우와 처음 만나고 나서 20년 뒤, 프루스트는 『스완네 집 쪽으로』*를 발표했다. 그동안 그는 백작의 버릇을 복제하고, 귀족 생활에 관한 그의 이야기를 빨아들이고, 그에게 레옹 들라포스를 제공하고, 아첨하고, 그와 식사를 하고, 언쟁을 하고, 다시 그에게 아첨했다. 한번은 「몽테스키우 씨의 단순성에 관하여」라는 웃음을 자아내는 제목으로 글을 쓰기도 했는데, 당연한 일이지만 어떤 신문도 이것을 실어주고 싶어 하지 않았다. 1919년 『꽃핀 소녀들의 그늘에서』가 나왔을 때, 몽테스키우는 이 유명한 단순성을 과시하여 옥으로 만든 손잡이가 달린 페르시아 단검으로 페이지를 잘라** 무덤과 그 너머까지 그와 동행하게 될 네 번째이자 마지막 그림자 자아를 천천히 발견해나갔다.

우리의 "이상한 3인조" 가운데 다른 두 명 또한 『잃어버린 시간

---

* 『잃어버린 시간을 찾아서』의 1부. 뒤에 나오는 『꽃핀 소녀들의 그늘에서』는 2부다.
** 예전 책은 칼로 페이지 가장자리를 잘라야 했다.

을 찾아서』에 스치듯 등장한다. 에드몽 드 폴리냐크는 본명으로 두 번 나와, 바이로이트 축제를 위해 X 왕자의 성을 세내고, 티소의 〈루아얄 거리 모임〉의 전경에서 어슬렁거린다. 포치는 닥터—나중에는 교수—코타르라는 인물 안에 살짝 굴절되었다고 전하지만, 그 자신으로서보다는 코타르 부인을 통해서 비추어지는데, 코타르 부인은 아내로서의 의무를 이행하느라 열심이지만 남편에게 늘 배신당하고 있다. 하지만 주요한 공개적 동일시는 몽테스키우와 샤를뤼 남작 사이에 이루어졌다.

백작은 그 관련성을 곧바로 알아채지는 못했다. 샤를뤼는 댄디이고 유미주의자이기는 했지만 (이성애적) 탈선을 한다는 평판이 있는 신앙 깊은 유부남(그러다 상처한다) 이성애자이며, 신체적으로도 몽테스키우와는 다르다(무게가 훨씬 많이 나간다). 그러나 서서히 동성애자라는 것이 드러나는데, 점점 수치를 모르고 가증스럽게 그렇게 되어간다. 이것은 백작 자신이 밟았던 길이라고는 할 수 없다. 한편, 여기 샤를뤼가 한 말이 있다. "요즘은 모두가 무슨 무슨 왕자다. 사실 자신을 구별해줄 칭호는 갖고 있어야 한다. 나는 익명으로 여행하고 싶을 때는 스스로 왕자라고 부르겠다." 이것은 그의 사촌 하나가 바이에른 왕자가 되었을 때 몽테스키우가 한 말—단어 하나 틀리지 않고—이었다. 그가 이것을 알아본다면, 다른 사람들도 알아볼 터였다. 그들이 샤를뤼의 말하는 방식, 음색, 오만함, 사교적인 행동, 추종자에 대한 요구를 알아보았듯이……. 게다가 전 스승을 이용하고 왜곡하는 전 추종자가 있었다. 자신에게, 또 자신에 관하여 "나는 선한 사람이며 아름다운 영혼의 소유자다" 하고 되풀이하기 좋아했던 백작은 비열한 괴물로 변형되고 있었다.

처음에 프루스트는 샤를뤼가 오래전 가브리엘 이투리를 부릴 기회를 놓쳤던 퇴폐적인 도아장 남작에 기초를 두고 있다고 주장했다. 그러나 몽테스키우는 사실을 꿰뚫어 보았으며, 파리 사교계 나머지 사람들도 마찬가지였다. 이 도시에서 아마도 유일하게 『아그네스』에서 '아버지'가 포치였다고 생각할 만큼 똑똑했던 안나 드 노아유는 어려움 없이 "샤를뤼는 로베르 백작"이라고 선언했다. 그녀는 또 몽테스키우의 목소리를 멋지게 흉내 내며 만찬 손님들에게 샤를뤼의 장광설을 낭독하기 좋아했는데, 어찌나 감쪽같았는지 늦게 도착한 사람들은 층계를 올라오면서 백작 자신이 장황하게 말을 늘어놓고 있다고 믿었다.

따라서 대중의 문학적 정신에서 몽테스키우는 다름 아닌 샤를뤼'였다'. 그가 데제생트였던—그리고 계속 그 상태를 유지할—것과 마찬가지였다. 프루스트 사전들은 코타르를 끌어온 인물로 포치 외에 다른 파리 의사를 반 다스쯤 나열한다. 또 비슷하게 샤를뤼를 끌어온 인물로는 다른 사교계 권력자 반 다스를 나열한다(장 로랭을 포함하여—백작은 짜증을 냈을 것이다). 프루스트 읽기의 이런 측면에는 기차 관찰과 같은 면이 있을 수 있다. 소설가가 훌륭할수록, 그가 창조하는 인물이 강력할수록 그들은 우리의 상상과 기억에서 더 현실적이고 생생해지며, 한때 땅을 밟았던, 또 이 생명력이 긴 인물들이 어떤 식으로인가 유래한 더 흐릿한 인물에 관한 우리의 관심은 당연히 더 줄어들어야 마땅하다. 그러나 "마땅하다"는 말은 역사에 그렇듯이 문학에도 먹히지 않는다.

현직 소설가라면 새로 만난 누군가가 자신이 소설가라는 사실을 알았을 때 보여주는, 농담 같지만 진지한 반응에 익숙할 것이다. "그럼 내가 말을 조심해야겠군요, 그렇죠?" 또는 가끔은 "나한테 멋진 이야기가 있는데 들려드릴까요?" 그러면 그는(그래, 나는) 이렇게 답하곤 한다. "그런 식으로 되는 것이 아닙니다." 실제로 그런 식으로 되지 않기 때문이다. 이미 상당한 수준으로 공을 들여 다듬은 다른 누군가의 일화보다 쓸모없는 것은 없다—뤼시앵 도데가 몽테스키우를 두고 말했듯이, 그런 일화는 "영원히 갈 만큼 광택제를 발라놓았다". 또 소설가는 복사해서 소설에 붙이려는 어떤 계획적 의도를 갖고 실존하는 사람을 '연구'하지도 않는다. 전체 과정은 보통 그보다 훨씬 수동적이고, 스펀지 같고, 우연적이다. 독자의 동기—문학적 창조의 과정을 이해하고 싶다는—는 물론 정당하지만, 동시에 궁극적으로 무익하다. 아무리 자의식이 강한 소설가라도 자신이 하고 있는 것이 무엇인지, 또 그것이 어떻게 일어나는지 제대로 설명할 수 없는 경우가 많기 때문이다.

몽테스키우는 『잃어버린 시간을 찾아서』에 양가감정을 느꼈으며, 살아 있는 동안 반밖에 읽지 못했다. "나는 아파서 누워 있네." 그는 한 친구에게 편지를 보냈다. "3권이 나올 때부터 그것 때문에 쓰러져 앓았네." 프루스트는 그들의 우정을 배신했다. 백작은 심지어 이 소설가에 관해서 신통력이 있는 사람에게 자문을 구하기도 했다. 그가 비용을 지불한 "영적 교감" 전문가는 그들이 이렇게 사이가 멀어진 것은 "서로 심취해서가 아니라 이해를 못 해서"라고 장담했다. 나아가서, "흐릿해지고 있다", 하지만 "또 생길 것이다".

실제로 또 생겼다. 1909년 프루스트는 공쿠르상을 받고 공식적으로 대작가가 되었다. 『소돔과 고모라』의 2부*가 나왔을 때 몽테스키우는 논평으로 공책을 가득 채웠다. 그는 자신의 재현 문제를 넘어서서 소설 전체를 완전하게 볼 수 있을 만큼 지적(그리고 문학적)이기도 했다. 그는 프루스트에게 편지를 보냈다.

처음으로 누군가가 감히, 바로 당신이 감히 티베리우스**의, 또는 목자 코리던의 악덕을 대놓고 제재로 삼는군. 롱구스***의 전원시나 뱅자맹 콩스탕의 소설이 사랑을 다루는 방식으로 말이오. 그것이 당신의 의도였고, 이제 우리는 그 결과를 보게 되겠지. (…) 당신이 플로베르나 보들레르 같은 사람들의 무리에 들어가 악명을 거쳐 영광에 이를까?

죽은 뒤에 사람을 찾아올 운명 가운데는 걸작에서 주요 인물로 다루어지는 것보다 나쁜 운명들이 있다, 백작은 그것을 깨달았다. 그는 1920년 12월 마지막으로 사람들 앞에 나타났을 때 애처롭게 말했다. "나는 이제 나를 몽테프루스트라고 불러야겠어." 사실, 그는 한 번도 누가 자신을 좋아해주기를 바란 적이 없었다.

한편 그는 『지워진 발자국』에서 마지막 과제를 설정했다. 자신이 데제생트나 포카스 씨나 샹트클레르나 샤를뤼 남작이 '아니라는'―또는 단지 그것에 그치지 않는다는―것을 증명하는 가장 좋은 방법은 자신이 이런 그림자들을 넘어, 시인이자, 산문시인이자, 소설가

* 『잃어버린 시간을 찾아서』의 8권.
** 로마의 황제.
*** 그리스의 작가.

이자, 이제 회고록 작가인 로베르 드 몽테스키우임을 증명하는 것이었다. 여기서 문제는 두 가지였다. 첫째, 그의 작품 대부분은 많이 찍지 않은 개인적인 판본으로, 정교하게 인쇄하고 장정했으며, 아주 비쌌다. 따라서 널리 알려지거나 읽히지 않았다. 그리고 두 번째로, 그의 "남을 불쾌하게 하는 귀족적 쾌감"을 고려하면 당연한 일이지만, 백작은 평균적인 소설 독자, 시 독자, 연극 관객을 경멸했다. 이들이 바로 그를 그런 허구적 복제품으로 대수롭지 않게 착각하는 사람들이었다―그러나 그는 이제 그들의 어리석은 편견을 뒤집을 필요가 있었다.

이는 자신의 작업이 일반적으로 여겨지는 것보다 중요하다는 사실을 증명하고자 노력해야 한다는 천박한 요구와 관련되어 있었다. 백작은 '아름다움의 교수', 스스로 선정한 선민의 구성원, 좁은 세계 안에서 취향의 규정자이자 독재자다. 그런데 이제 갑자기, 그는 장터로 내려와 씻지도 않는 사람들의 표를 얻으려고 노력해야 하는 코리올라누스* 같은 존재가 되었다. 이것은 어색한 공연이지만, 그 나름의 희극이 없지 않다. X의 이 비평을 보라! 그는 자랑한다. Y가 나에 관해 쓴 것을 읽어보라! 그는 간청한다. 내가 Z에게 나의 최신 시집을 증정했을 때 내가 받은 이 편지를 보라! 나는 중요하다, 나는 만만치 않은 경쟁자다! 솔직히!

몽테스키우를 인간화하는 것이 있기는 한다면, 오만 밑에 콸콸 흐르는 이런 불안정성일 것이다. 예를 들어 그는 드가를 숭배하지만 드가가 자신의 작품을 높이 평가하지 않는다는 것―짐작컨대 아무

* 셰익스피어 희곡의 등장인물.

런 평가를 하지 않는다는 것—을 깨닫는다(정확하게). 그래서 그는 드가가 이 말의 가장 완전한 의미에서 "위대한 화가"이기는 하지만, 한번은 초라한 "미술비평가"와 더 높은 범주의 "예술 해석자"—"그 가운데, 겸손하게 말하거니와, 나 자신도 포함시키겠다"—사이에는 차이가 있다는 사실을 인정하기를 고집스럽게 거부하여 자신을 "약간 짜증 나게" 한 적이 있다는 색다른 불평을 기록한다. 이것은 이후 100여 년 동안 세상이 서글프게 고개를 저어온 사안이라고 할 수는 없다. 그 시간 동안 『지워진 발자국』은 수백 부쯤 팔렸을 것이다. 백작의 다른 작품들보다는 많이 팔렸지만, 프루스트파와 위스망스파의 통념idées resues에 영향을 줄 만큼은 아니었다.

자신이 자신임을 증명한다는 이 특별한 목적을 둘러싸고 또 그것과는 별개로, 자서전 저자 몽테스키우는 살아 있는 인간 몽테스키우에게 진실하다. 속물적이고, 허영심 강하고, 유명인의 이름을 들먹이고, 일부에게는 관대하지만 더 많은 사람에게 용서가 없다. 그가 기록하는 사람들은 이제 대부분 죽었고, 그래서 그는 자신의 최종 심판이 그들의 귀에 닿지 않을 것을 안다. 그렇다 해도 그는 장 로랭에게 약간의 귀족적 용서를 베풀겠다고 결정한다. 물론, 로랭은 자신이 댄디라고 상상하는 사람치고는 옷을 형편없이 입었다—"우아하지 못하다기보다는 과장되고 촌티가 났다". 그럼에도 "그는 나쁜 아이는 아니었고, 심지어 착했으며, 부르주아적인 미덕 몇 가지가 있었다—물론 그 미덕 전부는 아니고 몇 가지만".

반면 에드몽 드 폴리냐크는 여전히 인색하게도 용서해주지 않는다. 몽테스키우는 35년 전 런던 여행을 회고한다. "나는 오랜 여행의 벗을 데려갔는데, 나 자신이 그의 사랑을 받는다고 생각했다(그

러나 그는 내가 완전히 잘못 알았다는 것을 보여주었다)." 하지만 행복
하게 "내가 사랑하는 훌륭한 포치mon cher grand Pozzi"라고 부르는 인물
도 있다. 폴리냐크의 이름 자체가 기억의 점호에서 지워져 있는 반
면, 포치는 늘 "우리의 훌륭한 포치notre grand Pozzi", "우리가 사랑하는
유명한 포치notre cher et illustre Pozzi" 등등으로 언급된다. 사실 가장 감동적
이고 꾸미지 않은 문단 가운데 하나에서 백작이 다른 사람들의 경
우 예술적인 탁월성, 고귀한 출생, 재치, 우아함 등 때문에 경애하는
(그러면서도 여전히 자신이 그들과 동급이거나 우위에 있다고 생각하
지만) 반면, 포치는 경애하는 사람일 뿐 아니라 그에게 가장 익숙하
지 않은 감정, 즉 선망을 느끼게 하는 사람이라는 사실이 분명하게
드러난다.

나의 친애하는, 그리고 애석하게도 고인(故人)이 된 포치는 잠을
깨면 하루가 자신을 위해서 예비하고 있는 마음 끌리는 많은 것들
에서 느끼는 환희를 억누르기 힘들다고 말하곤 했다. (…) 해가 뜨
면, 이 드문 양식과 드문 좋은 취향의 소유자는 (…) 해야 할 수술,
장식해야 할 자신의 병원을 그려보며, 그래서 병도 아름다워지고
고난조차 거의 행복해질 정도였다. 또 읽어야 할 고귀한 시, 그리
고 써야 할 다른 것들, 손에 넣을 골동품, 경감시킬 고통과 기쁘게
해줄 친구들도 그려보았다. 그리고 낮 시간이 지식과 목적으로 가
득 차 있듯이, 저녁은 우아와 매력으로 가득 차 있었다. (…) 이 모
든 것, 그리고 그것 말고도 다른 많은 것이 합쳐져서 일상적인 유
일무이함을 이루었으나, 그것은 슬프게도, 이제 우리에게서 사라
졌다.

몽테스키우는 포치의 일상적인 명랑함, 삶에 직접적으로 접근하는 방식, 그의 쓸모를 선망했지만, 동시에 그의 의지력이 기질을 통제하는 방식도 선망했다. 그는 포치의 말을 즐겨 인용했다. "나도 원하면 늙을 수 있다." 하지만 포치는 결코 원치 않았다.

《르 피가로》의 편집인 가스통 칼메트는 포치의 친구였다. 더 유명한 쪽을 고르자면, 마르셀 프루스트의 친구였다. 그는 프루스트의 글을 여러 편 게재했으며, 1913년에는 『스완네 집 쪽으로』를 헌정받았다. "가스통 칼메트 씨에게, 나의 깊고 다정한 감사의 증거로서." 그러나 프루스트가 칼메트에게 직접 준 책에 자필로 덧붙인 글에서는 저자의 불안의 낌새를 느낄 수 있다. "나는 당신이 사실은 내가 쓴 것을 좋아하지 않는다고 자주 느꼈소. 만일 혹시라도 시간을 내 이 작품, 특히 2부를 조금 읽어본다면, 마침내 나를 알게 될 거라고 믿소."

1914년 1월 《르 피가로》는 전 좌파 총리이자 현 재무 장관인 조제프 카요에 반대하는 캠페인을 시작했다. 우선 그들은 명예를 훼손하는 재정 문서를 공표하여 그의 입지를 약화시켰다. 그다음에는 그의 사생활을 공격하여 그를 무너뜨릴 계획이었다. 그들은 그가 아내와 아직 비밀리에 만나던 시절 보냈던 내밀한 편지를 공개하겠다고 협박했다—그렇게 비밀로 했던 것은 당시에는 그가 아직 다른 사람과 결혼한 상태였기 때문이다. 그녀도 마찬가지였다.

심지어 파리 저널리즘의 기준에서 보아도 이것은 좀 저열하다고 판단하는 사람이 많았다. 1914년 3월 16일 저녁 6시, 신문들이 "파란 눈에 차분한 40대의 금발"이라고 표현하기 좋아하던 앙리에트 카요는 《르 피가로》의 사무실을 찾아와 명함을 내밀고 칼메트를 만나게 해달라고 요청했다. 소설가 폴 부르제는 막 편집인 사무실을 나서다가 그녀를 들이는 것이 좋지 않겠다고 조언했다. 그런 즉흥적인 방문이 그의 눈에는 이상해 보였기 때문이다. "여자를 맞아들이는 것을 거부할 수는 없지." 칼메트는 그에게 대꾸했다. 부르제는 떠났고, 앙리에트 카요는 안내를 받아 들어왔다. "내가 왜 왔는지는 아시죠?" 그녀가 물었다. "전혀 모르겠는데요, 부인." 그가 대답했다. 그러자 그녀는 검은 수달 가죽 토시에서 리볼버를 꺼내 편집인을 향해 여섯 발을 쏘았다. 세 발이 맞았다—한 발은 가슴, 한 발은 허벅지 위쪽, 한 발은 골반강에. 앙리에트 카요는 경찰이 도착하기를 차분하게 기다렸지만, 천박한 밴을 타고 경찰 본부로 이송되는 것은 거부했다. 대신 자신의 기사가 모는 차를 타고 가겠다고 고집을 부렸다. 칼메트는 거의 여섯 시간 뒤인 자정 무렵 외과 의사의 칼이 개복수술을 위해 피부를 갈랐을 때 죽었다.

프랑스와 영국의 사법 체계는 가끔 패러디 수준에 이를 만큼 서로 다른 민족성을 반영한다. 영국은 치정 범죄crime passionnel 라는 개념이 자신들의 법 안에 들어오는 것을 허용한 적이 없다—아마 피가 뜨거운 외국인만이 그렇게 감정적으로 불안정한 방식으로 행동할 수 있다고 믿었기 때문일 것이다. 또 설사 그런 개념을 고려한다 해도, 정치인 남편을 노리는 신문의 저널리스트를 죽이는 것에 치정이라는 말을 적용하는 것은 무리라고 볼지도 모른다. 프랑스 사람들은 그보다는 잘 알았다—아니, 자신들을 잘 알았다. 처음부터 살인은 우발적이기보다는 미리 계획된 것이 분명했다. 증거에서 드러난 대

◇ 조제프 카요 ◇   ◇ 부르제 ◇

로, 카요 부인은 사냥용 라이플에는 익숙했지만 리볼버에는 익숙하
지 않았다. 그래서 3월 16일 오후 3시 가스통-레네트에 가서 32구
경 브라우닝 자동 권총과 거기에 들어가는 탄약을 샀다. 그런 다음
총기상의 지하실에 있는 라이플 사격장으로 안내를 받아 내려가 사
용법을 배웠다. 몇 시간 뒤 그녀는 《르 피가로》에 가서 칼메트를 죽
였다.

재판은 전쟁이 일어나기 두 주 전인 1914년 7월 20일에 시작되
어, 신문 1면에서 불길한 정치적 사태의 진전보다 많은 지면을 차지
했다. 카요 부인의 변호사 메트르 라보리―그는 졸라, 그리고 재심
때 드레퓌스를 변호했다―는 두 가지 병렬적인 변호를 펼쳤다. 첫
째로, 사건의 특별한 정황(잠재적 스캔들의 크기와 공적 성격, 참여자
들의 중요성, 그리고 핵심적으로 여성성의 본성 자체)으로 보아 이 행

위는 치정 범죄였다. 하지만 그것이 아니라면, 둘째로, 실제 칼메트를 죽인 것은 앙리에트 카요가 아니었다. 칼메트를 수술한 의사들은 모두 저명한 사람들이었음에도 일을 망쳐버렸다. 환자가 병원에 도착하고 나서 수술이 지연되었다는 증거가 많았다. 다섯 시간 정도 지연되었다. 처음 진찰 때 칼메트는 맥이 간신히 뛰고 있었고, 그래서 의사들은 그가 힘을 어느 정도 회복하기를 기다렸다. 이것은 외과 의사 대회 때마다 되풀이되는 논쟁이었다. 그런 상황에서 최대한 빠른 개입을 옹호하기로 유명했던 포치는 자신의 친구가 누워 있는 병원으로 갔지만 그곳의 동료들은 그의 의견을 듣지 않았다. 이제 법원이 그의 의견을 듣고 있었다. 포치의 지원을 받아 메트르 라보리는 칼메트를 죽인 것은 자신의 의뢰인이 아니라 의학 처치 지연이라고 주장했다. 이 두 가지 변호 가운데 배심이 어느 쪽을 우선시했는지는 몰라도, 어쨌든 앙리에트 카요는 무죄가 되었다.

1915년 초 사라 베르나르는 오른쪽 다리—처음에는 배의 갑판에서 넘어져서 다쳤다가 나중에 〈라 토스카 La Tosca〉의 마지막에 성가퀴에서 뛰어내리는 바람에 악화하였는데, 밑에 부상을 막아줄 매트리스가 깔려 있지 않았기 때문이다—를 절단해야 했다. 포치는 치료의 이전 단계에 개입하여 한번은 그녀의 다리 전체를 석고로 싸기도 했다. 하지만 수술을 하게 되자, 그녀가 "나의 의사 신"에게 청원을 했음에도 책임을 맡는 것을 거절했다. 베르나르는 이제 보르도에서 서쪽으로 25킬로미터 떨어진 아르카숑 분지에 자리 잡은 빌라에 살고 있었다. 그녀는 독일이 파리에 입성하자마자 체포할 프랑스 인질 명단에 자신이 들어가 있다는 귀띔을 받은 후(그녀는 그 이야기를 실제로 들었을 수도 있지만, 역사학자들은 그런 명단을 발견하지 못했다) 그곳으로 이사했다. 포치의 인턴 출신인 장 드뉘세가 무릎 위에서 다리를 잘라냈고, 포치는 파리에서 조언했다. 예를 들어, 무릎이 매독에 걸려 있을 경우에 대비해 신중하게 바서만 검사를 제안했다. 수술은 15분이 걸렸고, 피는 불과 6그램만 흘렀으며, 베르나르는 수술대에 누운 상태에서 정신을 차렸다.

석 주 뒤 그녀는 퇴원하여 앙데르노-레-뱅에 있는 자신의 빌라로 갔다. 포치는 즉시 파리에서 침대 열차를 타고 가 그녀와 몇 시간을 보냈다. 그는 돌아오는 길에 보르도에 들러 드뉘세와 식사를 했다—물론 그 전에 잘라낸 다리를 함께 살폈다.

이 지점에서 흥행주이자 서커스 소유자이며 "광고계의 셰익스피어", "협잡의 왕자"인 P. T. 바넘이 잠깐 이야기에 끼어든다. 1882년 와일드의 미국 여행 때, 바넘이 와일드에게 한 손에는 백합, 다른 손에는 해바라기를 들고 그 무렵 자신이 런던 동물원에서 매입한 코끼리 점보 앞을 행진하는 대가로 상당한 돈을 제안했다고 수군거리는 사람들이 있었다. 와일드가 두 번째로 뉴욕에 나타났을 때 바넘이 앞줄에 앉아 있었던 것은 사실이지만, 그 소문은 과장이었다—사실, 와일드와 경쟁하던 영국인 강연자가 지어낸 말이었다.

사라 베르나르의 경우, 최근에 나온 그녀의 전기도 "바넘이 그녀에게 전보를 보내, 그녀의 절단한 다리에 1만 달러를 제안했던 것 같다"는 이야기를 되풀이한다. 이것은 있을 법하지 않은 일인 것이, 베르나르는 P. T. 바넘이 죽고 나서 24년 뒤에 다리를 절단했기 때문이다. 이에 맞먹는 비슷한 소문은 샌프란시스코 팬-아메리칸 박람회의 한 부문 책임자가 만일 그녀의 다리를 전시하게 해주면 그녀가 선택하는 자선단체에 10만 달러를 보내겠다고 제안했다는 것이다. 베르나르는 전보로 이렇게 답장을 보냈다고 한다. "어느 쪽 다리?"

그런데 베르나르의 다리는 어떻게 되었을까? 오랫동안 그것은 보르도 의대 해부학 실험실의 진품(珍品) 진열장에 들어가 있었다 (샴쌍둥이 태아, 칼에 찔린 심장, 어떤 남자가 목을 매단 밧줄과 함께). 1977년 실험실이 이사를 하면서 표본 선별 작업이 이루어졌고, 이때 덜 중요한 물품은 많이 태워버렸다. 2008년에 이르면 베르나르의 다리―무릎 위에서 절단된 길고 가는 오른쪽 다리―라고 칭해지는 것은 무릎 위에서 절단되었고, 정형외과용 신발 크기의 발에는 엄지발가락이 없는 왼쪽 다리로 바뀌어버린 듯하다. 《렉스프레스 L'Express》 잡지의 조사 결과, 이 여배우의 다리를 잘 기억하는 퇴직 교수가 나타났는데 그는 현재의 다리는 가짜라고 주장했다. 1977년 필요 없는 표본을 제거하는 일을 맡았던 실험실 직원은 "약간 깡패, 레슬러 같은 사람으로, 늘 제대로 보지는 못하는 녀석"으로 묘사되었다. 그가 실수로 엉뚱한 다리를 태웠는지는 몰라도, 어쨌든 그는 지금쯤―이런 이야기에서 종종 그렇듯이―유용하게도 죽은 몸일 것이다. 그리고 전문가들에 따르면, 이제 와 DNA 테스트를 하는 것은 "너무 복잡한" 일이 될 것이다.

1921년 몽테스키우가 망통에서 죽었을 때 그는 특정한 유산 몇 가지를 제외한 모든 것을 이투리의 뒤를 이었던 앙리 피나르에게 남겼다. 피나르는 마지막 15년 동안 그의 무디고 충실하고 또 압제에 심하게 시달린 비서였다. 이때 기록되고, 처분되고, 경매를 위해 목록이 정리된 많은 물품 가운데 푸시킨을 죽인 총알에 대한 언급은 없다. 사실 쥘리앵의 백작 전기에도 그런 언급은 없다. 그를 알았던 사람들의 전기나 일기에도 없다. 나는 그 이야기의 출처가 한 곳뿐임을 알게 되었다. 나는 그것을 오직 1914년 3월에 출간된 레옹 도데의 회고록 가운데 첫 권인 『유령과 살아 있는 사람Fantômes et vivants』에서만 우연히 보았을 뿐이다. 도데는 몽테스키우에 관한 냉소가 담긴 몇 페이지에서 특히 그의 광적인 획득욕("지적이고 장식적인 쇼핑"), 그리고 그가 피곤해하는 방문객에게 자신의 신성한 장식품을 설명하곤 하던 거만한 모습을 경멸했다. 그는 새로운 보물에 관해 과장해서 이야기할 때마다 처음에는 의기양양하게 시작하여 점점 차분해지다가 마지막에는 속을 털어놓듯이 "얼마나 아름다운지C'est bien bô!" 하고 말하곤 했다.

도데는 장 로랭과 마찬가지로 일화와 추문을 푸짐하게 제공하는 출처다. 훗날 그의 회고록을 편집한 사람은 이렇게 말했다. "그는 평판을 망가뜨리는 일을 망설이지 않았으며, 틀림없이 검보다 펜으로 더 깊고 더 오래가는 상처를 안겼을 것이다." 한번은 제삼자가 도데가 거짓말을 한다고 비난했다. 그러자 도데는 대꾸했다. "물론 한다. 내가 거짓말을 절대 하지 않는다면 나는 그저 철도 시간표에 불과할 것이다." 그래서 나는 그가 작성한 백작의 진품 목록을 다시 본다. "미슐레의 턱수염 한 가닥, 조르주 상드가 피웠던 오래된 담배, 라마르틴의 마른 눈물 하나, 몽테스팡 부인의 욕조, 뷔조 장군의 모자, 푸시킨을 죽인 총알, [테레사] 구이촐리가 신었던 무용 슬리

퍼, 뮈세가 한때 흠뻑 빠져들었던 압생
트 한 병, 스탕달이 서명한 르날 부인
의 주간용 스타킹 한 짝……"—갑자기
이 목록이 점점 도데의 교활하고 조롱
섞인 환상처럼 읽힌다. 아마 늘 그랬을
것이다. 반대편에서 이 이야기에 현학
적으로 접근하자면, 푸시킨의 의사들
(나폴레옹전쟁 때 복무했던 군의관을 포
함하여)이 그를 죽인 총알을 제거했거
나, 제거하려고 시도했다는 증거는 전
혀 없다.

◇ 레옹 도데 ◇

  하지만 이렇게 몽테스키우의 소유
물로 여겨지던 것 하나가 우리 눈앞에서 사라지는가 했더니, 다른
것이 다시 나타난다. 그의 거북이—위스망스와 몽테스키우의 전기
작가들이 받아들이지 않거나 단순한 등딱지로 축소해놓았고, 아무
도 살아 있는 것을 실제로 본 적이 없는—가 으스대며 다시 반짝반
짝 존재를 드러낸다. 너무도 당연하지만 실제로 읽히는 일은 별로
없는 그 모든 것 가운데 하필이면 몽테스키우 자신의 회고록에서.
그는 말라르메가 위스망스에게 전한 집안의 디테일 가운데 일부가
맞는다고 인정하면서 이렇게 말을 이어간다.

  그리고 특히 그 소설의 명성을 높이는 데 큰 몫을 했던 금박 거북
  이가 있었다. 그 당당하고 불행한 양서류, 나는 그 진실을 조금도
  부정하지 않는다(사실 나 자신 나의 시집 『푸른 수국Les Hortensias』에서

그 거북이에게 운문 한 편을 바쳤다)…… 피해자에게는 이름이 없었고, 그래서 위스망스가 하나 지어주었다. 그 장식에 핵심적인 원소들이 그 등딱지를 뚫고 스며든 것이 틀림없었는데, 이 짐승이 그 지나친 장식 뒤에 오래 살지 못한 것이 그 증거다. 장식은 거북이의 금속성 무덤, 발아하는 무덤이 되었다.

이렇게 다리와 총알은 잃고, 거북이는 얻게 된다. 논픽션에는 픽션보다 불확실한 것이 많은 법이다.

1916년 8월 닥터 피에르 모브라크는 파리 교외 방베에 있는 리세 미셸레에 세워진 부속병원의 원장으로 임명되었다. 그는 자신이 알게 된 사실에 혼란을 느꼈다. 이 병원은 기능만 형편없는 게 아니라, 적절한 위계에 대한 존중도 전혀 없었다. 그가 파악한 바로 이 병원은 코르시카 출신의 서른두 살 난 옥타브 타소 하사가 운영하고 있었다. 하사는 많은 사람이 좋아하고 존경했지만, 자신의 보수 등급보다 훨씬 높은 위치에서 움직이고 있었다. 그래서 모브라크는 그를 퇴장시켰다. 하사가 항의하자 그를 막사에 두 주 동안 가두었다. 타소는 자신의 항소권을 행사했지만 사건 심리 전에 자신의 판결 형량이 "심하게 늘어날" 것이라고 추측했다─또는 그런 정보가 그에게 새어나갔을 것이다. 그래서 8월 28일 아침 10시에 원장실로 가서 정말로 그렇게 될 것인지 물었다. 모브라크는 논평을 거부하면서 하사에게 자신의 의무를 계속 이행하라고 말했다. "좋소, 그럼 됐소. 여기서 끝내버립시다." 타소는 그렇게 말하면서 리볼버를 꺼내

들었다고 전한다. 그는 모브라크의 왼쪽 옆구리, 심장, 왼쪽 관자놀이를 쏘았다. 혼란 속에서 하사는 탈출했고, 추적이 시작되었다. 마침내 저녁 9시에 그를 찾아냈다. 체포될 상황에 처하자 하사는 자신의 머리에 총을 쏘았다.

타소의 행동은 "광기"의 결과로 여겨졌다. 나아가서 그는 "상습적인 모르핀광"으로 알려져 있었다. 어쨌든 그렇다고들 했다.

포치는 칼메트 재판에서 증언을 할 때 1898년 풀미에 사건을 참조했는데, 두 사건은 구조적으로 유사한 면이 많았다. 한 정치인이 직업적이고 개인적인 이유로 《라 랑테른La Lanterne》이라는 신문의 공격을 받고 있었다. 정치가의 부인 풀미에 부인은 도발에 대응하여 장전된 리볼버를 들고 신문사로 갔다. 그러나 그녀의 공격은 카요 부인의 경우보다 표적을 잘 맞히지 못했다. 그녀가 쏜—복부에 여섯 발—남자는 무고한 부편집인 올리비에로, 그는 편집 정책과 아무런 관계가 없었다.

올리비에는 비샤 병원으로 옮겨졌고, 그곳에서는 외과 과장이 없는 상태에서 앙토냉 고세라는 이름의 4년 차 인턴이 자신과 다를 바 없는 젊은 동료의 도움을 받아 즉시 수술을 하여 내장의 구멍 열 개를 처리했다—그리고 피해자는 살았다. 이 일이 아무리 인상적이었고 또 지금 보아도 그렇다 해도, 그런 경우에는 대부분, 이 책에 인용된 경우들—그 시대에는 가장 뉴스 가치가 있었을 뿐 아니라 표준적이기도 했다—도 물론이고, 누군가 장에 총을 맞으면 죽었다. 투레트는 아주 운이 좋아 총알이 목덜미에 박혔다. 총은 아주 강력하고 또 조작이 아주 쉬워, 무능한 암살자—아니, 정확하게 말하자면 카요 부인처럼 지금까지 훈련을 받은 적이 없는 암살자—라 해도 3시에 리볼버를 사서 장전하고 쏘는 법을 배운 다음 6시에 나가 가스통 칼메트에게 총알 세 방을 박아 넣을 수 있었다.

의학은 진보적이고 창의적인 면에서 최고의 수준에 올라서 있었으며, 포치는 총상을 비롯한 전쟁 부상 치료에 관하여 논문을 마흔 편 이상 쓴 손꼽히는 전문가였다. 그러나 인간의 몸은 원래의 약한 면을 모두 그대로 지니고 있는 반면 총은 점점 더 살인에 효과적으로 바뀌어갔다. 틀림없이 이러한 생각이 종종 포치의 머릿속을 가로질렀을 것이다.

휘슬러의 엠블럼은 장식에 효과적인 만큼이나 명이 짧은 생물 나비였다. 인간의 맥락에서 댄디는 늘 추락하여 불타버릴 가능성이 높다—아니, 어쩌면 그렇게 구축되어 있다고 할 수 있다. 댄디가 되는 데는 돈이 들고, 어떤 면에서는 경제적 태평함이 댄디를 댄디로 만드는 것이기 때문에, 추락으로 이끄는 것은 종종 돈이다. 보 브럼멜은 1816년에 채무자 감옥을 피하여 잉글랜드를 빠져나갔으며, 인생의 마지막 24년을 프랑스에서 보냈으나, 그 땅의 언어는 전혀 배우지 않았다. 시간이 흐르면서 프랑스 채무자 감옥의 내부도 알게 되었고, 결국 캉의 정신병원에서 초라하게, 매독에 걸려 정신줄을 놓은 상태로 죽어갔다.

그것은 최초의 댄디가 보낸 경고였다. 와일드 또한 추락하여 타버렸다, 물론 더 복잡한 방식이기는 했지만. 장 로랭도 마찬가지였다. 그러나 볼만한 연소가 차라리 더 나은 마지막이었을 것처럼 여겨질 때도 있다. 로베르 드 몽테스키우는 1914년 전쟁이 터지자, 무척 사랑하는 마지막 집 팔레 로즈의 층계에서 창기병들에게 사살당하고 그의 수집품마저 불타버리는 상상을 잠깐 했다. 하지만 그것이 현실이 되려면 오래 기다려야 했을 것이다(그리고 결과적으로 현실이 되지도 않았을 것이다). 대신 그는 1921년까지 살았다. 그는 아주 오랜 시간 댄디 노릇을 하고, 추종자들을 모으고, 주목의 대상이 되고, 사람들 입에 오르내리는 데 성공했다. 그는 이투리와 오랜 기간 관계를 유지했는데, 그것은 균형이 잡히지 않은 성공이었다. 하지만 그는 자신을 작가로 진지하게 받아들이는 사람은 거의 없다는 것을 깨달았다—심지어 최고의 귀족-시인이라는 자리도 안나 드 노아유 백작 부인이 빼앗아 갔다.

물론 귀족이라는 것은 계속 효과가 있었다. 백작이라고 하면 강한 인상을 받는 사람들이 늘 있기 마련이니까. 그러나 그는 댄디로서는 너무 오래 살았다. 그는 자신을 "덧없는 것들의 군주"라고 명명했는데, 군주 또한 덧없다는 것을 틀림없이 알고 있었을 것이다. 늙은 댄디는 어김없이 약간 애처롭기 마련으로, 취향에 대한 이해는 줄어들고, 재치는 악의로 쪼그라들며, 충실한 친구들 무리는 죽음과 배신으로 엷어진다. 세상은 실제로 계속 앞으로 나아갔다. 몽테스키우는 그것을 인정할 만큼 명석했고 자기 연민이 없었다.

갑자기, 느닷없이, 아무런 예고도 없이, 다가오는 것을 거의 보지도 못했는데, 삶이 끝난다는 사실을 깨닫는 것은 이상한 느낌이다—고통스럽다기보다는 이상하다. 아직은 존재하지만 다소간 황폐해진 상태이며, 아직은 버티지만 기능은 멀쩡한데도 이제는 시대의 취향에 잘 맞지 않는다. 쓰이지 않는 상태로 전락하고, 한때 이끌었던 바로 그 현대 문명에 낯선 자가 되지만, 그 현재의 표현들은 공허하고 무익해 보이는 만큼 상처나 충격도 주지 않는다. 이제 피카소, 또는 체코슬로바키아 미학, 또는 흑인 예술Art nègre 같은 예술 개념들에는 뚫고 들어갈 수 없는 장벽이 있으며, 이런 것들은 유행을 따르고 있다고 느끼기에 좋은 방법도 아니다.

하지만 부드럽게 그 좋은 밤으로 들어가는 것*은 백작답지 않다고 할 수 있다. 철학적 병약 상태는 그의 스타일이 아니니까. 특유의 악의적이고 여성 혐오적인 마무리 역시 그의 유산 가운데 하나다. 아르망 드 카야베 부인이라는 사람의 며느리가 오랫동안 백작이 자신을 사랑한다는 착각을 하여 그에게 계속 편지를 보냈다. 백작은 유언장에서 그녀에게 작은 상자를 남겼다. 백작의 변호사가 그것을 전달했다. 여자는 그 순간을 목격할 가까운 친구들을 모았다. 마침내 상자의 뚜껑을 열었다. 거기에는 자신이 몽테스키우에게 보낸 편지가 전부 들어 있었다. 개봉한 편지는 한 통도 없었다.

보들레르는 댄디 정신이 "잘못 규정된 제도로서, 결투만큼이나 이상하다"고 말했다. 두 제도 모두 제1차 세계대전으로 사실상 사라졌다. 둘 가운데서는 결투가 훨씬 강하게 지속되었다. 그것이 오

---

* 딜런 토머스가 쓴 시구로, 순순히 죽는다는 의미.

래 생존한, 잉글랜드에서는 폐절되고 나서도 오랫동안 생존한 이유들 가운데 하나는—여기는 프랑스이므로—그것을 뒷받침하는 이론이 있었다는 것이다. 결투의 핵심은 현지에서는 모파상이 "광대"의 명예라고 부른 것이었을지도 모른다. 그러나 근인(近因)이 무엇이든 (사라 베르나르가 햄릿을 연기할 때 얼마나 날씬했느냐 같은) 더 거대한 목적이 부여되었다. 재앙과도 같은 1870년의 패배 뒤에 나라에 정신적으로 다시 활력을 불어넣는다는 것이었다. 결투는 단지 운동의 가장 수준 높은 형태일 뿐 아니라 남자다움의 가장 수준 높은 형태이기도 했다. 나아가 민족주의 시인 샤를 페기가 주장했듯이, 그 윤리는 그 실행만큼이나 중요했다. 이렇게 영혼을 단단하게 만드는 작업은 필연적으로 찾아올 다음 기회에는 프랑스인이 무자비하고, 비도덕적이고, 명예를 모르는 프로이센인을 이기는 데 도움을 줄 것이다.

전쟁 발발 전 마지막 문학적 결투 가운데 하나는 포치의 친한 친구 폴 에르비외와 포치의 큰 적 레옹 도데 사이에 벌어졌다. 그러나 포치 자신이 원인은 아니었고, 1914년 6월 그는 프랑스 공원에 있지도 않았다. 두 결투자는 "알퐁스 도데의 책상 주변에서" 처음 만났다. 에르비외는 딱히 피후견인이라고 할 수는 없어도 알퐁스 도데가 아끼는 젊은 작가들 가운데 하나였다. 에르비외보다 열 살 아래인 레옹도 처음에는 그를 존경했다. 하지만 세월이 흐르면서 그가 "유대인 환경"과 "공식적인 공화주의 서클" 쪽으로 이끌리는 것을 보았다. 그는 에르비외가 세속적 출세를 추구하는 것, 예술원 회원의 검과 망토를 갈망하는 것을 경멸했다. 많은 사람이 그랬듯이 그들이 결정적으로 갈라선 지점은 드레퓌스 사건이었는데, 여기에서 에르비외는 도데가 "적(敵)프랑스"(적 그리스도처럼)라고 부른 것의 편에 섰다—"그 선택에서 자신에게 유리한 점을 보았기 때문이 틀림없었다". 그 뒤로는, 우정은 단지 불가피하게 결투를 가져올 수밖에 없는 다툼으로 가는 단계에 불과하다는 말이 적용되는 문제가 되었다.

◇ 페기 ◇

진짜 근거는 혼란스럽다—아니, 여러 가지다. 또 오랜 논란거리이기도 하다. 우선 도데 쪽의 이야기 가운데 첫 번째. 그는 국가가 "교회 가는 사람들을 박해하던" 시기에 안나 드 노아유의 집에서 열린 야회에 참석했다. 에르비외는 그 자리에 "참석한 한 급진파 의원에게 아부하기 위해" 도미니크수도회와 예수회의 "반계몽주의"를 "오메*가 했을 만한 일로서" 공격하기 시작했다. 그런 다음 10여 년이 흘러 "에르비외가 나에게 맞서 이스라엘 극작가 베른슈타인의 편을 든 뒤" 그와 공식적으로 다투게 된다. 분쟁의 주제는 언급되지 않았지만, 아마도 상관이 없었을 것이다. 아름다운 6월 아침에 프랑스 공원에서 만나 에르비외를 향해 피스톨을 겨누면서 도데의 머리를 스쳐간 생각은 이런 것이다. "그는 내가 그와 다툰 이유가 베른슈타인이라고 생각한다. 하지만 그것은 사실 앙리-마르탱 거리에서 그가 성직자에 반

---

* 플로베르의 『보바리 부인』의 등장인물로 속물적인 인간이다.

대하여 장광설을 늘어놓았기 때문이다."

그러나 도데는 또 전쟁 발발 원인casus belli을 두고 완전히 다른 설명도 제시한다. 유럽 전쟁(도데를 비롯한 보복주의자들이 갈망하던 것)이 마침내 다가오자 에르비외는 학생연합에서 연설을 하면서 자신이 "보편적 평화"와 "세계의 행복"을 지지한다고 발표했다. 그는 단순히 출세주의자에 아첨꾼일 뿐 아니라 겁쟁이, 반역자, 패배주의자이기도 하다! 텅 빈 방에서도 적을 찾을 수 있는 도데는 의욕이 샘솟았다. "점점 심해지는 그의 굴종적 태도가 역겨워, 나는 그에게 거친 표현으로 그렇다고 말했다." 에르비외는 입회인을 보냈고, 그들은 싸워서 총알 두 방을 교환했으나 둘 다 무위로 돌아갔다. 도데의 주장에 따르면, 그는 이번에는 겨냥을 하면서 이런 생각을 했다고 한다. "도덕적으로 말해서 그에게 부상을 입히든 내가 부상을 입든, 나에게는 매우 불쾌한 일이 될 것이다."

도데는 계속해서 이 무렵 자신이 벌였던 다른 결투들도 회고한다. 그 상대는 "매력적인" 법률가이자 저널리스트인 조르주 클라레티, "이스라엘 극작가" 베른슈타인 등이었다. 그는 잠시 감상적이 되어, 베른슈타인이 "폭력적이고 의리 있는 맞수"였다고 기억한다. 그는 계속해서 말한다. "결투의 큰 이점 가운데 하나는 두 결투자 사이의 깊은 원한을 씻어버리고, 가벼운 부상이라는 수단을 통해 아주 쉽게 오염되기 쉬운 사회생활에서 독을 제거한다는 것이다." 도데가 저널리스트와 정치가로 활동하면서 사회생활에 계속 독을 주입한 것을 볼 때, 이것은 순진할 뿐 아니라 위선적인 말로 들린다. 또 그와 그 무렵 그의 결투 상대 사이의 "깊은 원한"이 아주 효과적으로 씻겨 나간 것 같지도 않다. 이제 그는 에르비외를 "예술원, 살롱, 공적 생활로 말살당한 작가의 완벽한 예"라고 묘사하고 있기 때문이다. 모파상이 33년 전 "대로의 정신 상태"라고 표현한 것—"다투기 좋아하고, 경박하고, 어지럽고, 공허하게 시끄럽기만 한"—이 페기의 기사도적이고, 인격 함양에 도움이 되는 명예의 윤리보다 현실에 훨씬 다가간 것으로 보인다. 어쨌든 당시 쉰일곱이었던 에르비외도 마흔일곱이었던 도데도, 두 달 뒤에 참호로 갈 가능성은 크지 않았다. 또 이 결투 사업 가운데 어느 것도 다가올 한판 대결에서 프랑스가 독일을 물리칠 가능성을 높여주지는 않았던 것 같다.

우리가 알 수 없는 것들

　—에르비외가 도데를 겨누면서, 또는 반쯤 겨누면서 생각하고 있던 것.

　—로트 부인이 한 말.

　—테레즈가 한 말.

　—자크 포치의 심리 상태가 늦둥이로 태어난 결과인지.

　—카트린의 일기가 강렬하게 초점을 맞추는 대목은 얼마나 신뢰할 만한가. 중간이 사라졌을 때, 극단은 어디까지 신뢰할 수 있을까?

　—누군가, 세상 어딘가에서, 한 번이라도, 그녀를 행복하게 해줄 수 있었을까?

　—테레즈를 가족의 유대로부터 풀어내기 위해 신혼여행 때 그녀에게 "격렬한, 거의 폭력적인 행동을 해야" 했다고 말했을 때 포치가 정확히 의미한 것. 하지만 너무 빨리 이해하려고 하기 전에, 우리

는 이 말을 포치가 죽은 뒤 테레즈가 결혼 초에 "우리는 행복했다"고 단호하게 진술한 것에 비추어 생각해보아야 한다.

—결투에서 누가 누구를 죽이려고 했고, 누가 그냥 그런 척만 했나. 에르비외와 도데는 각각 두 발을 쏘았다. 이것이 더 진지한 의도를 암시할까?

—테레즈가 결혼하고 나서 그렇게 빨리 별거를 "냉정하게" 고려하게 된 이유는 정확히 무엇이었을까? 그녀는 갑자기—또는 천천히—자신이 남편을 사랑하지 않는다는 것을 깨달았을까? 여기에 근인이 있었을까? 그가 다른 여자와 새롱거리는 것을 보았을까? 아니면 새롱거리는 것 이상의 뭔가가 있다고 그를 의심했을까? 그때 그녀가 별거를 주장하고 나서지 않은 것은 어머니의 충고 때문이었을까?

—카트린과 장 포치의 출생 사이에는 1년의 시간이 있고, 그 뒤에 12년이 흐르고 나서야 자크가 태어났다. 자크의 존재는 갑작스러운 해빙의 결과일까, 아니면 포치 부부는 그사이에도 간헐적으로 성관계를 가졌을까?(사실 그것이 아내이자 가톨릭인으로서 그녀의 의무였다.) 우리에게는 카트린의 증언이 있는데, 그녀는 열한 살 때 부모의 침대에 올라가 양편에 부모를 두고 누웠던 기억이 있다. 우리는 이 시기를 1894년이라고 파악할 수 있는데, 아마도 그들이 한 침대를 쓰는 것은 습관에 따른 행동이었을 것이다. 그렇지 않다면 카트린이 그 점에 주목했을 것이다. 그녀의 동생 자크는 1896년에 태어났다. 우리는 행복하고 성공적인 결혼에 존재하는 이따금씩의 냉담froideurs을 무시하는 경향이 있듯이, 종종 불행하거나 형식적이거나 사회적인 결혼에서도 이따금, 또는 이따금보다 빈번하게 나타나는

애정tendresses을 간과한다—또는 상상하지 못한다.

—부인과 의사들은 더 좋은 연인이 되는가? 꼭 범퍼 스티커에 적힌 말처럼 들린다, 나도 동의한다. 하지만 낮 동안에 하는 일 때문에 그들이 더 해박하고 민감할까, 아니면 그 때문에 그들은(또 그들의 파트너는) 자신을 더 의식하게 될까? 물론, 일반화하는 것은 터무니없다. 하지만 우리는 포치가 글이나 강연에서 늘 환자의 편안과 개인적 안정을 중시하며, 환자를 당황하게 하는 어떤 일도 피할 것을 주장한다는 점에 주목해야 한다. 장 로랭은 "남편이나 애인이 역겨움을 느끼지 않도록 흉터를 조금도 남기지 않는 포치 봉합술"을 짜증 섞인 말투로 전하지만, 이것은 작은 일이 아니라는 점에 주목해야 한다. 그러니까, 그 여자 자신에게는.

—내가 이 책의 내용을 여성 친구에게 이야기하자 그녀는 바로 큰 소리로 말했다. "아, 여자들과 그들의 부인과 의사들, 그건 모두가 알지." 이것이 얼마나 중요한 요인일까?

—만일 오스카 와일드가 체포를 기다리지 않고 조언을 받아들여 다음 연락 열차를 탔다면 어떻게 되었을까? 그는 그전의 다른 아주 많은 무뢰한이나 악당들과 마찬가지로 기분 좋은 프랑스 망명 생활을 즐겼을 것이다. 건강이 망가지지도 않았을 것이다. 하지만 『레딩 감옥의 노래』를 쓰지도 못했을 것이다.

—이 시기 잉글랜드 여자들에 관한 프랑스인의 묘사 가운데 그들이 예쁘고, 우아하고, 옷을 잘 입는다고 인정해준 것이 있었나? 아니면 영국 남자들에 대한 묘사 가운데 그들이 겸손하고, 마음이 따뜻하고, 온화하다고 묘사한 것이? "잉글랜드 남자란 나쁜 쪽으로 가버린 노르만인이다"라는 재담을 남긴 것으로 알려진 사람은 작곡가

에릭 사티다. 미래의 에드워드 7세는 이 경구에 찬성하면서 여기저기 옮기고 다녔다고 한다.

—샤를 메이그스는 의사들이 여성 환자를 손으로 검진하는 것은 최후의 수단으로 남겨두어야 한다고 생각했는데, 그것은 "환자의 도덕적 해이"를 가져올지도 모른다는 걱정 때문이었다. 이것은 청교도 미국의 괴상한 투사(投射)처럼 보인다. 하지만 동시에 가톨릭 프랑스에서 흔히 발견되는 남성적 불안이기도 했다. 남자들에게 주는(다른 남자들이 주는) 성적 조언이 한 줄 있는데, 그것은 이런 내용이다. 아내가 성적 쾌감을 경험하는 것은 위험한데, 그것은 일단 섹스가 쾌감을 주는 것일 수 있다는 사실을 발견하면 아내가 집을 나가 간통을 할 가능성이 훨씬 커지기 때문이다. P. 다르티게라는 사람은 이런 식으로 표현했다. "결혼에서 쾌감이 습관이 되면 [여자들은] 알아채지 못하는 사이에 간통으로 빠져든다." 주석자와 조언광들은 남편들에게 아내와 아무런 영감을 주고받지 않는 섹스만 하라고 부추겼다. 오직 손과 발만 내놓고 살과 살의 접촉은 최소화하되 자식은 만들 수 있도록 앞쪽에 모르몬교 스타일로 틈을 낸 잠옷이 팔렸다. 에드워드 베런슨은 카요 재판에 관한 연구에서 이렇게 말한다. "아내는 성적 욕망의 대상이 될 수 없었다. 아내에게 욕망을 갖는 것이 아내를 타락시키는 것이었기 때문이다." 여성의 성이라는 관념에 남성이 느끼는 진짜 공포의 냄새가 물씬 풍긴다.

그래서 어떤 계급의 남자들에게는 아내는 지참금, 자녀, 사회적 지위 때문에 필요하고, 쾌락을 위해서는 정부(또는 매춘부)가 필요하다고 믿는 것이 정상이 되었다. 쾌락이 거의 허락되지 않았다는 점을 고려할 때 남편의 차갑고 의무적인 정자 기부로부터 자유로워져 행복한 부인들이 많았을 것이 분명하며, 심지어 일부는 가엾은 남자들이 약한 성이고 여성이 더 고결할 뿐 아니라 강한 성이라는 교활한 남성적 주장을 기꺼이 받아들였을 것이다. 일부 남편들은 아마 죄책감을 느끼거나 안도했을(또는 심지어 허락받았을) 때 부인에게 더 잘했을 것이다. 그러나 모든 남편이 짐승도 아니었고, 모든 부인이 순교자도 아니었다.

로베르 드 몽테스키우는 회고록에서 어떤 남작 부인의 살롱에서 나중에 유명한 교수가 된 남자를 만난 일을 묘사한다. 두 사람은 30년 동안 친구였으며, 교수는 가까이서 또 멀리서 백작의 건강을 살피고 있었다. 이 말을 들으면 이 교수가 꼭 포치일 듯한 느낌이 들지만, 결국 그는 포치가 아니라는 사실이 드러난다. "나는 그의 매력적인 부인이 살아 있을 때 그의 집에서 자주 식사를 했는데, 그는 수많은 외도, 일부는 악명을 떨칠 만한 외도에도 불구하고 부인을 매우 사랑했고, 또 부인을 애도했다." 몽테스키우는 언뜻 모순적으로 보이는 이 감정에 관해 사유한다.

두려움 없이 공개적으로 인정하거니와, 남자의 간통이 부부 간 사랑의 절대적인 부정이라고 생각하는 것은 그릇된 관념이다. 그것은 서로 다른 두 가지로, 서로를 배제하지 않는다. 사람들은 정부에게 허락하거나 요구하거나 바라는 것을 아내에게 바라지 않고, 아내에게서 받아들이지도 않을 것이다. 따라서 남자의 인생에는 그 둘 모두를 위한 자리가 있으며, 그가 이 둘을 모두 이용한다고 해서 우리가 그의 신실함에 문제를 제기하지는 않는다.

따라서, 집에서는 자식을 낳기 위한 평범-이하의-이하의 섹스를 하고, 더 뜨겁고 지저분하고 자극적인 섹스를 위해서는 집을 떠나 노는 것(때로는 돈을 주고). 이것은 전형적으로 가부장적이다. 소위 케이크를 챙기기도 하고 먹기도 하기*라고 부른다. 물론 백작을 이성애적 부부 관계의 최고 해설자로 받아들이지 않는 것이 좋을지도 모른다. 하지만 동시에 우리는 오래전에 죽은 익명의 교수가 실제로 부인을 사랑했고, 또 진심으로 그녀를 애도했다고 믿어야 한다. 안 믿는다는 것은 그들을 비난하기 편하게 상황을 단순화하는 것이기 때문이다.

그렇다면, 이 모든 것 가운데 어느 지점에서 사뮈엘과 테레즈 포치를 발견하게 될까? 그들이 행복했던 결혼 첫 몇 주, 몇 달, 1년 또는 2년 동안 이부자리에서 무슨 일이 벌어졌는지 우리는 알 수 없다. 사실, 무엇이 잘못되었는지 이해하기 위해 들여다보아야 할 것이 이것인지조차 알 수 없다. 결혼 수십 년이 지나 그들이 하인과 자식들 앞에서 서로 소리를 질렀을 때, 그것이 오로지 섹스 때문이었을까? 돈도 큰 분열 요인이다. 종교도 마찬가지다. 더는 말을 섞지 않는 장모도 마찬가지다. 영국인이 애용하는 위선이라는 혐의로 포치를 책망하고 싶은가? 그러나 그는 동기에 관해서는 (상당히) 솔직하고 행위에서는 (상당히) 신중했던 것 같다. 이것은 위선이라 말하기 힘들다.

—우리는 그가 잠자리를 함께한 사람을 모두 알 수는 없다. 분명히, 사라 베르나르와 에마 피쇼프는 맞는다. 다른 이름들은 스트로

* 둘의 좋은 점만 취한다는 뜻.

스 부인(비제의 미망인), 쥐디트 고티에(테오필의 딸), 배우 레잔과 이브 라바예르, 잔 자크맹…… 하지만 관계의 본질이 발견될 가능성이 거의 없는 이 단계에서 그들이 애인으로서 얼마나 흥미로울 수 있을까? 추가로 여남은 명, 수십 명, 수백 명, 천세 명$^{mille \, e \, tre}$을 더하거나 꾸며내보자…… 그게 우리에게 더 많은 것을 말해줄까?

—우리가 알 수 없는 다른 것들. 뱅자맹 포지는 아들이 가톨릭보다는 무신론자가 되기를 바랐을까.

—즉각 개입했다면 정말 가스통 칼메트의 생명을 구할 수 있었을까?

—테레즈가 1909년에 법적 별거를 고집하게 된 이유는 구체적으로 무엇이었을까.

—만일 아기 샤를 드골의 마음에서 파쇼다가 국가적 수모의 순간으로 경험되지 않았다면, 영국은 유럽 프로젝트에 훨씬 일찍 가담하는 것이 허락되고, 완전히 헌신하고 단단히 자리를 잡아, 2016년에 유럽을 떠나는 투표를 하지 않았을까?

물론 이 모든 문제는 소설에서나 답할 수 있다.

전쟁이 일어났을 때 테레즈 포치는 어머니, 손자 클로드와 여덟 하인 가운데 일곱을 데리고 파리를 떠난다. 카트린은 에두아르의 하인, 샴 고양이 한 마리와 함께 아파트에 홀로 남는다. 귀찮게 구는 것은 독일인만이 아니다. "콜레트가 나에게 완전히 반해서 짜증이 나기 시작한다." 그녀는 리에주가 폭격을 당하고 체펠린 비행선이 파리 상공을 날아갈 때 일기에 그렇게 쓴다. "그녀의 남편이 나에게 접근한다. 하지만 이런 삼각 게임은 조르지[라울-뒤발]가 나를 끌어 들이려다 실패한 것일뿐더러 그 어느 때보다 마음이 내키지 않는다. 그래도 나는 모호하고 친근한 태도를 유지한다."

모호. 만일 그녀가 여자는 "남자의 손으로 빚어지기를 기다리는 미완성의 가능성덩어리"라고 믿지 않았다면 여자와 더 행복했을 지도 모른다. 그녀는 레즈비언 벗과 함께 있을 때 늘 편안했다. 자, 1920년 카트린은 "늙은 폴리냐크 [공주비]와 클레르몽-붐-붐"(엘 리자베트 드 클레르몽-토네르의 별명)을 포함한 "우리 시대의 가장 고귀한 사포 열 명"과 함께 음악에 귀를 기울이고 있다. 그녀는 "절 묘한" 카요 드레스를 입고 있으며, "그래서 다시 예뻐졌다—얼마 나 놀라운 발견인지". 그렇다고 그녀의 눈이나 뇌가 둔해졌다는 것 은 아니다. 폴리냐크에 대한 그녀의 마지막 일기는 1927년에 쓴 것 인데, 이런 내용이다. "공주비는 지극히 미국적이며, 급사장maître d'hotel 이 되고자 하는 야망이 있는 군인을 닮았다."

1914년 8월 포치는 기본적인 의학 훈련을 시키고자 딸을 브로카 에 데리고 다니기 시작한다. "나는 사람들이 양식을 쟁여놓듯이 일 반적인 방식으로 외과 지식을 쟁여놓는다." 자기 옆에서 간호사 놀 이를 하는 사교계 여자들의 경박성 때문에 그녀는 역겹다. 그녀는 첫 개복수술을 지켜보는데, 이 암성 섬유종 사례는 완전한 자궁 적 출로 이어진다. "나는 용감했지만, 그 순간 인체에 대한 공포에 사 로잡힌다. 그 모든 것을 견딜 수 있는 육체에 대한 공포, 안에서 부 패가 부글거리는 이 사랑의 도구에 대한 공포." 그 사교계 여자들 이 너무 경박하여 정식 간호사가 될 수 없었다면, 카트린은 너무 고 매하고 너무 예민하여 자신에게도 도움이 되지 않고 환자들에게도 도움이 되지 않았다. 며칠 뒤 그녀의 아버지는 묻지도 않고 그녀를 발-드-그라스에 간호사로 등록시켰다. "내가 힘이 있을까? 병원은 벌써 나를 지치게 만든다. 집에 도착하면 침대에 쓰러져 간신히 두 시간을 잔다. 나는 여위고 창백하고 추하며, 큰 눈이 달린 커다란 베르미첼리* 한 가닥이다." 닷새 뒤 그녀는 라 그롤레로 떠났다.

로베르 드 몽테스키우 또한 전쟁 사업에서 중심에 있지 않았으며, 창기병을 기다리는 대신 신중하게도 트루빌로 떠나기로 결정했다. 그곳에서 그는 이사도라 덩컨을 만났는데, 그녀는 그의 아이를 갖고 싶다는 욕망을 표현했던 것으로 보인다. 이것은 가망 없는 일이었기에—여러 번 구토를 했을지도 모른다—그는 전쟁 동안 베아른에 있는 가족의 다르타냥 성으로 물러났고, 그곳에서 이웃들의 심한 증오를 받았다. 여기에는 두 가지 이유가 있었다. 첫째는 그의 "불미스러운 평판"이었다. 둘째는 과거에 그가 그들의 "유행에 뒤진" 낡은 가구를 모두 사들여 파리로 보낸 다음 그곳에서 상당한 이윤을 남기고 판 적이 있었기 때문이다.

포치는 이제 중령 군복 차림으로 파리에 머물고 있다. 발-드-그라스는 로몽 거리, 브로카와 가까운 옛 예수회 수도원 자리에 새로 별관을 연다. 포치는 병상 (총 600개 가운데) 100개를 갖춘 한 "분관"을 책임진다. 또 브로카의 병상 75개(전쟁 중 부상자를 위한 50개, 매독 환자를 위한 25개), 파리 반대편 끝 누아젤 거리에 있는 20개를 책임지고, 거기에 더하여 디에나가로 여전히 자신을 찾아오는 개인 환자들도 돌본다.

---

* 스파게티보다 가는 국수.

1915년. 전쟁은 계속된다. 이탈리아가 연합군 편에 가담한다. 전진하는 알피니*가 오스트리아로부터 산 위에 있는 포치 알티 요새를 빼앗는다. 7월은 런던 쇼핑 여행 30주년이 되는 때다. 선임 의사 포치는 전쟁 부상의 이론과 실제에 깊이 관여한다. 하지만 그 와중에도 불로뉴-쉬르-메르에서 편지를 보내온 개인 환자를 수술한다. 이제 포치는 예순여덟 살로, 군사적인 의무만 맡는다 해도 양해될 나이다. 하지만 아니다, 그는 불로뉴 세무서의 간접세과 서기인 모리스 마쉬라는 사람을 만나기로 한다. 놀라운 일은 아니지만 마쉬는 부자와는 거리가 멀다. 그는 포치에게 7월 18일 일요일에 받을 수술 비용으로 향후 2년 동안 500프랑의 돈을 지불하겠다는 서류에 서명을 해서 포치에게 보낸다.

수술 부위는 음낭 정맥류인데, 이는 후천적이라기보다는 선천적인 것으로 부분 절제를 통해 고환의 외피를 당겨서 치료한다. 이 병과 치료에서 유일한 위험은 외과적이라기보다 심리적이다. 왜 포치는 저명한 파리 고객들과는 너무도 다른, 북부의 이 미천한 공무원을 만나겠다고 했을까? 우리는 알 수 없다. 추측은 해볼 수 있다. 아마도 유럽에서 대량 살육이 벌어지는 와중에 한 남자가 자신의 음낭 걱정을 하고 있다는 사실이 부조리에 대한 그의 감각에 매력적으로 다가왔을 것이다. 또는 더 간단했을지도 모른다. 여기, 적어도, 내가 고칠 수 있는 게 있다.

10월에 포치의 오랜 친구 폴 에르비외―결혼 계약에 "사랑"이라는 말을 집어넣고 싶어 했던 사람이다―가 쉰일곱의 나이에 자다가

* 이탈리아군의 산악 특수 보병대.

◇ 군복을 입은 포치 ◇

갑자기 죽는다. 그 자신은 결혼하지 않았다. 12월에 모리스 마쉬는 포치에게 은행 환어음으로 125프랑과 자신의 현재 상태에 대한 보고서를 보낸다. 그의 건강은 약간만 나아졌을 뿐이다. 음낭의 정맥류는, 수술 때보다 덜 표시가 나기는 하지만, 고환이 가만히 있을 때는 안 보여도 촉진(觸診)을 하면 보인다. 고환의 묵직한 느낌도 수술 전보다는 덜하지만, 마쉬는 고환을 지탱해주는 붕대를 계속 착용하는 것이 신중한 행동이라고 생각한다. 발기는 아주 드물어 한 달에 두

세 번이며, 늘 아침에 소변을 본 직후다. 몽정은 두 달 전쯤 한 번 있었다. 수술 전에는 고환을 지탱해주는 붕대가 늘 축축하고 가끔 불그스름한 갈색 얼룩이 남았던 반면, 지금은 마른 상태를 유지한다. 정신노동은 편해졌다. 눈을 찌르는 느낌도 대체로 사라졌다. 요컨대, 절망할 이유는 없다. 의사도 완전한 회복에 1년쯤 걸릴지도 모른다고 말했기 때문이다. 첨부한 125프랑 환어음을 보기 바란다. 그러면서 마쉬 씨는 포치 교수의 1916년에 행운이 깃들기를 빌었다.

전쟁은 계속된다. 아니, 전쟁들, 하찮은 전쟁들과 치명적인 전쟁. 레옹 도데는 회고록의 2권과 3권을 출간하는데, 거기에서 포치의 허영, 협잡, 무능을 비난한다. 포치는 (아마도) 모든 사람을 "소중한 친구Cher ami"라고 부르는 매끈거리는 방식 때문에 "셸라미Chelami"라는 별명이 붙었다. 그는 허영심이 강하고, 정답게 말을 하고, 대단히 무지하지만 "친(親)포치파"에 둘러싸여 있으며, 그들에게 그는 "비할 데 없는 보물, 전례 없는 천재, 반인반신"이다. 물론, 도데는 비꼬는 투로 덧붙인다, "포치를 측량할 수 없을 만큼 중요한 현자로 여기는 그 훌륭한 남아메리카인들에게 반박하고 싶지는 않다". 몽테스키우는 친구에게 노년의 위안 가운데 한 가지는 조롱에 대한 유아적 공포에서 자유로워지는 것이라고 일깨워준다.

전쟁은 계속된다. 사라 베르나르는 포츠머스에서 에든버러까지 영국의 열 도시 투어에 나선다. 그다음에는 미국 열네 달 투어가 이어진다. 포치는 영화관에 가서 사샤 기트리의 〈우리 땅의 그들Ceux de chez nous〉의 스크린에 비친 자신의 친구와 환자 여러 명을 본다. 사라 베르나르, 아나톨 프랑스, 로스탕, 로댕…… 또 모네, 르누아르, 그리고 클리시 대로를 걸어가는 드가를 찍은, 현재 알려진 그의 유일한 영상. 에마 피쇼프의 아들 하나가 베르됭에서 전사한다. 모리스 마쉬가 우편환으로 125프랑을 보내면서 1917년의 행운을 빈다.

전쟁은 계속된다.《뉴욕 헤럴드 트리뷴New York Herald Tribune》에 포치의 인물평이 실리는데, 그는 "프랑스에서 가장 저명한 외과 의사"로 묘사된다. 저널리스트는 그의 소유물 몇 가지에 대해 논평한다. 그의 동전과 메달, 타피스리, 15세기의 성 세바스티안 대리석 조각상, 르누아르 한 점, 카리에르 한 점. 거기에 "사전트의 걸작"도 있다. 서른다섯 살의 위엄 있는 모습을 그린 그의 초상화. 머리카락과 턱수염은 거무스름하고, 두 손은 "이전의 어떤 그림에서도 본 적이 없을 만큼 섬세하게 그려져 있다". 이 저널리스트는 포치가 입고 있는 것을 "주홍색 토가"라고 묘사한다.

레옹 도데는 회고록 4권을 내고, 여기에는 포치에 대한 추가의 비난이 담겨 있는데, 그것은 이렇게 끝난다.

사람들은 그가 훌륭한 전문가라고 말한다. 나로 말하자면, 나는 그에게 내 머리를 깎는 일도 맡기지 않을 것이다. 특히 방에 거울이 있다면. 그가 거울에 비친 자기 모습에 감탄하다 내 목을 벨지도 모르기 때문이다.

포치는 전시에도 수집품을 늘린다. 런던의 "국왕 폐하의 메달 제작자 스핑크"로부터 물건을 사들이고, 튀니스로부터 점검 매매 조건으로 키레네 동전을 받는다. 사라 베르나르가 신장염으로 앓아눕자 포치는 대서양 건너편에서 조언을 한다. 사라는 "의사 신"에게 감사 카드를 보낸다. 몽테스키우는 에마 피쇼프의 아들을 기리는 시를 발표한다. 에마 피쇼프는 그가 자신의 "이상적 시인이자 신성한 위로자"라고 쓴다. 모리스 마쉬가 1918년 포치의 행운을 비는 편지는 물론이고 우편환 125프랑을 보낸 증거는 없다.

전쟁은 계속된다. 이제 포치의 아들 둘 다 군복을 입었고, 큰아들 장은 통역으로 영국군에 복무한다. 테레즈 포치는 몽펠리에에서 사촌이자 이름이 거의 같은 테레즈 포자와 함께 지낸다. 카트린도 그곳으로 가 어머니와 합류한다. 4월에 포치는 에마와 몬테카를로에 있다. "이 불확실한 시기를 고려하여" 그는 자신의 신변을 정리하고 그녀 앞에서 새 유언장을 작성한다. 포치가 대서양을 건널 때 탔던 증기 요트(젖을 짜는 암소도 실었다)의 선장이었던 '제독' 고든 베넷 주니어가 5월에 파시에 묻혔다. 그의 무덤은 돌로 조각한 올빼미 외에는 아무런 장식이 없다.

1918년 6월 13일 목요일 포치는 차를 타고 울름 거리에 있는 군병원으로 간다. 그는 아침에 부상자와 그들의 가족을 면회하고, 오후부터 6시까지 수술을 한 다음 서류 작업을 한다. 차를 타고 집으로 오니 환자 둘이 기다리고 있다. 두 번째 환자는 모리스 마쉬다. 그는 임시 진료실로 안내되어 들어온다. 포치는 그가 신경 질환으로 고생하고 있으니 다른 전문가를 추천해주겠다고 조언한다. 신문 보도에 따라 다른데, 마쉬는 "아니, 그것은 내가 원하는 게 아니다"라고 답했거나, 아니면 "아니, 아니, 이제 됐다, 그만 끝내고 싶다"라고 말했다. 하지만 두 인용 모두 가짜다. 증인이 없기 때문이다. 모호하지 않은 것은 마쉬가 브라우닝 리볼버를 꺼내 포치를 세 번 쏘았다는 사실이다. 팔, 가슴, 창자(또는 팔, 배, 등이라는 설도 있다). 네 번째 총알은 커튼에 맞지만, 이 커튼이 여전히 리버티 직물로 만든 그것인지 우리는 알 수 없다. 그런 다음 마쉬는 자기 머리에 총을 쏜다.

아직 의식이 있었던 포치는 샹젤리제 모퉁이, 프레스부르 거리에 있는 군 병원으로 이송된다. 그는 외과 의사 마르텔과 의논한다. 그들은 즉시 수술을 해야 한다는 데 동의하고, 포치는 자신이 원하는 마취제를 구체적으로 언급한다―통증은 없애주지만 정신을 잃게 하지는 않는 것이다. 따라서 그는 평생 마지막으로 참여하는 개복수술의 현장에 있을 뿐 아니라, 그것을 완전히 의식하고 있다. 좋은―또는 덜 나쁜―죽음이 있다면, 한 의사가 다른 의사의 목숨을 살리려고 노력하면서 그 의사와 우애를 나누고 협력하는 이 죽음만 한 것이 있을까? 절개가 이루어지고, 내장을 살핀 결과 천공 열 개(또는 열한 개)가 나타난다. 열 개(또는 열 개―또는 열한 개―가운데 여덟 개) 모두 신속하게 봉합한다. 환자의 직업적인 삶과 기술에 최후의 경의를 표하는 과정이다. 하지만 이런 경우 늘 문제가 남는다. 총알이 내장을 뚫은 다음에 어디로 갔을까? 답은 금방 나온다. 포치는 격하게 구토를 하고, 창자가 외과 의사의 두 손에서 빠져나가고, 피가 쏟아지기 시작한다. 총알이 왼쪽 장골정맥을 끊어놓은 것이다. 포치는 곧 의식을 잃고 죽는다.

처음 포치의 생애에 관해 읽었을 때, 오래된 것이든 최근 것이든 모든 자료에 그가 "미치광이에게 암살당했다"라고 나와 있었다. "그 자신의 환자에게"라고 나오지 않았다. 1915년 12월의 그 편지는 아주 분명한 동시에 매우 혼란스럽다. 마쉬는 까다로운 환자였다(하긴 음낭 수술을 하는데 그렇지 않은 남자가 어디 있겠는가?). 그가 한동안 성적으로 활발하지 않았던 것, 사실상 무능이었던 것은 분명하다. 또 시각 장애와 정신노동 능력을 포함하여 건강의 전반적 상태를 걱정하고 있었다는 것도. 포치는 완전한 회복에 1년이 걸릴 수도 있다고 말했다. 음낭 정맥류로부터의 회복? 그는 마쉬가 신경쇠약에 다가가 있다고 판단했을까? 혹시 더 많은 것을 약속했을까—아니면 마쉬가 일단 음낭 걱정에서 벗어나면 나머지도 회복될 것이라고 가정했을까? 아니면 병상 옆에서 공감하는 것으로 유명한 의사답게 평소대로 포치는 환자를 안심시키는 일반적인 이야기를 했을 뿐이고, 마쉬가 그것을 잘못 해석한 것일까? 일주일 내내 의학적으로 또 군사적으로 더 잘 돌보기만 했다면 구할 수 있었으리라는 아쉬움을 남기는 전쟁 부상자 수백 명을 상대하는 의사라면 어떤 수준에서는 징세원의 음낭이 덜 중요하다고 생각했을지도 모르며, 이는 그리 놀라운 일이라고 할 수 없다.

하지만 마쉬에게는 덜 중요한 일이 아니었다. 그의 호주머니에서는 포치에 대한 불만을 자세히 기록한 메모가 발견되었는데, "그는 환자의 바람을 존중하지 않는 의사들에 대한 경고로 그를 죽일 계획이었다". 자신의 무능을 치료해주지 않는 것을 탓하는 남자에게 총에 맞아 죽은 돈 후안. 이 무슨 도덕적 이야기인가? 픽션에서라면 귀엽게 맞아 들어갈 것 같다. 그러나 논픽션은 말만 그럴듯하고 있을 법하지 않은 도덕주의적인 일들이 일어나도록 허용해야만 하는—실제로 일어났기 때문에—곳이다. 마쉬의 몸에서는 또 여러 신문사에 보내는 편지, 경찰국장에게 보내는 편지도 발견되었고, "내 주검을 운반하는 비용"으로 10프랑도 동봉되어 있었다.

몽펠리에서 테레즈와 카트린은 다음 날 신문이 배달되었을 때

에야 무슨 일이 일어났는지 알게 된다. 파리에서 장 포치는 아버지의 책상을 살피고, 그 위에 아버지의 첫 후원자들 가운데 한 명인 르콩트 드릴의 비망록이 펼쳐져 있는 것을 본다. 책장에는 피가 묻어 있다. 런던에서 《더 타임스》는 '익스체인지 텔레그래프 컴퍼니'의 기사를 받아쓴다. 이상하게도 최신 전쟁 소식 밑에 유명 외과의 피격 소식을 전한다. 다음 날 자체 통신원의 더 긴 기사가 "파리 의사 피살"이라는 제목으로 실린다. 이 기사는 포치를 "한때 프랑스 여성 외과학의 지도자로서 그의 나라의 의학 발전을 위해 엄청난 일을 했다"고 묘사한다. 파리에서 《르 피가로》는 그를 "과학과 예술 양쪽을 진지하게 사랑한 사람, 그 자신이 일종의 아름다운 예술 작품인, 우리 인류의 훌륭한 표본"이라고 부른다.

피살 이틀 뒤인 6월 15일 토요일, 카트린은 일기에 이렇게 쓴다.

아버지, 존경할 만하고 놀라운 아버지, 당신은 이제 전설의 세계에서 승리를 거둔 동화 속 왕자가 되었네요, 이름만으로 문이 열렸던 당신, 당신 앞에서는 시골뜨기, 천재, 여자, 현자, 예술가 할 것 없이 모두 제자나 피정복자가 되었죠, 당신은 부에노스아이레스에서 뉴욕까지, 베이루트에서 에든버러까지 영혼들을 합병하는 태양이었어요, 당신은 내가 아기 때, 아이 때, 어른 때, 죽어가는 여자일 때 지켜본 투쟁에서, 오직 나만 이해한 것처럼 보이는 투쟁에서 승리했어요, 당신은 무시무시한 운명을 천 번, 그리고 또 천 번 더 당신 뜻에 굴복시켰죠, 당신 주위에는 사고의 명료함과 일관성으로 바뀌지 않는 것이 없었고, 당신 안에는 유연한 우아함, 미소, 선, 아름다움, 성공, 행복으로 나타나지 않는 것이 없었어요, 당신

은 "생각하기, 붕대 감기Penser, panser"라고 말하며 웃음을 터뜨리곤
했죠. 당신은 사람들을 치료했어요, 그렇죠? 당신은 신을 믿지 않
았지만 도처에서 신의 힘을 베풀었어요. (…) 나는 당신 앞에, 나의
아버지이자 내가 인정하는 스승 앞에 무릎을 꿇습니다.

(그러나 그녀가 죽어가고 있는 것은 아니었다.)

이틀 뒤, 그녀는 살롱 개최자이자 여성 문인이기도 하며, 거의 20년
동안 아버지의 친구(어쩌면 그 이상)이기도 했던 뷜토 부인에게 편지
를 썼다. "우리 둘은 하나의 존재였어요." 다음 날 그녀는 남편 에두아
르 부르데에게 더 자세하게 말했다. "그는 나의 보완적 존재, 일종의
승리하는 카트린 같았어. 그는 늘 행복하고 성공을 거두었고, 나는 늘
고난을 겪었지. 그는 나 자신의 다른 번역본, 기쁨으로 가득한 번역본
같았어." 부르데가 자신의 결혼이 실패한 이유를 조금이라도 미심쩍
어했다면, 이 글을 읽어보는 것이 의심을 씻어내는 데 도움이 되었을
것이다.

카트린은 뷜토 부인으로부터 슬픔에 사로잡힌 사람이 가끔 받
곤 하는 달콤 쌉싸름한 메시지 하나를 받았다. 카트린은 늘 아버지
가 자신에게 냉정하다고 불평했다. 뷜토 부인은 그 고정관념idée fixe이
잘못된 것이라고 말한다. 그녀가 포치와 마지막으로 나눈 대화에서
"그는 너에 대한 노여움을 보여주었는데, 그것은 사랑을 거부당한
사람이 보여주는 것과 비슷했어. 무관심도 거리감도 아니었어. 오히
려 그 정반대의 것이었지. 그는 매우 절박한 느낌으로 네 이야기를
하더구나."

6월 18일 화요일, 라 그랑드 아르메가에 있는 '프로테스탄트 구

원 성전'에서 장례 예배가 열렸다. 파리 상류 사회는 그에게 작별인사를 했고, 저급한 파리의 소문은 그가 마쉬 부인과 잠자리를 하기 위해 마쉬를 일부러 무능으로 만들었다고 암시하는 소문으로 작별인사를 했다. 포치가 죽은 다음 날 테레즈(카트린과 마찬가지로 몽펠리에 머물고 있었다─둘 다 건강이 좋지 않았다)는 큰아들에게 편지를 보냈다.

장, 지독한 불행이구나. 나는 이제 그를 사랑하지 않지만 그래도 가슴이 찢어진다. (…) 그 무시무시한 세월을 다 잊고 그 시작만, 우리가 행복했을 때만 기억하려고 노력한다.

그다음에 보낸 편지에서는 이렇게 썼다.

그는 죽음을 몹시 두려워했고, 마지막 단말마─완전히 혼자서─특히 그 여자 없이─는 지독했겠지. 여전히 그를 아주 깊이 사랑하는 나로서는 앞으로도 늘 괴로울 것 같은 느낌이구나. 멀리 있을 때도 그의 존재는 내게 불가결했다. 누가 그에 관해 말하는 것을 듣고, 그의 이름을 읽고, 그를 가끔 보고─그가 완벽하게 행복하다는 것을 알았기에 그 이상은 요구하지 않았지…….

그녀의 감탄할 만한 너그러움은 계속된다.

F 부인에 관해서는 무슨 이야기 못 들었니? 그와 함께 그렇게 완벽한 행복을 누리며 스무 해를 보냈으니 절망에 빠졌겠구나. 고티

◇ 포치의 장례 행렬이 개선문을 지나고 있다. ◇

에 부인이 카트[린]에게 한 말로는, F 부인은 네 가엾은 아빠를 진
정 사모했단다. 그리고 그는 사랑받는 걸 그렇게 사랑했으니!

에마 피쇼프도 장 포치에게 편지를 썼다. 그녀는 아버지가 몬테
카를로에서 유언장을 작성한 뒤 자신에게 말하기를, 친구들에게는
물질적 선물을 남겼지만 "당신에게는, 내 마음을 남긴다"고 말했다
고 전했다. 그러나 디에나가에 자신의 물건 쉰여 가지와 편지, 일기
가 있으니, 그것을 돌려주면 고맙겠다. 그녀는 목록을 첨부했다. 장
은 답장에서 그녀에게 소묘는 하나 보냈지만, 아버지가 유언장에서
쉰여 가지 물품을 구체적으로 언급하지 않았기 때문에 유산 수령인

들에게 제출하여 결정을 기다려야 할 것이라고 외교적으로 설명했다. 제출한 결과가 어떻게 되었는지는 알려져 있지 않다.

포치는 파리에 잠깐 매장되었다가 1918년 8월 베르주라크의 프로테스탄트 묘지에 이장되었다. 살았을 때와 마찬가지로, 죽어서는 종교 때문에 나뉘어, 그의 부인과 딸은 세월이 흐른 뒤 1932년과 1934년에 가톨릭 묘지에 안장되었다. 시는 병원과 주요 거리에 그의 이름을 붙였다. 사뮈엘 포치 종합병원과 프로페쇠르 포치 거리는 아직도 있다. 그가 죽고 1년쯤 지난 1919년 6월과 7월, 드루오 거리의 방트 호텔 8번 홀에서 그의 수집품 경매가 이루어졌다. 1221개의 무더기로 나뉘어, 일곱 번에 걸쳐 판매가 진행될 예정이었다. 그의 골동품과 타피스리, 그의 그리스 동전과 피사노 메달, 그의 페르시아 세밀화, 그의 티에폴로 천장화(8만 5000프랑), 베네치아를 그린 그의 벨로토와 과르디와 지엠, 그의 터너 스케치〈차일드 해럴드의 순례〉(3100프랑), 그의 코로 네 점과 들라크루아 두 점(사자와 호랑이), 그의 그리스 화병과 이집트 부조, 그의 베네치아 캐비닛, 그의 메이소니에이와 그의 밀레, 그의 클로드와 그의 라위스달과 그의 제리코, 그의 사전트 초상화〈건배를 하는 고트로 부인〉(4200 또는 1만 4200프랑)—모두가 경매로 넘어갔다.

하나를 제외한 그의 보물 전부가. 마지막 순간에 가족은〈집에 있는 닥터 포치〉를 판매 목록에서 거두어들였다. 초기에 이 그림은 런던, 브뤼셀, 파리, 베네치아에 전시되었다—대중이나 비평가는 열광하기는커녕 거의 주목하지도 않았다. 그 뒤에는 오랜 세월, 주로 천에 싸인 채 방돔 광장과 디에나가에서 살았다. 테레즈 포치가 죽은 뒤에는 아들 장에게 갔고, 장은 이것을 1967년에 죽을 때까지 갖고 있었다. 〈집에 있는 닥터 포치〉는 마침내 1990년 로스앤젤레스 아먼드 해머 재단에서 다시 일반 전시로 공개되었다. 그것이 우리가 오늘날 우리가 그를 생각하는 방식이다. 그리고 이것은 틀리지 않는다.

작가의 말

"쇼비니즘은 무지의 한 형태다." 내가 이 책을 1년 정도 썼을 때 영국은 착각에 빠져 마조히즘적으로 유럽연합에서 나왔다. 상상력을 발휘하여 유럽인의 정신 속으로 들어가지 못하는(또는 그럴 생각이 없거나 그렇게 하기에는 너무 어리석은) 잉글랜드의 정치 엘리트가 되풀이하여 자신들이 원하는 것과 실제로 벌어질 일이 똑같을 것이라는 듯이 행동하는 것을 보면서 닥터 포치의 그 격언이 자주 떠올랐다. 잉글랜드인(영국인이라기보다는)은 흔히 섬사람이라는 점, '타자'에 호기심이 없다는 점에 너무 으스대며 자부심을 느끼고, 속 편한 농담과 게으른 비방을 선호한다. 그래서 현직 외무 장관이 2018년 보수당 총회에서 대놓고 유럽연합을 소비에트 연방에 빗댔다. 발트해 국가들은 이 말에 감명을 받지 않았다. 하긴, 전 외무 장관은 브렉시트 캠페인 동안 유럽연합의 유럽에 대한 야망을 히틀러의 야망에 빗대기도 했으니. 바르베 도르비이의 말은 여기에서도 타당하다. "자기 역사의 피해자인 잉글랜드는 미래를 향해 한 걸음 내

디뎠지만, 이제 돌아가 다시 과거 속에 쭈그리고 앉았다."

유럽에 대한 현재 잉글랜드인(영국인이 아니다—잉글랜드인)의 태도에 경악하는 데는 몇 가지 이유가 있다. 나는 언어 교사들의 아들이며, 부모 두 사람 모두 자신들이 죽은 이후 현대 언어의 공부와 교육에 쇠퇴가 일어난 것을 알았다면 슬퍼했을 것이다. "오, 요즘에는 다들 영어를 하잖아"라는 말이 종종 들리는 자족적 표현이다. 하지만 언어를 배우거나 가르치는 사람이라면 누구나 알듯이, 외국어를 이해하는 것은 그 언어를 사용하는 사람들을 이해하는 것이다. 나아가 그들이 우리나라를 바라보고 이해하는 방식을 이해하는 것이다. 그러한 이해는 상상력이 움직일 여지를 준다. 따라서 다른 사람들은 계속 우리를 이해하는데, 우리는 지금 다른 사람들을 전보다 이해하지 못하게 된 셈이다. 자기 고립의 또 다른 비참한 면.

그럼에도 나는 비관적이기를 거부한다. 멀고, 퇴폐적이고, 광적이고, 폭력적이고, 자기도취적이고, 신경증적인 벨 에포크에서 보낸 시간이 나를 명랑하게 만들어주었다. 주로 사뮈엘 장 포처라는 인물 때문이다. 그의 조상들은 이탈리아에서 프랑스로 이주했다. 아버지는 재혼으로en secondes noces 잉글랜드 여자와 결혼했다. 배다른 동생은 리버풀에서 잉글랜드 여자와 결혼했다. 그는 1876년에 조지프 리스터를 찾아 리스터 소독법을 배우려고 처음 영국제도를 찾아왔다. 다윈을 번역했다. 1885년에는 며칠 동안 지적이고 장식적인 쇼핑을 하려고 임항 열차 편으로 런던에 왔다. 합리적이고, 과학적이고, 진보적이고, 국제적이고, 늘 호기심이 많았다. 열의와 호기심으로 매일 새로 밝는 날을 맞이했다. 자신의 삶을 의학, 예술, 책, 여행, 사교, 정치, 가능한 한 많은 섹스(우리가 다 알 수는 없지만)으로 채웠

다. 그는 고맙게도 결함이 없지 않았다. 그럼에도 나는 그를 일종의
영웅으로 내세우고 싶다.

2019년 5월 런던에서, JB

감사의 말

다음의 여러 사람에게 감사하고 싶다. 장-피에르 아우스탱, 수리아 보이어, 알렉상드르 뷔랭, 닥터 필립 캐번디시, 데이비드 채프먼, 닥터 제임스 코널리, 캐럴라인 데 코스타 교수, 바네사 기네리, 레슬리 히긴스 교수, 캐스린 존슨, 일레인 킬머리, 브렌던 킹, 허마이어니 리, 프란체스카 밀러, 브라이언 넬슨 교수, 로저 니컬스, 리처드 오먼드, 카미유 옹데, 수마야 파트너, 그레이엄 로브, 리처드 손 교수, 테리사 버넌, 스티븐 월시, 닥터 올리비에 왈루신스키. 이것은 댄 프랭클린이 출판하는 내 마지막 책으로, 지난 사반세기에 걸친 온화하고 마음을 편하게 해준 그의 전문성에 감사를 전하고 싶다.

주요 등장인물 소개

◆ **귀스타브 모로 Gustave Moreau**
  프랑스, 1826~1898

19세기 후반 프랑스 미술계에서 다리와도 같은 역할을 했던 화가. 1857년부터 2년간 이탈리아에 유학한 이후로 신화나 성서에서 소재를 가져온 환상적이고 신비로운 작품으로 내적 감정을 표현했다. 주요 작품으로는 〈오이디푸스와 스핑크스〉, 〈살로메의 춤〉 등이 있다.

◆ **귀스타브 플로베르 Gustave Flaubert**
  프랑스, 1821~1880

파리 대학 법학부에 재학 중 간질과 유사한 신경증이 발작한 것을 계기로 문학에 전념하기 시작했다. 1857년 발표한 소설『보바리 부인』으로 당대 최고 작가라는 명성을 얻었다. 조용히 칩거 생활을 했지만 가끔 파리로 나가 에드몽 드 공쿠르, 레옹 도데, 에밀 졸라와 만날 때는 좌담의 명수이기도 했다. 대표작으로는『감정 교육』,『세 가지 이야기』등이 있다.

◆ **기 드 모파상 Guy de Maupassant**
  프랑스, 1850~1893

모파상은 20대 후반부터 신경질환으로 고통을 겪으면서도 불과 10년간의 문단 생활 동안 단편소설 약 300편, 기행문 3권, 시집 1권, 희곡 몇 편 외에『벨아미』,『피에르와 장』등의 장편소설을 썼다. 특히 장편『여자의 일생』은 프랑스 사실주의 문학이 낳은 걸작으로 평가받는다.

◆ **레옹 도데 Léon Daudet**
  프랑스, 1867~1942

작가이자 저널리스트로, 통렬한 풍자의 재능을 발휘하여 의학론·소설·정치평론·문예비평·회상록 등 다방면에 걸친 작품을 80권 가

까이 썼다.『회상록』등의 작품이 유명하다.《고루아》,《리블 파롤》등에서 활약하였으며 하원의원으로도 활동했다.

◆ **르콩트 드릴 Leconte de Lisle**
  프랑스, 1818~1894

1846년부터 파리에 머물며 공상적 사회주의에 취하기도 했으나 나폴레옹 3세의 제정(帝政) 출현을 보고 정치를 단념, 시 쓰기에 전념했다. 19세기 프랑스의 고답파 시인으로서 장중한 고답파의 시풍을 확립했다. 주요 시집에는『고대시집』,『비극시집』등이 있다.

◆ **마르셀 프루스트 Marcel Proust**
  프랑스, 1871~1922

20세기 전반 최고의 소설로 꼽히는『잃어버린 시간을 찾아서』를 쓴 소설가. 이 작품의 제2권『꽃핀 소녀들의 그늘에서』로 1919년 공쿠르상을 받았으며, 죽음에 이르기까지 코르크로 둘러싸인 병실에서『잃어버린 시간을 찾아서』를 완성시켰다.

◆ **바르베 도르비이 Barbey d'Aurevilly**
  프랑스, 1808~1889

소설가이자 평론가. 도도하고 낭만적인 성격이어서, 단조로운 현실 묘사에 만족하지 않고 평범한 사람보다는 비정상적인 인간들을 주인공으로 세웠다.『이루지 못할 사랑』,『늙은 정부』,『악마 같은 여인들』등의 소설을 썼고, 평론가로서는 매우 신랄하고 때로는 불공평했으나 부르제, 코페 등은 높이 평가했다.

◆ **사라 베르나르 Sarah Bernhardt**
  프랑스, 1844~1923

19세기 후반을 대표하는 프랑스 여배우로 여

러 민간극장을 돌아다니다 극단을 조직하기도 했으며 이후 테아트르 드 나시옹(현재 사라 베르나르 극장)을 본거지로 활약했다. 빅토르 위고의 〈루이 브라스〉, J. B. 라신의 〈페드르〉 등에서 호평을 받았다.

◆ **스테판 말라르메** Stéphane Mallarmé
프랑스, 1842~1898

19세기 프랑스의 상징파 시인. 젊은 시인들이 매주 화요일 밤이면 그의 집에 모였는데, 이 '화요회'에서 20세기 초 활약한 앙드레 지드, 폴 발레리 등이 배출되었다. 대표작으로 장시 〈목신의 오후〉, 『던져진 주사위』 등이 있다. 프랑스 근대시의 최고봉으로 인정받는다.

◆ **알렉상드르 뒤마** Alexandre Dumas
프랑스, 1802~1870

어려서 나폴레옹 1세 휘하의 장군이었던 아버지를 잃고, 파리에 가서 몇 편의 작품을 쓰는 동안 사극 〈앙리 3세와 그 궁정〉이 대성공을 거두었다. 19세기 프랑스의 극작가·소설가로 소설 『삼총사』, 『몬테크리스토 백작』으로 세계적으로 유명하다.

◆ **알퐁스 도데** Alphonse Daudet
프랑스, 1840~1897

친교를 맺은 에밀 졸라, 에드몽 공쿠르 등과 더불어 자연주의의 일파에 속했으나, 선천적으로 민감한 감수성, 섬세한 시인 기질 때문에 시정(詩情)이 넘치는 유연한 문체로 인상주의적인 매력이 있는 작풍을 세웠다. 대표작으로는 「별」, 『방앗간 소식』 등이 있다.

◆ **앨저넌 스윈번** Algernon Charles Swinburne
영국, 1837~1909

시인 겸 평론가. 부유한 가정에서 자라 이튼칼리지에서 교육을 받고 옥스퍼드 대학에 진학했으나 그 무렵부터 반항적 기질이 강해 학위를 받지 않고 중퇴했다. 영국 속물주의에의 반항을 표시한 이교적이고 관능적인 『시와 발라드』 등이 대표작이며, 이 밖에 셰익스피어, 빅토르 위고 등에 대한 비평, 시론과 소설론 등을 썼다.

◆ **에드몽 드 공쿠르** Edmond Louis Antoine de Goncourt
프랑스, 1822~1896

쥘 드 공쿠르와 함께 형제 작가로 유명하다. 내향적이고 사색적인 형 에드몽과 정력적인 활동가인 동생 쥘 에드몽이 집필과 발표를 같이했다. 에드몽의 유산과 유언으로 창립된 '공쿠르 아카데미'에서 우수한 소설 등 산문에 수여하는 공쿠르상은 프랑스의 최고 영예가 되었다.

◆ **오스카 와일드** Oscar Wilde
아일랜드, 1854~1900

대학 졸업 후 작가가 되어 뉴욕을 거쳐 이후 파리로 넘어가 영국 문예부흥과 신이교주의를 전파했다. 1895년 미성년자와 동성애 혐의로 기소되어 유죄판결을 받고 2년간 레딩 교도소에 수감되었는데, 그 기간 동안 참회록 『옥중기』를 집필했다. 출옥 후 영국에서는 영구 추방되어 파리에서 살다가 뇌수막염으로 사망했다. 대표작으로는 『행복한 왕자』, 『도리언 그레이의 초상』 등이 있다.

◆ **이디스 워튼** Edith Wharton
미국, 1862~1937

뉴욕의 부유한 상류층 출신으로, 1872년까지 스페인, 이탈리아, 프랑스, 독일 등 유럽 각지에 머물며 어린 시절을 보냈다. 1878년 시집 『시』를 발표하며 문학계에 등단, 1920년 뉴욕 상류사회의 위선과 허위를 풍자한 소설 『순수의 시대』로 여성 최초로 퓰리처상을 받았다.

◆ 장 로랭 Jean Lorrain
  프랑스, 1855~1906

문인들 살롱에 드나들며 바르베 도르비이, 위스망스 같은 작가들을 만나며 작가의 길을 가기로 결심한다. 이후 시, 소설, 비평, 동화, 희곡 등을 썼다. 장 로랭은 기이한 행동과 도발적인 복장을 하고 다니는 세기말의 전형적인 심미주의자이면서 댄디였고, 자신이 동성애자임을 서슴없이 공개했으며, 에테르 중독자이기도 했다. 세기말 파리의 모든 것을 구현한 인물이자 작가로 꼽힌다.

◆ 제임스 맥닐 휘슬러 James Mcneill
  Whistler
  미국, 1834~1903

1855년 파리로 건너간 이후 다시는 미국으로 돌아가지 않았다. 주로 파리와 런던에서 활동했던 그는 매너리즘 성향을 지닌, 장식적인 옷을 즐겨 입었던 화가로 유명하다. 판화가로 명성을 얻었고, 460점 이상의 에칭을 제작했다.

◆ 조리스-카를 위스망스 Charles-Marie-
  Georges Huysmans
  프랑스, 1848~1907

초기에는 서민과 소시민의 비참한 생활상을 사실적으로 그려 졸라의 자연주의에 동조했고, 『거꾸로』 이후 위스망스의 독특한 작품세계가 형성됐다. 대표작으로는 『거꾸로』, 『궁지』, 『저 아래』 등이 있다.

◆ 존 싱어 사전트 John Singer Sargent
  미국, 1856~1925

이탈리아 피렌체 출생. 대표적인 초기 인상주의 화가이다. 19세기 말 상류사회 인물들을 묘사한 초상화를 많이 그렸는데, 전통적인 형식에서 벗어난 기법과 색채 등을 사용하여 고유의 영역을 개척했다. 또 유럽 여러 나라의 다양한 풍경화와 풍속화를 제작해 영국과 미국의 인상주의 화풍 확립에 크게 이바지했다.

◆ 카롤뤼스-뒤랑 Carolus Duran
  프랑스, 1838~1917

릴에서 태어나 파리에서 사망했다. 대표작 〈장갑을 낀 부인〉에서 볼 수 있듯 매혹적인 초상화에 타고난 재능을 발휘했다. 전통적인 사실에 새로운 경향을 가미한 초상화를 즐겨 그린 그는, 1889년 레지옹 도뇌르 훈장을 받았다.

◆ 헨리 제임스 Henry James
  영국, 1843~1916

뉴욕 출생. 신학자이자 철학자였던 아버지의 개방적인 교육 방식에 따라 여러 차례 유럽을 여행하며 자랐다. 1875년 파리로 이주했고, 이후 런던으로 건너갔으며 1915년 영국에 귀화했다. 미국 문학사상 가장 영향력 있는 작가 중 한 사람으로, '의식의 흐름' 기법의 선구자로서 제임스 조이스, 조지프 콘래드, 버지니아 울프 등에게 영향을 미쳤다.

p. 15 존 싱어 사전트, 〈집에 있는 닥터 포치〉(1881)
Photo: Armand Hammer Foundation, USA / Bridgeman Images

p. 25 조반니 볼디니, 〈로베르 드 몽테스키우 백작〉(1897)
Photo: RMN / Musée d'Orsay, France

p. 40 사라 베르나르(1864년경)
by Nadar, Alamy Stock Photo

p. 78 사뮈엘 포치
by Paul Nadar, Alamy Stock Photo

p. 87 샤를 에밀 오귀스트 카롤루스-뒤랑, 〈쥘 바르베 도르비이〉(1860)
Photo: Château de Versailles, France / Bridgeman Images

p. 97 안토니오 드 라 간다라, 〈장 로랭〉(1898)
Photo: RMN / Musée d'Orsay, France

p. 146 존 싱어 사전트, 〈X 부인〉(1884)
Photo: Metropolitan Museum of Art, USA / Getty Images

p. 149 존 싱어 사전트, 〈건배하는 고트로 부인〉(1882~1883)
Photo: Barney Burstein / Getty Images

p. 156 Carolus-Duran, 존 싱어 사전트, 〈카롤뤼스-뒤랑〉(1879)
Photo: Sterling and Francine Clark Art

Institute, USA / Bridgeman Images

p. 158 제임스 맥닐 휘슬러, 〈검은색과 황금색의 배열〉(1891~1892)
© The Frick Collection, USA

p. 162 제임스 티소, 〈루아얄 거리 모임〉 부분(1868)
Alamy Stock Photo

p. 166 위나레타 싱어, 〈자화상〉(1885)
Used by kind permission of Fondation Singer-Polignac, France

p. 178 존 싱어 사전트, 〈레옹 들라포스〉(1895~1898)
트레버 페어브러다를 기념하여 프렌티스 블뢰델 부부(교환 조건), 로버트 M. 아널드, 톰과 앤 바위크, 프랭크 베일리, 제프리와 스전 브로트먼, 현대 미술 위원회, 미국 미술 위원회, 제인과 데이비드 R. 데이비스, 장식 예술 회화 위원회, 로버트 B. 두트선, 바니 A. 엡스위스 부부, P. 라즈 개러슨, 린과 제럴드 그린스틴, 헬렌과 맥스 거비치, 마샬 해치, 존과 앤 하우버그, 리처드와 베티 헤드린, 마티 앤과 헨리 제임스, 재닛 W. 케첨 부인, 앨런과 메리 콜라, 그레그 커세라와 래리 요콤, 루퍼스와 팻 럼리, 바이런 R. 메이어, 루스 J. 넛, 스코티 레이, 글래디스와 샘 루빈스틴, 앨런 밴스 샐즈베리 부부, 허먼 페이 사콥스키, 더글러스 쇠만 부부, 시애틀 미술관 후원자들, 존과 메리 설리, 존과 해리 스톤사이퍼, 딘과 메리 손턴, 윌리엄과 루스 트루, 자원자 협회, 수전 위노커 여사와 폴 리치 씨, 버지니아 라이트 재단, 찰리와

바버라 라이트, 하워드 라이트와 케이트
제인웨이, 메릴 라이트, T. 에번스 위코프
부인 기증
Photo: Elizabeth Mann / Seattle Art Museum,
USA

p. 198 프란츠 룸플러, 〈제델마이어 가족〉
(1879) 부분
Photo: Narodni Galerie, Czech Republic /
Bridgeman Images

p. 222 열여덟 살의 카트린 포치
Alamy Stock Photo

p. 265 카트린 포치, 파리식 차림으로
옥스퍼드의 동료 학생들과 함께
Used by kind permission of the Principal and
Fellows of St Hugh's College, Oxford

p. 268 장-오귀스트-도미니크 앵그르,
〈베르탱 씨〉(1892)
Photo: Louvre, France / Bridgeman Images

p. 278 레옹 보나가 그린 포치(1910)
Photo: The National Gallery, UK

p. 326 군복을 입은 포치
Photo: Roger-Viollet / Shutterstock

p. 335 개선문을 지나는 포치의 장례 행렬
Photo: Roger-Viollet / TopFoto

*이외 이 책에 실린 모든 이미지의 저작권은
작가에게 있습니다.

옮긴이 정영목

전문번역가. 서울대학교 영문학과를 졸업하고 동 대학원을 졸업했다. 현재 이화여자대학교 통번역
대학원 교수로 재직 중이다. 『로드』로 제3회 유영번역상을, 『유럽 문화사』(공역)로 제53회 한국출
판문화상(번역 부문)을 수상했다.
지은 책으로 『완전한 번역에서 완전한 언어로』, 『소설이 국경을 건너는 방법』이 있으며 옮긴 책으
로 『왜 나는 너를 사랑하는가』, 『여행의 기술』, 『불안』, 『일의 기쁨과 슬픔』, 『눈먼 자들의 도시』, 『로
드』, 『에브리맨』, 『네메시스』, 『울분』, 『미국의 목가』, 『아버지의 유산』, 『달려라, 토끼』, 『굴드의 피아
노』, 『제5도살장』, 『밤은 부드러워라』, 『연애의 기억』, 『바르도의 링컨』, 『바텍』 등이 있다.

빨간 코트를 입은 남자

초판 1쇄 인쇄 2020년 9월 14일
초판 1쇄 발행 2020년 9월 21일

지은이 줄리언 반스
옮긴이 정영목
펴낸이 김선식

경영총괄 김은영
책임편집 임인선 **디자인** 문성미 **크로스교정** 조세현 **책임마케터** 이고은
콘텐츠개발2팀장 김정현 **콘텐츠개발2팀** 문성미, 임인선, 이상화
마케팅본부장 이주화
채널마케팅팀 최혜령, 권장규, 이고은, 박태준, 박지수, 기명리
미디어홍보팀 정명찬, 최두영, 허지호, 김은지, 박재연
저작권팀 한승빈, 김재원
경영관리본부 허대우, 하미선, 김형준, 박상민, 윤이경, 권송이, 이소희, 김재경, 최완규, 이우철
외부스태프 교정교열 홍상희

펴낸곳 다산북스 **출판등록** 2005년 12월 23일 제313-2005-00277호
주소 경기도 파주시 회동길 37-14 3, 4층
대표전화 02-704-1724 **팩스** 02-703-2219 **이메일** dasanbooks@dasanbooks.com
홈페이지 www.dasanbooks.com **블로그** blog.naver.com/dasan_books
종이 (주)한솔피앤에스 **인쇄** 민언프린텍 **제본** 정문바인텍 **후가공** 평창 P&G

ISBN 979-11-306-3134-9 (03840)